W0291875

aufbau taschenbuch
AUFBAU VERLAGSGRUPPE

Eva Maaser wurde 1948 in Reken (Westfalen) geboren. Sie studierte Germanistik, Pädagogik, Theologie und Kunstgeschichte in Münster. Von ihr erschienen die Romane *Der Moorkönig* (1999), *Der Paradiesgarten* (2001) und *Die Astronomin* (2004) sowie die Kriminalromane *Das Puppenkind* (2000), *Tango Finale* (2002), *Kleine Schwäne* (2002) und *Die Nacht des Zorns* (2004), in denen Kommissar Rohleff und sein Team spektakuläre Fälle im Münsterland lösen.

Als Einbrecher dabei überrascht werden, wie sie die Nofretete aus dem Berliner Museum stehlen, erschlagen sie den Wachmann mit der Büste. Der ermittelnde Kommissar vermutet Zusammenhänge mit anderen spektakulären Kunstdiebstählen. Deshalb will er den selbst nicht ganz unbescholtenen Kunsthändler Carlo Meier als V-Mann in die illegale Szene einschleusen. Die junge Kunsthistorikerin Nilla Mellon übernimmt die Kontaktaufnahme.

Doch Meier scheint seine eigenen Pläne mit Nilla zu haben. Er entführt sie geradezu und zwingt sie, mit ihm nach Polen zu fahren. Dort arrangiert er ein Treffen mit einem alten Restaurator, der einer nicht ganz legalen Nebenbeschäftigung nachgeht. Als sie ihn noch einmal aufsuchen, ist er grausam hingerichtet und auf seinem Rücken ein merkwürdiges Zeichen eingeritzt.

Von nun an wird die ungewöhnliche Recherche gleichzeitig zu einer Flucht, die über Wien nach Rom führt und auf die Spur einer mächtigen Organisation namens »Opus divus«.

Ein ungewöhnlicher Kriminalroman um Kunstwerke und eine Besessenheit, die vor keinem Verbrechen zurückschreckt.

Eva Maaser

DER CLAN DER GIOVESE

Kriminalroman

Aufbau Taschenbuch Verlag

ISBN-10: 3-7466-2260-3
ISBN-13: 978-3-7466-2260-6

1. Auflage 2006
© Aufbau Taschenbuch Verlag GmbH, Berlin 2006
Umschlaggestaltung Dagmar & Torsten Lemme
unter Verwendung eines Fotos von getty images
Druck und Binden GGP Media GmbH, Pößneck
Printed in Germany

www.aufbau-taschenbuch.de

Kapitel 1

1

Sobald Kress den Schlüssel um neunzig Grad nach rechts gedreht hatte, begann sich die Stahltür lautlos herabzusenken.

»Wie war der Geburtstag?« fragte Simons.

»Was?« fragte Kress irritiert. Die graue Stahlplatte verdeckte nun die Augen der Königin – das sehende und das blinde –, dann die feingeformte Nase. Es blieb nur noch das Lächeln übrig, das Kress auch noch sah, als die Tür längst tiefer geglitten war.

»Der Geburtstag deiner Kleinen. Wie alt ist sie geworden?«

»Fünf.« Kress beobachtete die Tür, bis sie eine etwa fünf Zentimeter tiefe Rille im Boden ausfüllte. »Sie wollte mich heute abend nicht weglassen.«

»So sind Kinder in dem Alter.«

Nach kurzem Zögern gingen die beiden durch die Rotunde zurück.

Kress seufzte.

»Ich hab's dir angeboten: Wir hätten die Schicht tauschen können«, sagte Simons und blieb in der Tür des Überwachungsraums stehen, während sich Kress auf einen Drehstuhl setzte. Im Wachraum flimmerten die Monitore. Auf einem von ihnen war die Königin zu erkennen, allerdings nur als vager Umriß, denn in ihrer Kammer herrschte beinahe vollständige Dunkelheit. Durch den Lamellenvorhang vor den Fenstern drang von draußen lediglich ein Lichtschimmer herein.

Es war jetzt das dritte Mal, daß Kress die bei den Kollegen unbeliebte Nachtschicht übernahm. Ihm machte sie wenig aus. Im Gegenteil: Zwei Abende zuvor hatte sich in dem von

Besuchern geleerten, stillen Gebäude, wo jeder Schritt wie in einer Kirche hallte und jedes Husten als Echo zurückgeworfen wurde, etwas Unerwartetes ereignet: Er war dem Zauber einer dreieinhalbtausendjährigen Königin verfallen.

Simons würde seine Neigung nicht verstehen. In diesem Augenblick der Stille, wenn sich die Tür senkte, war für Kress eine Magie wirksam, die sich im Tagestrubel verflüchtigte.

»Dann hätte ich doch heute nachmittag nicht mit ihr in den Zoo gehen können.«

»Stimmt auch wieder.« Anscheinend fiel es Simons an diesem Abend schwer, sich zu verabschieden, er wollte wohl noch etwas loswerden. »Eigentlich sollten die Nachtwachen zu zweit durchgeführt werden, es ist unverantwortlich, nachts einen von uns allein Dienst schieben zu lassen.«

Kress lächelte versonnen.

»Dir steckt die Sache in Oslo in den Knochen. Der Raub der Munchs. Das ist wie nach einem Thriller im Fernsehen: Du bist drauf und dran, im Schrank oder unter dem Bett nachzusehen, ob dort jemand mit dem Fleischermesser lauert.«

»Dann laß dir mal die Zeit nicht lang werden.« Simons klang ein bißchen verschnupft.

Sofort wandte sich Kress ihm zu und grinste versöhnlich. »Es hat keinen Zweck, sich selbst verrückt zu machen.«

Simons nickte bedächtig. »Sag ich auch immer.«

Schmunzelnd hob Kress die Hand zum Abschied, Simons war als Schwarzseher bekannt.

Der Verkehr war zu einzelnen Brummlauten abgeflaut, die stillste Stunde der Nacht brach an.

An der Längsseite des klassizistischen Gebäudes bewegten sich vor einem Fenster zwei schattenhafte Gestalten. Im diffusen Dämmerlicht der Berliner Nacht – vollständige Dunkelheit kannte die Stadt nicht – verständigten sich die beiden mit Handzeichen. Einer deutete auf die große Uhr an seinem

Handgelenk und hob die Hände, alle Finger gespreizt. Noch zehn Minuten. Der andere nickte.

Erfahrungsgemäß überkam Kress um drei Uhr nachts die größte Müdigkeit. Um nicht einzuschlafen, machte er sich auf eine Runde durch das Gebäude.

Nur eine schwache Notbeleuchtung glimmte an den Treppenstufen und in der Flucht der unteren Säle. Die Gestalt von Teje ragte dunkel und massig vor ihm auf, viel imposanter als tagsüber, und je weiter er sich zwischen den stummen Gestalten vorwagte, desto mehr kam er sich wie ein Eindringling vor. Eine lächerliche Beklemmung erfaßte ihn. Er kehrte um.

In der Rotunde, vor der grauen Stahltür, hielt er kurz an, vergewisserte sich der absoluten Stille dahinter und trottete weiter, zurück in die banale Welt der Monitore. Vom Damm klang das Geknatter einer Serie von Fehlzündungen herüber.

Der eine der beiden Männer reckte den Daumen in die Höhe.

In der nächsten halben Stunde war ein gedämpftes Surren wie von einem Zahnarztbohrer zu hören oder leises Zischen, unterbrochen von Pausen, in denen die Männer lauschten. Zum Schluß setzten sie Stemmeisen am Fenster an. Vorsichtig übten sie Druck aus, das Geknatter von der nahen Straße übertönte das Knirschen.

Langsam schwang das Fenster auf. Die beiden warteten kurz, dann glitt der erste in den Raum, während der zweite einen Kasten hineinreichte. Auf der Erde lag noch ein Sack.

Kress betrachtete angestrengt den Umriß der Königin auf dem Monitor. Auch nach mehrmaligem Blinzeln schienen ihm die zarten Linien, die den Glaskasten um die Königin herum andeuteten, ein wenig schief zu verlaufen. Er neigte den Kopf, um diese Schiefe auszugleichen, und schaltete das Bild der zweiten Kamera ein. Hier verliefen die Kanten gerade.

Er schaltete zurück. Die kleine Abweichung war gering genug, um sie für eine Einbildung oder einen minimalen technischen Fehler zu halten, löste aber eine schleichende Unruhe aus. Unruhe und Zweifel. Sein Blick glitt über einen Tischkalender neben dem Monitor, blieb lange auf dem Tagesdatum haften. Der Geburtstag seiner Kleinen.

Der war gestern.

Er wandte sich wieder dem Monitor und den Linien zu, die er in Gedanken geradezurücken suchte. Langsam sah er ein, daß er sich Gewißheit verschaffen mußte.

Im Aufstehen liefen seine Finger über die Tastatur, um die Entriegelung der Stahltür vorzubereiten. Er griff nach dem Schlüssel. In der Tür sah er zurück auf den Monitor und zögerte. Aus dieser Entfernung war keine Abweichung festzustellen. Wenn er nachschaute, würde ein Protokoll fällig sein, denn jedes Öffnen der Stahltür wurde auf dem automatischen Computerbericht festgehalten.

Nachdem die beiden Männer vor den Überwachungskameras Fotos befestigt hatten, die eine Sicht in den unberührten Raum vortäuschten, mußten nur noch ein paar Alarm auslösende elektronische Impulse deaktiviert beziehungsweise umgeleitet werden.

Die Männer arbeiteten schweigend, mit kühler Konzentration. Nach einer Weile schob der eine der beiden die Strumpfmaske bis zur Stirn hinauf, weil er das Prickeln unter dem schweißfeuchten, kratzigen Strickzeug nicht mehr aushielt.

Sobald die Stahltür ohne das geringste Geräusch etwa sechzig, siebzig Zentimeter nach oben geglitten war, schlüpfte Kress durch den Spalt und richtete sich sofort auf. Hastig schaltete er seine Taschenlampe ein.

Neben der Glasvitrine stand ein Mann, der ihm aufmerksam und abschätzend entgegenstarrte. Unter dem Strickwulst auf dem Kopf des Einbrechers ringelte sich eine dunkle Haarsträhne hervor.

Ein eiskalter Hund, dachte Kress. Dann begriff er auf einmal seine Lage.

Als er sich umdrehte, hielt er den Schlüssel so, daß er ihn sofort ins Schloß stecken konnte. Noch vier Meter bis zur Tür.

Da glitt aus dem Schatten ein zweiter Mann hervor, griff mit einer Hand nach seiner Schulter, zog ihn heran und rammte ihm sehr professionell die Faust in den Solarplexus.

Kress ließ die Taschenlampe fallen.

Die Hände auf den Magen gepreßt, sackte er stöhnend auf die Knie, riß aber gleich darauf den Kopf hoch.

Der Einbrecher war aus seinem Blickfeld verschwunden, dafür schaute die Königin schräg geneigt auf ihn herab, er sah nur vage ihr Gesicht in der Düsternis des Raums schimmern.

Nofretetes Lächeln wirkte unbarmherzig.

Eine nie gekannte Angst krampfte Kress in einem wahnsinnigen Schmerz das Herz zusammen und ließ keinen Raum mehr für eine andere Empfindung.

Unbewußt streckte er abwehrend eine Hand aus.

Den Schlag spürte er noch.

Blut quoll aus der zerschmetterten Hirnschale, lief über das Gesicht, versickerte im Kragen des Uniformhemds oder rann weiter am Hals hinab auf die Bodenplatten. Neben dem toten Kress lächelte Nofretete ein unergründliches Lächeln, obwohl ihr Schwanenhals gebrochen und ihre Krone beschädigt war. Das linke Ohr, an dem schon immer etwas gefehlt hatte, war von Blut besudelt.

Warum er das gemacht habe, fragte einer der beiden Einbrecher.

Der andere deutete nur auf das entblößte Gesicht des Komplizen.

2

Nilla Mellon war froh, nicht mit dem Wagen gekommen zu sein. Wo der Parkstreifen nicht von Baufahrzeugen okkupiert wurde, reihten sich lückenlos die Autos aneinander. Abrupt blieb sie stehen. Vor dem Museum standen Polizeiwagen in einer Doppelreihe. Weißrote Bänder sperrten den Vorplatz ab. Alarmiert setzte sich Nilla wieder in Bewegung. Gleich vorn am Eingang erspähte sie einen Notarztwagen und mehrere dunkle Bullis, Fahrzeuge der Spurensicherung. Inzwischen hatte sich ihr Herzschlag beschleunigt. Wahrscheinlich war ihre Verabredung nun hinfällig, schoß es ihr durch den Kopf. Als wenn das jetzt wichtig wäre! Ohne lange zu überlegen, hob sie das Absperrband und schlüpfte darunter durch. Sie mußte wissen, was passiert war.

Ein Polizist kam ihr mit erhobener Hand entgegen. Rasch kramte sie in ihrer Umhängetasche nach ihrem Ausweis, in der Hoffnung, sich damit Zutritt verschaffen zu können. Als im Portal eine vertraute Gestalt erschien, riß sie die Hand mit dem Ausweis hoch und winkte hektisch.

»Peter!« schrie sie aus vollem Hals.

Obwohl er einmal rechts und links die Straße entlangsah, bemerkte sie der Mann nicht.

»Wer sind Sie?« fragte der Polizist nicht gerade freundlich, sobald er sie erreicht hatte.

»Dr. Melanie Mellon, ich bin mit Dr. Rückersdorf verabredet.«

Der Polizist schüttelte den Kopf. »Dr. Rückersdorf wird keine Zeit für Sie haben. Lassen Sie sich einen neuen Termin geben.« Er versperrte ihr die Sicht auf die Tür, während er sie zur Straße zurückdrängte.

»Was ist passiert?«

»Wenn Sie nicht zum Museum gehören, dann …«

»Überlassen Sie sie mir«, mischte sich eine befehlsgewohnte

Stimme ein. Peter Wittich wartete, bis sich der Polizist zurückgezogen hatte, bevor er sich Nilla zuwandte.

»Was machst du hier? Hast du die Absperrung nicht gesehen?« Der massige, bärenhafte Mann wirkte vollkommen ruhig, und doch waren die Streßsymptome unübersehbar. Eine zu harte Kinnlinie, eine angespannte Kopfhaltung, der Blick nicht ganz stetig. Das Gesicht eindeutig zu gerötet, denn er litt seit Jahren an Bluthochdruck. Nilla legte ihm die Hand auf den Arm. Wittich war ein Freund ihres inzwischen verstorbenen Vaters gewesen, und nach dessen Tod war die Verbindung nicht abgebrochen.

»Was ist passiert, Peter?« fragte sie und versuchte, an ihm vorbeizuspähen. »Einbruch?«

Auf einmal sackten seine Schultern nach vorn. »Ich glaube, ich werde zu alt für so was.« Unauffällig strich er sich über den linken Arm und verzog schmerzlich das Gesicht.

Jetzt nur nichts Falsches sagen. »Peter …«, begann Nilla behutsam. Plötzlich flammte sein Blick auf, er zog sie von der Straße weg auf den Eingang des Museums zu.

»Was bedeutet die Nofretete für dich?«

Nilla zuckte zusammen. »Das glaube ich nicht«, flüsterte sie.

»Mit der Büste ist einer der Museumswächter erschlagen worden, er heißt Kress – er hieß Kress.«

»Kress?«

Er betrachtete sie forschend. »Komm rein!« Mit einer Kopfbewegung deutete er zur Tür.

Neben dem Wächter lagen ein paar Brocken, für die Nilla keinen Blick hatte. Nur Kress zählte, sein verrenkter Körper, das bereits getrocknete Blut an der Schläfe, die aufgerissenen, schreckgeweiteten Augen. Und die Erkenntnis, daß Mathis Kress ohne sie höchstwahrscheinlich noch am Leben wäre.

Peter Wittich hatte ihr mit einer Handbewegung zu verstehen gegeben, daß sie den Raum mit der Leiche nicht betreten durfte. Aber davor wäre sie schon wegen der Beamten, die sich mit ernsten, konzentrierten Gesichtern mit Kameras und Meßbändern um die Leiche herum zu schaffen machten, zurückgeschreckt.

»Wird man mit den Bruchstücken noch was anfangen können?« fragte Wittich sie. »Was ist mit den vielen Splittern?«

Die Bruchstücke! Zwei größere, ein kleineres und Splitter, über den halben Raum verteilt, wegen dieser Splitter gingen die Beamten auf Zehenspitzen.

Wenn sie die Augen schließen würde, könnte sie ohne Mühe das Antlitz der ägyptischen Königin heraufbeschwören, so, wie sie es unzählige Male gesehen hatte. Eine Frau von großer Schönheit, eine gar nicht mal so junge Frau von königlicher Haltung und einer Reife, die nur durch die Erfahrung von persönlichem Leid zu erreichen war. Und Nilla würde die Aura dieser Frau spüren, die über die Jahrtausende hinweg so unvergleichlich lebendig geblieben war.

Wittich tippte ihr auf die Schulter. Die Berührung brachte ihr zu Bewußtsein, worauf sie starrte: Auf ein paar bemalte Kalksteinbrocken, von denen einer mit Blut besudelt war.

»Das kriegen die Restauratoren wieder hin«, antwortete sie mit belegter Stimme. »Mach dir keine Sorgen.«

Jeder Splitter würde in jahrelanger minutiöser Arbeit wieder an seinen Platz gesetzt werden, nur das Wichtigste und Flüchtigste würde – zumindest für sie – unwiederbringlich verloren sein. Als sie sich umwandte, wäre sie beinahe mit Dr. Rückersdorf, dem Direktor des Museums, zusammengeprallt.

»Er war erst seit vier Wochen bei uns«, murmelte er bedrückt, »und er hinterläßt eine junge Frau und eine kleine Tochter.«

Nilla saß mit Wittich im Büro des Museumsdirektors, höchstens fünfzehn Meter vom toten Kress entfernt. Außer Rückersdorf war noch jemand anwesend, Dr. Samuel Perino, Direktor des

MoMA in New York. Das Museum of Modern Art veranstaltete gerade eine großartige Ausstellung in Berlin. Aus einer Bemerkung Rückersdorfs schloß Nilla, daß die beiden in München und Rom ein paar Semester zusammen studiert hatten. Auch Perino wirkte betroffen, aber auf eine sachliche Art.

»Wie sind die Einbrecher hereingekommen?« fragte er Wittich. »Wissen Sie das schon?«

Wittich zögerte mit der Antwort, als ob er seine Gedanken erst sammeln müßte. Unruhig fuhr seine Hand über die Tischplatte, mit zwei Fingern ergriff er einen Stift und drehte ihn hin und her, ohne jemanden direkt anzuschauen.

»Es sieht so aus«, erklärte er schließlich, »als wäre die Aktion von langer Hand vorbereitet worden. Die Einbrecher haben den Lärm der Straßenbauarbeiten vor dem Haus ausgenutzt. In den vergangenen Tagen haben sie den Fensterrahmen an mehreren Stellen angebohrt und gestern nacht den Rest erledigt, um an die Kontakte innen zu kommen. Sie haben Sprühschaum eingesetzt und …«

»Es gab in letzter Zeit ein paarmal Fehlalarm«, warf Rückersdorf ein, »den wir mit den Bauarbeiten in Verbindung gebracht haben.«

Peter Wittich nickte. »Nach dem dritten oder vierten Fehlalarm stumpft die Aufmerksamkeit des Wachpersonals meistens ab. Was nun die letzte Nacht betrifft: Nach den Vorarbeiten brauchten die Einbrecher nicht lange, um in das Gebäude einzudringen. Sie haben die Kontakte der Sicherungseinrichtung sehr geschickt ausgehebelt, alle, bis auf einen. Die Büste wird einem der Einbrecher, nachdem er Kress damit erschlagen hat, aus den Händen gerutscht sein. Das schwere Ding schlug auf dem Boden auf und löste den Alarm aus. Ich stelle mir vor, daß der tödliche Angriff auf den Wächter bloß eine Kurzschlußhandlung war.« Er verstummte nachdenklich.

Vor ihnen standen Tassen, in denen der Kaffee kalt wurde.

Nur Perino leerte die seine und schenkte sich nach. »Der oder die Täter haben die Bruchstücke der Figur zurückgelassen, weil die Trümmer für sie wertlos waren oder sie einen Auftraggeber hatten, dem sie schlecht eine zerbrochene Figur präsentieren konnten ...«, mutmaßte Perino. Er sprach flüssig Deutsch, wenn auch mit deutlichem Akzent.

»Nein!« Wittich winkte, verärgert über die Unterbrechung, ab, und der Blick, mit dem er Perino musterte, signalisierte, daß er erwog, ihn vor die Tür zu setzen. Der Amerikaner hätte an dieser Besprechung gar nicht teilnehmen dürfen, aber Rückersdorf hatte darum gebeten. Vielleicht hatte er sich moralische Unterstützung erhofft.

»Ich denke«, sagte Wittich, »die Einbrecher müssen über das Alarmsystem informiert gewesen sein. Dieser Einbruch ist nicht ohne Hilfe von innen vonstatten gegangen.«

»Wie in Amsterdam?« warf Perino ein. »Im Van-Gogh-Museum 1991?«

»Vielleicht wie in Amsterdam«, antwortete Wittich zögernd.

Nilla erinnerte sich, einiges über den Fall gelesen zu haben. Zwanzig Gemälde waren damals gestohlen worden. Einer der Wächter hatte mit den Dieben gemeinsame Sache gemacht, und ein weiterer Komplize hatte für den externen Sicherheitsdienst gearbeitet, zu dem die Alarmmeldungen automatisch weitergeleitet wurden. Perino wollte wohl darauf hinweisen, daß kein Museum vor so einer Unterwanderung gefeit sei.

»Was ist mit Kress?« Wittich malte mit dem Ende des Stifts unsichtbare Kringel auf die Tischplatte. »Er war noch nicht lange bei Ihnen, haben Sie erwähnt.« Er blickte auf, schaute aber nicht Rückersdorf, sondern Nilla an. Genau genommen schaute er durch sie hindurch, verschwommen, müde, als hätte er den Faden verloren. Erst vor einigen Jahren hatte er sich wegen seiner gesundheitlichen Probleme vom Drogendezernat ins Dezernat Kunstraub versetzen lassen. Kunstraub hatte zumindest in den Augen der Öffentlichkeit immer noch etwas von einem Kavaliersdelikt an sich, Gewalttaten kamen eher selten vor, bislang wenigstens.

»Es fällt mir schwer, mich über einen Mann zu äußern, der erschlagen in einem meiner Ausstellungsräume liegt«, antwortete Rückersdorf gedämpft. »Ich habe ihn nicht persönlich gekannt und kann Ihnen jetzt nur wiedergeben, was ich in seiner Akte gelesen und vor einer halben Stunde telefonisch von meinem Personalleiter erfahren habe. Kress hat sein Jurastudium kurz vor dem Examen abgebrochen, einige Jahre bei einem Sicherheitsdienst gearbeitet und diese Stelle verloren, als die Firma aufgegeben wurde. Das letzte Jahr hat er Taxi gefahren. Er wohnt gar nicht weit von hier, das erschien ihm wichtig wegen seiner kleinen Tochter.«

Sie heißt Elsa, dachte Nilla. Ein hübsches Kind, sie hatte ihr Foto gesehen.

»Vor drei Tagen erst ist er in die Nachtschicht gewechselt. In den ganzen vier Wochen, die er bei uns war, gab es anscheinend keine Klage über ihn. Er hat sich rasch eingearbeitet und gut in das Team eingefügt. Ein unauffälliger, zuverlässiger Mann ...« Rückersdorf zögerte, ehe er voller Zweifel weitersprach. »Kress als Mittäter?«

»Das kann ich mir nicht vorstellen.« Eine dumme Bemerkung, Nilla bereute sie sofort.

»Wieso? Kanntest du ihn?« Peter Wittichs Frage war eindeutig, aber Nilla scheute vor der Antwort zurück. Es gab viele Gründe, eine klare Antwort zu vermeiden, sie schüttelte nur abwehrend den Kopf, als käme ihr die Frage absurd vor.

»Entschuldige, ich denke im Augenblick nicht sehr logisch«, sagte sie leise.

»Das würde ich nicht sagen, ich schließe mich sogar Ihrer Logik an«, warf Perino ein. »Warum sollten ihn die Einbrecher erschlagen haben, wenn er ihr Mitwisser ist?«

Wittichs Blick hatte jetzt nichts Verschwommenes mehr. »So oder so werden wir uns mit Kress ausführlich beschäftigen, als

Opfer wie als eventueller Beteiligter. Und da wäre zunächst einmal die Frage: Hat ihn jemand empfohlen? Oder warum wurde er eingestellt?« Jetzt endlich wandte er sich Rückersdorf zu.

Der Museumsdirektor zuckte die Schultern. »Sie werden von meinem Personalleiter alles erfragen können. Er hat heute früh einen Termin außerhalb, müßte aber gleich eintreffen. Soviel ich weiß, meldete sich Kress, als zufällig gerade ein Posten frei geworden war. Der Mann, dessen Stelle er bekommen hat, hatte zwei Tage vorher einen Unfall, der ihn zum Invaliden gemacht hat. Kress war als Aushilfe beschäftigt, über eine Festanstellung hätte noch entschieden werden müssen.«

»Komischer Zufall«, brummte Wittich.

3

Valeria di Strattesi Giovese waren die auf- und abschwellenden Geräusche der Straße, die zwischen dem Tiber und dem Palazzo Giovese verlief, seit ihrer Kindheit vertraut. Ganz verstummten sie nie. Im Palazzo dagegen herrschte eine beklemmende Stille.

Gegen ihre übliche morgendliche Schwäche ankämpfend, legte Valeria einen venezianischen Spiegel auf die barocke Konsole, die zwischen den hohen Fenstern ihres Schlafzimmers stand. Nachdem sie einen Sessel herangerückt hatte, nahm sie ein Tütchen aus der Tasche ihres Morgenmantels und legte sorgfältig eine Linie. Mit dem silbernen Kinderschieber, mit dem sie einst den Umgang mit Eßbesteck erlernt hatte, richtete sie die Linie so exakt aus, daß nichts von dem weißen, leicht kristallin schimmernden Pulver verlorengehen konnte. Um den Schnee aufzuschnupfen, benutzte sie keinen zusammengerollten Geldschein, sondern ein mit zarten Ornamenten überzogenes Elfenbeinröhrchen, eine zweitausend Jahre alte

Antiquität, die dem Ritual mehr Exklusivität, ja eigentlich erst Stil verlieh. Sofort spürte sie die wunderbar befreiende Schärfe, die ihr wie Pfeffer über die Atemwege in den Kopf schoß, das angenehme, belebende Prickeln, bevor die eigentliche Wirkung einsetzte. Noch ein paar Minuten, und sie würde die Schwermut für einige Stunden hinter sich lassen. In ihrem Sessel zurückgelehnt, schloß sie wohlig die Augen.

Als sie die Tür knarren hörte, blickte sie unwillig auf. Clodio trat herein, im unpassendsten Augenblick des Tages. Hatte er nicht einmal angeklopft? Oder war ihr Gehör mittlerweile so schlecht, daß sie das Klopfen überhört hatte? Sein Blick glitt über den Spiegel und das Röhrchen in ihrer Hand, aber das ließ sie völlig gleichgültig.

»Guten Morgen, Mamma, oder sollte ich guten Tag sagen?« bemerkte er launig. Demonstrativ blickte er auf seine Armbanduhr. »Es ist zwölf.«

»Danke, ich weiß, wie spät es ist«, gab sie scharf zurück und fuhr freundlicher fort: »Möchtest du Espresso? Moretti hat ihn vor einer Viertelstunde heraufgebracht. Bedien dich.« Sie wies auf einen runden Tisch nicht weit von ihrem Pfostenbett. Neben einem Emailtablett mit dem Espressoservice lag ein Stapel Briefe. »Das dürften die letzten Zusagen auf die Einladung sein, es sind immer dieselben, die zu spät antworten.« Die Wirkung des Kokains war nun so weit fortgeschritten, daß sie die Schmerzen in ihren Gelenken kaum noch wahrnahm und sich einigermaßen leicht aus dem Sessel erheben konnte. Es machte ihr Vergnügen, sich beweglicher zu geben als Clodio mit seinem plumpen schwerfälligen Körper. »Agostino will die Briefe sicher sehen. Warst du schon bei ihm?« fügte sie mit unmerklicher Anspannung hinzu.

»Er hat einen klaren Tag, er wird die Post lesen können.« Wieder schaute er zum Spiegel und runzelte diesmal mißbilligend die Stirn. Es kam nicht allzuoft vor, daß er sie beim Kokainschnupfen überraschte.

»Und was ist mit Giulio? Wird er kommen?« Das Zittern in ihrer Stimme verriet, wie wichtig ihr die Frage war.

Er schüttelte abwehrend den Kopf. »Mamma«, antwortete er geduldig, »niemand weiß, wo er sich derzeit aufhält. Hier in Rom jedenfalls nicht.«

»Dann gib dir Mühe, es herauszufinden«, entgegnete sie. »Und erzähl mir nicht, daß du nicht über die entsprechenden Mittel verfügst.« Clodio ließ ihre Erregung unbeeindruckt. Gelassen goß er sich einen Espresso ein und schaufelte Zucker in das Täßchen, das sich zwischen seinen dickfleischigen Händen besonders zerbrechlich ausnahm. »Agostino wünscht, daß Giulio bei seinem Fest dabei ist. Es bedeutet ihm sehr viel«, ergänzte sie.

Anscheinend wollte Clodio sie mit seiner Sturheit auf die Palme bringen, deshalb trank er, ohne zu antworten, den Espresso in kleinen Schlucken, ganz auf den Genuß konzentriert. Erst als er fertig war, wandte er sich ihr wieder zu, als hätte er sie zwischenzeitlich vollkommen vergessen, so wie ein Erwachsener ein quengeliges Kind ignoriert.

»Ich bin kein Privatdetektiv und schicke auch keinen hinter Giulio her, er würde so etwas schwer übelnehmen. Ich werde mich bei ein paar Leuten nach ihm erkundigen. Ich würde meinen Neffen nämlich auch gern wiedersehen, obwohl ich ihn für einen notorischen Unruhestifter halte.« Er stellte die Tasse auf das Tablett zurück. »Und, Mamma«, er war nun auf dem Weg zur Tür, »laß endlich die Finger von dem Zeug. Du verlierst den Sinn für die Wirklichkeit.«

»Ich habe mich schon gefragt, wie lange du es aushältst, mir keine Vorhaltungen zu machen«, meinte sie ironisch, »glaub mir: Noch habe ich die Kontrolle über meinen Konsum.«

»Das sagen alle«, murmelte er verkniffen.

4

Elsa trat mit ihrer Mutter gerade aus einem heruntergekommenen Wohngebäude. Die Renovierungswelle, die seit der Wende alle Innenstadtviertel überspülte, hatte dieses Haus noch nicht erreicht. Eigentlich war Nilla auf dem Weg zu Rückersdorf gewesen, um ihre Unterredung nachzuholen. Sie war etwas zu zeitig gekommen, hatte die Polizeifahrzeuge registriert, die auch heute, drei Tage nach dem Einbruch ins Museum, vor dem altehrwürdigen Gebäude standen, und hatte es vorgezogen, die Straße weiter hinunterzugehen, statt verfrüht bei Rückersdorf zu erscheinen. Außerdem hatte das Polizeiaufgebot unversehens die Unruhe verstärkt, die sie seit Tagen zu bekämpfen suchte. Nachts schreckte sie aus Alpträumen hoch, die sich fatal glichen. Mathis Kress redete mit ihr und umarmte sie, wobei sie selbst im Traum wußte, daß er tot war. Ein Grauen erfaßte sie, das auch im Wachzustand noch eine Weile anhielt.

Elsa trug eine Brille mit dicken Gläsern, durch die sie scheu und verschüchtert zu ihr aufschaute, so hübsch wie auf dem Foto war sie gar nicht.

Frau Kress trug Schwarz. Ehe sie sich besinnen konnte, ging Nilla auf sie zu und streckte ihr die Hand entgegen.

»Was mit Ihrem Mann geschehen ist, tut mir sehr leid. Ich bin Melanie Mellon.«

Statt die Hand zu nehmen, trat Frau Kress einen Schritt zurück und zog die Kleine an sich. »Kannten Sie meinen Mann?«

Unversehens befand sich Nilla in Erklärungsnöten. Ja, ich kannte Ihren Mann, er hat immer sehr nett von Ihnen gesprochen, wenn er Sie neben Elsa überhaupt mal erwähnt hat. So offen, wie es ihr unter den Umständen möglich war, sah sie Frau Kress in die mißtrauisch blickenden Augen.

»Ja, vom Museum. Er war immer sehr höflich und sehr korrekt. Ein guter Mitarbeiter, alle waren überaus zufrieden mit ihm. Aber das wird Ihnen Dr. Rückersdorf ja sicher schon versichert haben.«

Das Mißtrauen schwand nur unmerklich. »Das hat mir niemand gesagt. Niemand hat das für nötig befunden, ich wurde nur von der Polizei ausgefragt und mußte mir alle möglichen Verdächtigungen anhören.«

Elsas Augen glotzten riesengroß durch die dicken Gläser, das Gesicht blieb fast ohne Regung. Es war nicht gut, daß sich das Mädchen so etwas anhören mußte. Nilla fühlte sich noch unbehaglicher.

»Das wird sich alles aufklären, die Fragen gehören zur Polizeiroutine. Sie müssen Geduld haben. – Ich wünsche Ihnen alles Gute«, fügte sie unsicher hinzu, drückte die schlaffe Hand, die ihr Frau Kress jetzt, wenn auch eher widerwillig, reichte, und trat den Rückzug an, ihre eigene Dummheit verwünschend.

Drei Stunden später betrat sie das BKA-Gebäude.

Der Mann, der ihr im ersten Stock auf dem Flur entgegenkam, mußte gerade Peter Wittichs Büro verlassen haben. Ein schlampig gekleideter Kerl mittleren Alters, der sie mit einem allzu forschen, fast schon zudringlichen Blick aus dunklen Augen musterte.

»Wer war das?« fragte sie, als sie Wittichs Büro betrat, und deutete mit dem Daumen über die Schulter in Richtung Flur.

»Wer?« fragte Wittich abwesend. Auf seinem Schreibtisch lagen Papiere und vor allem Fotos verstreut, jede Menge Fotos.

Nilla versuchte es anders. »Hattest du Besuch?«

»Ich habe ständig Besuch.«

Wie zum Beweis steckte ein Mitarbeiter den Kopf zur Tür herein. »Die Obduktionsergebnisse sind da.«

Wittich winkte. »Her damit.« Er schaute nicht auf, als eine dünne Mappe zwischen den Fotos landete.

Nilla wartete, bis sich die Tür wieder geschlossen hatte. »Ein

Mann in einem schlottrigen Sakko, ziemlich unscheinbar, graue fettige Haare ...«

»Carlo Meier«, brummte Wittich. Die dünne Akte in der Hand, wandte er sich Nilla zu. Sie sah lila Tränensäcke unter blutunterlaufenen Augen – Wittich schaute aus, als hätte er drei Nächte nicht geschlafen.

»Du arbeitest wieder ohne Pause, genau wie früher«, sagte Nilla scharf.

»Ach was.« Er winkte ab. »Warum bist du hier?«

»Neugier«, antwortete sie prompt. »Was gibt es Neues im Fall Kress?«

Er musterte sie abwägend. Als wäre es das Normalste von der Welt, trat sie an seinen Schreibtisch und begann, sich die Fotos anzuschauen.

»Warum der Fall Kress? Warum nicht der Fall Nofretete? Sie ist immerhin die prominentere Geschädigte«, nörgelte er. »Du bist in diese Ermittlung nicht involviert. – Also lies die Zeitung, wenn du etwas wissen willst.«

Die Fotos hatten dem Anschein nach nichts mit Mathis Kress' Tod zu tun. Die meisten der Abbildungen kannte sie. Zwei kleinformatige Gemälde van Goghs, die 2002 aus dem Van-Gogh-Museum in Amsterdam gestohlen worden waren, ein Gainsborough und ein Bellotto, die 2001 aus Russborough House in Irland in einer dramatischen, brutalen Aktion geraubt worden waren, Cellinis berühmtes goldenes Salzfaß aus Wien, Munchs »Madonna« und der »Schrei« aus Oslo, Leonardo da Vincis »Madonna mit der Spindel«, Pablo Picassos Porträt von Dora Maar, 1991 von einer saudiarabischen Jacht entwendet ... Es war eine beeindruckende, wenn auch krause Sammlung quer durch die Jahrhunderte der Kunstgeschichte. Die Objekte wiesen zwei Gemeinsamkeiten auf: Sie waren allesamt gestohlen und absolut erstklassig.

»Komm, Peter, du weißt, daß ich nichts ausplaudere.« Sie ging zu einem Seitentischchen, schraubte eine halbvolle Flasche auf und goß Wasser in ein Glas, das sie zum Schreibtisch trug und gegen eine Tasse mit einem Rest schwarzen Kaffees austauschte. Die Tasse hatte einen Namen verdeckt, der auf einem Aktendeckel stand: Meier, Carlo.

»Wer ist jetzt dieser Meier? Hat er mit Kress zu tun?«

»Nein«, sagte Wittich abweisend und wischte sich den Schweiß von der Stirn. Es war viel zu warm im Büro, die Hitze war zusätzliches Gift für ihn, Gift wie der Kaffee. Nilla fragte sich, bei der wievielten Tasse er an diesem Tag angelangt war. Dann entschloß er sich doch zu reden.

»Ich hab Meier in einer anderen Sache befragt. Offiziell ist er Kunsthändler, so wie sein Vater Charly, aber wir wissen, daß er auch als Hehler seine Finger in dunklen Geschäften hat.«

»Vater oder Sohn?« warf Nilla ein.

»Beide. Carlo war einige Male als Vermittler bei der Wiederbeschaffung von Kunstwerken für Museen und Sammler tätig, du weißt, was das heißt oder heißen kann.«

Es konnte bedeuten, daß Carlo Meier an den Diebstählen beteiligt, daß ihm diese Mittäterschaft aber nicht zu beweisen war. Kunstwerke wurden so gut wie nie um der Kunst willen gestohlen. Es ging um Geld. Dazu paßte, daß in den letzten Jahren das sogenannte *art-napping* in Mode gekommen war: Kunstwerke wurden entwendet, um sie gegen Lösegeldzahlung zurückzugeben. Rechtsanwälte oder Kunsthändler wurden als Vermittler eingeschaltet, die für ihre Mühe eine Provision kassierten. Bei einem früheren Raub eines Munch-Gemäldes war der Kunsthändler Einar-Tore Ulving, der als Unterhändler fungiert hatte, schließlich als Mittäter überführt worden.

»Keine Beweise für krumme Touren?«

Wittich grinste schwach. »Es wäre ein krönender Abschluß meiner Laufbahn, wenn ich wenigsten Carlo Meier festnageln könnte. Denn sein Vater ist für die irdische Gerichtsbarkeit nicht mehr erreichbar. Er starb vor einem halben Jahr bei einem Autounfall.«

»So ein Pech. Du hast Meier junior also nicht wegen der Nofretete auf den Zahn gefühlt?«

Seit Wittich im Kunstdezernat tätig war, hatte er mit Nilla gelegentlich auch Fälle durchgesprochen, für die sie nicht offiziell als Sachverständige hinzugezogen wurde. Daher wußte sie, seine Anfälle von Zugeknöpftheit hielten meist nicht lange vor.

»Meier hat einen gewissen Ruf als Kunstexperte«, sagte er ausweichend.

»Dann ziehst du bei kniffligen Fällen jetzt lieber ihn zu Rate?« fragte sie spöttisch.

»Warum nicht? Es ist keine neue Idee, sich eine Szene sozusagen von unten anzuschauen. Wie in der Drogenfahndung.«

»Wo du ja bestens Bescheid weißt.« Vor allem auch über die Verknüpfung des Drogenhandels mit dem Kunstraub, dachte Nilla. Kunst wurde mittlerweile gern als Währung in Drogengeschäften eingesetzt, eine Tatsache, die von Bedeutung bei Wittichs Wechsel war. »Meier als Informant?« fragte sie langsam. »Geht er darauf ein?«

Wittich wies auf die Fotos. »Ich hab dir schon erklärt, was ich *darüber* denke.«

»Deine internationale Liga? Bist du wieder bei deiner weltweiten Verschworung gegen die Kunst?«

Wittich stöhnte genervt auf und faßte plötzlich nach seinem linken Arm.

»Trink einen Schluck«, Nilla hielt ihm das Glas hin. Gierig trank er es auf einen Zug leer.

»Wann hast du das letzte Mal deine Tabletten genommen?« Sie beugte sich vor und langte nach der Schreibtischschublade, aber er kam ihr zuvor und warf stöhnend ein paar Medikamentenschachteln auf den Tisch. Mit zitternden Händen zog er die eingeschweißten Tabletten heraus und drückte die erste durch die Folie. Nilla holte noch einmal Wasser und sah zu, wie er seine Pillen schluckte.

»Ich denke, ich gehe jetzt besser«, sagte sie.

»Richtig, aber einen Augenblick noch. Was wolltest du neulich bei Rückersdorf?«

5

So unauffällig, wie Carlo Meier das Haus betreten hatte, schlüpfte er hinaus und verwandte die nächste halbe Stunde darauf, sich zu vergewissern, daß ihm niemand folgte. Danach kehrte er zu seinem Fahrzeug zurück. Die Sache, wegen der er nach Berlin gekommen war, konnte in ein paar Tagen beginnen. Soweit liefen die Vorbereitungen nicht schlecht.

Aber Wittich war ein schwer einzuschätzender Mann, und außerdem hatte er einen angegriffenen Eindruck gemacht. Kein gutes Vorzeichen.

Sobald Meier die Ringautobahn um Berlin verlassen hatte und nicht mehr die volle Konzentration aufs Fahren verwenden mußte, durchdachte er seinen Plan von neuem, einiges war ihm durchaus noch völlig unklar.

6

Wittich lag auf der Intensivstation und war mit zwei Monitoren verbunden, die Zackenkurven malten. Nilla legte die Tasche auf das Bettende und hockte sich behutsam auf die Kante. Als er erst ein Auge und dann das andere blinzelnd öffnete, lächelte sie mechanisch.

»Hab mich schon gefragt, wann du auftauchst«, brummte er. »Und mach nicht so ein Gesicht, als wenn ich tot wäre«, setzte er ärgerlich hinzu, »ich hab nur einen Herzinfarkt.«

»Wie fühlst du dich?« Vorsichtig nahm sie seine mit einer Kanüle gespickte Pranke in ihre Hand.

»Eingesargt.«

»Schmerzen?« fragte sie ruhig.

»Unerheblich.« Er versuchte, sich etwas aufzurichten, aber es gelang ihm nicht. »Ich wollte, ich könnte morgen wieder raus.« Sein Blick schweifte zum Nachbarbett. Der andere Patient, ebenso an Apparate angeschlossen wie er, schlief mit weit offenem Mund, ein alter Mann, dessen haarloser Kopf wie ein Totenschädel anmutete. »Schon wegen dem da. Furchtbarer Knacker. Wenn er wach ist, stöhnt er, wenn er schläft, schnarcht er, ich weiß nicht, was mir mehr auf den Senkel geht.«

Wittich wollte wohl von seinem eigenen hilflosen Zustand ablenken.

»Wenn sie dich verlegen, nimmst du dir ein Einzelzimmer.«

»Nicht nötig, ich hab nicht vor, lange hierzubleiben.«

Aufgrund seines Gesundheitszustands hätte Wittich längst aus dem Dienst ausscheiden können, lehnte das aber wegen der Einbußen für seine Pension ab, denn er träumte davon, später zu seinem Sohn zu ziehen, der in Amerika als Übersetzer für die UNO tätig war. Jedesmal, wenn Nilla das Thema Pensionierung ansprach, rechnete Wittich ihr vor, wie teuer das Leben in New York war.

»Du bist ein halsstarriger, uneinsichtiger Esel. Kann ich etwas für dich tun?«

Langsam kehrte wieder etwas Farbe in Wittichs Wangen. Sein steter Blick irritierte sie, ebenso sein leicht spöttisches Lächeln. »Bevor ich hier gelandet bin, hatte ich ein Gespräch mit Frau Kress. Sie erwähnte ganz nebenbei den Kondolenzbesuch einer Frau Meller oder so ähnlich vom Ägyptischen Museum. Sagt dir das was?«

Nilla zog die Hand zurück und schaute auf ihre Finger.

»Woher kanntest du Kress?« setzte Wittich behutsam nach, im gleichen Ton, in dem er sie früher zum Geständnis kindlicher Missetaten verleitet hatte.

»Du weißt doch, daß ich im Augenblick viel im Museum zu

tun habe. Kress ist mir als höflicher Mensch aufgefallen, und Rückersdorf hat ...« Es war zu leicht, ein paar einleuchtende Erklärungen zu erfinden. »Willst du die ganze Geschichte hören?«

»Ich hab Zeit.«

Sie war zu Mathis ins Taxi gestiegen und hatte sich neben ihn gesetzt. Während der Fahrt durch das nächtliche Berlin hatten sie sich über die Lichter unterhalten, ihre Spiegelungen auf dem vom Regen nassen Asphalt, eine zauberhafte Stimmung war aufgekommen, und die Fahrt – seine letzte Fuhre für diesen Tag – endete in einer Szenekneipe nahe ihrer Wohnung.

Von Anfang an schwang etwas zwischen ihnen, was sie gar nicht beschreiben konnte. Er hatte ihr fast sofort von seiner Frau erzählt und von Elsa, und sie hatte im Gegenzug Leonhard erwähnt. Manchmal rief er sie seitdem im Büro an, sie trafen sich zu einem Mittagsimbiß oder nach seinem Dienstschluß.

»Hattest du nun was mit ihm oder nicht?« unterbrach Wittich sie. In seiner Miene begann sich neben Mißbilligung Langeweile breitzumachen.

Sein Einwurf machte sie wütend. »Ist das wichtig?«

»Das mußt du doch wissen. Erzähl schon weiter.«

Am liebsten wäre sie aufgestanden und gegangen.

»Als ich von dem Unfall hörte, den einer von Rückersdorfs Wachleuten hatte, hab ich Mathis davon erzählt. Er war sofort von der Idee begeistert, sich für die Stelle zu bewerben, er hatte das Taxifahren satt. Nur, mit Museen hatte er bis dahin nicht viel am Hut.« Sie legte eine Pause ein, als sie wieder sprach, klang ihre Stimme unsicher. »Ohne mich hätte er die Stelle vielleicht nicht bekommen. Nein, ich habe ihn dem Personalleiter nicht empfohlen, den kenne ich ja gar nicht, aber ich habe Mathis sehr genau auf das Gespräch mit ihm vorbereitet. Mathis wußte, welche Stichworte Eindruck machen würden, wir haben alles genau durchgesprochen, auch die Erfahrungen, die er aus seiner früheren Tätigkeit für einen Wachdienst mitbrachte.«

»Und jetzt fühlst du dich schuldig.«

Die Schnarchtöne vom Nachbarbett schienen ihre Geständnisse ein bißchen ins Lächerliche zu ziehen.

»Mehr oder weniger«, gab sie zu. »Aber eigentlich beschäftigt mich etwas anderes. Als ich in den Raum sah, wußte ich nicht, was mich mehr entsetzte: der Tod von Mathis oder die Zerstörung eines einmaligen Kunstwerks. Verstehst du? Ich komme damit bis heute nicht klar.«

Wittich hatte endlich eine bequemere Lage gefunden, er rührte sich jetzt nicht mehr. »Weiß Leonhard von deinen romantischen Treffen mit Kress?« fragte er mit deutlich ironischem Unterton.

Die Bekanntschaft von Oberstaatsanwalt Dr. Leonhard Lessing verdankte sie Wittich, er hatte sie sogar in eindeutiger Absicht einander vorgestellt.

»Leonhard«, antwortete Nilla tonlos, »hat vor zwei Monaten gefragt, ob ich ihn heiraten will.«

»Na endlich! Nett, daß ich das jetzt schon erfahre. Was weiß ich sonst noch nicht? Wie lange kanntest du Kress?«

»Zwei Monate, aber in den letzten Wochen sahen wir uns selten. Eigentlich seit«, erstaunt sah sie Wittich an, »er im Museum arbeitete.«

»Würdest du mir einen Gefallen tun?« fragte er leicht aufgekratzt.

»Nein«, antwortete sie prompt.

»Ich möchte, daß du mir die Akte Carlo Meier vorbeibringst.«

»Nein«, wiederholte sie bestimmt, »du bist hier, weil du arbeitsunfähig bist.« Sie gab nicht zu erkennen, daß irgend etwas sie zum Einlenken bewegen könnte. »Vergiß es«, setzte sie nach.

»Ich würde vergessen, was du mir eben erzählt hast – für die

Akten, meine ich –, und ich würde auch Leonhard nichts sagen.«

»Das wäre ja noch schöner«, fauchte sie, »du mischst dich schon genug in mein Privatleben ein.«

Sein Blick verriet, daß er immer noch nicht aufgab.

»Du willst doch Absolution, also tu was dafür.«

»Absolution?«

»Von deinen Schuldgefühlen.« Unbarmherzig zählte er auf: »Du hast mit einem verheirateten Mann rumgemacht, deinen Freund hintergangen, Kress zu einer Stellung verholfen, die ihn das Leben gekostet hat, du findest, daß ein Stück *Weltkulturerbe* vielleicht von größerem Wert ...«

»Hör auf! Warum willst du die Meier-Akte?«

»Ich hab Meier so weit, daß er mit ein paar Informationen oder den Namen wichtiger Kontaktpersonen herausrücken will. Vielleicht kann ich mit dem einen oder anderen selbst reden.«

Nillas Einwänden kam er zuvor, indem er Einhalt gebietend die Hand hob. Da sie eindeutig zitterte, ließ er sie sofort fallen.

»Ich dachte, ich hätte die Toten hinter mir gelassen, als ich das Dezernat wechselte. Dabei hatte ich ja gar nicht so häufig Gelegenheit, die Junkies in verdreckten Toiletten oder die jungen Mädchen, die Arme von Einstichnarben übersät, selbst zu sehen. Aber am Ende kommen doch eine Menge zusammen, die Bilder fangen an, dich zu verfolgen. Ich will das nicht mehr. Es macht mich fertig.« Er flüsterte heiser, die Augen auf einen Punkt an der leeren weißen Wand gegenüber gerichtet. Ein Bekenntnis wie dieses hätte er sich in jeder anderen Situation verkniffen. Es bewies, wie fertig er wirklich war, eine Bankrotterklärung. Am liebsten hätte ihn Nilla in die Arme genommen.

»Erinnerst du dich an das, was ich dir gleich nach dem Raub der Munchs in Oslo gesagt habe? Die Gewalt nimmt auch beim Kunstraub zu«, fuhr er sachlicher fort.

Die Täter waren mitten am Tag bewaffnet ins Osloer Museum eingedrungen und hatten Personal wie Besucher in Panik versetzt. Und in Irland hatten Einbrecher mit einem Geländewagen das Portal des Russborough House gerammt, beide Aktionen muteten geradezu paramilitärisch an. »Ich will den Fall Kress aufgeklärt sehen«, sagte Wittich verbissen, »also komm mir nicht mit Schonung.«

»Wenn du die Aufklärung des Falles erleben willst, wird dir nichts anderes übrigbleiben, als dich zu schonen«, gab sie nüchtern zu bedenken. »Wie wär's, wenn ich dich unterstützte? Es wäre nicht unsere erste Zusammenarbeit.«

Wittich fletschte die Zähne in einem breiten Grinsen. »Einverstanden«, sagte er überraschend. »Aber die Aufklärung muß lückenlos sein. Ich will den ganzen Hintergrund, die Drahtzieher, und dafür brauche ich Meier.«

Nilla blieb, bis er eingeschlafen war. Sein Unterkiefer sank herab. Peter Wittich schnarchte genauso laut und mißtönend wie sein Nachbar.

Als Nilla das Krankenhaus verließ, mußte sie sich sputen, um noch halbwegs rechtzeitig zu ihrer Verabredung mit Leonhard zurechtzukommen. Am liebsten hätte sie auch diese Verabredung abgesagt, es wäre das dritte Mal gewesen. Eine Absage hatte sie vor, eine nach dem Tod von Kress erteilt. Jedesmal hatte es Leonhard angemessen enttäuscht hingenommen, aber diesmal hätte er vermutlich den Oberstaatsanwalt herausgekehrt und peinigende Fragen gestellt, Erkundigungen, die ihn einer Antwort auf die seit zwei Monaten zwischen ihnen schwebende Frage näher brachten. Im stillen ärgerte sich Nilla über seine allzu große Geduld.

Ihre gedrückte Stimmung schob er auf Peter Wittichs desolaten Zustand. Beim Essen trank Nilla mehr Wein, als ihr guttat, ohne daß sich die erhoffte Entspannung einstellte.

Leonhard umfaßte beim Dessert sanft ihr Handgelenk, sein Mittelfinger glitt über die empfindsame Stelle unterhalb des

Knöchels. Leonhards plumpe Hände waren das einzige wirklich Unschöne an ihm, ansonsten wirkte er wie eine zwanzig Jahre jüngere und schlankere Ausgabe von Peter Wittich. Leonhard, hatte Wittich ihr erklärt, würde ihr Halt geben, aber je länger sie über diesen Halt nachdachte, desto mehr geriet sie innerlich ins Taumeln.

Als sie das Restaurant verließen, legte er den Arm um ihre Taille, seine Hand strich sanft an ihrer Seite entlang.

Phase zwei, dachte sie.

Und da ging ihr endgültig auf, daß sie seine Berührung nicht mochte. Daß der Gedanke an eine Nacht mit ihm sie abstieß, das machte sie richtig unglücklich und wütend auf sich selbst. Bis zum Auto setzte sie ihre Füße immer schleppender.

»Was ist?« fragte er.

»Der Besuch im Krankenhaus ist mir mehr, als ich zugeben wollte, an die Nieren gegangen. Ich mache mir Vorwürfe, daß ich nicht besser auf Peter achtgegeben habe.«

»Du übertreibst.« Mit fester Hand dirigierte er sie zu seinem Auto, einem schweren, dunklen BMW.

»Fährst du mich nach Hause?« fragte Nilla mit leidender Stimme. »Ich komme nicht mit zu dir. Entschuldige, es war ein schöner Abend, aber jetzt«, sie drückte an ihre Schläfe, »bekomme ich anscheinend eine Migräne. Ich habe zuviel Wein getrunken.«

Einen Moment stand Leonhard ganz still und aufrecht da, als lauschte er ihren Worten nach. »Ich verstehe«, sagte er langsam. »Das tut mir leid, Liebling«, setzte er förmlich hinzu, »ich hätte darauf achten sollen, wir wissen doch beide, daß du nicht viel verträgst.«

Leonhard fuhr sie schweigend nach Hause, würdevoll an seiner Enttäuschung leidend. Von einem Anflug von Reue geplagt, küßte sie ihn zum Abschied zärtlicher und intensiver als beabsichtigt. Sofort drängte sich seine zu nasse Zunge tief in ihren Mund. Heftig machte sie sich frei.

»Gute Nacht«, sagte Leonhard knapp, wandte sich um, stieg in den Wagen und brauste davon, noch bevor sie die Haustür erreicht hatte. Sie würde sich morgen bei ihm entschuldigen.

Für den Abend hatte sie sich in Grau gekleidet. Ein streng geschnittener Hosenanzug, der sie blaß aussehen ließ, und ein T-Shirt, das Grau gab perfekt ihre Stimmung wieder. Diese ganze kühle Aufmachung war auf Abschreckung angelegt, aber es hatte nicht funktioniert. Als sie den Anzug auf einen Bügel hängte, fiel ihr Carlo Meier wieder ein. Der Hehler oder Kunsthändler war den ganzen Abend irgendwie in ihren Gedanken präsent gewesen, der Mann mit den stechenden Augen, um dessen Akte Peter gebeten hatte. Sie hatte sich mit Leonhard durch eine Unterhaltung über den Fall »Nofretete« gequält und mußte froh sein, daß Leonhard nicht zufällig als Staatsanwalt dafür zuständig war. Die ganze Unterhaltung über den Tod von Kress erschien ihr schändlich und unanständig, weil sie Leonhard in seiner Unwissenheit beließ und nicht den Mut aufbrachte, ihm ihr emotionales Dilemma zu enthüllen. Und während sie sich im Badezimmer das bißchen Schminke aus dem Gesicht wischte, verfestigte sich eine Idee, mit der sie bisher nur gespielt hatte.

7

Wittich erriet an Nillas Gesichtsausdruck, wie ihr Abend mit Leonhard verlaufen war. Im stillen verfluchte er ihre Unentschlossenheit, ihr Hinhalten und Zögern, von dem ihm Leonhard längst erzählt hatte.

»Gib mir die Akte, ich hoffe, du hast sie nicht vergessen.« Er streckte die Hand aus, die jetzt schon weniger zitterte.

Erst einmal umarmte sie ihn, ihre zarte, weiche Wange drückte sich an seine kratzige, ihre duftenden blonden Haare wischten leicht und kitzlig über sein Gesicht. Manchmal – aber auch nur manchmal – mußte er seine Gefühle zähmen, damit sie im Rahmen eines väterlichen Freundes blieben. Er schob sie von sich, damit er durch seinen dünnen Schlafanzug nicht auch noch ihre Brüste spürte. Leonhards Vernarrtheit in sie verstand er nur allzugut.

»Wie geht's dir?« fragte sie.

»Das mußt du die Ärzte fragen, mein subjektives Befinden spielt überhaupt keine Rolle.«

»Das heißt«, sie betrachtete ihn kritisch, »daß sie dich länger hierbehalten wollen, als du für nötig hältst?«

»Ich habe eine Stenose, eine Gefäßverengung. Sie wissen noch nicht, ob der Stent, den sie mir eingesetzt haben, reicht oder ob sie doch einen Bypass legen müssen.«

Grimmig drückte er einen Schalter am Bettrahmen und ließ sich in eine aufrechtere Position fahren, um sich weniger leidend und unterlegen zu fühlen. »Hast du die Akte?«

Sie umschlang mit beiden Armen ihre Tasche. »Du willst also selbst im Krankenhaus nicht von deiner Gewohnheit lassen, Nägel in deinen eigenen Sarg zu klopfen? Ich kann das nicht zulassen.«

Er merkte, wie ihm vor Ärger Hitze ins Gesicht stieg.

Mit einer Hand griff sie in die Tasche, holte die Akte aber nicht heraus. »Mir ist immer noch nicht klar, wie du darauf kommst, daß der Einbruch mit anderen Kunstrauben in Verbindung steht.«

»Erfahrung«, sagte er knapp. Spöttisch verzog sie das Gesicht. »Ja, lach du nur«, fuhr er fort. »Ich übertrage meine Erfahrungen aus der Drogenfahndung auf den illegalen Kunsthandel. Ob Drogen oder Kunst, ist letztendlich nicht entscheidend.« Seine Aufgabe war es nicht gewesen, die kleinen Dealer, die meist selbst Fixer waren, zu überführen, sondern den Kartellen auf die Spur zu kommen. »Bei den Kunstraubfällen, die mich interessieren, handelt es sich immer um unersetzliche Werke, die nicht wieder auftauchten und für die kein Lösegeld gefordert wurde.

Und deren Raub außerdem nicht in Zusammenhang mit der Abwicklung größerer Drogengeschäfte zu stehen scheint. Ich kenne die Akten, ich hab sie mir über Europol verschafft.«

Endlich holte sie die Akte hervor. »Du hast reingeschaut?« fragte er sie.

Erstaunt zog sie die Brauen hoch. »Sollte ich das nicht? Ich dachte, wir arbeiten zusammen.«

In der Akte stand nicht viel über die Meiers, und sie enthielt nur ein paar wenig aussagekräftige Fotos. Vater und Sohn hießen beide Karl, zur Unterscheidung wurde der eine Charly und der andere Carlo gerufen. Charly war den Ermittlern wiederholt durch die Fänge geschlüpft und hatte vermutlich die letzten Jahre mit seinem Sohn Carlo zusammengearbeitet. Ihre Spezialität bestand darin, sehr viel zu wissen, sehr viele Leute in der Kunstbranche zu kennen und sich äußerst geschickt im Hintergrund zu halten.

Wittich nahm Nilla die Akte ab und schlug sie auf.

Wenn er Carlo Meier schon nicht in nächster Zeit treffen konnte, wollte er wenigstens telefonisch Kontakt halten und sich vergewissern, daß er keinen Rückzieher machen würde.

»Ich habe bei meinem Gespräch mit Meier den Eindruck gewonnen, daß er besorgt ist. Zuviel Gewalt, sagte er, zuviel Zerstörung. Denk nur an das Munch-Gemälde, das halb zerfetzt wieder aufgetaucht ist, und an die Nofretete. Nach Meier ist etwas in Gang, das auch die alten Profis in Schrecken versetzt. Zuviel Aufmerksamkeit der Öffentlichkeit verdirbt ihnen die Geschäfte. Seit Öffnung der Grenzen nach Osteuropa gibt es im Westen ein Problem mit Banden, zu denen ehemalige Mitglieder jetzt überflüssiger Spezialkommandos der sowjetischen Armee gehören. Der Überfall auf das Russborough House deutet auf einen solchen Hintergrund hin. Es gibt inzwischen mit Sicherheit mafiaähnliche Organisationen für illegale Kunstbeschaffung, die weltweit operieren, auf ihr Konto könnte auch der versuchte Raub der Nofretete gehen. Das würde passen.

Meier ist selbst darauf aus, etwas herauszufinden, und will deshalb mit uns zusammenarbeiten.«

»Ich könnte mit ihm reden.« Verdutzt sah er von den Papieren und Fotos auf, die er auf dem Bett verteilt hatte. Rasch sprach sie weiter. »Ich bin zu einer Tagung ins Rijksmuseum nach Amsterdam eingeladen. Mit dem Auto kostet mich der Abstecher zu Meier nach Steinfurt nur ein, zwei Stunden. Ein kurzes Gespräch mit ihm, dann fahre ich weiter.«

Unwirsch schüttelte er den Kopf. Die Bewegung war zu hastig gewesen, Schwindel befiel ihn, Atemnot, Herzbeklemmung. Mit geschlossenen Augen lag er einen Moment da und verfluchte seine Schwäche.

Das Geröchel des Alten, der im Nachbarbett nur noch vor sich hin dämmerte, erfüllte Wittich mit einer kläglichen, schleichenden Furcht: So verloren und vergessen wollte er nicht enden.

Als er die Lider wieder hob, hielt Nilla seine Hand umklammert.

»Ich komme wieder. Aber jetzt mußt du wirklich ruhen. Soll ich einen Pfleger oder den Arzt rufen?« Sie stand auf.

»Erst will ich von dir hören, daß du nichts auf eigene Faust unternimmst. Ich würde dich wegen unerlaubter Einmischung belangen.« Mit einer Hand zog er die Schublade im Nachttisch auf, warf die Akte hinein und holte eine Packung Taschentücher heraus.

»Ich dachte, wir hätten ein Abkommen«, sagte Nilla ruhig.

Von der Kanüle in der Hand behindert, wischte er sich ungeschickt den Schweiß ab.

»Vielleicht«, räumte er ein, »aber ich bestimme die Ermittlung.«

»Das glaube ich kaum. Während du hier liegst, arbeiten andere weiter an dem Fall.«

»Sicher wird die Ermittlung fortgesetzt. Seit Tagen werden alle Angestellten des Museums verhört. Irgendeiner von ihnen hat mit den Einbrechern zusammengearbeitet, davon bin ich überzeugt. Wir brauchen Anhaltspunkte, am besten ein eindeutiges Motiv.«

»Als Opfer kommt Kress doch am wenigsten für eine Mittäterschaft in Frage«, warf sie mit abgewandtem Blick ein.

»So? Diese Diskussion hatten wir bereits einmal. Vielleicht war er entbehrlich geworden. Dir fällt kein Motiv ein, das ihn veranlaßt haben könnte, bei dem Einbruch mitzumachen?«

»Nein«, sagte sie langsam, »so gut kannte ich ihn nun auch wieder nicht.«

8

Perino erkannte Dr. Mellon sofort, als sie auf seinen Tisch zukam, allerdings ohne ihn zu bemerken. Ihm fiel ein, daß sie Verbindung zu Wittich haben mußte. Angetan von diesem Zufall, sprang er auf.

Irritiert blieb sie stehen.

»Wir sind uns im Ägyptischen Museum begegnet«, sprach er sie an, »erinnern Sie sich? An dem Tag als ...«

»Ja«, hakte sie rasch ein, »ich weiß.«

Obwohl sie anscheinend in Eile war, ließ sie sich zu einem Kaffee einladen und bestellte sogar Kuchen, weil sie nicht zu Mittag gegessen hatte. Eine Weile unterhielten sie sich über den sensationellen Erfolg der MoMA-Ausstellung, das geschickt inszenierte Großereignis in Berlin. Dr. Mellon sah auf eine kühle Art nett aus, wirkte aber etwas durcheinander.

»Ich hatte angenommen, Sie arbeiten im Ägyptischen Museum«, sagte Dr. Perino schließlich, »aber von Dr. Rückersdorf habe ich erfahren, daß dem nicht so ist.«

»Nein.« Zerstreut beobachtete sie das Treiben am Hackeschen Markt. »Ich arbeite drüben in der Alten Nationalgalerie«, fuhr sie überraschend fort. Sie schob den Teller mit dem halb aufgegessenen Kuchen beiseite und starrte einen Moment vor sich hin. Etwas mußte sie bedrücken.

»Dann waren Sie nur zufällig im Ägyptischen Museum, als ich Sie dort traf?«

Abwesend schaute sie auf. »Entschuldigen Sie, was haben Sie gefragt?«

Perino überlegte, ob er das Gespräch überhaupt fortsetzen sollte. »Es ist nicht wichtig«, murmelte er und sah sich nach dem Kellner um.

»Es tut mir leid, ich bin unaufmerksam«, sagte Dr. Mellon leise, »Sie haben ja auch Kommissar Wittich kennengelernt. Wir sind seit langem befreundet, und ich komme gerade von ihm. Er liegt mit einem Herzinfarkt im Krankenhaus.«

»Das tut mir aufrichtig leid. Dann wird er die Ermittlung im Fall Nofretete nicht weiterführen?«

»Das wäre schade, nicht wahr? Ich glaube, Sie fragten, was ich im Ägyptischen Museum zu tun hatte. Ich wollte etwas überprüfen. Einer meiner Kollegen ist im Depot auf ein Gemälde Josef Anton Kochs gestoßen. Eine hübsche Entdeckung, aber mir sind Zweifel gekommen. Zu Kochs Zeit grassierte ja gerade die Ägyptomanie, insoweit ist es nicht verwunderlich, daß auf dem Bild eine ägyptische Figur erscheint. Ich bin ziemlich sicher, genau diese Figur im Ägyptischen Museum entdeckt zu haben, aber sie ist erst im späten neunzehnten Jahrhundert ausgegraben worden, also etwa fünfzig Jahre nachdem das Gemälde angeblich entstand. Um sicherzugehen, wollte ich die Unterlagen über die Figur durchsehen, genauere Vergleiche anstellen und so weiter. Der ganze Kleinkram halt.«

»Das klingt, als wären Sie einer Fälschung auf der Spur. Befassen Sie sich damit öfter?«

»Gelegentlich.«

»Bei Josef Anton Koch lohnt sich eine Fälschung.«

»Ja.«

Das Gespräch drohte wieder zu verebben.

»Haben Sie denn etwas über den Stand der Ermittlung im Fall Nofretete erfahren können? Wissen Sie, die Sache beschäftigt mich«, hob Perino wieder an. »Irgendwie ist man selbst betroffen, wenn es sich um ein Kunstwerk von derartigem Rang handelt.«

»Das geht mir ebenso, und ich würde mich gern an der Ermittlung beteiligen. Hin und wieder zieht mich Peter Wittich bei seinen Fällen hinzu.«

»Und diesmal nicht?«

»Ich könnte ihn entlasten, wenn er mich ließe. Aber ich habe natürlich auch Verpflichtungen. Morgen fahre ich erst einmal nach Amsterdam zu einer Tagung. – Ich glaube, die wenigsten Niederländer wissen, daß der gesamte öffentliche Kunstbesitz ihres Landes nicht versichert ist«, fuhr sie scheinbar zusammenhanglos fort.

»Die Prämien der Versicherungsgesellschaften sind zu hoch und die Sicherheitsauflagen bei den knappen Etats unerfüllbar. Ich kenne das Problem.« Perino stand mit ihr auf und sah ihr nach. Sie hatte seine Neugier geweckt, er beschloß, vorsichtshalber nähere Erkundigungen über sie einzuziehen.

9

Nilla war sehr früh aufgestanden und hatte die Kopien der Meier-Akte noch einmal durchgesehen. In der Akte hatte sie auch Informationen zu ein paar Fällen gefunden, die nicht auf den ersten Blick mit den Meiers in Zusammenhang standen. Der spektakulärste war zweifellos der Diebstahl einer Cranach-Madonna aus dem Schloßmuseum in Weimar. Ein halbes Jahr später war das Gemälde einem bedeutenden europäischen Sammler angeboten worden, der aber kalte Füße bekommen und die Polizei eingeschaltet hatte. Der Anbieter hatte sich als Karol Szerny vorgestellt. Hatte Peter Wittich vermutet, daß

Karol Szerny mit einem der Meiers identisch war? Nilla hätte ihn gern danach gefragt und ihm vor allem das Einverständnis abgerungen, den kleinen Abstecher nach Steinfurt doch zu unternehmen. Deshalb war sie gegen acht noch einmal ins Krankenhaus gefahren. Aber Wittich hatte fest geschlafen. Bleich, mit eingesunkenen Augen, eingefallenen Wangen und weit offenem Mund lag er in seinem Krankenbett. Es kam ihr so vor, als wohnte sie in einem Zeitraffer der Verwandlung in einen Totenschädel bei. Eine Ähnlichkeit mit dem Nachbarn zeigte sich, nur diesen Bettnachbarn gab es nicht mehr: Er war, wie ihr die Stationsschwester mitgeteilt hatte, in der Nacht gestorben. Nilla verließ das Krankenhaus, ohne Wittich geweckt zu haben.

Als sie an der Neuen Nationalgalerie vorbeifuhr, herrschte der zur Zeit übliche Betrieb. Musik schallte, Leute mit Schlafsäcken unter dem Arm bewegten sich die Stufen zum Plateau vor dem großen Glaskasten Mies van der Rohes hinauf, auf dem Mäuerchen davor wurde gefrühstückt. Obwohl die Nächte lau blieben, verstand Nilla nicht, wie Menschen vor dem Museum nächtigen konnten, nachdem sie bereits acht Stunden für eine Karte angestanden hatten, und das alles nur, um die Ausstellung von zweihundert Gemälden aus dem Museum of Modern Art zu besuchen. Nur einige Kilometer entfernt waren ähnliche Bilder derselben Maler ausgestellt, man konnte sie für fünf Euro besichtigen, ohne dafür lange anzustehen.

Sie fuhr so zügig, wie es ihr alter Golf zuließ. Die erste nennenswerte Pause legte sie gleich nach der Abfahrt Rheine-Nord von der A 30 ein. Nach fünf Minuten, in denen sie ihren Mut zusammengerafft hatte, rief sie Wittich an.

Seine Stimme klang erstaunlich frisch.

»Du hörst dich gut an.«

»Es geht mir gut.« Da war aber doch eine kleine Einschränkung herauszuhören.

»Wirklich?«

»Meinem Empfinden nach schon, aber die Ärzte sind noch nicht ganz zufrieden. Aber lassen wir das. Du bist auf dem Weg nach Amsterdam?«

Durfte sie ihm mitteilen, was sie vorhatte?

»Peter«, sagte sie schließlich ohne weitere Umschweife, »ich bin in zwanzig Minuten in Steinfurt.«

Es folgte eine Auseinandersetzung, die sich gewaschen hatte.

»Ruf Meier an«, schlug sie schließlich vor, »entweder will er mit mir reden, oder er läßt es.«

Endlich lenkte Wittich ein. Dann mußte sie eine Viertelstunde warten, bis er sich wieder meldete.

»Meiers Leitung ist tot, die Nummer ist abgemeldet. Ich glaube, du kannst den Besuch streichen.« Die Enttäuschung war unüberhörbar. Meier würde für eine Kooperation wohl nicht mehr zur Verfügung stehen.

»Aber es kann nicht schaden, wenn ich mich unter der angegebenen Adresse mal umschaue. Ich habe Zeit, ich werde erst gegen Abend in Amsterdam erwartet.«

»Es wäre mir immer noch lieber, du kümmerst dich um deine eigenen Angelegenheiten. Nofretete oder Kress sind meine Sache.«

Nun hörte sie doch die Anstrengung heraus, die das Telefonat für ihn bedeuten mußte.

»Ja, sicher. Übrigens, ich bringe meine Beziehung mit Leonhard in Ordnung, sobald ich aus Amsterdam zurück bin. Wir haben gestern lange telefoniert. Ich glaube, wir sind jetzt auf einem guten Weg.« Eine Stunde hatte das Telefonat gedauert. Leonhards Stimme zu hören, hatte Sehnsucht nach seiner Gegenwart aufkommen lassen. Seltsam, daß sie die Distanz brauchte, um sich ihm nah zu fühlen.

Brummig gab Wittich seine Vorbehalte auf. Es mußte schrecklich für ihn sein, so fest zu liegen und nichts tun zu können.

10

Carlo Meier war gerade dabei, letzte Spuren seiner Anwesenheit in der alten Steinfurter Fabrik, die ihm ein paar Wochen als Unterschlupf gedient hatte, zu beseitigen. Er hockte vor dem Kanonenofen und sah zu, wie Papiere mit handschriftlichen Notizen mit Resten von Palettenholz zu Asche verglühten.

Draußen fuhr ein Auto auf den vorderen Hof.

Erst jetzt fiel Meier ein, daß er versäumt hatte, sich gleich morgens herzurichten. Er griff in die warme Asche vorn am Ofenloch, verrieb sie zwischen den Händen, vergegenwärtigte sich sein Spiegelbild und verteilte mit konzentrierten Bewegungen die Asche im Gesicht und in den Haaren, die er zum Schluß fest an den Kopf drückte. Als er mit seiner Minimalmaskerade fertig war und sich umwandte, stand die junge Frau schon in der Halle und schaute sich mißtrauisch und voller Abscheu um. Sie mußte die gestapelten Kisten sehen, zwischen denen Spinnweben hingen, den aufgehäuften Elektro- und Eisenschrott, das Feldbett am Ofen mit den grauen Decken aus Armeebeständen. Ihm selbst machte der Dreck nichts aus, er konnte unangenehme äußere Umstände für eine gewisse Zeit vollkommen ignorieren.

»Carlo Meier?« fragte sie unsicher.

Er stand auf und streifte sich dabei das Sakko über, das auf dem Feldbett gelegen hatte. »Was wollen Sie von mir?«

Während er ihren Erklärungen lauschte, beobachtete er sie genau. Ihr grauer Hosenanzug zeugte von herzlich wenig Geschmack. Aber dann ging ihm auf, daß in dieser Aufmachung Berechnung liegen mochte. Keine Schminke, das Haar straff nach hinten gekämmt und zu einem kleinen Knoten zusammengewurschtelt, was ihr gutgeschnittenes Gesicht ein bißchen herb erscheinen ließ. Ein Schachzug, der ihn amüsierte.

Nilla Mellon kramte ein Handy aus ihrem Rucksack, tippte

eine Nummer ein, wartete auf die Verbindung, sprach ein paar Sätze und hielt ihm das Handy hin.

»Reden Sie mit Peter Wittich. Er wird Ihnen bestätigen, daß ich als seine Vertretung hier bin, weil er verhindert ist, selbst herzukommen.«

Bereitwillig nahm er ihr das Handy ab und ließ im Gespräch mit Wittich keinen Zweifel daran, daß er verärgert war. Mit vor der Brust verschränkten Armen wartete Mellon das Ende des Telefonats ab.

»Es tut mir leid«, sagte sie reserviert, »wenn Sie sich überrumpelt fühlen. Peter Wittich hat versucht, Sie unter der von Ihnen angegebenen Nummer zu erreichen. Ihr Anschluß ist abgemeldet.«

Ihre Antipathie konnte sie aus der Stimme nicht ganz heraushalten. Vermutlich fragte sie sich, wieso ein Kunsthändler in einem derartigen Loch hauste.

»Daß das Telefon abgemeldet ist, habe ich nicht gewußt«, gab er ehrlich zu. »Ein Versehen. Allerdings habe ich die Vereinbarung mit Wittich für hinfällig gehalten, weil ich nichts mehr von ihm gehört habe. Ich bin gerade dabei, meine Zelte hier abzubrechen. Weder diese Fabrikhalle noch der Telefonanschluß gehören mir. Beides habe ich nur vorübergehend genutzt.«

»Na schön, die Frage ist aber: Akzeptieren Sie mich als Peter Wittichs Vertretung?«

Er drehte sich zum Ofen und zog die Klappe auf. »Warum nicht, wenn Sie schon mal hier sind?« murmelte er und warf das Handy hinein. Es schlug hörbar an der Rückwand auf. Mit einem erschreckten Aufkeuchen stieß Mellon ihn zur Seite und griff in den Ofen, eine Kurzschlußhandlung, mutig, aber sinnlos. Hastig zog sie die Hand zurück und hielt sie mit der anderen umklammert, während sie sich wieder aufrichtete und ihn mit wildem Blick musterte.

»Warum haben Sie das getan? Sind Sie noch bei Trost?«

»Ich hoffe doch«, antwortete er ruhig. Sie zitterte, wich aber nicht vor ihm zurück. »Ich möchte von Anfang an etwas klarstellen: *Ich* gebe die Anweisungen. Eine davon lautet, daß Sie sich nur dann mit Wittich in Verbindung setzen, wenn ich es Ihnen sage oder – um es anders auszudrücken – nach Absprache mit mir. Noch einmal: keine unkontrollierte Weitergabe von Informationen. Ich meine es ernst, haben Sie das verstanden?«

Ihre Augen weiteten sich. »Nein, ich verstehe überhaupt nichts«, preßte sie hervor.

»Aber Sie wollen doch Wittichs Part übernehmen?«

Zögernd nickte sie.

»Dann kommen Sie!« Er nahm ihren Rucksack vom Boden auf, ergriff sie am Arm und zog sie mit sich.

»Was soll das?« protestierte sie. Jetzt hatte sie eindeutig Angst erfaßt, sie wehrte sich.

Er ließ sie los.

»Habe ich etwas mißverstanden?« sagte sie scharf. »Ich bin hier, um an Stelle von Kommissar Wittich mit Ihnen zu *reden*.«

»Nein, nicht mit mir. Ich bin ziemlich unwichtig. Wir fahren zu jemandem, der Ihnen eventuell ein paar wichtige Hinweise geben kann. – Was ist? Kommen Sie nun? Mein Wagen steht hinten.«

Widerstrebend folgte sie ihm einen kurzen Flur entlang, an dem Nebenräume wie Teeküche, Büro und Toiletten lagen.

Etwa eine Viertelstunde, überschlug Meier, war seit ihrem Eintreffen vergangen. Falls Wittich einen Aufpasser für sie abgestellt hatte, würde dieser den vorderen Hof beobachten und die zwei Türen, die in die Halle führten. Noch würde der Beobachter abwarten.

Auf dem Hof hinter der Fabrik parkte sein Geländewagen. Mit einer Handbewegung forderte er sie auf einzusteigen und warf ihren Rucksack nach hinten.

»Wohin fahren wir? Wen treffen wir, und wann bringen Sie

mich hierher zurück? Ich werde heute noch in Amsterdam erwartet.« Je länger sie sprach, desto mehr gewann sie ihre Selbstsicherheit zurück.

»In Ordnung, ich werde daran denken. Steigen Sie ein, wir reden unterwegs.« Ihre kunsthistorische Ausbildung konnte ihm möglicherweise von größerem Nutzen sein als Wittichs kriminalistische Erfahrung. Ohnehin hatte er jetzt seine Entscheidung gefällt.

Sobald sie neben ihm Platz genommen hatte, lenkte er den Pajero vom Hof und eine schmale Ausfahrt entlang, die zwischen hohen Hecken und Obstgärten im Winkel auf eine Seitengasse führte. Hauptsächlich wegen dieser versteckten Ausfahrt hatte er diesen Unterschlupf gewählt. Im Rückspiegel verschwand der schlichte Backsteinbau mit den riesigen, vor Dreck blinden Fenstern und dem hohen, runden Fabrikschornstein mit der rußgeschwärzten Spitze.

»Was ist mit Ihrer Hand?« erkundigte er sich.

»Es geht schon wieder«, antwortete sie.

»Halten Sie die Hand aus dem Fenster, damit sie der Fahrtwind kühlt. Mehr habe ich im Augenblick nicht anzubieten.« Er ließ die Seitenscheibe herunter. »Was machen Sie in Amsterdam?«

»Ich nehme an einer Tagung teil, die morgen beginnt. Und jetzt möchte ich wissen, wohin wir fahren.«

Wenig später wiederholte sie ihre Frage deutlich ungehalten. Meier wollte noch etwas Zeit herausschinden. »Gedulden Sie sich noch etwas. Ihre Aufgabe ist heikler, als Sie oder Kommissar Wittich sich gedacht haben. Unklar ist mir trotzdem, warum Sie sich darauf einlassen.«

Sie nahm die Frage überraschend ernst, und als sie von dem Einbruch ins Ägyptische Museum erzählte, fiel ihm eine Betroffenheit auf, die deutlich über das zu erwartende Maß hinausging. Er verwickelte sie in ein Gespräch über Sicherheitsfragen, und so hatten sie Osnabrück bereits passiert, als sie wieder auf ihre Uhr schaute und die Autobahnschilder genauer wahrnahm.

»Wittich erwähnte eine internationale Liga oder Bande«, begann er hastig.

»Und? Was wissen Sie darüber?« hakte sie sofort ein.

»Im Augenblick noch wenig. Es ist nicht viel mehr als eine Hypothese, daß sie existiert. Wie weit geht Ihre Bereitschaft, nach dieser Liga zu fahnden?«

»Was haben Sie vor?«

»Sie auf eine kleine Reise mitzunehmen. Amsterdam müßten Sie allerdings vergessen.«

11

Meier hatte auf einem Parkplatz mit einer kleinen Toilettenanlage gehalten und ihr Zeit zum Überlegen gegeben.

»Entweder Sie machen's, oder Sie lassen's«, hatte er erklärt und keinen Zweifel gelassen, daß er auch allein weiterfahren würde. Nilla hätte sehen müssen, wie sie auf eigene Faust nach Steinfurt zurückgekommen wäre.

Nach dem Vorfall mit dem Handy hatte sie sich von Meier bedroht gefühlt, die Situation war ihr beinahe vollkommen entglitten. Aber ein Rest von Vernunft hatte gesiegt. Und ihre Fähigkeit, Wahrnehmungen und Eindrücke eines Moments zu sortieren und halbwegs unabhängig voneinander zu bewerten. Meier bedrohte sie nicht wirklich, er schien selbst vor etwas Angst zu haben. Während der Fahrt durch Steinfurt und auch später hatte er lange und intensiv im Rückspiegel den nachfolgenden Verkehr beobachtet. Seine Anspannung ließ erst hinter Osnabrück nach. Irgendwann hatte sie sich, von seiner Nervosität angesteckt, umgewandt, um durch die Heckscheibe zu spähen, dabei war ihr Blick an seinem Nacken hängengeblieben. Er wirkte wesentlich kräftiger, als sie nach dem übrigen Erscheinungsbild Meiers erwartet hatte. Die glatte Haut erschien einige Schattierungen dunkler als ihre eigene. Auf Meiers Schultern lagen ekelhaft viele Schuppen, angewidert war sie so weit nach rechts wie möglich gerückt.

Meier hatte auf den Rücksitzen herumgekramt, war ausgestiegen und in Richtung Toiletten davongestapft. Als er zurückkehrte, hielt er ihr einen leicht schmuddelig wirkenden, nassen Lappen hin.

»Wickeln Sie das um Ihre Hand.« Ohne ein weiteres Wort stieg er wieder ein und starrte durch die Windschutzscheibe, während sie nach anfänglichem Widerstreben das Tuch um ihre Hand schlang. Das Brennen ließ nach, mehr als unter dem Fahrtwind.

»Sie können weiterfahren«, sagte sie knapp.

Am Nachmittag passierten sie die Grenze zu Polen.

»Schauen Sie sich diesen Krug an.«

Nilla schaute die Hände an, die den Krug hielten.

»Ich würde Ihnen den Krug ja geben, aber Sie könnten ihn fallen lassen. Es ist der einzige wirklich perfekte.« Meiers schnarrende Stimme schlug erstaunlich sonore Töne an.

Einige Kilometer hinter der Grenze hatte er die Autobahn verlassen und war zu einer Keramikwerkstatt gefahren, um ein Geschenk zu besorgen.

»Die richtige Form für einen Krug zu finden, ist ein Geheimnis, das die alten Griechen wie kein anderes Volk beherrschten – nur die Minoer haben es noch besser verstanden, die Größe eines Krugs und die Dicke der Wandung aufeinander abzustimmen. Stabil, aber nicht erdenschwer.«

So etwas Ähnliches ließ sich über seine Hände auch sagen. Kräftig, aber nicht grob.

»Sehen Sie, wie der Henkel an der einzig dafür sinnvollen Stelle in die Wandung übergeht? Selbst ein kleines Kind kann diesen Krug mühelos halten.«

Nilla versuchte, sich die Nofretete zwischen seinen Händen

vorzustellen. Aber wahrscheinlich verscherbelte Meier nur drittklassige Objekte an kleine Sammler oder Provinzmuseen. Wittich mußte sich geirrt haben, als er Diebstähle bedeutenderer Kunstwerke mit ihm in Zusammenhang brachte.

»Warum kaufen Sie diesen Krug nicht endlich? Oder einen von den anderen? Es stehen hier Dutzende, die alle mehr oder weniger gleich aussehen, und keiner kostet mehr als zehn Euro. Für wen immer Ihr Geschenk gedacht ist, er scheint ein anspruchsloser Mensch zu sein.«

Verstimmt ging Meier zur Kasse.

Erst hinter Zábkowice sprach er wieder mit ihr.

»Wir besuchen einen Restaurator, und zwar einen der wirklich guten. Sie wissen, daß die polnischen die besten sind, die Sie für Geld kriegen können?«

»Wieso glauben Sie, daß wir von ihm etwas über die Kunstdiebstähle erfahren können, und wo wohnt Ihr Experte?«

»Wir besuchen ihn morgen«, beschied sie Meier knapp.

Morgen begann die Tagung in Amsterdam, auf der sie einen Vortrag halten sollte. Wieder machte sich Angst breit, diesmal noch nachhaltiger als zuvor, und ein Gefühl von Unzulänglichkeit und Überforderung. Denn der Besuch in der Keramikwerkstatt hatte ihr eine Erkenntnis gebracht: Meier sprach Polnisch. Das Gespräch mit dem Restaurator würde sich für sie schwierig gestalten, wenn sie ganz und gar auf Meier als Übersetzer angewiesen war. Als Wittichs Vertreter hätte genausogut sein Dackel mit nach Polen reisen können.

12

Um fünf Uhr nachmittags war Wittich von der Intensiv- auf eine internistische Station verlegt worden. Gegen sechs hatte sich Nilla noch nicht gemeldet. Er holte die Akte Meier aus seinem Nachttisch und begann darin zu blättern. Um sieben ließ er die Visite über sich ergehen, lehnte aber das Beruhigungsmittel, das ihm die Schwester für die Nacht anbot, ab. Meiers Adresse in Steinfurt kannte er inzwischen auswendig, deshalb mußte er sie nicht noch einmal nachschlagen, bevor er sie um Viertel nach sieben einem Beamten der Kreispolizei in Steinfurt durchgab.

Mit Nilla und Meier hatte er um halb drei gesprochen. Das Gespräch, falls ein solches zustande gekommen war, mußte demnach bereits über vier Stunden dauern. Nilla hätte sich zwischendurch ruhig einmal melden können, wetterte er im stillen. Um acht Uhr wußte er, daß ihr alter Golf vor der stillgelegten Zigarrenfabrik in Steinfurt stand und daß von Meier und Nilla jede Spur fehlte. Doch das stimmte nicht ganz. Die emotionslose Stimme des Steinfurter Polizeibeamten teilte ihm den Fund eines angekokelten und nicht mehr betriebsfähigen Handys in einem noch nicht ganz erkalteten Kanonenofen mit. Der Beschreibung nach handelte es sich um dasjenige, das Wittich Nilla vor sechs Monaten zum dreißigsten Geburtstag geschenkt hatte.

Der Schmerz in seiner linken Seite meldete sich zurück, ihm war so flau im Magen wie bei den ersten Anzeichen der Herzattacke. Trotzdem streifte er den Pulsmesser ab und griff nach der Kanüle, die in seinem Handrücken steckte, um sie herauszuziehen. Er kam noch bis auf den Flur, dann hielt ihn die Nachtschwester auf. Mit Hilfe eines Pflegers brachte sie ihn zurück ins Bett, und diesmal half kein Protest gegen die Beruhigungsspritze. Sowohl sein Handy als auch das vom Krankenhaus bereitgestellte Telefon nahm die Schwester mit.

13

Sie übernachteten in dem Kurörtchen Polanica Zdrój, durch das ein temperamentvoller kleiner Fluß rauschte. Meier fuhr den Pajero auf den gepflasterten Hof einer Pension mit dem romantischen Namen »Jasmin«, den Nilla eher bei einem Nachtclub erwartet hätte. Ihr Zimmer war mit geblümten Tapeten, wild geblümter Auslegware und grellrosa Vorhängen ausgestattet. Dafür nahm Nilla mit Erleichterung zur Kenntnis, daß das Zimmer sehr sauber war, und wischte jene abfällige Vorstellung von »polnischer Wirtschaft«, die sie bisher gehegt hatte, aus ihrem Kopf.

Sobald sie das Bett sah, hatte sie das Bedürfnis, sich hineinfallen zu lassen. Aber sie mußte sich unbedingt mit Wittich in Verbindung setzen, wahrscheinlich war er bereits außer sich vor Sorge. Bevor sie den Gedanken weiterverfolgen konnte, klopfte Meier und teilte ihr, als sie öffnete, mit, daß sie im Nachbarhaus zum Abendessen erwartet wurden. Er ließ ihr gerade noch soviel Zeit, um auf die Toilette zu gehen.

Die Nachbarpension hieß »Jantar«. Die Wirtin stutzte, als sie Meier herankommen sah, dann hellte sich ihr breites Gesicht auf.

»Karol«, sagte sie, umarmte ihn mütterlich und wuschelte ihm durch die fettigen Haare.

Am nächsten Morgen frühstückte Nilla allein im »Jantar«, »Karol« ließ sich nicht blicken. Damit sie nicht ohne Gesellschaft blieb, setzte sich Karolina, die Wirtin, zu ihr.

»Es tut mir leid, aber heute kommt noch eine Reisegruppe, dann ist mein Haus voll, deshalb mußte ich euch bei den Nachbarn unterbringen, aber Essen ist immer hier.«

»Sie kennen Karol gut?« Nilla lächelte vertrauenerweckend.

»Sehrr gut. Karol kommt schon lange her, viele Jahre.«

»Seit wann?«

Karolina erhob sich, weil ein Paar den Frühstücksraum betrat.

»Warum gehen Sie nicht zum Brunnen in die Kurhalle, ist nur fünf Minuten von hier, und trinken Heilwasser. Bis Karol wach wird, kann dauern.«

»Ich kann ihn wecken.«

Karolina lachte nur kopfschüttelnd, sie schien mit seinen Lebensgewohnheiten allzu vertraut zu sein.

Nilla blieb etwa eine Stunde fort und versuchte mehrmals, mit Wittich Kontakt aufzunehmen. Eine heiße Angst um ihn befiel sie, als er sich nicht meldete, sie überlegte sogar, ob sie Leonhard anrufen sollte, schreckte aber doch vor diesem Schritt zurück. Wittich war im Krankenhaus gut aufgehoben, es konnte einige Gründe geben, warum sie ihn nicht erreichte. Trotzdem blieb die Angst.

Um zwölf tauchte Meier auf, die Haare verstrubbelt, aber deutlich dunkler als am Tag zuvor, das Gesicht mißgelaunt und verkniffen. Schweigend trank er zwei Tassen schwarzen Kaffee, zerbröselte ein Brötchen und las nebenbei eine polnische Zeitung.

»Und wohin jetzt?« fragte Nilla, als sie ihm in den Hof zum Pajero gefolgt war.

»Wrocław oder Breslau, wenn Ihnen das lieber ist. Wir werden erst am Nachmittag erwartet, bis dahin müssen wir die Zeit totschlagen. Kennen Sie die Universität?«

14

Wittich verlangte lautstark nach dem Arzt und forderte von ihm die unverzügliche Rückgabe seines Handys. Die Nacht hatte ihm dank der Beruhigungsmittel einen erholsamen Schlaf beschert, genaugenommen mußte er in eine Art Bewußtlosigkeit gefallen sein. Es war höchste Zeit, zu handeln, er würde Zug um Zug eine Fahndung nach Nilla und Meier einleiten. Noch während er auf das Handy wartete, plante er sein Vorgehen. Als erstes würde er die Steinfurter Polizei nochmals um Amtshilfe bitten, sie sollte herausfinden, wem die Fabrik in Steinfurt gehörte, in der Meier zuletzt gehaust hatte, und

Nachbarn befragen, ob sie Meier und Nilla gesehen hatten, wie sie die Fabrik verließen.

Die Schwester trat wieder ein, hinter ihr erschien der Arzt.

»Wir müssen ein ernstes Wort mit Ihnen reden«, sagte der Arzt.

Wittich spürte, wie sein Adrenalinspiegel stieg, und auf einmal setzte der Druck in der Brust wieder ein.

15

»Dieser Raum ist einer der schönsten barocken Innenräume jenseits der Alpen.«

Jetzt doziert er schon wieder, dachte Nilla, aber nach dem ersten Blick mußte sie ihm uneingeschränkt recht geben. Sie saßen in einer Bank in der Leopoldinischen Aula der Breslauer Universität, im ersten Stock des hochbarocken Gebäudes.

»Im zweiten Weltkrieg ist von der Pracht nicht viel übriggeblieben, und erst letztes Jahr sind die Restaurierungsarbeiten abgeschlossen worden. Lassen Sie den Raum einmal als Ganzes auf sich wirken.« Mit einer ausholenden Geste umfaßte er die allegorischen Deckengemälde, die Portraits der großen Philosophen in ihren kostbaren Rahmen zwischen den Fenstern und die Büsten der Fürsten und Würdenträger. »Es schwirrt hier von Geschichte und Geschichten, jeder Putto hat eine Bedeutung im Gesamtzusammenhang. Das alles atmet diese Vollkommenheit, die es jedem verbietet, auf einzelne Stücke zu zeigen und zu sagen, dies ist neu und das zum Glück noch alt. Der Geist des Ganzen ist ungebrochen auferstanden.«

Nilla dachte fortwährend an Wittich. »Ich gehe davon aus, daß gewisse Grundkenntnisse zu Ihrem Metier gehören. Sie müssen sie mir nicht beweisen«, sagte sie trocken. Daß er sich so ausschweifend als Experte vor ihr aufspielte, zeigte eine gewisse Beschränktheit – und eine überraschende Eitelkeit.

Abrupt stand Meier auf und verließ den Raum, ohne sich zu vergewissern, ob sie ihm folgte.

Später machten sie einen langen Spaziergang durch einen Stadtpark. Alle Fragen nach dem Besuch bei dem ominösen Restaurator wehrte Meier ab oder ignorierte sie. Erschöpft ließ sich Nilla schließlich auf einer Bank nieder. Meier stellte einen Fuß auf die Sitzfläche und schaute auf Nilla herab.

»Erklären Sie mir, warum Sie Ihre seltsame Tarnung mit Ofenasche oder etwas Ähnlichem noch für erforderlich halten«, fragte Nilla, um ihn endlich aus der Reserve zu locken.

Daß es sich bei den Schuppen auf seinem Sakko um Aschepartikel gehandelt hatte, war ihr gerade erst aufgegangen. Sie erinnerte sich, wie er vor der offenen Ofenklappe gekniet hatte. Die Asche hatte seiner Haut einen teigigen Schimmer verliehen, der ihn einige Jahre älter wirken ließ.

Er betrachtete sie lauernd von der Seite, als wartete er auf eine Ergänzung. Sie gab sie ihm.

»Ich habe Sie auf dem Flur vor Wittichs Büro gesehen.« Ein grauer, unansehnlicher Mann, fügte sie in Gedanken hinzu. »Wie alt sind Sie wirklich? Sechsunddreißig, siebenunddreißig?«

»Vierunddreißig«, antwortete Meier vergrätzt.

Als sich am späten Nachmittag der Himmel verdunkelte und ein Nieselregen einsetzte, der alles verschleierte, freute sich Meier über den Wetterwechsel, als hätte er ihn herbeigesehnt.

»Es ist soweit, kommen Sie.«

In einem Seitenfach des Geländewagens hatte Nilla eine Karte von Polen entdeckt. Sobald sie eingestiegen war, breitete sie diese aus und sah sich die Strecke an, die sie am Vortag bis Polanica Zdrój zurückgelegt hatten.

»Wollen Sie mir nicht endlich sagen, wohin wir fahren?«

»Sie finden es nicht auf der Karte. Es liegt sechs Kilometer nördlich von Ząbkowice an der Straße nach Ciepłowody. Es ist ein Gutshof mit einem halben Dutzend Häusern drum herum. Karczowice, früher Tadelwitz. Sie brauchen es nicht zu suchen.«

Der Gutshof lag in sanfte Hügel eingebettet, deren Kuppen im Regennebel verschwanden. Eine verwitterte Feldsteinmauer tauchte auf, wurde abgelöst von langgestreckten grauen Gebäuden, zwischen denen sich eine Lücke auftat, durch die Meier den Wagen lenkte. Vor ihnen liefen Hühner davon, als Meier scharf um die Ecke durch ein Tor direkt in eins der Nebengebäude einbog. Ein Stall mit Granitsäulen und gewölbter Decke, in dem es durchdringend nach Exkrementen roch. Aufgeregtes Gegacker und Geschnatter klang Nilla entgegen, weiße und braune Federn stoben umher. Hastig wich Nilla im Sitz zur Seite, als ein Gänseschnabel nach ihr hackte.

Meier langte nach hinten und zog aus dem Zeug auf der Rückbank ein Tuch, das er ihr reichte.

»Schlingen Sie sich das um den Kopf, dann werden Sie nicht so naß.«

Als sie zögerte und das Tuch erst einmal vorsichtig ausschüttelte, fügte er ungeduldig hinzu: »Es ist sauber.«

Sie holte einmal tief Luft, stieß die Tür weiter auf und glitt aus dem Wagen. Die Hände mit dem Tuch an die Brust gepreßt, kämpfte sie sich durch Unrat und an Gänseschnäbeln vorbei bis zum Stalltor und blickte neben Meier hinaus.

An der gegenüberliegenden Seite des leicht ansteigenden Hofs erhob sich ein prächtiges Herrenhaus. Der Nieselregen kaschierte ein bißchen die Fehlstellen im Putz, die Verwitterung der Fensterrahmen, die Löcher in den Glasscheiben und die zerbrochenen Baluster an der imposanten Auffahrt, die unter einem großen, aus der Fassade ragenden Balkon endete.

»Nicht sehr alt, neunzehntes Jahrhundert, aber hübsch«, bemerkte Nilla.

»Kommen Sie schon.« Die Schultern hochgezogen, rannte Meier in den Regen hinaus.

Das Nieseln hüllte sie in kalte, sprühende Schleier. Vor der Eingangstür holte sie Meier ein. Er rüttelte an der Klinke.

»Wohnt hier wirklich jemand?«

Meier hatte sich bereits abgewandt und lief gebückt am Haus entlang, Nilla hielt sich hinter ihm, unwillkürlich hatte sie sich gleichfalls geduckt. Bevor sie um die Ecke bog, sah sie an einem Fenster im ersten Stock eines der Stallgebäude gegenüber eine winkende Gestalt. Sie wollte Meier darauf aufmerksam machen, aber er huschte eine Seitentreppe hinauf und öffnete eine knarrende Tür. Dahinter erstreckte sich ein dunkler, feuchtkalter Flur. In der Mitte ließ ein großes Buntglasfenster Schummerlicht herein, das Verfall und Schmutz enthüllte. Am Ende des Flurs öffnete Meier behutsam eine breite Flügeltür.

Die Arme noch fröstelnd um sich geschlagen, aber angelockt von einem Hauch von Wärme, trat Nilla über die Schwelle.

Meier legte den Finger auf die Lippen.

Ein leichter Terpentingeruch, durchsetzt mit dem nach Spiritus, Ölen und Harzen, empfing sie. Strahler leuchteten gleichmäßig den Raum aus. Von einem an der Stuckdecke befestigten Flaschenzug mit Schwenkarm baumelte ein Seil herab.

An einer niedrigen Staffelei lehnte ein schwerer, geschnitzter Barockrahmen. Das Pendant stand auf einer zweiten Staffelei, davor saß ein alter Mann, der ihnen den Rücken zukehrte. Auch ohne Meiers Geste wäre sie auf Zehenspitzen gegangen und hätte den Atem angehalten.

Der Alte hielt einen flachen Pinsel in der Hand, an dem ein Goldblatt schimmerte. Eine Bewegung, und das Gold haftete am Rahmen.

»Jerzy«, sagte Meier sanft.

»Noch eben die Ecke«, sagte Jerzy auf deutsch, »dann hab ich Zeit.«

In einer Restaurierungs- oder Malerwerkstatt machten Nilla eingetrocknete Pasten mit festgebackenen Fusseln und Staubknäuel in den Ecken am wenigsten aus. Im Gegenteil: Im ersten Augenblick genoß sie sogar den Wirrwarr von Lappen, Tiegeln, Tuben und Weckgläsern mit farbigen Ingredienzien, denn das alles erinnerte auf die eine oder andere Weise an ihre eigentliche Arbeit. Sie hatte es bisher nicht für nötig befunden, Meier zu sagen, daß sie Expertin für Fälschungen war und sehr viel Zeit in solchen Werkstätten verbrachte.

Vor dem einen, fertigen Rahmen ging sie in die Hocke. Als sie aufschaute, sah sie, daß Meier sie mit einem seltsamen Lächeln beobachtete, als wenn er auf etwas wartete. Sie betrachtete noch einmal den Rahmen. Ein Portraitrahmen aus der zweiten Hälfte des achtzehntes Jahrhunderts. Hier und da, wo der rote Bolusgrund unter dem Gold hervorkam, zeigte sich normaler Abrieb, in den Vertiefungen der Ornamente hatte sich graubrauner Staub festgesetzt. Das Pendant, das gerade vergoldet wurde, war neu.

Jerzy Parkow mußte ein guter Bekannter sein, denn er begrüßte Meier herzlich. Nilla zwinkerte er zu.

»Gefällt Ihnen der Rahmen?« Er wies auf den alten.

»Solche Stücke sieht man selten und noch seltener so gut erhaltene«, sagte Nilla verbindlich. »Aber der neue ist eine hervorragende Replik. Wer liefert Ihnen so etwas?«

»Bedienen Sie sich, dort steht Tee, später gehen wir rüber zum Abendessen. Jelena erwartet uns.« Kanne und Tassen standen zwischen Werkzeugen und Materialien auf einem der schmalen Arbeitstische unter den Fenstern. »Du warst lange nicht da, Karol, drei Jahre, vier Jahre?«

Carlo Meier zog sich einen Hocker heran.

»Zu lange, Jerzy, du hast jetzt so viele graue Haare wie ich.«

Beide Männer lachten, und dann trat das ein, was Nilla befürchtet hatte: Die weitere Unterhaltung wurde auf polnisch geführt, eine launige Unterhaltung, denn immer wieder klang Gelächter auf. Abwartend trank Nilla ihren Tee, nachdem sie unauffällig über den Rand ihrer Tasse gewischt hatte. Als die beiden gerade schwiegen, sagte sie laut:

»Restaurieren Sie nur Rahmen, Herr Parkow?«

Schwerfällig erhob sich der alte Mann.

»Entschuldigen Sie, entschuldigen Sie vielmals. Es muß am Alter liegen, daß ich meine Manieren vergessen habe, oder daran, daß ich den Besuch hübscher junger Damen nicht mehr gewohnt bin, was auch mit dem Alter zu tun hat. Darf ich Ihnen nachschenken?«

Der Alte hatte Charme. Nilla wartete, bis die Tasse wieder gefüllt war.

»Und restaurieren Sie noch etwas anderes außer Rahmen?«

»Mit Rahmen ist nicht viel zu verdienen, das mache ich nur nebenher. Ich bin Spezialist für Gemälde.«

»Welche Epoche?«

Parkow hob die Schultern und ließ sie wieder sinken.

»Am liebsten sind mir Renaissance und Barock. Aber ich mach auch Älteres, nur mit der Moderne kann ich nichts anfangen.«

»Wenn Sie wertvolle Gemälde zur Restaurierung hier haben«, großzügig sah sie darüber hinweg, daß außer den Rahmen keine wertvollen Objekte zu sehen waren, »haben Sie dann keine Angst vor Einbrechern?«

Die Frage war Jerzy sichtlich unangenehm. Er betrachtete die Teekanne, als wundere er sich, sie in der Hand zu halten.

»Der Tee ist noch heiß?« nuschelte er und trug die Kanne zurück zum Tablett. Dann aber beantwortete er doch die Frage. »Die Gemälde sind nicht so wertvoll, daß sich Einbrecher dafür interessieren. Das war anders, als ich die Werkstatt in Zábkowice hatte. Aber jetzt bin ich alt. Haben Sie gedacht, daß ich schon über siebzig bin?«

Dem Aussehen nach hatte Nilla Jerzy auf achtzig geschätzt. Er schien in der letzten Zeit abgenommen zu haben, denn in seinem eher breiten, vollen Gesicht hatten sich tiefe Furchen gebildet, die Wangen hingen so schlaff herab wie Ballons, denen die Luft ausgegangen war.

»Nein, auf siebzig wäre ich nicht gekommen.« Sie lächelte ihn gewinnend an. Eine kleine Warnung flackerte in ihrem

Innern auf: Finde niemanden nett, solange du nicht weißt, auf welcher Seite er steht.

»Sie sind eine liebenswerte Lügnerin.« Ein Schatten glitt über seine Augen und verflog. »Ich mag Leute, die mir schmeicheln«, fügte er humorvoll hinzu, »denn ich bin ein törichter alter Mann.«

»Du hast das Dach neu decken lassen«, warf Meier ein.

Nilla verwünschte seine Ablenkung, sie hatte auf das Thema Einbrecher zurückkommen wollen.

»Rund vierhundert Quadratmeter Fläche.« Jerzy deutete mit dem Daumen nach oben zur Decke.

»Muß eine schöne Stange Geld gekostet haben.«

Nilla kam das Haus wie eine unbewohnbare Ruine vor, und es schien ihr vollkommen verrückt, daß der alte Mann es anscheinend instand setzen lassen wollte. Die komplette Restaurierung würde ein Vermögen verschlingen. Möglicherweise, fiel ihr ein, lenkte Meiers Einwurf doch nicht vom eigentlichen Thema ab.

Inzwischen zupfte Jerzy an den Vorhängen vor den Fenstern.

»Jelena wird schon warten. Geht rüber, ich leg erst Holz nach.«

In einer Zimmerecke stand ein Kachelofen, der nicht nur den Zweiten Weltkrieg, sondern auch fünfzig Jahre Sozialismus unbeschadet überstanden hatte. Das Rokokoprunkstück mußte älter als das Haus sein.

»Komm!« sagte Meier. Nilla zögerte, ihm zu folgen, aber er wartete auf sie, er würde sie nicht mit Jerzy allein lassen.

Eine Tür neben der großen Treppe ins obere Stockwerk war nur angelehnt, auf dem Weg nach draußen stieß sie Meier vorsichtig weiter auf. Der Raum stand voller neuer Fenster, ein Blick genügte, um sie als exakte Nachbauten der verrotteten alten zu erkennen.

»Wo bekommt man so etwas in Polen? Holzrahmen, fertig lackiert, Thermopenglas, Messinggriffe?«

»Mit Geld kannst du dir in Polen alles beschaffen.«

Jerzy schlurfte heran, an seiner Miene war nicht zu erkennen, ob es ihm recht war, daß sie und Meier in den Raum eingedrungen waren.

»Die Fenster reichen nur für unten«, erklärte er beiläufig.

Oben, fiel Nilla nun ein, waren einige Fensterrahmen mit Brettern verschalt, Anzeichen für die begonnene Sanierung, die sie hätte bemerken müssen. Ebenso das neu gedeckte Dach. Das war kein aufgegebenes Haus.

Um mit trockenen Haaren über den Hof zu gelangen, schlang sie sich wieder das Tuch um und lief mit gesenktem Kopf. Einmal blieb sie im Schlamm stecken und versuchte, den Schuh an einem Grasbüschel abzuwischen. Als sie aufschaute, waren Jerzy und Meier verschwunden.

An der einen Schmalseite des Hofs, in etwa achtzig Metern Entfernung, erhob sich eine riesige Ruine, der das Dach fehlte, auf der anderen Seite standen zwei niedrige Häuser mit Gärten, die ein Zaun vom Hof abgrenzte, aber bis dahin konnten die beiden Männer in der Zwischenzeit nicht gelaufen sein. Blieben nur die Stallgebäude vor ihr. Die Fenster im Obergeschoß des einen sahen nicht wie Stallfenster aus, sie waren sogar neu und hübsch: weiß gestrichene Sprossenfenster. Während sie zu ihnen aufschaute, fiel ihr wieder die winkende Gestalt ein.

Sie hielt das Tuch fest und rannte auf eine Tür zu, die Meier und Jerzy anscheinend für sie offengelassen hatten. Vermutlich diente dieser Teil des Stallgebäudes früher der Unterbringung von Ackergeräten, jetzt war er gefüllt mit Zementsäcken, Plastikkübeln, unbehandelten Holzbohlen, einem Haufen Dachpfannen und sehr viel Dreck dazwischen. Nilla lief durch eine Schneise und fand sich an einer Treppe wieder. Auf der ersten Stufe lag ein feuchter Lappen ausgebreitet, dankbar trat sie sich die Schuhe ab.

Die Treppe führte unmittelbar in die Wohnung. Am oberen Ende erwartete sie eine füllige alte Frau mit einem Schwall von Worten. Eine ihr unbekannte Frau, die sie in die Arme nahm, von sich weghielt, ihr verschwörerisch zublinzelte und dann etwas Vogeldreck am Ärmel entdeckte. Gestenreich bedeutete sie Nilla, die Jacke auszuziehen. Sie nahm sie ihr ab und ging voran durch das Wohnzimmer, sich nach ihr umblickend, ob sie ihr auch folgte. Nilla konnte den Raum nur flüchtig mustern, aber er wirkte gemütlich. An einer Wand stand ein tiefes Sofa, in dem Jerzy und Meier bereits versunken waren.

Über dem Sofa hing ein nettes kleines Bild aus dem siebzehnten Jahrhundert.

Vom Wohnzimmer gelangten sie in ein Badezimmer, dessen Wände mit Marmor gekachelt waren, auch die Armaturen wirkten teuer und sehr neu. Jelena strahlte und las die gelungene Überraschung von Nillas Gesicht ab. Sie wies auf den Spiegel. Während Nilla ihre verstrubbelten Haare in Ordnung brachte, wusch Jelena ohne Unterbrechung ihres Redestroms den Fleck aus. Sobald sie damit fertig war, deutete Nilla auf die Kloschüssel. Die alte Frau nickte und verließ das Bad, die Jacke nahm sie mit.

Nilla schloß ab, lehnte sich aufatmend gegen die Tür und ließ mit geschlossenen Augen ein paar Sekunden verstreichen. Der Redeschwall hatte sie betäubt, dabei mußte der Alten längst klargeworden sein, daß sie nichts verstand. Während sie auf das Fenster gegenüber zuging, zog sie den Reißverschluß ihrer kleinen Umhängetasche auf und griff hinein. Vom Fenster aus konnte sie das große alte Haus sehen. Ihr blieben nur einige Minuten, denn Meier sollte nicht ahnen, daß er sie nicht so ausgeschaltet hatte, wie er meinte.

Jelena hatte die Jacke trockengebügelt, der Ärmel wies nun eine scharfe Falte auf. Verstohlen zupfte Nilla daran, denn an der Schulter saß die Jacke nicht mehr richtig. Neben Thunfischsalat, Knoblauchwurst, Butter und Brot hatte Jelena köstlichen Kuchen aufgetischt, von allem viel mehr, als vier Personen beim besten Willen essen konnten. Weil wieder Polnisch gesprochen wurde, lauschte Nilla nur dem ungewohnten Sprachklang. Wie Meier da neben Jerzy in dem tiefen Sofa hockte, hätte er der Sohn der beiden sein können. Auf einmal wirkte er sogar ein bißchen dicklich, selbst das Gesicht war irgendwie runder, und über seiner Stirn standen die Haare exakt im gleichen Wirbel hoch wie bei Jerzy. Ein Fall von Mimikry, der ihr vielleicht nicht aufgefallen wäre, wenn sie etwas von der Unterhaltung verstanden hätte.

Unauffällig schielte sie zu dem runden Bildchen über dem Sofa. Samt dem achteckigen Rahmen war es klein genug, um unter ein Jackett zu passen.

In wessen Privatsammlung hing Gerard Ter Borchs »Mädchen am Toilettentisch« normalerweise?

»Nilla?«

Meier hatte sich ihr zugewandt.

»Ja?«

»Jelena will wissen, wann wir heiraten.« Er lächelte ein Bühnenlächeln, das die Augen nicht erreichte.

Nilla rang noch um eine unverfängliche Antwort, als Meier aufstand. Plötzlich wirkte er nervös.

»Wie ihr seht, können wir uns nicht einig werden, und jetzt müssen wir los.«

Jerzy übersetzte für Jelena. Wie am Klang zu hören war, begann sie, mit Meier zu schimpfen, aber er ließ sich nicht erweichen.

»Ihr müßt das nächste Mal länger bleiben«, erklärte Jerzy, als sie endlich die Treppe hinabstiegen, »wir haben Nilla ja kaum kennengelernt.«

»Mich freut's, daß ihr sie mögt«, sagte Meier bierernst.

Nilla fand, daß er das Spiel mit den beiden Alten etwas zu weit trieb.

Der Regen hatte aufgehört und der Himmel aufgeklart. Sie wollte das Tuch vom Kopf streifen, aber Meier zog es ihr noch tiefer in die Stirn.

»Es ist kalt und feucht draußen.«

»Paß nur schön auf sie auf, Karol.« Jerzy war neben Nilla getreten. »Jetzt mußt du aber wenigstens noch das Schwein sehen, es wird dir gefallen.«

Sie gingen an der Hofeinfahrt vorbei und betraten den jenseits liegenden Stall. Hüfthohe Mauern trennten die Koben ab, und aus einem kam ihnen ein dunkelhäutiges Schweinchen entgegen und rieb seinen borstigen, durchgebogenen Rücken an Jelenas Bein. Nilla hielt sich möglichst weit entfernt. Ein paar Hühner waren ihnen gefolgt, und aus der dämmrigen Tiefe des Stalls stelzten zwei Puter mit zornroten Kehllappen hervor und machten Lärm.

»Es ist ein Hängebauchschwein, wir halten es als Haustier und werden es nie schlachten«, schrie Jerzy.

Heldenhaft widerstand Nilla der Versuchung, sich die Nase zuzuhalten.

»Ich hab im Auto was für euch vergessen. Bin gleich wieder da«, murmelte Meier. Es dauerte aber doch eine Weile, bis er mit dem Bunzlauer Krug wieder auftauchte. Unterdessen hatte Jelena die Puter in ihren Verschlag zurückgescheucht und gefüttert, und Jerzy schäkerte mit dem Schweinchen, das auch Nilla nahe zu kommen suchte.

Zaghaft erwiderte sie zum Abschied die Umarmung der beiden Alten, ihre arglose Freundlichkeit beschämte sie.

»Ich komm nicht darauf, woher der Ter Borch über dem Sofa stammt. Vielleicht können Sie mir das sagen«, bemerkte sie, nachdem sie Kozmice passiert hatten und auf die Hauptstraße nach Zábkowice eingebogen waren.

Meier ließ sich Zeit mit der Antwort. »Für wie alt halten Sie den Rahmen in Jerzys Werkstatt?« fragte er schließlich.

»Welchen? Der auf der Staffelei ist neu, der andere aus dem achtzehnten Jahrhundert, vermutlich nordeuropäisch.«

»Eher osteuropäisch. Der eine Rahmen ist so neu wie der andere.«

Sie sah wieder den durchschimmernden Bolusgrund vor sich, der Abrieb war eine winzige Spur zu gleichmäßig ausgefallen. Meier hatte recht.

»Was Sie mir wirklich sagen wollen, ist doch, daß der Ter Borch nur eine Kopie ist. Meinen Sie, ich bin wirklich so blöd, darauf reinzufallen?«

»Bestimmt«, sagte Meier überzeugt.

»Versuchen wir eine andere Erklärung. Das Gemälde könnte mit einem Auftrag auf rechtmäßige Weise nach Karczowice gelangt sein. Allerdings sah der Ter Borch weder so aus, als wäre er kürzlich restauriert worden, noch, als hätte er eine Restaurierung nötig.«

»Wieviel, glauben Sie, kostet die Instandsetzung so eines Kastens samt allem, was dazugehört?«

»Wenn er das Haus wirklich bewohnbar machen will, ein paar Millionen, und für Dach und Fenster muß er schon einiges ausgegeben haben. Wozu braucht ein betagtes Ehepaar überhaupt ein Haus dieser Größe?«

»Es ist ein alter Traum von ihm.«

»Jetzt erzählen Sie mir eine Geschichte von einem armen polnischen Landarbeitersohn und seiner ungestillten Sehnsucht, endlich auch so feudal wie der Gutsherr zu wohnen.«

»Jerzys Vater war Postbeamter. Jerzy hat in Krakau und Breslau Malerei studiert und sich dann, als keiner seine Bilder kaufen wollte, aufs Restaurieren verlegt. Nachdem er sich lange genug mit drittklassigen Schinken herumgeschlagen hatte, beschloß er, die alten Dinger lieber gleich komplett neu zu malen, als umständlich faustgroße Löcher in den Originalen zu flicken. Seine Kunden fanden, die Familienportraits und ererbten Jagdstücke hätten durch seine Arbeit ungeheuer gewonnen. Mit der Zeit wurde er immer besser.«

»Sie sagten, er ist einer von den Besten, aber da sprachen Sie vom Restaurieren. Für wen hat er gearbeitet?«

»Für private Sammler, aber auch für Museen.«

»Womit wir langsam zum entscheidenden Punkt kommen. Was hat dieser Besuch überhaupt ergeben?«

»Ich war vor vier Jahren das letzte Mal hier, da hatte Jerzy diese Ruine gerade gekauft. Ich hab ihm gesagt, daß er ein Narr ist. Seine Töchter leben zwischen Breslau und Zábkowice, sie verstehen sich untereinander nicht einmal besonders gut. Jelena hat erzählt, am Wochenende kommen zwei ihrer Enkel zu Besuch.«

»Daher das viele Essen?«

»Gastfreundschaft wird hier großgeschrieben, für die Kinder macht sie noch einmal soviel zurecht.«

»An dem Haus scheint etwas nicht zu stimmen. Eigentlich müßte es älter sein als neunzehntes Jahrhundert. Der Ofen im Atelier ist achtzehntes.«

»Das Haus ist ein paarmal umgebaut und erweitert worden, das letzte Mal etwa 1890, aus der Zeit stammt auch die Fassade. Jerzy hat die Baugeschichte erforscht und hätte Ihnen seine Unterlagen gezeigt, wenn Sie ihn danach gefragt hätten, er ist stolz darauf.«

»Mit der Aneignung der Geschichte hat er für sich den Kauf legitimiert. Er kann sich jetzt als Erbe fühlen.«

»Und das finden Sie degoutant, weil er Pole ist und die früheren Besitzer Deutsche waren.«

»Sie drücken das sehr häßlich aus.«

»Ich hab für Umschweife nichts übrig. Und übrigens …« Er legte eine nachdenkliche Pause ein.

»Ja?« drängte Nilla, weil sie fürchtete, daß seine momentane Mitteilsamkeit verebbte.

»Jeder von uns erbt etwas, für das er als Erbe von den Erblassern nicht ausdrücklich vorgesehen ist. Geschichte hat immer so funktioniert.«

»Mag sein. Jerzy braucht also viel Geld für sein Projekt.«

»Er hat viel Geld verdient, leider wollte er nicht mit der Sprache herausrücken, von wem er so lukrative Aufträge kriegt, daß er vierhundert Quadratmeter Dach neu decken lassen kann.«

Noch war sich Nilla nicht schlüssig, auf was Meier hinauswollte. »Ich kenne den kleinen Ter Borch. Dem Augenschein nach könnte er echt sein«, behauptete sie sehr bestimmt, obwohl ohne eine gründliche Analyse eine ernstzunehmende Aussage über die Echtheit des Gemäldes kaum möglich war.

»Jerzy möchte, daß wir morgen oder übermorgen noch einmal vorbeikommen. Ich sagte ihm, ich hätte das Gefühl, er habe sich auf gefährliches Terrain gewagt.«

Morgen oder übermorgen! Ein Frösteln befiel Nilla und Mutlosigkeit. Auf was hatte sie sich da eingelassen?

»Will er mit den Leuten reden, bevor er seine Karten aufdeckt?«

»Jerzy muß mit sich selbst zu Rate gehen, früher hatte er keine Geheimnisse vor mir.«

16

Wittich kämpfte gegen die Schwäche, gegen die Enttäuschung, gegen die Angst. Der Eingriff mit dem Stent hatte nicht ausgereicht. Herzinsuffizienz hieß die neue Diagnose. Vielleicht brauchte er doch einen Bypass.

Er hatte sich mächtig zusammenreißen müssen, um dem Arzt möglichst gefaßt klarzumachen, daß er sich Ruhe nur bedingt leisten konnte. Der Arzt hatte mit Verärgerung reagiert und eine Bemerkung über unbelehrbare Narren fallenlassen, die erst klug wurden, wenn es zu spät war. Er fühlte sich jetzt schon so. Unmittelbar vom Tod bedroht und vom Versagen. Irgendwo irrte Nilla im Schlepptau von Meier herum, schutzlos seinen undurchsichtigen Machenschaften ausgeliefert. Er selbst hatte sich als alter Trottel erwiesen, für dessen mangelnde Weitsicht Nillas Abenteuer den schlagenden Beweis lieferte.

Ein Schweißfilm überzog seinen ganzen Körper, der Schlafanzug klebte, die Bettdecke lastete zentnerschwer auf ihm und drohte, ihm die Atemluft abzupressen. Er konnte nichts tun – als warten. Die Zeit tickte, tickte vor sich hin, während er äußerlich die erzwungene Ruhe aushielt und innerlich in eine maßlose Unruhe verfiel.

17

»Was haben Sie Karolina gesagt, wer ich sei?« fragte Nilla auf einem Spaziergang entlang der Uferpromenade in Polanica Zdrój. Das Flüßchen plätscherte um Steine herum, auf denen sich Enten das Gefieder putzten. Nach dem Frühstück hatte Meier etwas von Besorgungen gemurmelt und sie aufgefordert, ihn zu begleiten.

»Karolina muß doch gefragt haben, in welcher Beziehung ich zu Ihnen stehe, oder gehört es zu Ihren Gewohnheiten, mit flüchtigen Bekannten bei ihr aufzukreuzen?«

Meier grinste anzüglich.

»Was meinen Sie mit flüchtig?«

Nilla wurde ungehalten.

»Was haben Sie ihr über mich erzählt?«

»Daß Sie zu den Sehnsuchtstouristen gehören, die die Stätten ihrer Kindheit oder Jugend beziehungsweise die ihrer Eltern besuchen.«

Wie angekündigt, war am Tag zuvor eine Busladung solcher Touristen eingetroffen. Schon beim Abendessen hatten die Gespräche um die Vergangenheit gekreist, um alte Häuser und was aus ihnen geworden war. Viele der Leute waren nicht zum ersten Mal gekommen.

»Und das hat sie Ihnen geglaubt? Daß Sie als mein persönlicher Führer mit mir angereist sind?«

»Karolina stellt nicht so viele Fragen wie Sie, dafür ist sie zu diskret und außerdem zu beschäftigt.«

Sie hatten das Ende der Uferpromenade erreicht und schwenkten in eine Straße ein, in der einige Geschäfte lagen. Nilla dachte an die kärgliche Garderobe, mit der sie unterwegs war.

»Haben Sie längere Zeit in Polen gelebt? Sie scheinen die Sprache sehr gut zu beherrschen. Wo sind Sie überhaupt aufgewachsen?« Nilla war die Vorstellung peinlich, daß sie sich in Gegenwart Meiers von einer Verkäuferin Unterhosen vorlegen lassen müßte. Sicher würde er sich mit mehr oder weniger anzüglichen Bemerkungen in das Gespräch mischen.

»Hier und da in halb Europa.«

Die Auskunft lenkte sie vorübergehend von ihrem Problem ab. Meier senior mußte überregional agiert haben, fast wie ein Diplomat, der auch überall eingesetzt wird.

»Sie sind mit Ihren Eltern ständig umgezogen?«

»Mit meinem Vater, meine Mutter habe ich verloren, als ich acht Jahre alt war.«

Es lag ihr auf der Zunge, zu sagen, daß ihr das leid täte, aber Meiers Familiengeschichte interessierte sie wirklich nur beruflich.

»Ich muß mir etwas zum Anziehen besorgen. Treffen wir uns doch in einer halben Stunde wieder am Anfang der Promenade.«

Meiers Musterung war eindeutig beleidigend.

»Gute Idee. Kaufen Sie ja nicht noch mehr graues Zeug. Lassen Sie sich Zeit, und hören Sie auf die Verkäuferinnen, die meisten sprechen ein bißchen Deutsch oder Englisch. Mode wird hier so ernst genommen wie in Paris oder Rom. Wir treffen uns genau um ein Uhr auf der ersten Brücke, aber seien Sie pünktlich.«

Die Glastür eines Cafés gab ihr Spiegelbild von der Seite wieder, wo noch immer die scharfe Falte über den Ärmel lief. Als sie sich wieder zu Meier umdrehte, war er verschwunden.

Jetzt mußte sie das Beste aus der Zeit machen, die ihr blieb, und alles versuchen, um Wittich zu erreichen. Eine halbe Stunde später wußte sie, daß er stinkwütend auf sie war, sie konnte es ihm nicht verdenken.

Außer Wäsche kaufte sie nur ein T-Shirt. Einen Moment hatte sie erwogen, ein graues zu kaufen, um Meier zu provozieren. Von der Verkäuferin gedrängt, entschied sie sich aber für ein dunkelrotes mit eckigem Ausschnitt, das, wie die hilfreiche Verkäuferin versicherte, ihren Typ unterstrich.

18

Valeria di Strattesi-Giovese hatte eine Zeitung neben sich liegen. Eine Seite hatte sie so gefaltet, daß nur das Foto Nofretetes und der Text eines Artikels zu sehen waren.

»Wieso habe ich das nicht gewußt?« fragte sie leise und wiederholte die Frage wenig später lauter, als Clodio seine Mittagspause zu Hause verbrachte.

»Weil du häufig die Zeitung erst liest, wenn sie eine Woche alt ist.«

Antonio Moretti trug ein Tablett mit abgedeckten Schüsseln herein. Valeria hatte beschlossen, ausnahmsweise ordentlich zu Mittag zu essen.

»Du hast dafür gesorgt, daß ich die Zeitung nicht zu Gesicht bekomme, ich habe sie im Altpapier gefunden.« Verlockende Düfte stiegen von den Schüsseln auf, sobald Moretti die Deckel entfernte. Aber das Foto samt Artikel hatte Valeria den Appetit verdorben. »Ein Wächter ist erschlagen worden, er hinterläßt eine Frau und eine fünfjährige Tochter. All diese sinnlose, unnötige Gewalt! Warum diese Gewalt, Clodio?«

Drei Gedecke standen auf dem Tisch, Clodio schob die Zeitung an den Rand des Tisches. »Überall auf der Welt geschehen Gewalttaten, Mamma, jeden Tag stehen Schreckensmeldungen in der Zeitung«, sagte er geduldig, »du solltest nicht darüber nachdenken.« Er wandte sich an Moretti. »Antonio, nimm die Zeitung mit, wenn du gehst. Wir bedienen uns selbst. – Wo bleibt Agostino? Ißt er nicht mit uns?« fragte er seine Mutter.

Obwohl es ein sonniger Tag war, fiel wegen der dichten, cremefarbenen Stores nur gedämpftes Licht in den Salon, den die Familie als Speisezimmer benutzte, wenn keine Gäste erwartet wurden. An den Wänden hingen wie in jedem Raum des riesigen barocken Palazzos Kunstwerke, die nur begrenzt Licht vertrugen. Dieses Zimmer beherrschten niederländische Früchtestilleben aus dem goldenen siebzehnten Jahrhundert und eine Reihe von Handzeichnungen, gruselige Innenansichten labyrinthischer Kerker aus der berühmten Carcerie-Serie Piranesis.

Sobald Clodio aufschaute, mußte sein Blick darauf fallen.

Es hatte ihren Sohn entsetzt, als Valeria vor zwei Jahren darauf bestand, die Zeichnungen hier, im Speisezimmer, aufzuhängen.

»Agostino erkundigt sich ständig nach Giulio, was hast du unternommen, um ihn zu finden?« fragte sie.

Mit stumpfem Gesichtsausdruck schöpfte Clodio Minestrone in seinen Teller. »Ich habe ein paar Leute gebeten, sich nach ihm umzuhören. Aber du solltest endlich eins begreifen: Giulio ist für uns verloren, er hat die Seiten gewechselt, und ich glaube nicht, daß sich daran etwas ändern läßt.«

Schmerzlich berührt, verzog Valeria das Gesicht. »Kannst du nicht verstehen, daß ich meinen einzigen Enkel hier haben will?«

Die Tür ging auf, ein alter Mann trat, auf einen Stock gestützt, herein. Er war in ein langes, wallendes Gewand mit einem purpurroten Streifen am Saum gekleidet, eine Kaisertoga der römischen Cäsaren, die er so selbstverständlich wie einen Straßenanzug trug.

»Kommt Giulio zum Fest?« fragte Agostino di Giovese.

»Das wissen wir noch nicht«, antwortete Valeria ihrem Bruder ruhig, »setz dich, die Suppe wird kalt.«

19

Beim Frühstück wurde Meier ans Telefon gerufen, das im Büro der Pension stand. Er blieb nicht lange fort.

»Er hat es sich überlegt, er will mit uns reden«, sagte er nach seiner Rückkehr Nilla leise ins Ohr, anscheinend sollten weder Karolina noch die Gäste, mit denen sie sich am Nachbartisch unterhielt, die Bemerkung aufschnappen können. Diese Vorsicht fand Nilla übertrieben. Was sollte Jerzy ihnen überhaupt mitzuteilen haben? Würde er in ihrer Gegenwart Diebstähle oder Hehlerei zugeben oder sich über Fälschungen unterhalten? Nach einer unruhigen Nacht hatte sie jede Illusion über ihre Rolle als Ermittlerin verloren. Deprimiert folgte sie Meier eine halbe Stunde später nach draußen.

Als er den Pajero starten wollte, sprang er nicht an.

In ihrer augenblicklichen gedämpften Stimmung sah Nilla gleichgültig Meiers Bemühungen zu, den Wagen in Gang zu setzen. Er dagegen regte sich immer mehr auf, fluchte unflätig und rannte ins »Jantar« zurück.

»Gleich kommt ein Abschleppwagen und nimmt die Karre an den Haken. Bleiben Sie in der Nähe, ich will losfahren, sobald der Wagen repariert ist«, erklärte er, als er wieder auftauchte.

Es dauerte drei Stunden, bis er mit dem flottgemachten Pajero auf den Hof der Pension einbog, um Nilla aufzulesen, und die Wut über die Verzögerung war ihm noch anzumerken.

Inzwischen hatte Nilla einen Blumenstrauß für Jelena Parkow besorgt. Diesmal wollte sie nicht ohne ein Mitbringsel erscheinen.

Dem Gutshof näherte sich Meier schon wegen der holprigen Straße nur langsam. Er war bereits halb in die Einfahrt eingebogen, da riß er plötzlich das Steuer herum und fuhr am Gut vorbei.

»Was soll das?« fragte Nilla verblüfft, erhielt aber keine Antwort.

Meier parkte fast einen Kilometer weiter am Ende eines Feldwegs, der nur aus zwei tiefen Furchen bestand und so aussah, als hätte ihn seit Jahren niemand benutzt.

»Legen Sie das wieder um.« Er hielt ihr das Tuch hin.

»Heute regnet es nicht, falls Ihnen das entgangen sein sollte.« Sie griff nach den Blumen in ihrem Schoß und öffnete die Wagentür.

Im Gras sirrten Zikaden, die Sonne drückte regelrecht, Mittagsstille hielt die Felder gefangen.

Meier hatte Nilla an der Schulter zurückgehalten, schlang ihr mit grimmiger Miene das Tuch um den Kopf, nahm ihr die Blumen ab, warf sie achtlos auf den Rücksitz, stieg aus und ging ohne eine Erklärung voran.

Die Stille wurde unheimlich.

Auf einem Feld stand der Mais sehr hoch, Unkraut wucherte zwischen den spärlichen Reihen, das Nachbarfeld war gar nicht bestellt. Sie wanden sich am Rand durch den Mais, dann folgten sie etwas mühsam einer Böschung an einem Graben entlang. Nilla stieß sich den Fuß an einem alten Mühlrad, das im Gestrüpp verborgen lag, sie hinkte weiter. Endlich hielt Meier inne.

»Sehen Sie die Ruine der großen Scheune vor uns? Wir gehen querdurch und von dort zum Seiteneingang.«

Der Stoff des Tuchs kratzte in der Wärme.

»Was macht Sie so vorsichtig?«

»Mein Instinkt.«

Das kleine schwarze Schwein lag in einer Blutlache am Fuß der Seitentreppe, Meier mußte es von der Einfahrt aus gesehen haben. Auf den erloschenen Augen saßen Schmeißfliegen, sie krochen auch im offenen Hirn herum, einer Masse, die wie zerflossene Buttercreme aussah.

»Beil«, sagte Meier und zog Nilla mit einem Ruck über den Schweinekadaver auf die unterste Stufe.

Danach zitterten ihr die Beine so sehr, daß sie kaum die Treppe hochkam. Immer langsamer folgte sie Meier über den Flur, eigentlich wollte sie nicht weitergehen. Rechts kamen sie am Treppenhaus vorbei, wo die Sonne durch das große Buntglasfenster gelbe und grüne Lichtinseln auf die Bodendielen malte.

Meier drückte die Flügeltür am Ende des Flurs auf.

Jelena saß auf einem Stuhl, und Jerzy hing vom Galgen des Flaschenzugs.

Eine Schlinge lag um Jelenas Hals und schnitt tief ins Fleisch, eine Stahlschlinge. Nilla zwang sich hinzuschauen. Blau verfärbt, hing die Zunge heraus und füllte die Mundhöhle vollständig aus, ein dicker, unförmiger Klumpen. Fast augenblicklich spürte Nilla einen Würgreflex.

Der Lappen, der Jerzy den Mund stopfte und dessen zipfelige Enden ihm übers Kinn hingen, war stellenweise bunt, ein Putzlumpen zum Abwischen der Pinsel. Nilla war es, als ob der zusammengeballte Lappen sie selbst ersticken würde. Sie griff sich an den Hals.

Jelena und Jerzy! Unfähig, auch nur einen klaren Gedanken zu fassen, stand Nilla da und starrte bloß.

Dann ging sie wie in Trance um die Leiche herum, die von dem Seil gehalten wurde.

Warum schaute sie überhaupt noch hin? Die Hand auf den Magen gepreßt, versuchte sie, ihre Atmung zu kontrollieren, überlaut hörte sie, wie sie in kurzen, qualvollen Zügen die Luft ausstieß.

Jerzys Hemd war am Rücken bis zur Hüfte heruntergerissen. In die Haut war ein übergroßes V mit abgeknickten Enden geschnitten, das über einem liegenden X schwebte. Aufgewölbte Wundränder. Überall Blut, über den ganzen Rücken war es gelaufen. Das viele Blut verriet, daß Jerzy während seiner Stigmatisierung noch gelebt haben mußte. Nilla sah eine scharfe Klinge vor sich, die tief ins Fleisch schnitt. Sie stöhnte auf.

Meier packte sie so grob an der Schulter, daß sie sich verschluckte.

»Reißen Sie sich zusammen, verstanden?« Seine Stimme klang sachlich kalt.

Ihre Umhängetasche hatte Nilla im Fußraum des Wagens abgelegt, und dort war sie geblieben. Eigentlich wäre jetzt nichts so wichtig wie die Tasche gewesen. Wenn es gefährlich wird, hatte Wittich ihr eingeschärft, holst du dir von mir Instruktionen, bevor du etwas unternimmst. Aber er hatte sicher nicht damit gerechnet, daß sie an einem Ort, der auf Straßenkarten nicht verzeichnet war, über das Ergebnis eines Massakers stolpern würde.

Meier war bereits auf dem Weg zur Tür. Sie wollte ihm nachschreien, eine Erklärung fordern, irgendeine halbwegs begreifbare. Wie abgebrüht mußte er sein, daß er die beiden ohne Anzeichen von Entsetzen oder wenigstens Bedauern zurücklassen konnte? Taumelig ging sie ihm nach.

Er lief die Treppe ins Obergeschoß hinauf, wandte aber den Kopf, als er ihre Schritte hörte, und raunzte ihr zu:

»Was wollen Sie? Gehen Sie nach unten und warten Sie dort, am besten bewegen Sie sich nicht von der Stelle.«

Nach einem kurzen Versuch, etwas zu entgegnen, schüttelte sie nur den Kopf. Um keinen Preis wäre sie zurück ins Untergeschoß zu den beiden Toten gegangen.

Oben rechts neben der Treppe lag ein lichtdurchfluteter Raum. Meier schob sich an der Wand entlang aufs Fenster zu. Ohne zu zögern, folgte sie ihm und duckte sich in den Schatten neben dem Fenster, nachdem sie einen Blick auf einen ausgedehnten Garten hinter dem Haus erhascht hatte. Eine Mauer begrenzte ihn, aber die Sicht reichte bis zur Kuppe eines mit Bäumen bestandenen Hügels.

»Haben Sie das Aufblitzen bemerkt?«

»Was für ein Aufblitzen?« stieß sie hervor. Weil neben dem Fenster nicht viel Platz war, zog Meier sie so dicht heran, daß sie die Spannung in seinem Körper spüren konnte. Daß selbst Meier nervös geworden war, dämpfte irgendwie ihre eigene Fassungslosigkeit.

»Oben auf dem Hügel steht jemand zwischen den Bäumen und beobachtet durch ein Fernglas das Haus. Der Lichtreflex auf der Linse hat ihn verraten.«

Sie wollte sich selbst vergewissern, aber Meier hielt sie fest.

»Kommen Sie, wir haben nicht mehr viel Zeit.«

»Sie glauben, die Täter sind noch nicht verschwunden und lauern jetzt uns auf? Denken Sie, sie haben uns gesehen, als wir kamen?«

»Ich muß noch etwas überprüfen.«

Er schlich schon an der Wand entlang zur Tür. Vielleicht hatten die Mörder sie bemerkt, als sie aus der Scheunenruine zum Haus spähten, und hatten sich zurückgezogen, möglicherweise stand auf dem Hügel ein Beobachter, der den anderen Zeichen gab, und diesmal würden sie die Opfer abgeben.

Opfer wie Jelena und Jerzy? Nilla rannte hinter Meier her die Treppe hinunter. Was wollte er jetzt noch überprüfen?

Unten, gleich neben dem Aufgang ins Obergeschoß, führte eine unscheinbare schmale Tür zur Kellertreppe. Von einem Schießschartenschlitz in der Außenwand fiel spärliches Licht herein. Die Treppe senkte sich wie ein enger Schacht hinab, mit jeder der abgetretenen Sandsteinstufen gelangten sie ein Jahrhundert tiefer. Ganz unten herrschte dumpfe, abgestandene Luft, die sich kaum atmen ließ. Nilla stützte sich mit einer Hand gegen die Wand und war sich nicht sicher, ob sie bei der Schwäche, die ihren ganzen Körper erfaßt hatte, jemals die Treppe wieder hinaufkam. Wenn Meier nicht ein fingerlanges Taschenlämpchen eingeschaltet hätte, wäre sie sowieso längst gestürzt. Daß sie ihm wieder nachgekommen war, schien er erst am Ende der Steintreppe zu bemerken.

»Warum sind Sie nicht oben geblieben?« Ohne ihre Antwort abzuwarten, wandte er sich ab.

In der Seitenwand klaffte ein etwa einen Meter hoher Durchgang. Einen Augenblick zögerte Nilla, bevor sie sich bückte, um hindurchzuschlüpfen. Der Raum dahinter wies kaum Stehhöhe auf. Auf einem Gestell standen zwei Gemälde, die der Größe nach wahrscheinlich exakt in die Rahmen in Jerzys Werkstatt passen würden.

»Gainsboroughs«, flüsterte Nilla heiser, »zwei Gainsboroughs.«

Es waren unverkennbar Gainsboroughs!

Da gab es die typischen Farben, das Hintergrundidyll, die ganze nonchalante Noblesse, für die Gainsboroughs Portraits berühmt waren. Aus den Gemälden lächelten ihnen so heiter und ungezwungen ein Herr und eine Dame entgegen, daß es Nilla, eingedenk der beiden Toten oben, geradezu schüttelte. Nur mit Mühe konnte sie sich auf den Anblick einlassen. Es waren ja wunderbare Bilder. Ihre Kostbarkeit und Einzigartigkeit konnten kaum stärker zur Geltung kommen, als vor einer rohen Steinwand in einem stickigen, gruftartigen Keller bei unzureichendem Licht.

Beim Versuch, näher heranzutreten, stolperte Nilla über einen Stein und fiel kraftlos auf die Knie. Unter den Händen spürte sie trockene Erde.

»Ist es um diese Bilder gegangen? Warum hat Jerzy das Versteck nicht verraten, als er gefoltert wurde?«

Von Versteck konnte allerdings kaum die Rede sein. Wer das Haus gründlich durchsuchte, würde den Keller finden, auch wenn es am Anfang der Treppe so ausgesehen hatte, als endete der Schacht vor einer geschlossenen Wand.

Meier drehte die Gemälde nacheinander um und warf einen Blick auf die Rückseite, als wäre er in einem Antiquitätenladen.

Über ihnen befanden sich die Leichen zweier gefolterter und ermordeter Menschen, und Meier untersuchte Leinwände!

20

Meier hatte erwogen, noch einmal in die Werkstatt zu gehen, entschied sich aber dagegen. Wozu sollte er die Toten noch einmal anschauen? Er lief direkt auf die Seitentür zu und bedeutete Nilla mit einer knappen Geste zu bleiben, wo sie war. Als er draußen auf dem Treppenpodest stand, winkte er sie zu sich, während er sich nochmals vergewisserte, daß diese Seite des Hauses vom Hügel und dem vermutlichen Beobachtungsposten nicht einsehbar war. Die Bepflanzung des Gartens mit Tujas, Rhododendren und ein paar Laubbäumen schirmte sie ab.

Vorsichtig stieg Nilla vor ihm die Stufen hinab und stockte. Vor ihr lag das Schwein. Als sie zu zittern begann, boxte er sie in den Rücken, so daß sie springen mußte. Sie sprang zu kurz und setzte mit einem Fuß auf ein Ohr auf. Hastig trat sie zur Seite und blieb keuchend stehen, den Oberkörper vorgebeugt. Meier faßte sie grob am Arm, zog sie ein Stück mit sich und ließ sie dann los. Er war sich sicher, daß sie ihm nachlaufen würde, und rannte, ohne sich nach ihr umzublicken, sogar schneller, sobald er die Ruine durchquert hatte.

Sobald sie das Auto erreicht hatten, stieg er sofort ein und fuhr an, noch bevor Nilla die Beifahrertür geschlossen hatte. Statt zurückzusetzen, fuhr er geradeaus weiter. Ruckelnd und schwankend bahnte sich der Pajero seinen Weg durchs Gestrüpp.

»Halten Sie doch mal kurz«, flehte Nilla, bückte sich nach ihrer Tasche und fiel dabei fast vom Sitz.

Mit fliegenden Fingern zerrte sie den Reißverschluß auf und holte ein Handy heraus.

Auf die Idee, daß sie ein zweites Handy dabeihatte, war er wirklich nicht gekommen. In Polanica Zdrój hatte sie kein Geschäft betreten, in denen Handys verkauft wurden, hatte ihm Karolinas Sohn, der sie beschattet hatte, berichtet.

»Wir können nicht so einfach die Toten in diesem schrecklichen Haus zurücklassen. Die Enkelkinder kommen am Wochenende. Wollen Sie, daß die Enkel ihre toten Großeltern finden?«

Kaum hatte Nilla das Handy aufgeklappt, griff Meier herüber und nahm es ihr ab. Mit einer Hand war der Wagen schlecht zu steuern, sie wurden beide noch mehr hin und her geworfen.

»Ein Handy mit integriertem Fotoapparat und Internetzugang. Sehen wir doch mal, was Sie aufgenommen haben.« Er ließ die Fotos durchlaufen. »Sie haben Wittich die Aufnahmen vom ›Jantar‹ und von Jerzys Haus per e-mail geschickt und alles über unseren Besuch bei Jelena und Jerzy mitgeteilt.«

»Das ist meine Aufgabe, ich habe meine Anweisungen!« verteidigte sich Nilla erregt. »Die Polizei hier in Polen muß umgehend über die Ermordung der Parkows informiert werden, nicht nur wegen der Enkel.« Sie versuchte, ihrer Stimme Festigkeit zu geben, aber es gelang ihr nur unvollkommen.

Meier spürte, wie ihm die Galle hochkam, er schrie Nilla an. »*Sie* haben den Tod von Jelena und Jerzy zu verantworten. Keiner wußte, wo wir waren.« Er klappte das Handy zusammen und steckte es zwischen die Oberschenkel, um wieder beide Hände freizuhaben.

»Haben Sie mich verstanden?« brüllte er und starrte dabei geradeaus, seine Hände am Lenkrad verkrampften sich, der Nacken wurde steif. »*Ihretwegen* – sind – die – beiden – jetzt tot. Ihretwegen sind Jelena und Jerzy zu Tode gefoltert worden. Sie sind ein Stück Dreck!« Eine Hand ballte er zur Faust, weiß traten die Knöchel hervor.

Abrupt stoppte er den Wagen. Nilla flog nach vorn, gleichzeitig versetzte er ihr einen Schlag in die Seite, der sie gegen die Tür schleuderte.

»Raus, steigen Sie aus, verschwinden Sie!«

Verwirrt öffnete sie die Tür, er schubste sie hinaus, so daß sie auf allen vieren landete, dann rappelte sie sich hoch und rannte davon. Besser, sie kam ihm aus den Augen.

Erst nach ein paar tiefen Atemzügen war Meier einigermaßen in der Lage nachzudenken.

Daß sich Nilla mit Wittich in Verbindung gesetzt hatte, überraschte ihn nicht übermäßig, im Gegenteil, er hatte es befürchtet und ihr deshalb die Namen von Jerzy und Jelena erst so spät wie möglich verraten. Sie hätte von der Kurhalle, dem Café oder aus dem Modegeschäft telefonieren können, denn Karolinas Sohn war ihr nicht hineingefolgt. Die Frage war nun, wer außer Wittich an die von Nilla übermittelten Informationen gelangen konnte und sie derart rasch ausgewertet hatte. Die Fotos waren sicher äußerst hilfreich gewesen.

21

Nilla war eine Zeitlang einfach vorwärts gerannt. Als sie strauchelte, ließ sie sich fallen, richtete sich nach ein paar Momenten nur halb auf, schlang die Arme um die Knie und wiegte sich hin und her. Unaufhaltsam brach ein Schluchzen aus ihr heraus. Immer wieder versuchte sie, sich zu fassen, wie eine Ertrinkende schnappte sie nach Luft und wischte sich über die Augen, bis sie brannten.

Als der Ausbruch endlich verebbte, merkte sie, daß sie nicht mehr allein war.

Meier saß knapp einen halben Meter entfernt. Alles in ihr sträubte sich dagegen, ihn neben sich zu haben.

»Geht's wieder?« fragte er spröde. Von einer direkten Entschuldigung für seinen Übergriff schien er nichts zu halten.

»Geben Sie mir mein Handy«, krächzte sie.

»Ich hab's weggeworfen.«

»Wo? Ich werd's suchen.« Ungeschickt versuchte sie aufzustehen, aber die Beine gehorchten ihr noch nicht.

»Zwecklos, ich bin vorher draufgetreten«, sagte Meier phlegmatisch.

Nilla holte aus, um ihm ins Gesicht zu schlagen, mühelos fing er ihre Hand ab.

»Beherrschen Sie sich. Und hören Sie mir lieber zu. Wir sollten ein paar Dinge klären«, sagte er barsch.

»Sie haben von den Gainsboroughs gewußt. Unterschlagung von wichtigen Informationen nennt man so etwas«, fiel sie ihm scharf ins Wort, denn sie wollte ihm nicht die Führung des Gesprächs überlassen.

Er kratzte sich unschlüssig das Knie, vielleicht spürte er wenigstens einen Anflug von Bedauern.

»Nein – ja. Nachdem ich den Krug für Jelena aus dem Auto geholt hatte, bin ich noch im Haupthaus gewesen und hab die Gainsboroughs entdeckt. Ich wußte, wo er seine Schätze aufzubewahren pflegte. An jemanden wie Gainsborough hat sich Jerzy früher nicht herangetraut. Nicht, daß er so was nicht malen konnte. Ihm fehlten nur die Kunden dafür, Gainsboroughs waren für seine Geschäfte eine Nummer zu groß. Bisher jedenfalls. Er war auf zweit- oder drittklassige Maler aus dem fünfzehnten bis achtzehnten Jahrhundert spezialisiert. Ein Partner hat die Gemälde übernommen und mit zwei verschiedenen Maschen gearbeitet, um sie zu verkaufen. Eine bestand darin, einen verarmten englischen oder schottischen Lord anzuheuern, der die Fälschungen als Familienerbe ausgab. Wichtig war, daß der Lord über einen passablen Landsitz verfügte, an dessen Wänden die Fälschungen präsentiert werden konnten. Bei der anderen Masche hat er die Gemälde über Provinzauktionen laufen lassen und ihnen damit Papiere verschafft. Die Kunden stammten meist aus den USA. Neureiche, die durch echte europäische Kunst ihrem Geld aus Öl-, Immobilien- oder Waffengeschäften einen edlen Firnis verpassen wollten. Am liebsten waren ihnen Portraits, die über ihre plebejische Herkunft hinwegsehen halfen.«

Sie zog ein Taschentuch hervor und wischte sich das Gesicht ab.

»Warum erzählen Sie mir das erst jetzt?«

»Weil diese Informationen Jerzy jetzt nicht mehr schaden können. Glauben Sie ernsthaft, ich hätte Ihnen Jerzy ans Messer liefern wollen? Eine Kopie anzufertigen ist nicht strafbar.«

»Wer war Jerzys Partner?« Sie hatte den Verdacht, daß er dieser Partner gewesen war. Wie erwartet, ging er auf die Frage nicht ein. »Es fällt mir schwer zu glauben, daß die Gainsboroughs Fälschungen sind«, wechselte sie deshalb das Thema.

»Dann müssen Sie den magischen Blick für das Echte haben wie der legendäre Bruce Chatwin. Fühlen Sie sich wie Chatwin?«

»Meist verrät sich eine Fälschung doch schon durch das Material, haben Sie deshalb die beiden Gemälde von hinten betrachtet?«

»Sicher wissen Sie, daß gut gemachte Fälschungen der Alptraum aller Museumsdirektoren sind, ihre Häuser hängen voll davon. Jerzy war auch in dieser Hinsicht unschlagbar, und er ist nicht der einzige. Es gibt immer noch genügend Dachböden, auf denen Leinwand und Holz aus früheren Jahrhunderten herumliegen, auch alte Farben lassen sich beschaffen. Jerzy hatte seine Leute, die ihm das Zeug aus Italien, Spanien, Frankreich und den Niederlanden besorgten.«

»Und die Unterzeichnung?« setzte sie rasch nach. »Bei einer Röntgenaufnahme käme heraus, daß die Unterzeichnung durchgepaust ist.«

Er sah sie von der Seite an, als wollte er sie fragen, was sie denn davon verstünde. Jetzt hätte sie ihn über ihr Spezialwissen aufklären können, verzichtete aber darauf, um aus dem, was er sagte, insgeheim Schlüsse ziehen zu können, zumindest redete sie sich das ein. In Wirklichkeit war es wohl so, daß sie einen zu großen Widerwillen gegen Meier verspürte, um ihm etwas über sich selbst mitzuteilen. Nicht einmal, wenn es der Sache dienlich wäre.

»Jerzy pauste nicht. So wie es Menschen mit einem absoluten Gehör für Tonhöhen gibt, hatte er ein absolutes Auge für Proportionen. Es dürfte Ihnen bekannt sein, daß viele Maler ein Motiv zwei- oder dreimal gemalt haben. Das zur Zeit berühmteste Beispiel ist Munchs ›Schrei‹ mit der gestohlenen Version und der anderen im Nationalmuseum. Selbst die besten Fachleute fielen auf Jerzys Fälschungen herein. Er war ein Genie.«

»Was haben ihm seine Geschäfte wirklich eingebracht?«

»An Aufträgen hat es ihm nie gemangelt, er übernahm meist Restaurierungen für Museen. Nur brauchte er für diese Arbeiten besonders viel Zeit.«

»Und noch mehr, wenn er gleich eine Kopie malte.«

»Jahrzehntelang lief das alles sehr schön. Er hatte genug Geld, um seine drei Töchter anständig großzuziehen.«

»Und auf einmal überkam ihn mit dem Wunsch, das Haus in Karczowice zu kaufen, der Größenwahn.«

»Er nannte es eine günstige Gelegenheit. Viele Polen legen sich eins dieser denkmalgeschützten, aber heruntergekommenen Häuser zu und hoffen, es mit staatlichen Zuschüssen sanieren zu können. Wie alle anderen mußte er die Erfahrung machen, daß der polnische Staat allenfalls für Prestigeobjekte wie das Breslauer Rathaus Geld lockermacht. Das hätte er noch verkraften können, aber dann wurde ihm klar, daß die Zeit drängte. Kurz nach meinem letzten Besuch wurde bei ihm Bauchspeicheldrüsenkrebs festgestellt. Er hat sich sofort operieren lassen. Alles schien in Ordnung, bis eine Untersuchung ergab, daß der Krebs gestreut hatte. Damals sollen Leute mit ihm Kontakt aufgenommen haben, die ihm Geschäfte in einer ganz anderen Liga vorschlugen. Englische Lords und reiche amerikanische Kulturbanausen interessierten Jerzy nicht mehr, über die neuen Beziehungen wollte er aber nicht reden. Strikte Geheimhaltung war Teil der neuen Abmachungen.«

»Das hat Sie so verbittert, daß Sie ihn nicht mehr besucht haben?« warf Nilla ein.

»Seien Sie still.«

»Aber Jerzy und Jelena waren doch Ihre Freunde, oder

nicht?« Die Frage war eine Dummheit, sie hätte sie gern zurückgenommen, aber auf einmal sah sie den achtjährigen Carlo vor sich, ein halbverwaistes Kind, dessen Vater es seiner zweifelhaften Geschäfte wegen oft allein ließ. Vielleicht hatte er den Jungen eine Zeitlang bei Jelena und Jerzy gelassen. Bestimmt wäre er dort gut aufgehoben gewesen.

»Warum wollen Sie zulassen, daß ihre Enkel die Toten finden?«

»Kommen Sie!« Meier streckte ihr die Hand hin und zog sie hoch. Seine Hand fühlte sich warm und trocken an. Sobald Nilla stand, ließ sie sie los.

»Kennen Sie niemanden von denen, die Parkow mit Materialien versorgten? Vielleicht bringt uns so eine Spur weiter.«

Meier strich sich Grashalme vom Hosenboden.

»Wir sollten sehen, daß wir von hier wegkommen.«

Vom Auto war nichts zu sehen, Nilla hatte keine Vorstellung davon, wie weit sie überhaupt gelaufen war.

»Können die Täter nicht zufällig in Karczowice aufgetaucht sein?«

»Sie meinen, ohne daß sie einen Tip bekommen haben? Wissen Sie nicht, was es heißt, wenn jemandem so wie Jerzy der Mund gestopft wird? Nämlich nach seinem Tod? Diejenigen, die ihn umgebracht haben, wußten, daß er reden wollte. Der Lappen ist als Warnung für alle gedacht, die bei seinen illegalen Aufträgen mitmischen. Die Information kann nur über Wittich gelaufen sein. Genaugenommen über Sie.«

Nilla begriff sofort, daß er mit dem Lappen recht haben könnte, über den Rest war sie weitgehend anderer Meinung. Seit er sie beschuldigt hatte, versuchte sie, sich zu rechtfertigen. Aber die Schuldgefühle ließen sich nicht beschwichtigen.

»Wir sind nie in Karczowice gewesen«, fuhr er leise fort. »Wenn wir die polnische Polizei verständigen, werden wir in die Ermittlungen involviert, dann können Sie die ganze restliche Recherche vergessen.«

»Sie müssen sich schon entscheiden, ob Sie Wittich für einen Informanten der Gegenseite halten oder für einen zuverlässigen Ermittler.«

»Er kann die Informationen an jemanden weitergeleitet haben, den er für vertrauenswürdig hält. Vergessen Sie nicht, daß er im Krankenhaus liegt. Mit wem hat er am meisten zu tun?«

»Ich kann es Ihnen nicht sagen«, wich sie aus. »Haben Sie das Zeichen auf Jerzy Parkows Rücken gesehen? Sagt es Ihnen etwas?«

Das Auto kam immer noch nicht in Sicht. Sie liefen einen Hügel hoch, der mit Gras und niedrigem Buschwerk bestanden war und Aussicht auf weitere Hügel und die Senken dazwischen bot, eine friedliche Landschaft, völlig menschenleer. Nilla hätte jetzt gern an etwas anderes gedacht als an zwei schrecklich zugerichtete Leichen.

»Nein, überhaupt nicht«, antwortete Meier und schüttelte den Kopf, als wollte er nicht einmal mehr daran denken.

»Wir hätten die Polizei anonym verständigen können, das heißt, *Sie* müßten das tun, ich spreche nicht Polnisch. Wenn die beiden nun doch jemand von der Familie findet? Einen Freund wie Sie möchte ich nicht haben.«

»Die Enkel sind neunzehn oder zwanzig Jahre alt, also keine Kinder mehr. In Jerzys Metier hat man keine Freunde, man hat Partner oder Konkurrenten. Vor beiden sollte man stets auf der Hut sein, wenn einem Freiheit und Leben lieb sind. Und jetzt seien Sie still, ich will nicht darüber reden.«

Meier vermied alle größeren Straßen und fuhr in einem irrwitzigen Zickzack über Schleichwege, die ihr keine Orientierung ermöglichten. Als einmal ein Hinweisschild nach Bielawa auftauchte, nahm sie die polnische Karte zu Hilfe. Der Ort lag weitab von der Strecke nach Zábkowice beziehungsweise Polanica Zdrój.

»Haben Sie sich verirrt?«

»Nein.«

Seine Lakonie ging ihr auf die Nerven.

»Hier geht es nach Bielawa.«

»Wir fahren hinter Kamienna Góra über die Grenze.«

»Über welche?« fragte sie knapp.

»Die tschechische, Ihren Ausweis haben Sie dabei?«

»Moment mal, würden Sie erst einmal mit mir abstimmen, was Sie vorhaben? Was wollen Sie in Tschechien?«

»Wir können nicht in Polen bleiben. Habe ich Ihnen nicht schon erklärt, was passiert, wenn die polnischen Behörden Wind davon bekommen, daß wir in den Tod von Jelena und Jerzy verwickelt sind?«

Es lag ihr auf der Zunge, sich gegen die letzte Bemerkung zu verwahren, aber auf eine perfide Weise hatte er recht.

»Meine Sachen sind noch in der Pension.« Die ungetragenen Slips und die Hemden, die sie gekauft hatte. Die Verkäuferin hatte sie darin bestärkt, Wäsche aus Seide zu nehmen, ein Luxus, den sie sich noch nie erlaubt hatte. Warum hatte sie das überhaupt gemacht? »Was ist mit der Rechnung für die Zimmer und der für die Verpflegung bei Karolina?«

»Karolina wird Ihr Gepäck aufbewahren und sich um die Rechnungen keine Sorgen machen. Irgendwann werden sie bezahlt.«

»Warum aber nach Tschechien?«

»Weil uns dort niemand suchen wird.«

Die Grenzstation war klein. Meier lenkte den Pajero vor eines der beiden Stationsgebäude.

»Sie bleiben im Wagen. Ich will nicht, daß jemand auf Sie aufmerksam wird. Geben Sie mir fünfzig Euro, ich wechsle sie. Wir werden in Tschechien tanken müssen.«

»Treiben Sie auch was zu essen auf«, sagte Nilla, als sie ihm den Schein reichte, »und Durst habe ich auch.«

Das Gebäude schien Wechselstube und Laden in einem.

Kaum war Meier darin verschwunden, sprang Nilla aus dem Auto und hastete auf den zweiten Wellblechschuppen zu, aus dem gerade ein Mann mit einem Becher Kaffee oder Tee gekommen war.

Das Telefon hing an der Wand zwischen dem Imbißtresen und dem Klo. Nach einem angestrengten Blick auf den Apparat, griff sie ein paar Münzen von dem Teller, der neben dem Klo auf einem Tischchen stand, und warf sie ein, bevor sie jemand daran hindern konnte.

Zum Glück meldete sich Wittich.

»Was ist mit diesem Polen?« fragte er sofort.

Der Mann, der gerade noch hinter dem Tresen gestanden und Würstchen auf dem Grill gewendet hatte, tauchte neben ihr auf und begann, auf sie einzuschimpfen. Einhändig wühlte sie in ihrer Tasche.

»Wer ist das neben dir? Ich verstehe kein Wort«, schrie Wittich.

Ich ja auch nicht, dachte Nilla, zog einen Fünfeuroschein heraus und hielt ihn dem Mann hin. Er nickte und nahm das Geld.

»Wie geht es dir?« fragte sie hastig. »Was sagt der Arzt?«

»Er hat etwas dagegen, daß ich mein Zimmer in ein Büro verwandle, aber jetzt ist alles in Ordnung. Ich bin wieder durchgehend erreichbar. Was ist mit dem Polen?« Wittich hustete, ein vorsichtiges, krächzendes Husten, das Nilla einen Stich versetzte. Nichts war in Ordnung.

So knapp wie möglich faßte sie die letzten Ereignisse für ihn zusammen. Obwohl sie sich bemühte, einigermaßen gefaßt zu bleiben, spürte sie doch, wie das Entsetzen, das beim Erzählen wieder hochkam, auch Wittich erreichte.

»Kannst du dich mit der polnischen Polizei in Verbindung setzen?« fragte sie. »Und ehe ich es vergesse: Im Wohnzimmer Jerzy Parkows hängt über dem Sofa Gerard Ter Borchs ›Mädchen am Toilettentisch‹.« Flüchtig dachte sie an das letzte

Handygespräch, das sie mit Wittich am Abend zuvor von ihrem Zimmer aus geführt hatte, ständig in Sorge, Meier könnte unerwartet hereinplatzen oder sie durch die dünne Trennwand hören. »Den Niederländer habe ich zweifelsfrei identifiziert und ebenso zwei Gainsboroughs. Es sind die Portraits von Lady und Lord Kilkenny aus der Sammlung in Drumlanrig Castle. Deine polnischen Kollegen finden sie im Keller links neben der Haupttreppe. Zu klären wäre, ob es sich um Fälschungen oder die Originale handelt und in welchem Zusammenhang die Gemälde mit der Ermordung Parkows stehen. Peter, ich melde mich wieder.« Sie hängte ein, bevor Wittich noch etwas entgegnen konnte.

Zu Ihrer Überraschung stand der Imbißbetreiber wieder neben ihr und legte ihr eine ganze Reihe von Münzen in die Hand. Sie gab sie ihm zurück, hastete zur Theke und deutete auf die Kaffeekanne. Viel zu langsam füllte er ihr einen Pappbecher. Auf dem Weg zum Wagen nahm sie einen großen Schluck, warf den Becher weg und stieg hastig ein. Nur einen Augenblick später erschien Meier und schielte argwöhnisch zu ihr herüber. Bevor er den Motor startete, reichte er ihr eine Schachtel Kekse, die sie ungeöffnet ins Seitenfach legte.

»Warum essen Sie nicht?«

»Haben Sie nichts zu trinken mitgebracht?« Sie konnte ihm schlecht sagen, daß sie sich den Mund mit dem Kaffee verbrüht hatte.

Nach einer Stunde war Meier in einen Waldweg eingebogen, hatte den Motor abgestellt und sich die Plätzchen geben lassen. Während er langsam und methodisch kaute, schaute er den Weg entlang. Das mahlende Geräusch, mit dem er ein Plätzchen nach dem anderen aß, war Nilla nicht nur deshalb unangenehm, weil es ihren eigenen Hunger verstärkte. Sie ertrug es immer weniger, allein mit ihm zu sein.

Sie stieg aus. Die mächtigen Bäume standen weit voneinander entfernt, unter ihnen wuchsen Farn und Gras, hier und da kam felsiger Boden hervor, von einer tief stehenden Sonne gesprenkelt. Nur einmal, gleich hinter der Grenze, hatte Meier erwähnt, daß sie ein Stück durch das Riesengebirge fahren würden. Seit sie die Sage von Rübezahl kannte, hatte sich Nilla als Kind das Riesengebirge wie ein verwunschenes, von Berggeistern bewohntes Reich vorgestellt. Zwischen den Farnen wucherten hier und da Brombeeren, die märchenhaft süß schmeckten.

Auf ihrer Erkundung des Terrains fand sie eine Quelle mit eiskaltem Wasser und löschte endlich ihren Durst. Meier hätte rufen können, wenn er hätte weiterfahren wollen, aber er rief nicht. Im Augenblick war ihr das recht. Die Atempause in dem Schrecken, zu dem sich die Reise mit ihm ausgewachsen hatte, war zu kurz, um Abstand zu gewinnen. Zerschlagen kehrte sie nach zwei Stunden zum Auto zurück, weil es gerade dunkel wurde.

Meier hatte die Karte ausgebreitet und faltete sie nun sorgfältig zusammen.

»Wann fahren wir weiter und wohin überhaupt?« fragte sie.

»Wir bleiben über Nacht hier. Morgen früh weiß ich, wohin es geht.«

Zu erschöpft, um mit Meier zu diskutieren, legte sie sich auf die Rückbank, einen dort gefundenen Pullover rollte sie als Kopfkissen zusammen. Kalt war ihr nicht, zumindest nicht anfangs. Ein paarmal wurde sie wach, weil sie nun doch fröstelte, schlief aber wieder ein. Das Vogelgezwitscher und der Hunger weckten sie endgültig. In der Hoffnung, daß Meier ein oder zwei Kekse übriggelassen hatte, kroch sie hinten aus dem Wagen und stieg vorn wieder ein. Überraschenderweise saß Meier noch unverändert, wie sie ihn zuletzt gesehen hatte, beide Hände seitlich am Lenkrad.

Als er sich zu ihr umdrehte, sah er aus, als hätte er die Nacht im Grab seiner Erinnerungen verbracht. Nilla kam sich vor wie ein Voyeur, der eine Nackte durch ein Guckloch beobachtet und erkennen muß, daß ihr Körper von schrecklichen Narben übersät ist. Rasch wandte sie sich ab. Mitleid, fand sie, war bei ihm nicht angebracht.

Sie hörte, wie die Fahrertür klappte. Meier ging in die Richtung davon, in der die Quelle lag. Kurz bevor er zwischen den Bäumen verschwand, warf er sein Jackett über einen Ast. Jetzt trug er nur ein kurzärmeliges T-Shirt, und sie bemerkte, daß zu seinem kräftigen Nacken breite Schultern und muskulöse Arme gehörten. Ein Mann wie Meier, dachte sie erschrocken, war in der Lage, einen wie Jerzy Parkow am Galgen eines Flaschenzugs aufzuhängen und die Drahtschlinge um Jelenas runden Hals zuzuziehen. Allerdings erschien ihr diese Vorstellung unvereinbar mit dem Leidensgesicht, das sie gerade gesehen hatte.

»Können Sie fahren?« fragte Meier plötzlich an ihrem Fenster. Sie hatte ihn nicht zurückkommen hören.

»Wohin Sie wollen«, sagte sie, um einen neutralen Ton bemüht.

»Dann rutschen Sie rüber.«

»Und wohin soll's gehen?«

»Nach Wien.«

Kapitel 2

1

»Warum sollen wir nach Wien fahren?« fragte Nilla. Warum soll *ich* nach Wien fahren, fragte sie sich.

»In Tschechien können wir nicht bleiben und nach Polen nicht zurück. Da ist Wien naheliegend.«

»Nicht wirklich.« Ein innerliches Zittern befiel sie, ihr Mund war trocken, sie schluckte.

»Vielleicht nicht für Sie«, sagte Meier ungeduldig, »Sie wissen einfach zu wenig.« Eine Spur Verachtung klang durch.

Vielleicht war sie ihm inzwischen lästig, diese Frau, die er für den Tod seiner Freunde mitverantwortlich machte.

»Hat Jerzy Parkow eigentlich nur kopiert?«

»Er war auch ein großer Erfinder echter Romneys und Ter Borchs. Seine alten Meister sahen echter als die echten aus. Fahren Sie endlich los.«

Nilla steckte den Schlüssel ins Zündschloß, drehte ihn aber nicht um.

»Muß man als Fälscher nicht noch ein bißchen mehr drauf haben? Heute kann man mittels diverser Untersuchungen alles mögliche herausfinden.«

»Chemische Untersuchung, Spektralanalyse der Farben und so weiter? Jerzys Fälschungen liefen in der Regel keine Gefahr, einer sorgfältigen Untersuchung unterzogen zu werden, denn er hat sich ja nur mit Malern der zweiten oder dritten Liga beschäftigt. Ohne ausreichenden Verdacht, daß es sich um Falsifikate handelt, werden nicht einmal die Werke van Eycks, Bellinis, Dürers und Michelangelos genau untersucht.«

»Ich weiß. Warum fahren wir nach Wien?«

Meier rutschte tiefer in seinen Sitz und gähnte anhaltend.

»Ich hoffe, in Wien jemanden aufzustöbern, der Jerzy mit alten Materialien versorgt hat. Wenn sich Jerzy neuerdings an die Großen der Kunst herantraute, mußte er bei der Materialauswahl sehr viel sorgfältiger als bisher vorgehen. Vielleicht können wir ein paar Hinweise von diesem Zulieferer erhalten.«

Erst gestern hatte sie Meier nach Zulieferern gefragt. Dieser eine Tag in Wien noch, dann fahre ich heim, dachte sie. »Über Jerzys Auftraggeber oder über seine neuesten Aufträge?«

»Wecken Sie mich an der österreichischen Grenze.«

Mit einem Griff ließ Meier die Lehne ein Stück nach hinten klappen, während er ihr erklärte, wie sie fahren mußte. Danach schloß er die Augen, drehte den Kopf zum Seitenfenster und schlief ein. Nach zehn Minuten fing er an zu seufzen und zu stöhnen, mehrmals zuckte er heftig zusammen. Offensichtlich litt er an einem Alptraum. Kurz überlegte sie, ihn wach zu rütteln, unterließ es dann aber.

Nilla dachte über den Mord an Jelena und Jerzy nach. Wann waren die beiden getötet worden? Die Blutlache um das Schwein war noch nicht getrocknet gewesen, aber Blut war dickflüssiger und sickerte nicht so schnell ein, ohnehin war der Boden durch den Regen von Feuchtigkeit gesättigt. Möglicherweise lagen sogar die Tötung des Schweins und die der beiden Alten einige, um nicht zu sagen etliche Stunden auseinander. Merkwürdig war, daß der Pajero gerade dann eine Panne gehabt hatte, als sie das zweite Mal nach Karczowice aufbrechen wollten. Es hatte sich vielleicht nur um eine Bagatelle gehandelt, die Meier leicht selbst bewerkstelligt haben konnte. Ein loses Zündkabel zum Beispiel oder herausgeschraubte Zündkerzen. Die drei Stunden, die er wegen der Reparatur fortgeblieben war, reichten, um nach Karczowice und zurück zu fahren.

Was hatte ihm Jerzy bei seinem Anruf mitgeteilt? Hatte er überhaupt angerufen? Als Zeitraum für den Mord kam auch vorgestern morgen in Betracht, als Carlo sie ihren Einkäufen überlassen hatte, und ebenso die darauffolgende Nacht, schließlich wußte sie nicht, ob er in der Nacht die Pension verlassen hatte. Es ergaben sich schon fast zu viele Gelegenheiten.

Er könnte Jerzy unter Druck gesetzt haben. Es konnte um das Versteck für die Bilder gegangen sein. Die Ermordung der beiden Alten mochte am Ende aus Rache geschehen sein, weil Jerzy die Geschäftsbeziehung gekündigt und sich einen neuen Auftraggeber für seine Fälschungen gesucht hatte.

Plötzlich kam es ihr wie ein sehr seltsames Zusammentreffen vor, daß ausgerechnet sie mit Meier unterwegs war. Bestimmt konnte Meier nicht ahnen, daß sie Spezialistin für Fälschungen war. Auf der Tagung in Amsterdam, die sie nun verpaßt hatte, ging es um Fälschungen und neueste Forschungsergebnisse.

Meier bewegte sich unruhig, wachte aber nicht auf. Sie dachte an das Gesicht der Trauer, das sie gesehen hatte. Sie hätte nicht wegschauen dürfen, damit hatte sie eine Gelegenheit versäumt, mehr über ihn zu erfahren. Vielleicht war es auch keine Trauer gewesen, die sein Gesicht verschattet hatte, sondern nur Müdigkeit und Erschöpfung.

Nach etwa einer Stunde stellte sie fest, daß sie sich verfahren hatte. Im nächsten Dorf bemerkte sie zwei alte Männer, die, auf knorrige Stöcke gestützt, schweigend die Straße beobachteten. Mißtrauisch schienen die Alten ihren Blick zu erwidern, als sie neben ihnen anhielt.

»Nach Wien?« fragte sie ohne jede Hoffnung auf eine brauchbare Antwort.

Der eine gestikulierte geradezu bedrohlich mit seinem Stock. Aus dem heiseren Gemurmel wurde sie nicht schlau.

»Versuch's mal mit Prag«, nuschelte Meier neben ihr und beugte sich über sie zum Fenster hinaus. Gewandt redete er auf die Bauern ein, aus seinem Wortschwall hörte sie nur Praha heraus.

Die Erwähnung löste weitere Erklärungen aus, begleitet von diesmal eindeutigen Gesten. Entspannt ließ sich Meier auf seinen Sitz zurückfallen.

»Am Ende des Dorfs geht's nach rechts, aber wir biegen links ab, weil wir ja gar nicht nach Prag wollen, wir fahren über Hradec Kralové und Brno nach Wien.«

»Sie scheinen halb Osteuropa wie Ihre Westentasche zu kennen. Sprechen Sie auch Wienerisch?«

»Im Prinzip ja, aber als Auswärtiger in Wien Dialekt zu sprechen, ist so geschmackvoll, wie ihren Ministerpräsidenten ungefragt zu duzen.«

»Wann waren Sie das letztemal in Wien?«

»Vor ungefähr einem Jahr.«

Nilla bog am Dorfende in eine breitere Straße ein, die weniger Schlaglöcher aufwies.

»Wo haben Sie Polnisch und Tschechisch gelernt?«

»Ich bin schon als Kind viel herumgekommen.«

»Mit Ihrem Vater? Oder wer hat sich nach dem Tod Ihrer Mutter um Sie gekümmert?«

»Charly.«

Nilla erinnerte sich, daß Wittich auch belastendes Material über Charly Meier zusammentrug. »Wie erziehen Kunstschieber ihre Söhne? Wollte Ihr Vater, daß Sie frühzeitig in das Familienunternehmen hineinwachsen?«

»Nur noch mal zur Klarstellung: Ich bin Kunsthändler, und auch mein Vater war Kunsthändler«, sagte Meier friedlich. »Er hat mich gelehrt, meine Sinne besser als jeder andere zu gebrauchen. Ohne den richtigen Gebrauch deiner Sinne weißt du nicht, was es heißt, zu leben.«

Wahrscheinlich hatte Charly seinen Sohn auch angehalten, auf Fitneß zu achten. Kräftige Muskeln waren sicher hilfreich beim diskreten Abtransport schwerer Kunstgegenstände.

»Charly«, fuhr Meier nachdenklich fort, »hat mir auch schmerzliche Erfahrungen nicht erspart. Ich erinnere mich daran, wie ich mir einmal die Finger verbrannt habe.« Er strich mit dem Daumen über die Fingerkuppen.

Nilla nahm sich vor, Wittich auf den Bunzlauer Krug hinzuweisen, auf dem prächtige Fingerabdrücke Meiers zu finden sein mußten, wenn Jelena sie nicht verwischt hatte. Vielleicht konnte Wittich auch dafür sorgen, daß in Wien der Pajero unauffällig unter die Lupe genommen wurde, wenn sie mit Meier in der Stadt unterwegs war.

»War Ihr Vater ein netter Mensch?« fragte sie möglichst beiläufig, obwohl es eher so geklungen hatte, als wäre er ein Sadist gewesen.

»Er war ein lustiger Vogel, er tat selten, was man gerade erwartete. Das hat meine Mutter an ihm fasziniert.«

»Hat er Sie oft allein gelassen?«

»Nein!«

Die Antwort war entschieden zu rasch erfolgt. Nilla wandte sich zur Seite und bemerkte, wie Meiers Miene die gewohnte Verdrossenheit annahm. Jetzt würde ihm nichts mehr zu entlocken sein.

Der Mißmut stand ihm nicht. Dabei war sie sich inzwischen fast sicher, daß Meier eigentlich gut aussah. Gerade fuhr er sich wieder mit einer Hand durch sein dichtes Haar, als tastete er mit den Fingerspitzen beinahe zärtlich die Kopfhaut ab.

2

Valeria war früh aufgewacht. Ab und zu horchte sie auf das Gehupe von draußen und das Kreischen der Bremsen. Clodio war sicher noch nicht auf, er ging nicht vor zehn Uhr in die Privatbank, deren Direktor er seit dreißig Jahren war. Es blieb ihr eine halbe Stunde.

Auf dem Weg zu seinem Arbeitszimmer kam sie sich wie eine uralte Schildkröte vor, die sich nur noch ungelenk und mühsam voranschiebt. Ihre Hüfte schmerzte. Eine Kokainlinie wäre jetzt ein Segen gewesen.

Agostino hatte ihr am Abend erzählt, daß Clodio ihm einige Papiere zum Unterzeichnen vorgelegt hatte. Dem Gerede ihres Bruders hatte sie entnommen, daß es um Veräußerungen ging, um größere Posten, keine Lappalien. Normalerweise informierte Clodio sie über alle bedeutenden Geschäftsvorgänge. Oder hatte er mit ihr darüber gesprochen?

Sie hielt sich am Türrahmen fest. Immer öfter stellte sich das bedrohliche Gefühl ein, nicht mehr ganz zu verstehen, was um sie herum vorging. Sie klinkte die Tür auf. Clodio hatte darauf bestanden, sein Büro modern einzurichten, das hieß mit Stahlrohrmöbeln. Sie waren nicht mal häßlich – nur so unpassend in einem Raum mit hochbarocken Deckenfresken und einem Caravaggio an der Wand. Ganymed und der Adler.

Unter dem Kronleuchter stand ein riesiger Schreibtisch mit Glasplatte. Valeria schaltete das Licht ein und trat an den Tisch heran. Auf der einen Seite lagen mehrere Dokumentenmappen, die sie rasch durchsah. Tatsächlich war Clodio dabei, aus dem Giovese-Vermögen Anteile von verschiedenen Firmen zu veräußern. An sich war das kein ungewöhnlicher Vorgang, nur die Heimlichkeit setzte ihr zu. Beunruhigt nahm sie Platz, faltete die Hände, nahm sie wieder auseinander, zog zerstreut ein Schriftstück heran, das auf der anderen Seite der Platte lag, schob es hin und her, während sie angestrengt nachdachte.

Sie würde Livio anrufen, Livio di Pisani, ihren Schwiegersohn und offiziellen Rechtsbeistand in allen Familienangelegenheiten. Vielleicht hatte Clodio mit ihm über die Transaktionen gesprochen. Vielleicht wußte Livio, was er mit dem Geld vorhatte. Andere Firmen kaufen? Auf dem Schriftstück vor ihr war noch nichts eingetragen. Ein Antragsformular, das sie sorgfältig und langsam Zeile um Zeile lesen mußte, um zu begreifen, worum es ging. Früher nannte man den Vorgang, der mit dem Schriftstück eingeleitet werden sollte, klar und unmißverständlich *Entmündigung*.

An eine Ecke war ein Zettel angeheftet mit einem handschriftlichen Gruß Livios.

Auf einmal war sie nicht mehr imstande aufzustehen, alle Kraft hatte sie verlassen.

3

Sobald sie den Stadtrand von Wien erreichten, atmete Nilla unwillkürlich auf.

»Wie lange wird die Suche nach Ihrem Informanten dauern?«

»Ein, zwei, höchstens drei Tage werden reichen, um herauszufinden, ob er überhaupt in Wien ist.«

Hinter Nilla hupte ein Auto, weil sie vor Schreck den Fuß vom Gas genommen hatte. Der Pajero ruckelte. Drei Tage in Wien!

»Haben Sie ein Problem damit?« fragte Meier.

Zuerst mußte sie mit Peter Wittich sprechen, möglichst von einem Hotel aus, das keine Pappwände aufwies, durch die jeder Laut im Nachbarzimmer zu hören war. »Nicht, wenn ich jetzt eine lange heiße Dusche oder besser ein Vollbad in einer großen Wanne haben kann. In einem anständigen Hotel.« Vor allem war sie nicht bereit, eine Absteige mit einer Wirtin zu akzeptieren, die Meier vor ihren Augen zur Begrüßung an ihren wogenden Busen drückte.

Meier dirigierte sie direkt vor das Hotel Sacher. Er deutete auf das gläserne Entrée, vor dem ein Türsteher in einem lila Frack mit Goldpaspeln und einem schwarzen Zylinder Posten bezogen hatte.

»Entspricht das Sacher Ihren Ansprüchen?«

Sie überlegte kurz. Wahrscheinlich blieb sie ja nur eine Nacht. »Es wird genügen.«

»Steigen Sie aus, ich stell das Auto unter, während Sie die Zimmer buchen.« Sie hatte die Wagentür bereits geöffnet, als er sie aufhielt. »Wie lange brauchen Sie für Ihre Badeorgie? Nur für den Fall, daß es länger dauert, bis ich einen Parkplatz gefunden habe und Sie schon auf Ihr Zimmer verschwunden sind.«

Rasch kalkulierte sie.

»Mit Haarewaschen, Fönen und allem? Mindestens zwei Stunden.«

»Sagen wir drei, wir treffen uns im Foyer. Falls ich nicht auftauchen sollte, lassen Sie mich wecken.«

»Und wenn im Sacher keine Zimmer frei sind?«

Er grinste wieder und ließ den Motor an. »Dann sehen wir uns gleich. Bis zum nächsten Fünfsternehotel sind es höchsten sechs Minuten zu Fuß.«

Nilla sah dem Pajero nach, bis er um die Ecke verschwunden war. Als sie am Türsteher vorbei die Empfangshalle betrat, versuchte sie, sich keine übermäßige Anspannung anmerken zu lassen. Es fiel ihr aber schwer, ruhig abzuwarten, bis der Empfangschef sein Geplauder mit einem Gast beendet hatte und sich ihr zuwandte.

»Zwei Einzelzimmer«, sagte sie, »eins davon bitte mit PC und Internet-Anschluß, ich habe meinen Laptop nicht dabei.«

Der Mann unterzog sie einer diskreten Musterung.

»Ich werde nachsehen, ob etwas frei ist.«

Während Nilla die Eingangstür im Auge behielt, verwünschte sie im stillen die Wiener Gemächlichkeit in Gestalt dieses lila gekleideten Angestellten, der ihr durch seine gedehnte Sprechweise und seine ostentative Langsamkeit zu verstehen gab, daß sie nicht hierhergehörte. Wahrscheinlich war ihm eine gewisse Ungepflegtheit aufgefallen. Wohl fühlte sie sich wahrhaftig nicht.

Der Türsteher komplimentierte einen Mann herein, in dem sie Meier erst erkannte, als er mit langen elastischen Schritten, einen hübschen kleinen Lederkoffer in der Hand, auf sie zutrat.

»Es ist doch alles geklärt mit den Zimmern?« wandte er sich an Nilla. Mit leiser, kultivierter Stimme fügte er hinzu: »Es tut mir leid, daß Sie haben warten müssen.«

Vielleicht war es diese Stimme, die den Portier in Geschäftigkeit verfallen ließ, vielleicht auch Meiers Haltung oder seine Miene, eine gekonnte Maske unangestrengter Arroganz.

Um so aufzutreten, mußte man vermutlich ganz oben oder ganz unten geboren sein, und im letzteren Fall ein begabter Hochstapler sein.

Diensteifrig schob ihnen der Portier die Meldezettel zu, winkte einen Pagen herbei, übergab ihm zwei Schlüssel und wandte sich mit einem höflichen Lächeln Nilla zu.

»Ich hoffe, Sie werden alles zu Ihrer Zufriedenheit vorfinden.«

Zum Glück erwähnte er den Computer nicht.

Als sie hastig Wittichs Telefonnummer wählte, zitterten ihre Finger, angespannt lauschte sie auf das Freizeichen. Normalerweise hätte sie aufgelegt, als niemand abhob, aber sie ließ es immer weiter läuten. Gleich mußte der Kontakt automatisch unterbrochen werden. Einen Moment saß sie erstarrt auf der Bettkante. Wittich war ein todkranker Mann.

Sie tippte auf die Wiederholungstaste, sah die Nummer und merkte, daß sie nicht stimmte. Sie korrigierte die Eingabe. Beim dritten Läuten meldete er sich.

»Ja?« bellte er.

Nilla rutschte fast von der Bettkante. Das Telefon an sich gepreßt, gab sie nur ein Keuchen von sich.

»Wer ist da? Nilla?«

Sie holte tief Luft. »Ich bin in Wien, Peter.« Die nächsten paar Minuten redeten sie durcheinander, bis Nilla einfiel, daß sie ja jetzt Zeit hatten, viel Zeit, um das eine oder andere zu klären.

»Komm nach Hause, Nilla«, flehte Wittich, »setz dich in den

nächsten Flieger oder den Zug und komm zurück. Denk auch an Leonhard. Wie soll ich ihm erklären, daß du in Wien statt in Amsterdam steckst? Er erwartet dich heute abend zurück, hast du das vergessen?«

Etwa um diese Zeit hätte sie sich in Amsterdam ins Auto gesetzt, um zurückzufahren, ging ihr auf. Leonhard würde ihr die Treffen mit Kress eventuell verzeihen, aber daß sie von ihren Schuldgefühlen nicht loskam, wäre ihm sicher zuviel. Zu diesen ursprünglichen Schuldgefühlen waren neue dazugekommen und hatten sich mit dem Grauen über den Tod der Parkows vermischt. Von der Absolution, von der Wittich gesprochen hatte, war sie weiter entfernt denn je. Sie war in etwas verstrickt, aus dem sie so leicht nicht aussteigen konnte.

»Du klingst besser. Wie geht es dir, was macht dein Blutdruck?«

»Nilla, mein Blutdruck macht mir Kummer, wenn ich nicht weiß, wo du steckst, und mir ausmalen muß, in welche Gefahren dich diese Tour mit Meier bringt. So war das nicht gemeint, als ich mich einverstanden erklärt habe, daß du ihn aufsuchst.«

»Ich weiß«, sagte sie. »Hast du irgendwas erreicht, in Polen, meine ich?«

»Meine Leute haben mit den dortigen Kollegen Kontakt aufgenommen, aber es hat gar keinen Zweck, daß wir darüber reden, du mußt ...«

»Bitte, Peter, hör mir zu: Ich kann jetzt nicht aufhören, ich sag dir gleich, warum, beantworte du erst meine Frage: Sind die Parkows gefunden worden?« Sie hatte ihm nicht erzählt, daß sie noch immer damit rang, die schrecklichen Eindrücke loszuwerden.

»Die Leichen sind so gefunden worden, wie du sie beschrieben hast, aber die Bilder waren nicht mehr da«, erklärte er widerwillig.

Schnell fragte sie weiter: »Ist die Restaurierungswerkstatt unangetastet?«

»Das weiß ich nicht. Ich hab zunächst die Sache mit den Bildern zu klären versucht. Heute morgen habe ich erfahren, daß die Gainsboroughs und andere Gemälde wegen einer Renovierung der Ausstellungssäle von Drumlanrig Castle in ein Londoner Kunstmagazin ausgelagert worden sind. Erst wenn von Drumlanrig Castle eine Genehmigung erteilt worden ist, darf uns das Magazin Auskunft erteilen, es ist alles leider kompliziert und langatmig, vor allem, wenn ich noch länger hierbleibe. Die Besitzer des Ter Borch waren überhaupt noch nicht zu erreichen.«

»Könntest du deine polnischen Kollegen veranlassen, alles zu registrieren, was sie in der Werkstatt finden? Ich brauche eine Aufstellung aller Ingredienzien und Instrumente, die Parkow verwendet hat, ich konnte mich nicht lange und gründlich genug umsehen, um eindeutige Schlüsse auf seine Fälschertätigkeit zu ziehen.« Sie würde die Listen nach Mitteln durchsuchen, die für Fälschungen, aber nicht für Restaurierungen benötigt wurden, wie metallische Salze, die man den Farben beimengte, um die Überprüfung der Bilder mit der Quarzlampe zu erschweren. Am Ende könnte sie eventuell an Hand bestimmter Farben oder Bindemittel etwas darüber sagen, aus welcher Epoche der Maler stammte, dem sich Jerzy nach Gainsborough zuwenden wollte. Und sie brauchte Angaben über alte Maltraktate und Rezeptbücher, die Parkow besaß. Ohne die Kenntnis solcher Schriften hätte er keine erstklassigen Fälschungen herstellen können. Irgendwo im Haus oder in den Nebengebäuden mußte es diese Traktate geben. Und irgendwo, in besonders geschützten Archiven, fehlten sie eventuell. »Und die Kollegen sollen jeden Fetzen Papier, jedes Heft, jedes Buch ansehen und registrieren. Hoffentlich arbeiten da nicht nur zwei Mann. Schick mir die Listen an meine e-mail-Adresse. Ich habe einen Computer mit Internetzugang im Zimmer, und gleich besorg ich mir ein neues Handy. Und jetzt sag mir bitte, wer die Parkows gefunden hat und wann die beiden getötet worden sind.«

Sie war froh zu hören, daß die Polizei vor den Enkeln eingetroffen war. Vorläufig war als Todeszeitpunkt der gestrige späte Vormittag ermittelt worden, die Körper mußten also noch warm gewesen sein. Viel Klarheit brachte die Auskunft nicht, Meier kam als Täter immer noch in Betracht. Dann bat sie Wittich, auf dem Bunzlauer Krug Fingerabdrücke sichern zu lassen. Den Pajero wollte sie doch nicht mehr untersucht haben. Durch einen dummen Zufall hätte Meier Verdacht schöpfen können.

»Peter, geht es dir wirklich besser?«

»Ja, ich kann wieder ohne Herzbeklemmung atmen, also mach dir keine Sorgen. Aber du hast mir noch nicht gesagt, warum du in Wien bleiben willst.«

»Meier will mich mit einem Informanten zusammenbringen. Einem Mann, der Parkow das Material für seine Fälschungen besorgt hat.«

Je länger sie auf Wittich einredete, desto mehr schwand sein Widerstand.

Am Ende versprach er ihr, so rasch wie möglich einen zuverlässigen Mitarbeiter nach Polen zu schicken, um die Untersuchungen zu beschleunigen.

Nach dem Telefongespräch mußte sie sich sputen. Sie verließ das Hotel, besorgte sich ein neues Handy, kaufte noch einmal Unterwäsche und übereilt ein kurzes, schwarzes, eigentlich unpraktisches Kleid, gab bei ihrer Rückkehr ihren Anzug in die hoteleigene Reinigung und sank in ein Schaumbad.

Pünktlich zum verabredeten Zeitpunkt erschien sie im Foyer. Mehr noch als das glänzende Mahagoni, die Goldleisten, die Seidentapeten und das Funkeln eines riesigen Kristallüsters prägten die Menschen die Atmosphäre im Sacher. Personal wie Gäste waren auf eine vornehme beiläufige Gedämpftheit eingeschworen. Immer wieder ertappte sie sich dabei, wie sie die Leute neugierig anstarrte.

Nach zwanzig Minuten bat sie den Mann an der Rezeption zum ersten Mal, bei Meier anzurufen.

»Der Herr Dr. Meier ist nicht auf seinem Zimmer«, beschied sie der Portier, nachdem er das Telefon für höchstens fünf Sekunden ans Ohr gehalten hatte.

»Er schläft«, murmelte Nilla leicht errötend, »lassen Sie es länger durchläuten.«

Der zweite Versuch, Meier zu wecken, stieß eine Viertelstunde später bereits auf deutliche Mißbilligung.

Nilla verzichtete darauf, in den ersten Stock hinaufzufahren und durch ein Hämmern an Meiers Tür auch andere Gäste aufzuschrecken, statt dessen verließ sie noch einmal das Hotel. Sollte er inzwischen auftauchen, konnte er ja auf sie warten.

Gegenüber dem Hotel fiel ihr ein schmucker kleiner Süßwarenladen ins Auge. Die hinreißenden Kreationen aus Pistazien, Walnüssen, kandierten Früchten und kaffeebrauner Schokolade verführten sie zu einem Kaufrausch. Noch in der Ladentür riß sie den Deckel der Schachtel auf, sog tief den Duft ein und begann zu naschen. Im Schutz der Tür sah sie jemanden in einem schlampigen Sakko vorbeihuschen, eine leicht gebeugte Gestalt, der sie instinktiv folgte. Selbst als die Person in der Philharmonikerstraße in einem Seiteneingang des Sacher verschwand – der Tür für das Personal, wie sie gleich darauf feststellte –, plagten sie Zweifel, ob sie tatsächlich Carlo Meier erkannt hatte. Rasch lief sie um die Ecke, betrat wieder das Foyer und setzte sich auf ihren alten Platz.

Zwei junge Frauen, offenkundig Gäste, die an der Rezeption miteinander plauderten, änderten plötzlich ihre lässige Haltung. Aufmerksam geworden, bemerkte Nilla den attraktiven Mann, der inzwischen aus einem der Aufzüge getreten war. Unaufdringlich selbstsicher, ein bißchen amüsiert unter den offensichtlich bewundernden Blicken der beiden Frauen kam er auf sie zu. Wieder war sie für ein, zwei Augenblicke auf Meier, das Chamäleon, hereingefallen. Seine schwarzen Haare glänzten feucht, als wäre er soeben mit dem Duschen fertig geworden, und seine Miene drückte wegen der Verspätung charmant Zerknirschtheit aus.

Er beugte sich zu ihr herab, seine Augen glitzerten boshaft.

»Ich weiß«, sagte sie gelassen, »ich habe Schokolade am Mund.«

Sein Aftershave roch distinguiert und teuer.

Hatte sie ihn wirklich erst vor wenigen Minuten im Seiteneingang verschwinden sehen? Sie erwog, ob er ihr nachspioniert hatte, und ging in Gedanken ihre Besorgungen durch. Nur das neue Handy konnte ihm verdächtig erschienen sein.

»Nach dem Essen machen wir einen Sprung ins Kunsthistorische Museum, Dr. Lollis, den Direktor, besuchen«, informierte er sie auf dem Weg zur Tür.

»Haben Sie einen Termin?« fragte sie.

Er zuckte nur mit den Schultern.

Lange bevor sie ein kleines Lokal in der Schönlaterngasse erreichten, hatte Meier seine elegante Haltung aufgegeben. Fast kam es ihr so vor, als würde er jeden Hauch von Schmuddel an Straßenecken und Einfahrten magisch anziehen, und bei jedem Abfallbehälter hatte sie Sorge, daß er unversehens hineingriff. Um so unverständlicher war es ihr, daß er sich langatmig beim Kellner über ein paar Krümel beschwerte, die ein früherer Gast auf dem Tisch hinterlassen hatte.

»Warum sind Sie so eklig zu dem armen Mann?« fragte sie empört.

Erstaunt zog er die Augenbrauen hoch.

»Wieso?« Er drehte sich nach dem Kellner um, der sich gerade mit dem Bürstchen entfernte, mit dem er das Tischtuch abgefegt hatte. »Wenn ich mich nicht beschwere, glaubt er, daß ich kein aufmerksamer Gast bin, und unaufmerksame Gäste, die nicht wissen, was sich gehört, werden schlecht bedient, weil sie's nicht anders wert sind.« Ganz leicht, nur so eben hörbar, war ein Wienerischer Akzent durchgeklungen.

Die ganze Mahlzeit über – von der Frittatensuppe über das

Paprikahuhn bis zur Schale Kaffee samt Palatschinken – wich er ihren Fragen aus, nur den Spitznamen von Jerzys Materialbeschaffer verriet er. Unter seinen Geschäftsfreunden war der Mann als »die Eidechse« bekannt.

4

Meier wollte genau zum richtigen Zeitpunkt im Museum auftauchen: kurz vor Schluß, wenn die Ausstellungssäle beinahe menschenleer waren. Auf dem Weg quer durch die Hofburg hielt er deshalb noch einmal an, um in dem langen Durchgang einen weiteren Kaffee zu trinken, und ließ sich an seinem Stehtisch vor dem Imbiß sogar mit anderen Müßiggängern auf eine Unterhaltung ein. Ungeduldig trat Nilla gegenüber an eine Verkaufsvitrine heran, in der Sissipuppen lächelten, glitzernde Talmisternchen im Haar.

Nach einem Blick auf die Uhr bezahlte Meier und verließ rasch den Stand, innerlich auf das konzentriert, was er sich vorgenommen hatte.

Am Kassenschalter im Museum zählte jemand Geld, es wurden keine Eintrittskarten mehr verkauft. Meier brauchte ohnehin keine, er strebte sofort auf die große Prachttreppe zu und beachtete den Angestellten nicht, der sich mitten davor postiert hatte. Der Mann kannte ihn nicht, trat aber zur Seite, um ihn durchzulassen.

Nilla dagegen hielt er an.

»Ihre Eintrittskarte? Wissen Sie nicht, daß wir in dreißig Minuten schließen?«

Überrascht blieb sie stehen und sah hilflos zurück zur Kasse.

»Ja, dann …« Sie trat einen Schritt zurück.

»Ist Dr. Lollis in seinem Büro?« Meier winkte Nilla zu sich und zog sie an dem Wächter vorbei, der nur nickte.

Der Treppenaufgang war vollständig mit kostbarem, farbigem Marmor verkleidet. Vor gut einem Jahr war der Prunk des Gebäudes der Saliera zum Verhängnis geworden, denn Säulen, Gesimse und überladene Fensterrahmungen an den Außenseiten machten eine ordentliche Sicherung gegen Einbruch nahezu unmöglich. Außerdem war das Museum gerade eingerüstet, nicht einmal Kletterseile oder ähnliches waren nötig, um ein Fenster im ersten Stock zu erreichen. Es war fast wie eine Einladung gewesen.

In den Sälen herrschte nachts Dunkelheit, und die Videoüberwachung war nicht eingeschaltet.

Die Saliera, das Meisterwerk Benvenuto Cellinis aus dem sechzehnten Jahrhundert, bestand unter anderem aus einem ovalen Näpfchen für das Salz und den Figuren des Meeresgottes Neptun und der Erdgöttin Tellus auf einem Ebenholzsockel: Zwei Nackte aus hochkarätigem Gold lagen sich in lasziver Haltung entspannt lächelnd gegenüber. Der Sturz, unter dem sich die Saliera befand, war an das Überwachungssystem nicht angeschlossen gewesen, und das einfache Glas hatte nicht mal dem Schlag mit einem harten Schuhabsatz widerstanden.

»Wir gehen nicht sofort zu Lollis, sondern schauen uns erst mal ein bißchen um«, sagte Meier, als sie den ersten Stock erreichten.

Wie erhofft, befanden sich nur noch wenige Besucher in den Sälen. Meier warf einen Blick in das Kabinett Nr. 4, aus dem längst die Überbleibsel des Raubs, der leere Sockel und die Glasreste, entfernt worden waren.

Bei der Überprüfung von Tizians »Danae« zwei Säle weiter kam er recht schnell zu einem Ergebnis. Mehr Mühe bereiteten ihm die »Drei Philosophen« von Giorgione. Er versuchte, dichter heranzukommen, ohne einen Alarm auszulösen. Das hieß, er durfte das in Kniehöhe gespannte Absperrseil nicht berühren. So weit wie möglich beugte er sich vor, bis sein Kopf nur noch Zentimeter von der Leinwand entfernt war. Er konnte die Leinwand und das Gemisch von Farben, Bindemitteln, Leim und Firnis riechen, er sah die Lichtreflexe auf der Oberfläche tanzen, winzige helle Punkte auf winzigen Unebenheiten.

»Was machen Sie da? Kommen Sie da weg. Sofort!«

Wie ein Traumwandler wandte er sich um. Verärgert musterte ihn eine Frau vom Wachpersonal.

»Hab ich was falsch gemacht? Dann verzeihen Sie«, sagte er devot genug, um sie zu beschwichtigen, denn er wollte keine Zeit mit ihr vertun.

»Wir schließen gleich«, rief ihm die Aufseherin nach, als er sich, eine Hand abwehrend erhoben, bereits entfernte.

Parmigianinos »Bogenschnitzender Amor« hing neben einem Durchgang. Der Amorknabe fing seinen Blick ein und zwang Meier stehenzubleiben. Das Bild weckte unscharfe Erinnerungen aus tiefster Vergangenheit.

Vor Parmigianinos »Amor« stand eine ältere Frau in andächtige Betrachtung versunken. Meier war neben sie getreten, die Hände unwillkürlich zu Fäusten geballt.

»Ist er nicht herzig, der Amor?« fragte die Frau, Bestätigung heischend, mit glänzenden Augen und rückte auch noch näher an ihn heran.

Mit einem Schritt trat er halb hinter sie und senkte den Kopf so weit, daß sein Kinn beinahe auf ihrer Schulter auflag.

»Das Knäblein gefällt Ihnen? Wie es da so neckisch über die Schulter zurückblickt und Sie dabei erwischt, wie Sie seinen niedlichen Popo betrachten? Herzig ist er, da gebe ich Ihnen recht. Aber ist diese zur Schau gestellte kindliche Nacktheit nicht auch ein kleines bißchen frivol? Die Herren Kardinäle und die Nobili, für die so was gemalt wurde, wußten sie jedenfalls zu schätzen. Es ist nicht auszuschließen, daß der eine oder andere sich vorstellte, wie er dem Knaben die Hand aufs

Lockenköpfchen legt und es nach vorn beugt, immer weiter, damit sich der Rücken schön biegt und sich der Popo ihm entgegenwölbt. In Gedanken schiebt er die Finger in die Furche, läßt derweil die Hose runter und besorgt's dem Knäblein in den Arsch.«

Nilla war zurückgewichen und schaute ihn mit versteinerter Miene an.

Die Frau war geradezu erstarrt, nun begann sie zu schimpfen, ihre Handtasche wie einen Schutzschild an sich gepreßt.

»Ein Ferkel wie Sie sollte man nicht ins Museum lassen.«

»Sagen Sie das dem Direktor, er steht hinter Ihnen«, sagte er leichthin, denn unvermutet war Dr. Lollis aufgetaucht. »Vielleicht erwärmt er sich für Ihre Idee, mir Hausverbot zu erteilen.«

Mit einer Entschuldigung trat Lollis auf die Frau zu, ganz der souveräne, charmante Hausherr. Die Aufseherin, der sie vor dem Giorgione begegnet waren, mußte der Wortwechsel angelockt haben, sie kam gerade rechtzeitig in den Saal, um mit Lollis zusammen die Frau, die vermutlich eine der letzten Besucherinnen vor der Schließung war, hinauszubegleiten.

»Jammerschade«, sagte Nilla sarkastisch.

»Was?«

»Daß ich nichts davon geahnt habe, daß Sie ein Diplom als Bürgerschreck haben.«

»Kann die Frau etwas anderes an dem Bild entzückt haben als der hübsche Kinderarsch? Halten Sie so eine Betrachtung für zulässig?«

»Warum nicht. Auf alle Fälle hat sie großartige Malerei gesehen. Mögen Sie eigentlich Kunst?«

»Ich hasse sie.« Unvermittelt wandte sich Meier wieder dem Bild zu.

»Und?« fragte Nilla. »Was haben Sie herausgefunden? Ist der Parmigianino echt?«

»Kommt drauf an, was Sie unter Echtheit verstehen«, antwortete Meier sachlich. »Es gibt ein zweites Bild, das Sie nicht von diesem unterscheiden können, es stammt aus der gleichen Zeit.«

»Das erinnert mich an ein Portrait Papst Leos X. von Raffael. Andrea del Sarto hat es im Auftrag Giulio de' Medicis kopiert, damit dieser es dem Markgrafen von Mantua zum Geschenk machen konnte. Den Raffael hat Giulio lieber selbst behalten.«

»Sie kennen die Geschichte?« Unruhig begann er, vor dem Amor Parmigianinos hin und her zu laufen, und warf Nilla nur einen raschen fragenden Blick zu.

»Natürlich. Es ist eine der besten Fälscherlegenden der Kunstgeschichte. Hundert Jahre später, nachdem beide Bilder ein paarmal die Besitzer gewechselt hatten, hat niemand mehr gewußt, welches das echte ist.«

»Was doch nichts anderes heißt, als daß unsere Vorstellung von Echtheit oder Authentizität eine Chimäre ist.«

»Zur Authentizität gehört die Geschichte des Werks, die Herkunft, die Zeit, der es entstammt.«

»All das unterscheidet sich im Fall dieser beiden Portraits nicht sonderlich.«

»Ich hoffe, Sie wollen kein Plädoyer für Fälschungen halten.«

»Ist dem Amor die Geschichte des Bildes aufgeprägt? Ich kenne dieses Gemälde, und ich kenne das andere.«

»Der Amor ist x-mal kopiert worden, wahrscheinlich könnte man mit den Amorkopien diesen Raum tapezieren.«

»Ich rede nicht von schlechten Kopien, die die Farben nicht wert sind, mit denen sie gemalt wurden. Ich rede von einem identischen Bild, das ich gesehen habe. Vor langer Zeit als Kind, aber ich weiß nicht mehr, wo.« Er brach ab.

Verwundert betrachtete ihn Nilla.

»Selbst wenn Sie von Kindesbeinen an mit Kunst zu tun hatten, ist diese Ihre Erinnerung völlig belanglos. Sie haben damals bestimmt eine Kopie gesehen und fanden sie wunderbar.

Parmigianino selbst soll den Amor nur einmal gemalt und das Kopieren seinen Zeitgenossen überlassen haben. Die Kopien stärkten seine Eitelkeit und den Ruhm des Originals. Sie wollen nicht etwa behaupten, daß er dasselbe Motiv doch zweimal gemalt hat? Die zeitgenössischen Kopien sind allesamt bekannt.«

»Das Bild hier ist nicht von Parmigianino.«

»Hören Sie nicht auf ihn«, sagte Lollis, der soeben zurückgekehrt war, ärgerlich, »möchten Sie mit in mein Büro kommen? Was hat Sie diesmal nach Wien geführt? Kann ich Ihnen mit irgend etwas behilflich sein?«

Es überraschte Meier, daß die beiden sich kannten. Wie er erfuhr, war Nilla vor einem Jahr, kurz nach dem Raub der Saliera, in Wien gewesen. Damals hätten sie sich begegnet sein können.

Lollis hatte Espresso servieren lassen. Das schöne Café im Kuppelraum des Museums hatte längst geschlossen, nur für sie wurde der Kaffeeautomat noch einmal eingeschaltet, denn wahrscheinlich wagte niemand, Lollis gegenüber aufzumucken.

Das ganze Gespräch hindurch versuchte Lollis herauszufinden, welches gemeinsame Interesse Meier und seine Begleiterin nach Wien geführt hatte. Und vermutlich fragte er sich, inwieweit Nilla Mellon über seine eigenen, nicht immer ganz legalen Geschäfte mit ihm, Meier, informiert war.

Als Lollis sie verabschiedete, legte Meier vertraulich die Hand auf Nillas Arm.

»Komm, wir wollen Dr. Lollis nicht länger aufhalten.«

Verärgert schüttelte sie seine Hand ab.

»Wohin jetzt?« erkundigte sie sich, nachdem sie das Museum verlassen hatten.

»Ins Café Hawelka. Mal sehen, ob wir dort auf die Eidechse stoßen.«

5

Nilla war überzeugt davon, daß Dr. Lollis mit Meier schon hin und wieder zu tun gehabt hatte, und es war vermutlich nicht immer erfreulich bei diesen Treffen oder Geschäften zugegangen. Es mußte für Lollis peinlich sein, sich überhaupt mit Leuten von zweifelhaftem Ruf wie Meier abzugeben. Worum war es gegangen? Entweder um den Ankauf von Kunstwerken nicht ganz astreiner Herkunft, mutmaßte Nilla, oder um die Wiederbeschaffung von Exponaten unter Umgehung der Polizei.

Noch mehr hatte sie das Verhalten Meiers vor dem Amor verwundert. So, wie er sich in das Gemälde vertieft hatte, sah es nicht nach Haß aus, sondern nach Besessenheit. Ein Frösteln hatte sie überlaufen.

Im Hawelka schlugen ihnen warme Dunst- und Rauchschwaden entgegen. Nilla lehnte sich an den Türrahmen, vom Lärm der Unterhaltungen betäubt, während sich Meier zwischen ramponierten Marmortischchen, wackligen Thonetstühlen und ausgestreckten Beinen hindurchwand und nach einiger Zeit enttäuscht zurückkehrte. Danach schleppte er sie ins Café Demel und auf den Naschmarkt.

Praktisch in letzter Minute, denn die Stände wurden gerade geschlossen, erstand er Tüten voll kandierter Früchte und exotischer Nüsse. Bevor sie sich über diese Einkäufe wundern konnte, stellte er sich vor sie hin.

»Machen Sie den Mund auf!« Er hielt eine kandierte Kirsche hoch.

Mißtrauisch beäugte sie die Frucht.

»Na, los!«

Nur weil die Kirsche schon dicht vor ihren Lippen schwebte und ihr zarter Vanilleduft sie erreichte, öffnete sie den Mund. Während sie noch kaute, kramte Meier, sie nicht aus den Augen lassend, ein Stückchen Ananas aus der Tüte.

Es war eigenartig, von ihm gefüttert zu werden. Sorgfältig suchte er aus, was er ihr in den Mund schob, und jedesmal spürte sie seine Finger an ihren Lippen. Ihr Verstand sagte ihr, daß es dumm war, sich auf dieses Spielchen einzulassen, aber allen Einwänden zum Trotz ließ sie sich immer wieder etwas auf die Zunge legen, kaute, von der köstlichen, an Weihnachten gemahnenden Süße verführt, schluckte, alles in einer plötzlichen Intimität, die die Welt der Buden, der Rufe, des Gelächters und Gescharres um sie herum ausschloß. Im Blick hatte sie nur seine Hände.

»Sehe ich so hungrig aus?« brachte sie endlich hervor.

»Wir haben heute noch einiges vor uns.« Sein Blick glitt über ihre Figur. »Ich hoffe, Sie halten durch.«

Ein Hauch von Ärger verdrängte die angenehme, entspannende Atmosphäre, die sie gerade noch genossen hatte.

»Wie lange? Ich zahle nicht zweihundertfünfzig Euro für ein Zimmer und verbringe dann die Nacht auf der Straße.«

Mit der gleichen Sorgfalt, mit der er sie gefüttert hatte, suchte Meier etwas für sich selbst aus den Tüten und kaute ausgiebig.

»Denken Sie daran, daß Sie im Dienst sind – im Dienst der Kunst.« Unverhofft lachte er auf.

Sie gingen zurück in die Innenstadt und setzten die Suche nach dem Mann fort, den Meier weiterhin »die Eidechse« nannte. Im ersten Beisel, das sie betraten, wollte sich Nilla Gulasch bestellen, um den Nachgeschmack des Süßen loszuwerden.

»Aber eine kleine Portion und rasch, wenn's geht, wir haben es ein wenig eilig«, sagte sie zum Kellner.

»Kein Gulasch«, mischte Meier sich ein, »Mineralwasser für uns beide, sonst nichts.«

Der Kellner, ein älterer, sich krumm haltender Mann mit müden, blutunterlaufenen Augen, schaute zweifelnd von einem zum anderen.

»Wenn's den Herrschaften genehm ist, komm ich gleich noch einmal, das Wasser bring ich.«

Nilla wartete nicht, bis er außer Hörweite war.

»Warum soll ich nichts essen?« Sie sprach etwas heftiger, als sie beabsichtigt hatte.

»Sie werden nur gefährlich müde und träge durch das Essen, glauben Sie mir, ich habe Erfahrung«, antwortete Meier friedlich.

»Wobei?« erkundigte sich Nilla argwöhnisch.

»Das erfahren Sie schon noch.« Er legte die Tüten auf den Tisch, eine Haselnuß rollte heraus.

Nilla nahm sie auf und drehte sie zwischen den Fingern. Meier hatte noch etwas anderes vor in dieser Nacht, als die Eidechse zu suchen, schwante ihr, aber sie war jetzt zu müde, um Spekulationen anzustellen. Statt des Gulaschs aß sie die Nuß.

Gegen zwei Uhr morgens langten sie nach einer Odyssee durch verschiedene Lokale an der dunklen Rückseite des Kunsthistorischen Museums an. Meier hatte die Tüten mit den Resten eingesteckt.

»Steh still«, sagte er scharf, »du brauchst Bewegungsfreiheit.« Er bückte sich und riß mit einem Ruck eine Seitennaht von Nillas neuem schwarzem Kleid auf.

Erschrocken sprang sie zurück.

»Was soll das?«

Mit einer Hand zog er sie zu sich heran und drehte ihren Kopf nach oben.

»Schau hin und präge dir genau ein, was ich dir jetzt beschreibe. Taste jeden Punkt in Gedanken ab. Ich fange beim ersten Gesims unterhalb des Hochparterres an, da hast du leichten Stand, von dort ziehst du dich auf die steinerne Fensterumrahmung, da, wo sie seitlich ausschwingt, und hältst dich an der Säule rechts daneben fest ...«

»Wir steigen ins Museum ein?« vergewisserte sich Nilla, als er seinen Vortrag beendet hatte.

»Wir nehmen den Tintoretto-Raum im ersten Stock. Schau hoch, konzentriere dich endlich. Hast du alles im Kopf? Dann tritt mit dem rechten Fuß in meine Hände. Ich mach die Räuberleiter.«

Nilla wich zurück.

»Nicht für mich«, sagte sie nüchtern. »Die Vorstellung ist hier beendet. In einer halben Stunde liege ich in meinem Bett im Sacher. Wenn Sie polizeilich auffällig werden wollen, ist das zwar Ihre Sache, aber damit dürfte auch unsere Ermittlung hier in Wien scheitern.« Sie war sich nicht sicher, ob er seinen Einfall in allem Ernst verfolgte, das zerissene Kleid mahnte sie aber zu äußerster Vorsicht.

Meier schaute ruhig zu, wie sie sich zurückzog, er lehnte sich mit dem Rücken an einen Fenstersims. Zaghaft näherte sie sich wieder.

»Sie wollen wirklich da hochklettern?«

»Allerdings.«

»Geben Sie mir wenigstens eine plausible Erklärung. Nicht, daß ich mich damit auf die Sache einlasse, aber ich will wissen, was Sie sich gedacht haben.«

Die unteren Fenstersimse lagen etwa in Hüfthöhe. Mit einer geschmeidigen Bewegung, einer Drehung und einem Sprung aus dem Stand schwang sich Meier auf den Sims hinter seinem Rücken.

»Warum sollten wir widerrechtlich bei Nacht ins Museum eindringen?« zischte sie halblaut in seine Richtung.

Er sprang so geschickt herab, daß das Aufsetzen nicht zu hören war.

»Ich möchte eine bestimmte Idee überprüfen.«

»Sie können sie mir nicht einfach mitteilen, und wir gehen ihr bei Tag nach?« fragte Nilla scharf.

Unwillig schüttelte Meier den Kopf und drehte sich wieder um. In Gedanken war er vermutlich wieder mit dem Aufstieg beschäftigt.

Es schien Nilla am vernünftigsten, ins Sacher zurückzukehren und sich morgens sofort mit Wittich in Verbindung zu setzen. Nachdem sie sich durch das Buschwerk gezwängt hatte, das an dieser Seite des Museums wuchs, lief sie über eine Rasenfläche direkt zur Babenberger Straße. Dort konnte sie dem Impuls zurückzuschauen nicht länger widerstehen. Flüchtig irrte ihr Blick über die Fensterreihen der Fassade, ohne etwas Verdächtiges wahrzunehmen. Als sie den Burgring überquerte, rannte sie beinahe in ein Auto hinein. Von einem gellenden Hupen erschreckt, sprang sie gerade noch rechtzeitig zur Seite.

In der Goethegasse torkelte ein Betrunkener mit ausgebreiteten Armen auf sie zu, genervt wich sie aus. Vor ihr lag nun der Albertinaplatz, jetzt waren es nur noch hundert Meter bis zum Sacher. Noch zehn.

Einladend fiel Licht aus dem Foyer durch die Drehtür nach draußen. Nilla blieb stehen und starrte durch die Scheibe, während sie in Gedanken schon im Bett lag.

Meier würde sich nicht aus ihrem Kopf verbannen lassen.

Gut fünf Minuten später hatte sie die Rückfront des Museums wieder erreicht. Nichts, aber auch gar nichts regte sich an den oberen Fenstern. Von Meier keine Spur. Aufs äußerste erbittert, wandte sie sich um.

»Du kommst gerade richtig. Ich hab für dich ein Stahlseil befestigt, damit gelangst du leichter hinauf, du brauchst keine Angst zu haben.« Wie ein Geist stand Meier vor ihr.

»Es geht hier nicht um Angst!« fauchte sie erschrocken.

Obwohl sie es in der Dunkelheit nicht sicher erkennen konnte, hatte sie den Eindruck, daß Meier anzüglich grinste.

»Ich habe ganz bestimmt keine Lust, mir den Hals zu brechen. Ich bin bloß wieder da, um Sie von einer Riesentorheit abzuhalten.«

»Das glaube ich nicht.«

Es war dumm, sogar gefährlich dumm, daß sie am Ende doch den Fuß in seine zusammengelegten Hände setzte. Allerdings war sie davon überzeugt, niemals über den ersten Sims hinauszugelangen.

Aber schließlich stand sie doch auf einem schmalen steinernen Band unterhalb des Fensters vom Tintoretto-Saal und faßte es kaum, nur mit einer minimalen Absicherung überhaupt so hoch gekommen zu sein. Sie wagte erst gar nicht, sich der Frage zu stellen, wie sie jemals auf demselben Weg wieder nach unten gelangen sollte.

Ein Schwindel befiel sie, ein Gefühl von Unwirklichkeit. Ihr Blick schweifte in die Ferne.

»Halt dich ruhig, absolut ruhig«, mahnte Meier.

Es war zu dunkel, um beobachten zu können, wie er das Fenster öffnete und in den Raum dahinter glitt. Kaum war er verschwunden, setzte ein furchtbarer Lärm ein. Vor Überraschung begann Nilla auf dem schmalen Sims zu schwanken.

Fallen, sie sah sich unausweichlich fallen, während ihr der Lärm in den Ohren gellte. Es konnte gar nicht anders sein, als daß sie gleich abrutschte, ihre Hände lösten sich, glitten von den rauen Steinen ab, während ihr die Tiefe entgegenkam.

»Ich hab dir gesagt, beweg dich nicht, es ist gleich vorbei.«

Meier war neben ihr aufgetaucht, griff um sie herum und hielt sie fest. Sie klammerte sich an ihn.

Der Alarm brach tatsächlich ab. Kurz darauf wurden hinter dem Fenster Stimmen laut, ein schwacher Lichtschein drang durch die Jalousie nach draußen und erlosch wieder. Die Stimmen entfernten sich.

»Jetzt«, raunte Meier.

Nilla zögerte, aber ein Blick die Fassade hinab genügte ihr. Hastig, zittrig kletterte sie hinter ihm durchs Fenster, das er offenhielt.

»Warum tun wir das?« schimpfte sie.

»Wir haben fünf Minuten, bis die Anlage wieder scharf gemacht wird.«

Vor ihr her huschte er durch den breiten Durchgang. Auf dem Boden tanzte der Lichtkreis seiner Taschenlampe.

»Leuchte mir«, wies er sie an und richtete den Strahl auf ein Gemälde, bevor er ihr die Lampe in die Hand drückte.

Nilla erkannte Giorgiones »Drei Philosophen« und fragte sich, ob Meier sie zur Komplizin eines Kunstraubs ausersehen hatte. Aber er untersuchte das Bild nur, wenn auch auf seine eigene, spektakuläre Weise. Er trat dicht an die Oberfläche heran, er schien sie abzulecken, und seine Hände fuhren mit weit gespreizten Fingern darüber.

Vergeblich wartete Nilla darauf, daß die Sirene aufgellte, in Erwartung des grauenhaften Geheuls krampfte sich ihr Magen zusammen.

Die Sirene meldete sich erst im Tiziansaal.

Vor Schreck ging Nilla wieder in die Knie.

»Achte nicht darauf«, schrie ihr Meier ins Ohr, »sie werden es wieder für eine Fehlmeldung halten.«

Tatsächlich kam diesmal niemand nachschauen. Trotzdem wurde die Anspannung für Nilla unerträglich.

»Noch einmal: Was tun wir hier?« Sie sprach so beherrscht wie möglich, den Blick auf Meier geheftet, und überlegte fieberhaft, wie sie es anstellen sollte, ihren störrischen Partner aus dem Gebäude zu lotsen, wenn es sein mußte, auch zurück durch das Fenster, nur sofort sollte es sein. Jede Minute stieg die Gefahr, erwischt zu werden.

»Du läßt dich von Leuten wie Lollis an der Nase herumführen. Dieses Museum ist ein Witz, aber ein schlechter, du mußt blind sein, um nicht zu erkennen, was hier vorgeht.« Er fieberte vor Energie, wild funkelte er sie an.

6

»Unterstehen Sie sich, so etwas öffentlich zu behaupten.« Lollis hatte sich hinter ihnen im Dunkeln aufgebaut. Als sich Meier umwandte, flammte die Beleuchtung auf.

»Ich habe mir gedacht, daß Sie etwas im Schilde führen, sobald ich Sie sah, Meier«, sagte Lollis verächtlich.

Nilla blinzelte verschreckt ins Licht.

»Kommen Sie mit in mein Büro«, forderte Lollis.

Ohne einen weiteren Kommentar schritt er vor ihnen her durch die Säle zum Treppenhaus. Ein halbes Stockwerk tiefer stand einer der Wächter und schaute unsicher zu ihnen herauf. In seinem Büro bot ihnen Lollis mit einer Handbewegung die Stühle vor seinem Schreibtisch an und wartete schweigend auf eine Äußerung. An seiner Schläfe klopfte eine blaue Ader.

»Sie haben nichts zu sagen?« wandte er sich an Nilla, sobald sie Platz genommen hatten.

Er schielte auf ihren Rock, genauer gesagt, auf ihren linken Oberschenkel, der größtenteils bloßlag.

»Erinnern Sie sich an meinen Besuch vor einem Jahr?« fragte Meier und lehnte sich entspannt auf seinem Stuhl zurück. »Damals standen die Gerüste vor dem Haus, und ich habe Sie davor gewarnt, wie leicht Sie es Einbrechern machen. Ein paar Tage später ist die Saliera gestohlen worden.«

»Von Ihrer Warnung weiß ich nichts mehr«, stieß Lollis hervor.

»Sie haben meine Warnung nicht ernst genommen«, fuhr Meier sanft fort. »Ich habe Ihnen gesagt, eines Tages beweise ich Ihnen, wie leicht es ist, hier einzusteigen, sogar ohne Gerüst. Selbst für jemand so Ungeübten wie Frau Dr. Mellon. Jetzt haben Sie Ihren Beweis. Hatten wir nicht sogar eine Wette abgeschlossen?« Lollis würde nicht die Polizei rufen, er wußte genau, daß er nichts gegen ihn unternehmen konnte, ohne selbst unter Beschuß zu geraten. Damals, bei seinem letzten Besuch in Wien, hatte er Lollis drei kostbare Stücke aus seiner Münzsammlung wiederbeschafft. Auf halblegalem Weg, es war eine schnelle, unauffällige Transaktion gewesen, etwas teuer, dafür aber diskret. Es hatte ihn erheitert, als Lollis drei Tage später wegen der Saliera dann doch in aller Öffentlichkeit in Schwierigkeiten geriet.

»Dann soll ich Ihnen wohl noch dankbar sein, daß Sie mir die Lücken des Sicherheitssystems nachgewiesen haben?« Wahrscheinlich fragte sich Lollis nicht zum ersten Mal, ob er, Meier, etwas mit dem Raub der Saliera zu tun hatte.

Endlich meldete sich auch Nilla zu Wort. »Ich finde schon.«

Lollis erhob sich, die Augen auf den Schreibtisch gerichtet. »Sind Sie mit Andrew Mellon verwandt?« fragte er sie.

»Mit wem?« fragte Nilla überrascht.

»Sie wissen nicht, wer der Kunstsammler Andrew Mellon war? Er hat die National Gallery in Washington gegründet und ihr seine berühmte Gemäldesammlung vermacht.«

Auf dem Schreibtisch brannte eine Lampe, deren Lichtkegel ihren bloßen Schenkel besonders hell schimmern ließ.

»Natürlich habe ich von *dem* Mellon gehört. Aber ich muß bedauern, ich bin nicht mit ihm verwandt.« Sie stand jetzt auch auf und stellte sich leicht zur Seite gedreht an ein Fenster, so daß der Riß in ihrem Kleid weniger auffiel.

»Sind Sie ganz sicher?« Unversehens sah Lollis sie durchdringend an.

»So sicher, wie ich mir sein kann. Meine Eltern haben nie eine Verwandtschaft mit Andrew Mellon erwähnt. Soweit ich weiß, hat er keine Erben hinterlassen.«

Lollis wandte seinen Blick von ihr ab.

»Schade, sehr schade.« So unverhofft, wie er das Thema aufgegriffen hatte, war es für ihn erledigt, und er kam auf den Einbruch zurück. Die Unterhaltung drehte sich im Kreis. Meier fand immer mehr Gefallen an Nillas Haltung: keine Ängstlichkeit, kein Schuldeingeständnis. Ziemlich gefaßt gab sie zu, einem unkonventionellen Vorschlag gefolgt zu sein, dessen Ergebnis für Lollis nützlich sein mußte. Das Problem der Sicherheit beschäftigte doch alle, die mit Museen zu tun hatten.

Zwanzig Minuten später war Meier mit ihr auf dem Weg in eine Nachtbar. Wie erwartet, hatte Lollis sie gehen lassen, ohne rechtliche Schritte gegen sie einzuleiten.

»Jetzt möchte ich endlich wissen, warum wir ins Museum eingebrochen sind«, sagte Nilla.

»Giorgiones Gemälde ›Drei Philosophen‹ ist eine Fälschung, Pietro Peruginos ›Maria mit Kind und zwei Heiligen‹ ist eine Fälschung, Raffaels ›Madonna im Grünen‹ ist eine Fälschung.«

Abrupt blieb sie stehen. »Ach wirklich?« Nervös schaute sie die Straße hinunter. »Folgt uns nicht jemand? Ob uns Lollis einen Spion hinterhergeschickt hat?«

Meier hielt ihr die Tür auf und schaute dabei ebenfalls wachsam die Straße hinunter.

»Bei Lollis ist alles möglich. Er hat viel zu verlieren.«

7

»Es stimmt also? Du hast ihn vor einem möglichen Einbruch gewarnt? Kurz bevor die Saliera gestohlen wurde?«

»Ich habe mir alle Mühe gegeben, ihn zu warnen, aber Lollis gehört zu der Sorte, die alles besser weiß«, antwortete Meier.

Er trank Martini, Nilla hatte sich, ohne lange zu überlegen, einen Cognac bestellt und bereute die Wahl nach dem zweiten Schluck. Der erste hatte eine beruhigende Wärme in ihrem Magen entfacht, der zweite beschwipste sie bereits. Nicht sonderlich geschickt erklomm sie einen Barhocker. Einer der männlichen Gäste stieß einen bewundernden Pfiff aus. Nilla bemerkte, daß ihr Kleid aufklaffte, deshalb zupfte sie es zurecht, aber es nutzte nicht viel.

Carlo Meier schob seinen Martini ein Stück von sich und bog den Oberkörper zur Seite, um volle Sicht auf ihr Bein zu haben.

»Wann hast du das letztemal Sex gehabt?«

Sie verschluckte sich. Die Hand vor dem Mund, errötete sie bis in die Haarwurzeln.

»Was geht's dich an?«

»Ich will keine Komplikationen.«

Allmählich erwachte ihre Gegenwehr.

»Fühlst du dich von mir angemacht? Schau dich doch um.« Schwungvoll wandte sie den Kopf. »Die Bar ist voller Männer, und einige sehen ausgesprochen attraktiv aus, wenn ich wollte, könnte ich mir einen aussuchen.«

»Nicht heute nacht. Du bist noch im Dienst.«

Sie versuchte, mit einer Hand den nackten Schenkel zu bedecken. »Danke, daß du mich daran erinnerst. Also, warum sind wir ins Museum eingebrochen? Wolltest du wirklich nur beweisen, wie leicht das möglich ist? Hast du persönlich etwas gegen Lollis oder nur gegen sein Haus?«

»Das Museum ähnelt einem riesigen Stück Sahnetorte, das von den kandierten Kirschen bis zu den Schokoladeraspeln appetitlich wirkt, aber längst im Innern vor sich hin schimmelt.«

»Womit wir bei den Gemälden sind«, sagte sie rasch. »Wieso sollten der Giorgione und die anderen Bilder Fälschungen sein?«

»Als ich das letztemal in Wien war, hingen noch die echten an der Wand, ein paar Tage später wurde die Saliera gestohlen.«

So ein Blödsinn, dachte sie aufgekratzt. »Da steigt also jemand ein und stiehlt die Saliera. Und weil er zufällig unter anderem eine passende Giorgione-Fälschung in der Jackentasche hat und einen frisch gemalten Raffael, der einem im Kunsthistorischen Museum täuschend ähnlich sieht, wechselt er die Bilder aus, klemmt sich den sieben Kilo schweren Goldbrocken der Saliera unter den Arm und verschwindet.« Als sie einen Moment ihr leeres Cognacglas betrachtete, wechselte es der Barkeeper ungefragt gegen ein gefülltes aus.

Carlo hielt ihr auf dem flachen Handteller ein Stückchen kandierte Ananas und zwei Macadamianüsse hin.

»Mach weiter«, murmelte er, »aber iß erst, dann kannst du besser denken.«

Daran zweifelte Nilla, der Cognac hatte inzwischen seine

Wirkung voll entfaltet, und die Früchte riefen die Erinnerung an Carlos Finger an ihren Lippen wach. Nervös rieb sie sich den Schenkel und schloß die Augen, um sich besser konzentrieren zu können.

Wochenlang hatten die Gerüste vor dem Museum gestanden, fiel ihr ein. Ohne sie wäre ein Austausch von Gemälden überhaupt nicht möglich gewesen. Und die Renovierungsarbeiten am Gebäude wurden Monate, wenn nicht ein Jahr im voraus geplant.

»Wenn du recht hättest, was ich bisher nicht einmal in Erwägung ziehe, wäre der Raub der Saliera eine Art Ablenkungsmanöver für einen noch größeren Coup gewesen, der von langer Hand vorbereitet wurde. Das ist alles sehr merkwürdig, darüber muß ich morgen in Ruhe nachdenken.«

Sie öffnete die Augen und schob das volle Glas von sich.

»Darf ich Ihnen was anderes bestellen?« fragte jemand von rechts, der sich ihr verstohlen genähert hatte.

»Schön, daß man sich auf deine Gewohnheiten verlassen kann, Eidechse«, sprach Carlo den Mann an.

»Auf welche?« fragte Nilla und winkelte abwehrend den Ellbogen ab.

Der Barkeeper nahm ihr Glas mit dem Cognac von der Theke.

»Der Herr Zehetmaier schaut jede Nacht vorbei, wenn er in Wien ist«, erläuterte er beiläufig. »Das übliche?« fragte er die Eidechse. »Und Sie, gnädige Frau? Der Cognac ist Ihnen nicht recht?« wandte er sich wieder an Nilla.

»Nein, ich möchte jetzt lieber auch einen Martini.«

Der Mann neben ihr war schmächtig und unauffällig bis auf die große Nase und die tiefliegenden, strahlend blauen Augen.

Er lupfte einen Hut, den er nicht trug, und deutete eine Verbeugung an, die ohne die intensive Musterung von Nillas Knie charmant gewirkt hätte.

»Guten Abend, schöne Frau.«

»Herr Zehetmaier?«

»Zehetmaier, Alois.« Ob er wirklich die Hand nach ihrem Knie ausstreckte, hatte Nilla nicht bemerkt, aber Carlo stieß ein warnendes Knurren aus.

»Behalt deine Pfoten bei dir.«

Sofort rückte der Mann ab.

»Bin sowieso gleich wieder weg. Hab schon gehört, daß du in der Stadt bist.«

»Von wem?«

»Spielt's eine Rolle?« Er nahm einen Whisky entgegen, trat zurück und sah sich im Raum nach einem freien Tisch um.

»Bestimmt nicht. Wie geht's Jerzy Parkow, haben Sie was von ihm gehört?« mischte sich Nilla freundlich ein.

»Jerzy Parkow? Was weiß sie von Jerzy Parkow?« Mißtrauisch lugte Zehetmaier über den Rand seines Glases zu Carlo.

»Jerzy macht sich rar, hab ich den Eindruck«, warf Carlo beiläufig ein.

Zehetmaier stellte sich wieder neben Nilla an den Tresen.

»Keine Spur, jedenfalls nicht absichtlich. Er liegt schon seit Wochen in Breslau im Krankenhaus, du weißt doch, er hat Krebs.«

»Ich rede nicht vom Krebs. Jerzy hat schon länger keine Zeit mehr für alte Freunde. Er ist mir ein bißchen zu beschäftigt. Was tut sich bei ihm?«

Zehetmaier schielte zum Eingang und ließ den Blick wieder durch das unübersichtlich und aufwendig in Nischen unterteilte Lokal schweifen.

»Was immer es ist, sag es«, erklärte Carlo träge, »wenn du nicht redest, werde ich ungemütlicher, als du dir im Augenblick vorstellen kannst. Ich will wissen, was läuft.«

»Warum soll ich reden, wenn Jerzy es nicht tut, er hat dich ausgebootet, und das stinkt dir, nicht wahr?« Hämisch grinsend verzog Zehetmaier den Mund, einer seiner Schneidezähne war schwarz verfärbt, kein angenehmer Anblick.

»Jerzy ist ein alter Narr, dem nicht mehr viel Zeit bleibt.

Durch wen gedenkst du ihn zu ersetzen? Ich hab bessere Verbindungen als du.«

Unversehens sah Nilla zwei Leichen in einem alten zugigen Gemäuer vor sich, sie leerte hastig ihr Glas und stellte es auf die Theke zurück, der Alkohol hatte wie Galle geschmeckt, bitter und beißend.

Auf Zehetmaier hatte sie einen Moment nicht geachtet. Er mußte etwas notiert haben, denn er schob Carlo einen Zettel zu und ging. Ein Schwall kühler Luft wehte herein, als er die Tür öffnete.

»Das war's, wir verschwinden auch«, erklärte Carlo.

»Was ist nun mit Zehetmaier?«

»Er ziert sich ein bißchen, aber das gibt sich.« Carlo winkte den Barmann heran, ließ Nilla die Rechnung zahlen und half ihr nicht einmal vom Hocker.

Nilla schlüpfte aus den Schuhen, rannte zum Computer, loggte sich in Windeseile in ihr e-mail-Programm ein und überflog die Daten, die ihr übermittelt worden waren. Danach wählte sie Wittichs Nummer.

Sobald er sich mit einem Stöhnen meldete, ging ihr auf, was sie angerichtet hatte: Sie störte die Nachtruhe eines kranken Mannes, sie mußte betrunkener sein, als sie gedacht hatte. »Schlaf weiter«, sagte sie zerknirscht, »ich ruf morgen früh wieder an.«

»Es ist morgen, und ich kann ohnehin nicht schlafen. Ich liege seit Stunden wach. Ich habe einen neuen Zimmergenossen.« Wittich verstummte, Nilla hörte schwaches Schnarchen, unterbrochen von kurzen Pfeiftönen.

»O Gott«, sagte sie, »kannst du dir keine Ohrstöpsel besorgen lassen?«

»Ich komme mit den Dingern nicht zurecht. Was bringt dich dazu, mich morgens um vier anzurufen?«

»Ich hab mir die Liste der Materialien vorgenommen, die

deine polnischen Kollegen in der Werkstatt zusammengestellt haben. Es ist eindeutig, sie belegt sehr schön Parkows Fälschertätigkeit.«

Wittich ächzte. »Deshalb hast du mich nicht angerufen.«

»Nein«, gab sie zu und holte tief Luft, ihr Kopf summte. »Meier bestand darauf, ins Kunsthistorische Museum einzusteigen, er war nicht davon abzuhalten, deshalb habe ich mitgemacht. Ich kann mir denken, was du sagen willst. Der Direktor, Dr. Lollis, hat uns abgepaßt, er hatte schon auf Meier gewartet.«

»Was?« sagte Wittich verstört. »Was machst du da für Sachen?«

»Es hat mich überrascht, wie leicht es auch heute noch ist, in das Haus hineinzukommen. Die Reaktion von Lollis war seltsam, Peter, er nahm die Sache erstaunlich gelassen. Keine Rede davon, die Polizei zu verständigen. Und ich frage mich, warum Meier den Einbruch überhaupt inszeniert hat. Er war in Wien, als die Saliera gestohlen wurde.«

»Salvera?« hakte Wittich ein.

»Saliera. Das Fünfzig-Millionen-Schätzchen, Benvenuto Cellinis berühmtes Salzfaß.«

»Ja, ja, ich weiß«, fiel ihr Wittich ins Wort. »Was weiter?«

Es gab Firmen, die darauf spezialisiert waren, die Sicherheitssysteme von Unternehmen zu testen. Sie schickten ohne Vorwarnung Mitarbeiter aus, die genau das taten, was sie und Carlo gemacht hatten: Sie brachen ein, beziehungsweise versuchten es. Aber Meier konnte es kaum darum gegangen sein, Lollis lediglich vor Augen zu führen, wie ungesichert sein Haus nach wie vor war.

»Meier könnte die Saliera gestohlen haben. Dann wäre es eine ungeheure Dreistigkeit gewesen, den Einstieg zu wiederholen – eine bewußte Provokation! Nur wozu?«

»Mittlerweile laufen die Unterhandlungen zur Rückgabe. Wenn Meier wirklich am Raub beteiligt war, ergibt das überhaupt keinen Sinn. Was noch?«

»Es gibt Unterhandlungen über die Rückgabe der Saliera? Woher weißt du das?«

»Frag mich jetzt bloß nicht nach Einzelheiten.«

Nilla spürte immer stärker die Wirkung des Alkohols.

»Was ist Garum?« fragte sie, um das Thema zu wechseln. »Auf der Liste der Polen steht ›Garum‹. Ich kann mir nichts darunter vorstellen, vielleicht ist das Wort falsch übermittelt worden, wer hat die Liste übersetzt?«

Wie weit verriet sich ihre Angetrunkenheit durch ihre Aussprache? Mit zwei Fingern kniff sie sich in den Oberschenkel, um wach zu bleiben, übel war ihr auch.

»Ich kenne ›Garum‹ nur als antike Fischsauce, die die Römer zur Geschmacksverbesserung auf alles und jedes gekippt haben. Das Zeug soll jedenfalls schlimmer stinken als eine Jauchegrube, hat der Beamte berichtet, den ich nach Polen geschickt habe. Er hat die Liste bearbeitet.«

»Das ging aber schnell, wie schaffst du das alles vom Krankenbett aus?«

Wittich klang ungeduldig. »Indem ich mich nur auf diesen einen Fall beschränke. Die Polen hatten mit der Liste als Teil der Bestandsaufnahme schon angefangen.«

Nilla gähnte so, daß ihr Kiefer knackte. »Überfordert dich das Ganze nicht trotzdem? Du solltest doch strikte Ruhe halten.«

»Ich halte Ruhe. Ich liege im Bett, telefoniere und tausche e-mails aus, ich habe mir meinen Laptop bringen lassen. Das bewahrt mich davor, daß mich die Ruhe verrückt macht. Ich habe auch Neuigkeiten für dich. Die Gainsboroughs stehen zweifelsfrei im Londoner Depot. Die Nachricht kam«, er stockte kurz, »vor sechs Stunden, gestern abend um zehn. Die zwei Bilder, die du gesehen hast, müssen demnach Fälschungen sein. Fragt sich nun, was Parkow damit vorhatte. Die Bilder sind vermutlich in jedem Gainsborough-Katalog abgebildet, also praktisch unverkäufliche Ware.«

Bilder für einen Austausch, dachte Nilla, womit wir beim Auftraggeber angelangt wären. Aber den legendären Multimillionär, der sich echte Rembrandts und Leonardos verschaffte, um sie in eine geheime Schatzkammer zu hängen, gab es nicht. Jetzt wäre der Zeitpunkt gekommen, um Wittich etwas über die angeblichen Fälschungen im Kunsthistorischen Museum zu erzählen, leider lähmte ihre Müdigkeit sie immer mehr. Sie dachte noch einmal an Jerzy Parkows Werkstatt. »Ist die Liste aus Polen vollständig?«

»Du bekommst noch eine ausführlichere, diese enthält nur das, was sich bei einer ersten Sichtung zusammenstellen ließ. Aber du solltest wirklich nicht weitermachen.«

»Ich muß, Peter, siehst du das nicht ein?«

»Nein, und Leonhard ebensowenig.«

Nilla griff sich an die Stirn und begann, sie zu massieren.

»Hast du mit ihm gesprochen?«

»Er rief mich gestern um elf Uhr abends an.«

»Und?«

»Du solltest selbst mit ihm sprechen. Ich habe ihn ein bißchen beruhigt. Nilla, es wird Zeit, daß ich aus deinem Einsatz etwas Offizielles mache, das wäre aber kein Problem. Bist du dir sicher, daß du der Sache gewachsen bist?«

»Es käme mir nicht richtig vor, wenn ich jetzt aussteigen würde«, sagte sie voller Unbehagen, denn insgeheim fürchtete sie sich davor weiterzumachen, nur gegen das Aufhören sträubte sich auch etwas in ihr. »Kann ich ein Spesenkonto haben? Das Sacher ist ziemlich teuer.«

Wittich stöhnte auf. »Das ist nicht lustig, Nilla. Laß uns morgen weiterreden.«

»Eine Minute noch. Sagt dir der Name Alois Zehetmaier etwas?«

»In bezug auf Wien?«

»Es gab Anfang der zwanziger Jahre einen Alois Zehetmaier, der zu einer sehr erfolgreichen Wiener Fälscherbande gehörte.«

»Bist du einem Methusalem begegnet, der Alois Zehetmaier heißt?«

»Mein Alois könnte der Enkel sein. Etwa Mitte Vierzig, große Nase, blaue Augen, klein, nicht unsympathisch. Sein Job besteht darin, Materialien zu beschaffen, die sich gut für Fälschungen eignen. Wahrscheinlich kann er nichts anderes, weil er das Talent zum Fälschen nicht geerbt hat. Ich weiß nicht, wo die Bande damals ihre Werkstatt hatte, könntest du das für mich klären lassen? Und laß bitte nachforschen, ob ein Foto von dem ersten Alois existiert.«

»Ich werde mir Mühe geben. Geh endlich schlafen.«

»Noch etwas.« Nilla dachte konzentriert nach, aber das Denken wurde zu einer übergroßen Anstrengung. »Meier weiß entschieden mehr, als er zugibt. Mit Fälschungen hat dieser Fall zu tun, daran besteht kein Zweifel, fragt sich nur, in welchem Umfang.«

Zwei Minuten später war das Gespräch beendet. Mit zitternder Hand legte sie den Hörer zurück auf den Telefonapparat.

Sie hatte über »Jan Pieters. Einer der großen Fälscher alter Meister im siebzehnten Jahrhundert« promoviert. Ein halbes Jahr hatte sie im Münchner Dornier-Institut gearbeitet, wo häufig Fälschungen untersucht wurden. Mit letzter Kraft setzte sie sich wieder an den Computer, stellte einige Recherchen an und machte sich Notizen, die sie zur späteren Verwendung an ihre eigene e-mail-Adresse schickte.

Eine Stunde später ging sie unter die Dusche und setzte sich danach im Bademantel auf die Bettkante. So intensiv wie möglich stellte sie sich Leonhard vor. Den etwas quadratischen Kopf, das helle, dichte Haar, die wasserblauen Augen, die große kräftige Statur, hinter der wie ein Schatten eine andere, schlankere Gestalt erschien. Kress? Mit beiden Händen hielt sie Leonhards Gesicht umfaßt und versuchte in ihrer Phantasie, seinen Blick voller Innigkeit zu erwidern.

Sie war einfach zu müde dazu.

8

Valeria war auf Clodios Schreibtischstuhl sitzen geblieben, bis ihr Sohn hereinkam, und hatte ihm wortlos das Formular zugeschoben.

Natürlich galt der Antrag ihrem Bruder Agostino. Clodio sprach von Alzheimer – eine Fehleinschätzung. Agostino litt nur an gelegentlichen geistigen Abwesenheiten, weil er sich zu sehr in die historischen Studien verrannte, die er seit einigen Jahren betrieb. Immerhin kam es ihr nun lächerlich vor, daß sie auch nur eine Sekunde lang geglaubt hatte, daß der Antrag auf *Entmündigung* für sie vorgesehen war.

Für bestimmte finanzielle Transaktionen brauchte Clodio immer noch Agostinos Unterschrift. Die Unzumutbarkeit mußte sie doch einsehen, denn Agostino begriff kaum noch etwas von den Verträgen, um die es ging. Als Valeria vorschlug, Agostinos Vollmachten auf *sie* übertragen zu lassen, zeigte sich Clodio von diesem Ausweg nicht begeistert. Einen winzigen Augenblick glomm sogar Haß in seinen Augen auf. Schnell lenkte sie das Gespräch auf etwas anderes.

»Wir haben eine Bitte der Stadtverwaltung erhalten, den Palazzo wenigstens teilweise der Öffentlichkeit zugänglich zu machen. Und wieder mal sollen wir eine Aufstellung unserer Sammlungen vorlegen. Man bietet uns sogar Hilfe bei der Katalogisierung an, aber es geht bestimmt nur darum, uns Inspektoren auf den Hals zu hetzen. Ich will keine Schnüffler hier haben.«

Clodio lächelte dünn.

»Mach dir darum keine Sorgen, Mamma. Wahrscheinlich sitzt ein neuer Wichtigtuer in der Verwaltung. Mit dem Problem werden Livio und ich fertig. Leg mir die Anfrage auf den Schreibtisch.«

Er ergriff die Dokumentenmappen, in denen sie geblättert hatte.

»Wofür brauchen wir das Geld?« Valeria deutete auf die Mappen mit den Verträgen.

»Für das neue Projekt, Mamma. Es ist jetzt in einer Phase, wo wir mehr investieren müssen. Ich informiere dich über alles, sobald ich Zeit habe.«

Das war gestern gewesen.

Jetzt brachte sie das Schreiben der Stadtverwaltung in Clodios Büro. Das Telefon auf seinem Schreibtisch schellte. Dr. Lollis aus Wien meldete sich. Er war zwar überrascht, nicht Clodio am Telefon zu haben, aber es schien ihm sogar ein Vergnügen, sie direkt zu sprechen. Was er ihr erzählte, war nicht ganz das, was sie sich erhofft hatte, aber beinahe.

Nach einem Espresso und einer Winzigkeit Kokain suchte sie Agostino in seinem Studiolo auf. Mit Erleichterung stellte sie fest, daß er einen leichten, dem spätsommerlichen Wetter angemessenen Anzug trug. Eine offene, leere Schatulle stand auf seinem Schreibtisch, aus der er Schmuckstücke genommen und vor sich ausgebreitet hatte. Etwa in der Mitte der Tischplatte lag ein Collier aus achteckigen, ziselierten Gliedern. Als Herzstück fungierte die Kamee eines Siegelrings.

»Warum hast du den Schmuck herausgeholt?« fragte Valeria.

Er deutete auf die Kette. »Wirst du sie auf dem Fest tragen?«

»Wahrscheinlich, aber es ist nicht nötig, daß du sie jetzt schon herauslegst.«

»Es ist besser, ich seh sie mir noch einmal an, bevor du sie trägst.«

Die Kette war uralt, wie auch die anderen Schmuckstücke. Agostino holte eine Zeitung, die er auf einem Stuhl deponiert hatte, schlug sie auf und zeigte ihr einen doppelseitigen, mit farbigen Fotos illustrierten Artikel.

»Thrakische Goldfunde«, las Valeria erstaunt.

»Es werden Grabräuber erwähnt«, sagte Agostino.

»Du solltest so etwas nicht lesen, es regt dich nur auf«, sagte Valeria energisch.

Agostino sah sie prüfend an. »Überall wird geplündert und geraubt. Ich habe auch die Berichte über Oslo gelesen. Über den Raub der Munchs. Ich frage mich, wie sicher wir hier noch sind.«

»Clodio glaubt, eine Lösung für das Sicherheitsproblem gefunden zu haben.«

Was waren ihre Sammlungen wert? Valeria hatte sich schon lange keine Gedanken mehr darum gemacht. Der materielle Wert interessierte sie kaum, er stellte eher ein Problem dar, aber wie verhielt es sich mit dem anderen, dem *immateriellen*, soweit der Ausdruck immateriell überhaupt zutraf. Dieser Wert hatte immerhin die Macht, ihr Leben, das ihres Bruders, ihres Sohnes und der gesamten Familie zu bestimmen, und zwar seit langem. Agostino begann, die Schatulle einzuräumen. Stück für Stück verschwanden die antiken Diademe, Halsbänder, Armreifen, Ringe, Ohrgehänge, Fibeln in Samtsäckchen. Die Schatulle enthielt nur seine Lieblingsstücke.

Valeria trat hinter ihn, strich ihm über das lockige weiße Haar und drückte seinen Kopf an ihre Brust. Agostino war sechsundsiebzig, sie achtzig – laut Geburtsurkunde. Ihr inneres Alter schwankte je nach Tagesbefindlichkeit zwischen fünfundvierzig und magischen hundert. Innerhalb dieser Spanne fand der erbittertste Kampf von allen statt, der gegen das Alter, wobei der Ausgang von vornherein feststand. Sie durfte wirklich kein Kokain mehr schnupfen. Ihr Seligmacher kaschierte zu gut die täglichen Verluste an Kraft, Überblick, geistiger Präsenz. Jeder Tag nagte wie ein unsichtbarer Mäusezahn eine Winzigkeit weg. Und wenn da bloß nicht immer diese Angst wäre und das Sich-selbst-Belauern. Dagegen half am Ende wohl nur eine Prise Schnee.

»Ich weiß jetzt, wo Giulio ist.«

»So?« Agostino machte sich von ihr frei.

»Hörst du? Wir haben Giulio gefunden.«

Ihr Bruder zog ein Säckchen heran und griff nach einer Kette. »Ich hab's gehört.«

Valeria ging um den Schreibtisch herum. »Ich dachte, du freust dich. Es besteht jetzt Hoffnung, daß Giulio zum Fest kommt.«

Ärgerlich schaute Agostino auf. »Wer ist Giulio?«

9

Gegen Mittag wurde Nilla durch das hartnäckige Dudeln des Telefons geweckt. Carlo teilte ihr mit, daß sie um 15.30 Uhr mit der Eidechse verabredet wären und daß er vorher noch in Ruhe etwas zu essen gedachte, mit ihr oder ohne sie.

Ihr Kopf schmerzte.

Der kalte Strahl der Dusche ließ sie aufschreien, der erhoffte Effekt, ihr Hirn auf Touren zu bringen, blieb jedoch aus. Über den Zimmerservice bestellte sie sich Kaffee. Nach der zweiten Tasse fiel ihr der Zettel ein, den Alois Zehetmaier Carlo zugeschoben hatte. Während sie sich den Moment vergegenwärtigte, meldete sich auch die Erinnerung an ihr aufgerissenes Kleid. Es hing über einem Sessel. Der klaffende Riß reichte fast bis zur Hüfte. Peinlich berührt, ließ sie es wieder fallen.

Sich den schmerzenden Kopf reibend, schaltete sie den Computer ein. Ihre Inbox enthielt keine neuen Nachrichten. Nachdem sie die von der polnischen Polizei erstellte Liste noch einmal studiert hatte, schickte sie an Wittich die Bitte, möglichst rasch eine Analyse der seltsamen Fischsauce »Garum« zu veranlassen. Außer mit »Garum« hatte Jerzy mit Mineralsalzen gearbeitet, mit Haut-Leimlösung, Venezianer Terpentin, Kasein, Eileim, Mastixfirnis, Nußöl. Sie stellte die Ingredienzien in Gruppen zusammen. Eine Idee schälte sich heraus, die noch vage blieb, weil einige Details fehlten. Sicher war nur, daß sich Jerzy der Malerei des sechzehnten Jahrhunderts zugewandt hatte.

Sie bezweifelte, daß sich Alois Zehetmaier allzuviel entlocken ließ, nahm sich aber vor, ihn so weit zu bringen, ihr ein paar Informationen über die letzte Materialbestellung Jerzys zu verraten.

Es wurde Zeit hinunterzugehen, aber sie trödelte herum. Das Problem, dem sie sich nun stellen mußte, bestand darin, wieder mit Carlo Meier zusammenzutreffen. Sobald sie an ihn dachte, befiel sie tiefste Verlegenheit. Dabei hatte *er* ihr das Kleid zerrissen, *sie* hatte sich nicht einmal in der Bar ihm gegenüber aufreizend verhalten. Aber sie hatte sich, vom Alkohol benebelt, dummerweise aufs Duzen eingelassen, jetzt ließ es sich kaum mehr rückgängig machen.

»Hast du deinen Fummel zum Nähen gegeben?« begrüßte Meier sie griesgrämig, als sie endlich in die Halle kam.

»Wozu? Ich werde das Kleid nicht mehr tragen, es ist nicht sonderlich praktisch.«

Ohne etwas zu erwidern, ließ er sie stehen, klärte etwas an der Rezeption und ging anschließend zum Ausgang.

Ihren Imbiß nahmen sie im Café Fraunhuber in der Himmelpfortengasse ein, einem ruhigen, gediegenen Lokal. Carlo schien sie kein zweites Mal an die Nacht erinnern zu wollen. Er blieb introvertiert und kühl.

Nach dem Essen machten sie sich zur Kapuzinergruft auf.

»Wie wärst du vorgegangen, wenn du im Museum Bilder hättest stehlen wollen?«

»Wenn ich dich nicht am Hals gehabt hätte?« Carlo musterte sie flüchtig, vielleicht überlegte er, ob er auf die Frage überhaupt eingehen sollte. »Ich hätte sie abgeseilt.«

»Mit deinem Stahlseil? Du würdest auf dem Sims balancieren und gleichzeitig mit den Bildern hantieren? Du mußt vollkommen schwindelfrei sein.«

»Dafür hat mein Vater gesorgt, fast ehe ich laufen konnte. Ein Bild an einer Stahlklaue zu befestigen und herunterzulassen, wäre in den ersten Minuten nach dem Alarm kein Problem gewesen. Um genau zu sein, ich hätte mich auf ein Bild beschränkt, mehr wäre zu riskant gewesen.«

»Beim Saliera-Raub war alles viel simpler durch das Gerüst.«

»Ausgeführt haben den Raub aber wenigstens zwei. Ich nehme an, das ist die Frage, die dich beschäftigt.«

»Wittich geht beim Raub der Nofretete ebenfalls von zwei Leuten aus, es könnten dieselben sein, die in Oslo die beiden Munch-Gemälde geraubt haben. Und die Saliera geht vielleicht gleichfalls auf ihr Konto, zusammen mit dem Austausch des Giorgione und der anderen Bilder gegen Fälschungen, falls du recht hast. Warum treffen wir Zehetmaier in der Kapuzinergruft?«

»Es gibt ein oberes und ein unteres Wien. Die Eidechse hat eine gewisse Vorliebe für das untere. In Gängen, Höhlen und Kellern kennt sie sich hervorragend aus, und sie weiß, wie sie die Räumlichkeiten der toten Habsburger betreten kann, ohne im oberen Wien gesehen zu werden.«

»Ich frage mich, ob Zehetmaier von der Ermordung Jerzy Parkows weiß.«

»Heute nacht wußte er's offenbar noch nicht. Möglicherweise läßt er sich gar nicht blicken, weil er mittlerweile ein paar Dinge zusammengezählt hat. Und noch eins: Wenn wir das nächstemal ein Gespräch mit einem Informanten führen, rede mir nicht dazwischen. Ich halte dir zugute, daß du keinen Cognac verträgst. Sonst wärst du kaum auf die Idee gekommen, Jerzy zu erwähnen.«

»Wann hättest du es getan? Zehetmaier wollte nicht mit dir reden, er war im Begriff, sich abzusetzen.«

Meier verdrehte einiges, dachte sie wütend.

»Du kennst ihn doch gar nicht.«

»Dann sollten wir wohl etwas klarstellen, das uns in Zukunft langes Gerede erspart: An Fehlern oder Pannen trag immer ich die Schuld«, erklärte sie sarkastisch.

»Bisher war's so«, bestätigte Meier ernst.

Nachdem sie die gesamte Gruft einmal durchstreift hatten, ohne auf Zehetmaier zu stoßen, verabredeten sie, getrennt nach ihm Ausschau zu halten.

Carlo wollte in der Maria-Theresia-Gruft, die ungefähr in der Mitte lag, bleiben. »Vermutlich ist es sogar besser, wenn er erst einmal nur mich sieht.«

Bei Maria Theresia roch es außer nach verwelkten Blumen nach Urin. Nilla ließ Carlo gern vor dem riesigen Doppelsarkophag zurück, auf dem die in Metall gegossene Kaiserin scheinbar entspannt mit ihrem Franz plauderte, als wüßte sie nichts vom Tod und ihren ausgeweideten, verwesten und eingesargten Leibern unter ihnen.

Die unzähligen aufgereihten Särge toter Habsburger vermittelten einen Eindruck von der pomphaften Größe und der Macht dieser einen Familie, die Särge – düster, klotzig, kalt – lösten aber auch Beklemmung aus. Es herrschte ein lärmiger Betrieb in der Gruft, der irgendwie etwas Unziemliches an sich hatte. Nilla bewegte sich so rasch wie möglich, wenn auch vorsichtig zwischen den Besuchern. Wie sie es gehofft hatte, entdeckte sie Zehetmaier eher als er sie, wahrscheinlich suchte er ohnehin nur nach Carlo Meier. Die Chance, ihn allein zu sprechen, wollte sie nutzen.

Eine Gruppe von Schülern versperrte ihm den Weg. Die neun- oder zehnjährigen hielten in Heften fest, was ihnen eine Lehrerin mit schriller Stimme erläuterte. Einige kabbelten sich. Alois schien Nilla immer noch nicht zu bemerken. Unruhig beobachtete er die Eingänge, durch die ständig neue Besucher hereinströmten.

»Hallo«, sie tippte ihm auf den Arm, »schön, daß ich Sie gefunden habe.«

Alois erkannte sie erst auf den zweiten Blick. Sofort schweiften seine Augen wie gehetzt umher.

»Wo ist Carlo?« flüsterte er.

Die Kindergruppe bewegte sich unmerklich vorwärts, lange konnte es nicht mehr dauern, bis der Weg frei war.

»Am besten warten wir hier auf ihn, er wird gleich nachkommen. Wir haben gestern noch von Ihnen gesprochen, ich kenne ja sonst kaum Geschäftspartner von Carlo. Nur noch Jerzy Parkow. Traurig, daß er so krank ist. Wann war Jerzy denn das letztemal in Wien?« Nilla war sich des Risikos, Zehetmaier wieder unverblümt auf den Polen anzusprechen, durchaus bewußt.

Endlich wandte er sich ihr zu.

»Jerzy?«

»Er muß hiergewesen sein.« Sie hatte sich so vor ihn gestellt, daß er nicht an ihr vorbeikam, und lächelte ihn unschuldig an. »Carlo und ich haben die Parkows vor einem Jahr in Karczowice besucht. Jerzy hat von Wien erzählt, und ich glaube, auch von Ihnen. Vor ein paar Wochen hat Carlo noch mit ihm telefoniert und ihm gesagt, daß wir wahrscheinlich nach Wien fahren. Jerzy liebt Wien, nicht wahr?«

»Er war vor vier Wochen hier, weil er was haben wollte, das er mit ins Krankenhaus nehmen konnte.«

Jetzt war sie so dicht an ihn herangerückt, daß es ihm unangenehm wurde. Die Arme im Rücken, drückte er sich gegen die Absperrkette, die den Gang zwischen den Särgen begrenzte, einen fast ängstlichen Ausdruck im Gesicht. Wahrscheinlich legte er seine Schüchternheit nur in Nachtbars ab.

»Ach ja, ich glaube, Carlo erwähnte eine alte Schrift, die ich auch kenne: Den *Cennini-Trattato*.«

Zehetmaier starrte sie an, dann nickte er.

»Den auch.«

»Und das Leonardo-Traktat und die *Mappae clavicula*, wenn ich mich richtig erinnere.«

»Das haben Sie von Carlo?« fragte er argwöhnisch.

»Ja, sicher«, sagte sie ungeduldig. »Von wem sonst? Haben Sie die Schriften aufgetrieben?«

Es kam alles darauf an, daß er sie für eine Vertraute Carlos und Jerzys hielt und nicht ahnte, wie sehr sie mit ihren Vermutungen auf den Busch klopfte. »Dann war noch von Alaun und echtem alten Krapplack die Rede. So etwas kann Carlo natürlich nicht besorgen, das ist ja auch nicht sein Metier. Woher bekommen Sie ihn?«

Mißtrauisch beäugte er sie.

»Krapplack war schwierig. – Länger warte ich nicht. Wenn Carlo nicht hier ist ...«

Den Sarg neben ihnen bedeckte eine matte, gleichmäßige Staubschicht. Nilla rückte an die Absperrkette und streckte die Hand aus. Bisher hatte sie es nicht fertiggebracht, das Mal aufzuzeichnen. Es war so, wie sie es gesehen hatte, blutrot auf toter weißer Haut, in ihre Erinnerung eingebrannt. In dieser Unterwelt, wo die Särge den Tod ausdünsteten, ließ sich die Zeichnung rasch vollenden. Ein V mit abgeknickten Schenkeln über einem liegenden X. Zum Schluß zog sie einen Kreis darum.

Zehetmaier hatte nicht weitergesprochen, während Nillas Zeigefinger durch den Staub fuhr. Nun zitterte Zehetmaier, als wäre es in der dumpfen Gruft auf einen Schlag rattenkalt geworden, sein Gesicht wirkte schneeweiß.

»Darum geht es also.« Blankes Entsetzen weitete ihm die Augen. »Sie müssen zum ›Opus divus‹ gehören, jetzt verstehe ich einiges. Heute hab ich von Jerzy und Jelena gehört, ich wollte Carlo warnen, aber den haben Sie sicher auch schon erledigen lassen.«

Eine Gasse öffnete sich, als die Kinder vorrückten, Zehetmaier schlängelte sich hindurch. Noch bevor Nilla ihm folgen konnte, füllte eine Touristengruppe die Lücke. Nilla beobachtete, wie Zehetmaier in einem Durchgang verschwand, der zwei Gruftsäle über ein paar Stufen miteinander verband. Zwei Stufen auf einmal nehmend, rutschte sie über eine Kante und ging in die Knie. Jemand half ihr auf und sprach auf sie ein, aber sie drängte den Mann so höflich wie möglich beiseite und hastete weiter, weil sie meinte, Alois in einer Nische hinter einem der Bleisärge zu sehen. Als sie die Stelle erreichte, von der sie in die Nische blicken konnte, stellte sie fest, daß er endgültig verschwunden war, die Chance, ihn noch einmal aufzuspüren, hielt sie für außerordentlich gering. Wahrscheinlich verließ er Wien sofort. Diesmal hatte sie das Gefühl, wirklich etwas falsch gemacht zu haben.

Jenseits der Absperrung befand sich eine Tür, die sie bisher nicht bemerkt hatte. Nachdem Nilla kurz einmal nach rechts und links geblickt hatte, stieg sie über die Kette, rannte zu der Tür und versuchte, sie zu öffnen. Sie war abgeschlossen.

Während sie so unauffällig wie möglich zurückging, fühlte sie sich plötzlich beobachtet. Auf einer Ecke des Sargs stand ein winziges Töpfchen mit einem blühenden roten Röschen. Nilla rückte das Töpfchen zurecht, um den Anschein zu erwecken, als hätte sie es dort hingestellt, und stieg dann langsam, als wäre ihr Verhalten etwas Selbstverständliches, wieder über die Absperrung. Ein südländisch wirkendes Paar redete sie auf spanisch an. Da ging ihr auf, vor wessen Sarg sie stand. Maximilian I. stand auf der ihr zugewandten Schmalseite des Sarkophags. Der Habsburger war einige Jahre Kaiser von Mexiko gewesen, bevor ihn Rebellen erschossen.

»Gracias«, sagte sie ernst zu dem Paar und entfernte sich hastig, vermutlich stammte das Blümchen von diesen Leuten.

Carlo plauderte mit einer jungen Frau, bemerkte Nilla aber, sobald sie sich näherte. Er neigte sich zu seiner Begleiterin, berührte sie kurz am Arm, danach ließ sie ihn allein.

»Wir gehen«, sagte Carlo, als Nilla ihn erreicht hatte, »ich habe genug vom Warten.«

»Vielleicht ist Zehetmaier aufgehalten worden. Ich bin dafür, ihm noch zehn Minuten zu geben.«

»Nicht mal eine. Ich habe noch etwas anderes vor, außerdem wird gleich geschlossen.«

Nilla gab sich widerspenstig.

»Das kann nicht dein Ernst sein, schließlich sind wir seinetwegen hier.«

»Sag mir nicht, wie ich meinen Job machen soll.«

»Welchen?«

10

»Willst du etwas ersteigern? Aber du hast keine Bieternummer«, sagte Nilla. Sie waren mit dem Aufzug direkt in den zweiten Stock des Dorotheums gefahren, Wiens ältestes und angesehenstes Auktionshaus, das früher ausschließlich als städtische Pfandleihe fungiert hatte und in einem riesigen barocken Palast zwischen Dorotheer- und Spiegelgasse residierte.

»Ich brauche keine.«

»Warum bist du dann hier?«

»Wie weit kennst du dich mit den Gepflogenheiten bei Auktionen aus?« Ihre Fragerei wurde ihm allmählich lästig.

Carlo Meier hatte seine Teilnahme an der Auktion vorbereitet, während sie schlief. Statt selbst zu bieten, hatte er einen Sensal angeheuert, einen für die Vertretung von Bietern angestellten Mitarbeiter des Hauses. So konnte er die Auktion beobachten, ohne daß jemand im Saal erfuhr, auf welche Bilder er es abgesehen hatte. Es war vor allem ein Bild.

Im großen und ganzen wurden nur drittklassige Gemälde angeboten. Dementsprechend hatte sich ein Publikum aus kleinen Händlern und unbedeutenden Sammlern in dem mit kitschigen roten Polstersesseln ausgestatteten Ludwigstorff-Saal zusammengefunden. Einige der Anwesenden drehten sich nach ihm um und versuchten, Blickkontakt mit ihm herzustellen, aber er beachtete sie nicht.

Er war versucht gewesen, ein paar billige Schinken zu erwerben, die sich für Marouflagen eigneten. Auf einen echten, alten Bildträger wurde ein gefälschtes, auf neue Leinwand gemaltes Bild aufgeleimt und die Ränder so mit Farbe und Firnis verkleistert, daß die Manipulation nicht mehr zu erkennen war. Ein Blick auf die Rückseite zeigte dem Betrachter eine zum Bild passende, original wirkende Leinwand. Aber mit solchen Geschäften gab sich Carlo im Augenblick nicht ab, sie waren auch eher Charlys Sache gewesen.

Nilla schien sich schon nach kurzer Zeit zu langweilen.

»Ich gehe, können wir uns später hier irgendwo treffen?« fragte sie.

Er hatte nichts dagegen, daß sie verschwand. »Komm um elf zur American Bar.«

»So lange kann die Auktion nicht dauern.«

»Ich habe noch mit Leuten zu reden. Du kannst auch schlafen gehen, mach, was du willst.«

»Ich bin sicher vor Ende der Auktion zurück. Aber nur zur Vorsicht: Wo finde ich die American Bar?«

»Zwischen Seilergasse und Kärtnerstraße. Sag dem Mann an der Tür, daß du mit mir verabredet bist, er läßt dich sonst nicht ein.«

11

Bei Nillas Rückkehr ins Sacher hing ihr Kleid repariert, gereinigt und sorgfältig gebügelt an der Garderobe. Sie warf nur einen gleichgültigen Blick darauf, denn sie hatte es eilig, ihre e-mails abzufragen. Außer einigen Informationen über die alte Wiener Fälscherbande, die auch die Adresse ihrer früheren Werkstatt einschloß, hatte ihr Wittich das Untersuchungsergebnis über den Bunzlauer Krug gemailt. Von Carlo fanden sich keine Fingerabdrücke darauf. Wieder sah Nilla, wie Carlo minutenlang den Krug in der Hand drehte, ihn nahezu liebevoll begutachtete. Und von dieser Musterung sollte nicht einmal ein Daumenabdruck am Henkel übriggeblieben sein?

Nilla fügte in ihre spezielle Materialliste, zusammengestellt aus den Ingredienzien aus Jerzys Werkstatt, Alaun und Krapplack ein und begriff, daß es ihr gelungen war, etwas nicht Unwichtiges herauszufinden, aber ob es für die Aufklärung von Kress' Tod von Belang sein konnte, mußte sich erst noch erweisen. Flüchtig ging ihr die Frage durch den Kopf, wieviel ihr überhaupt noch an dieser Aufklärung lag. Die Recherche, der sie nachging, entwickelte eine seltsame Eigendynamik.

Zehetmaier hatte ein »Opus divus« erwähnt, eine ihr ungeläufige Bezeichnung, aber da sie ihm nicht allzu viel Bildung zutraute, hielt sie es für möglich, daß er aus dem »Opus dei« ein »Opus divus« gemacht hatte. Nur damit strandeten ihre Überlegungen bereits im Absurden. Dem »Opus dei«, der mächtigen, hinter dem Papst stehenden Vereinigung aus Klerikern und Wirtschaftsmagnaten, traute sie zwar alle möglichen, nicht immer astreinen Machenschaften zu, aber keine Verwicklung in brutale Morde, bei denen es um Kunstraub und Fälschung ging. Allerdings, begann sie den Faden von neuem zu spinnen, hatten die fraglichen Delikte in der Regel mit Geldbeschaffung zu tun. Warum sollte das »Opus dei« dabei nicht die Hände im Spiel haben?

Sie hätte nun ins Dorotheum zurückkehren können, hielt es aber für angebrachter, auf eine kleine Erkundungstour zu gehen.

Es dunkelte längst, als sie in der Backerstraße die ehemalige Adresse der Wiener Fälscher fand. Durch einen Torbogen betrat sie einen der Altwiener Innenhöfe, welche sie früher schon durch ihren Charme angezogen hatten. Zwei Platanen reichten bis an die offenen Galerien im ersten Stock. Im Hof standen Gartenbänke, blühende Geranien hingen schwer aus den Töpfen. Zwischen den Pflastersteinen sproß Unkraut, einen Hauch von Schlendrian verbreitend, der sich in der abblätternden Farbe an den Klappläden der unteren Fenster fortsetzte.

An keinem der Eingänge entdeckte Nilla den Namen Zehetmaier, die Erwartung aber, daß hier nach Jahrzehnten noch Reste der Werkstatt existierten, war ohnehin bloß ein Wunschtraum gewesen. Inzwischen hatte Nilla die Absicht, Carlo noch im Auktionshaus anzutreffen, völlig fallengelassen. Sie konnte ihn ebensowenig daran hindern, eigene, geheime Unternehmungen zu verfolgen wie er sie.

Enttäuscht suchte sie in der Schönlaterngasse dasselbe Lokal auf, in dem sie bereits mit Carlo gegessen hatte. Morgen würde sie zusehen, ob sie Zehetmaier über das Einwohnermeldeamt ausfindig machen konnte. Ob er überhaupt in Wien gemeldet war? Im Wiener Telefonbuch stand er nicht verzeichnet, das hatte sie bereits überprüft.

Als sie auf dem Rückweg erneut an der Toreinfahrt in der Bäckergasse vorbeikam, betrat sie den Hof noch einmal. Es gab insgesamt fünf Türen, zwei davon ließen sich öffnen. Eine führte direkt in ein Treppenhaus, die zweite nach ein paar Steinstufen in eine Souterrain-Wohnung. Das Vorderzimmer war recht bescheiden als Wohnküche eingerichtet, besaß aber immerhin ein Kreuzgratgewölbe. Auf einem Tisch brannte eine Lampe, über einer Stuhllehne hing ein blaurot kariertes Küchentuch. Es roch eindeutig nach Kohl und nicht nach Leinwänden, Ölfarben oder raren Harzen. Nilla schämte sich, überhaupt eingedrungen zu sein, und zog sich vorsichtig zurück.

Als letzten Versuch, Zehetmaier auf die Spur zu kommen, schellte sie an der Nachbartür. Eine alte Frau öffnete, hinter ihr dudelte ein Fernseher oder ein Radio.

»Ja, bitte?«

»Entschuldigen Sie die Störung. Ich möchte zu Alois Zehetmaier, aber ich finde einfach nicht den richtigen Eingang. Er wohnt doch noch hier?«

»Ja, sicher.«

Die Frau, sie mochte um die siebzig sein, nahm eine bequemere Haltung ein, als wollte sie sich auf einen längeren Schwatz einrichten.

»Dem Vater oder Großvater hat ja mal das Haus gehört. Es gab da eine Gschicht, aber die ist lang her, die hat mir mein Vater erzählt. Jedenfalls sind alle weggezogen, aber der Alois ist vor einigen Jahren aufgetaucht und hat sich im Kabuff eingerichtet. Leid kann er einem ja tun, wie er da im Feuchten hockt. Da drüben, ganz allein im Keller, verstehen Sie? Schön, daß ihn eana wie Sie besucht.«

Da das Licht brannte, mußte Alois zu Hause sein. Sicher packte er noch seine Sachen und versuchte, ein paar Spuren zu beseitigen.

»Vielen Dank für die Auskunft, ich hab ihm was auszurichten, da geh ich mal gleich.« Nilla zog sich Schritt für Schritt vor der Alten zurück, die ihr, enttäuscht über das rasche Ende des Gesprächs, nachsah.

In dem Zimmer mit der gewölbten Decke hielt sich Nilla erst gar nicht auf. Das dahinter liegende schaute eher wie eine Werkstatt oder ein Warenlager aus, und es roch verheißungsvoll nach Terpentin.

Zehetmaier stand mit dem Rücken zu ihr an einem schmalen Tisch und sortierte Schachteln. Irgendwas mußte er aber wahrgenommen haben, denn er langte blitzschnell etwas von einem Hängeregal und riß gleichzeitig neben sich eine Tür auf, die hinter ihm krachend ins Schloß fiel. Ohne zu überlegen, lief ihm Nilla nach und stolperte hinter der Tür eine Steintreppe hinunter.

»Jetzt warten Sie doch, ich muß mit Ihnen reden, ich bin nicht ...«

Aus den Türkenkriegen gab es ein ganzes System von Tunneln und Kellern unter ganz Wien, das noch bis zum Zweiten Weltkrieg begehbar gewesen sein sollte. Keller, die wie Höhlen anmuteten.

Vom dritten gelangte Nilla in einen Gang.

Gegen jede Vernunft folgte sie den verklingenden Schritten ins Dunkel.

Es roch faulig und feucht.

Nilla strich mit einer Hand an der Wand entlang, um die Orientierung zu behalten. Schmier bedeckte die Steine, aber sie wagte erst, die Hand zurückzuziehen, als sich ihre Augen ein bißchen an die Dunkelheit gewöhnt hatten.

Vor ihr zitterte Licht, ein unsicherer Lichtfleck, der sich von ihr fortbewegte, sie durfte ihn nicht verlieren. Nicht, wenn sie nicht in völliger Finsternis herumirren wollte. Weil ihre Schritte hallten, zog sie im Laufen die Schuhe aus. Wenn er sie weder sah noch hörte, würde sich Zehetmaier irgendwann nicht mehr verfolgt fühlen. Unauffällig würde sie ihm auf den Fersen bleiben bis zu einem Ort, wo er ihr hoffentlich nicht mehr ausweichen konnte.

Wenn sie so lange durchhielt.

Bloß, an Umkehr war jetzt auch nicht mehr zu denken.

Zehetmaier lief einen stinkenden Abwasserkanal entlang. Kaum wahrnehmbare Schatten huschten an Nilla vorbei, einmal trat sie auf einen weichen kleinen Körper. Reflexhaft hob sie den Fuß, während ihr der Atem stockte.

Längst tat ihr ihre Unüberlegtheit leid.

Das feuchte Gemäuer bedrückte sie viel mehr, als sie zugeben wollte. Da war kein Ende abzusehen, weder vor noch hinter ihr. Sie fühlte sich gefangen.

Die Sohlen schmerzten bereits, ab und zu strich sie rasch ein paar Steinchen ab, verzichtete aber darauf, die Schuhe wieder anzuziehen, denn auch in Schuhen würden ihr nun die Füße brennen.

Von Zehetmaier war nur dieses schwankende Licht zu sehen.

Ein Druck legte sich auf ihre Brust, während sie versuchte, nicht in Halluzinationen abzudriften, die wie ein Déjà-vu wirkten. Auf einmal wurde das Echo der Schritte lauter, die gewölbten, unregelmäßigen Wände warfen es dröhnend zurück. Dieses anschwellende Geräusch hatte etwas Irrationales und absolut Furchterregendes.

Irrational?

Da war jemand hinter ihr! Kam ihr nach, ihr und Zehetmaier. Kam näher. Unwillkürlich lief sie schneller.

Etwas zischte glühend heiß über ihren Arm.

Jemand schrie.

Abrupt brach der Schrei ab.

Nicht weit von ihr platschte etwas Schweres ins Wasser.

Halb geduckt rannte sie auf das plötzlich unbewegliche Licht zu. Wo war Zehetmaier geblieben? Seine Lampe lag am Rand des Kanals, das Wasser schwappte sacht in Kreisen und glänzte ölig, wo das Licht auftraf. Am gegenüberliegenden Ufer kräuselte es sich, als würde es von einem Tier aufgerührt.

Nilla kniete am Rand, beugte sich vor und starrte auf das schwarze Wasser.

Nichts.

Immer noch hörte sie Schritte. Hastig schob sie sich rückwärts, weg von dem Lichtkreis, das Wasser im Blick, als könnte sie sich nicht davon losreißen.

Das Kräuseln hatte aufgehört.

An der Wand richtete sich Nilla auf, tappte schweratmend weiter.

Verfolgte sie wirklich jemand?

Vergeblich versuchte sie zu lauschen. Es rauschte in ihren Ohren, Außen- und Innengeräusche ließen sich nicht voneinander unterscheiden. Überhaupt konnte sie nichts mehr wahrnehmen. Nichts anderes als die eigene Panik.

In fast völliger Finsternis tastete sie sich voran. Auf einmal griff ihre Hand ins Leere.

Sie zuckte zusammen, beinahe wäre sie gefallen, weil ihr so plötzlich der Halt fehlte. Einen Augenblick hatte sie das Gefühl, von einem großen Loch eingesaugt zu werden.

Ein Seitengang.

Nilla bog ab.

Der neue Gang kam ihr so lang vor wie der alte, aber wahrscheinlich war sie nur einige Meter an der Wand entlanggeschlichen, als sie das Ende erreichte. Anscheinend war sie in einen von den Gängen geraten, die nach dem Zweiten Weltkrieg zugeschüttet und vermauert worden waren. Beim Gedanken, wieder zurückgehen zu müssen, ließ sie sich langsam in die Hocke sinken.

Es war undenkbar, irgendwie aus diesem Labyrinth herauszufinden.

Ob sich Carlo inzwischen Gedanken machte, wo sie blieb? Sie hatte jedes Zeitgefühl verloren. Kaum mehr auszuhalten war die Dunkelheit und die Furcht, daß ihr jemand nachkam.

Das Echo von Schritten.

Oder doch nicht?

Völlig außer sich, schlug sie mit einer Hand gegen die Wand, um etwas Eindeutiges zu hören.

Die Wand dröhnte.

Stein dröhnt für gewöhnlich nicht.

Mit beiden Händen strich Nilla hektisch über die Wand. Auf der rechten Seite ertastete sie ein kleines Loch. Ein Schlüsselloch. Darüber eine Klinke. Hoffnung regte sich. Nilla preßte die Klinke herunter, sie zog daran, rüttelte. Eine Tür, die sich nicht öffnen ließ.

Wieder drückte sie auf die Klinke und warf sich gleichzeitig gegen die Tür. Noch einmal. Metall schrappte über Stein, als die Tür zentimeterweise nachgab. Endlich war der Spalt groß genug, um sich durchzwängen zu können.

Dahinter schraubte sich eine Wendeltreppe empor. Egal, wohin sie führte, Nilla kroch die Stufen auf allen vieren hinauf.

Die Treppe endete an einer Luke.

Es war gar nicht einmal schwer, sie zu öffnen, und doch brauchte Nilla ihre ganze Kraft dazu. Sie taumelte ins Freie.

Nach der Dunkelheit blendete sie das Licht draußen.

Vor ihr tanzten Feen. Durchsichtige Lichtgestalten, schimmernd, traumhaft, drehten sich in Wassernebeln. Nilla blinzelte überrascht, dann erkannte sie den Schwarzenbergplatz mit dem Fontänenkranz in der Mitte. Instinktiv schleppte sie sich zu dem weiten Brunnenbecken, stieg über den Rand und tauchte in all das sprühende Wasser ein. Ein Wasservorhang umhüllte sie, schirmte sie ab. Erleichterung überkam sie, ein Hauch von Sicherheit, dem sie nicht vertrauen durfte. Als sie auf der anderen Seite aus dem Becken stieg, schlabberte die nasse Hose schwer um ihre Beine. Den Brunnen weiter als Deckung nutzend, lief sie geradeaus über den Platz zur Kreuzung.

Die Schuhe hielt sie immer noch in der Hand.

So spät am Abend gab es nicht mehr viel Verkehr auf der Schwarzenbergstraße. Blindlings lief sie die Straße hoch, undeutlich den Plan der Innenstadt im Kopf. Bis zum Sacher konnte es nicht allzu weit sein. Ihr war schwindlig, der Arm schmerzte, ihr Herz schmerzte, sie rannte weiter. Einmal wagte sie es, sich nach einem Verfolger umzudrehen.

Als sie sich wieder umwandte, kam ihr jemand entgegen. Jemand, der die Hand hob, als wollte er sie aufhalten. Sie versuchte auszuweichen, da erkannte sie ihn.

Carlo.

Vielleicht war er bereits auf dem Weg zur American Bar.

War hier in der Nähe die American Bar?

Nilla blieb stehen.

»Wo treibst du dich herum?« fragte Carlo. »Ich wollte gerade nachschauen, wo du steckst. Und wieso bist du so naß und was ...« Er drehte ihren Arm so, daß er noch mehr schmerzte.

»Woher hast du das?«

Der Ärmel ihrer Jacke war aufgerissen und blutig.

»Red schon, aber fix.« Carlo schüttelte sie und zog sie in einen Hauseingang.

»Ich will ins Sacher«, schluchzte sie kaum verständlich.

»Nicht jetzt.«

Zitternd ertrug sie, wie er ihren Arm untersuchte, ihr einmal prüfend ins Gesicht schaute und sie dann an die Hand nahm.

»Kannst du noch laufen?«

Ohne auf eine Antwort zu warten, riß er sie vorwärts. Wenn sie nicht fallen wollte, mußte sie mitrennen. Nur einmal hielt er inne.

»Verdammt noch mal, zieh deine Schuhe an.«

In Schuhen rannte es sich tatsächlich leichter.

Carlo zerrte sie in eine Seitengasse, über einen verwinkelten Platz, durch einen Torgang in einen Hof und eine alte, gewundene Steintreppe hoch. An die Wand gelehnt, sah sie zu, wie er eine Tür aufschloß, eine Wohnungstür.

12

»Es ist nur ein Streifschuß, du hast Glück gehabt«, erklärte Carlo so ruhig wie möglich, um Nillas Panik zu dämpfen.

Er hatte sie sofort ins Bad der kleinen Zweizimmerwohnung gebracht und half ihr, die Jacke auszuziehen.

Ein häßlicher roter Streifen kam zutage. Als er ihr ein Glas Wasser reichte, zitterte sie so sehr, daß sie es verschüttete. Er nahm es ihr ab und stellte es zurück auf das Waschbecken. Sobald er einen Wundverband angelegt hatte, gab er ihr einen Bademantel und wartete, bis sie sich, halb von ihm abgewandt, mühsam aus der nassen Hose gewunden hatte.

Wie hatte Nilla in derartige Schwierigkeiten geraten können?

Am Morgen nach der Ankunft hatte er sie noch beschattet, danach war er zu der Überzeugung gelangt, daß er sich den Aufwand sparen konnte, eine perfekte Kontrolle würde es ohnehin nicht geben. Aber er hatte darauf gesetzt, daß sie sich halbwegs vernünftig verhielt.

Schon der erste Versuch, von ihr zu erfahren, was passiert war, ließ ihre Panik von neuem ansteigen.

Wieder nahm er sie an die Hand. Neben dem Doppelbett im

Schlafzimmer befand sich in einer breiten Zarge eine alte Tür, die er mit einem großen Bartschlüssel aufschloß.

Das Licht von ein oder zwei Laternen fiel von draußen in den Raum und verbreitete eine an Träume gemahnende Schummrigkeit.

Überall standen Vitrinen, in denen gerade noch alte Puppen in verblichenen Seidenkleidern zu erkennen waren. Es gab aber auch Puppenstuben, Puppenküchen mit allem Zubehör und riesige Teddybären. Drei kleine Säle voller Spielzeug.

Staunend lief Nilla umher.

Nachdem Carlo sie eine Weile schweigend beobachtet hatte, holte er aus einer der Vitrinen eine Blechfigur heraus und setzte sich damit auf den Fußboden. Sobald der kleine Clown begann, in einem irrwitzigen Tempo auf seine Trommel zu schlagen, hockte sich Nilla daneben und schaute zu, wie die winzigen Ärmchen wirbelten und der Blechkopf mit den büscheligen Haaren unter der Narrenkappe vibrierte.

Sobald der Mechanismus stockte, nahm Carlo behutsam das blecherne Kerlchen wieder auf und ließ es noch einmal rattern.

»Wo sind wir hier?« fragte Nilla, sobald wieder Stille herrschte.

»Kannst du jetzt reden?« fragte Carlo.

Verwundert schaute sie ihn an, als überraschte es sie, daß sich tatsächlich ihre Panik gelegt hatte.

»Ich denke schon«, sagte sie mit brüchiger Stimme.

Leise, immer wieder nach Worten suchend, erzählte sie, daß sie Zehetmaier nach dem Abendessen in der Schönlaterngasse zufällig auf der Straße entdeckt hatte. Er hatte sie nicht erkannt, das hatte es ihr leichtgemacht, ihm nachzuspionieren.

»Wußtest du, daß er in der Bäckergasse in einem Keller haust, von dem du in das Kanalsystem unter Wien gelangst?« fragte sie am Ende ihres Berichts.

»Ich habe dir gesagt, er kennt sich in der Wiener Unterwelt aus. Es war dumm von dir, ihm nachzugehen. Und anscheinend hast du nicht einmal bemerkt, daß euch jemand folgte.

Vermutlich bist du nur zufällig in die Schußlinie geraten – vielleicht verhält es sich aber auch ganz anders. Wir bleiben diese Nacht hier. Bevor ich nicht weiß, was los ist, kehrst du nicht ins Sacher zurück.«

Sie murmelte etwas von ihrem Gepäck und davon, daß sie nicht schon wieder eine offene Rechnung zurücklassen wollte. Er ging nicht darauf ein.

»Was ist mit Zehetmaiers Wohnung?« fragte sie.

Er tippte den Blechclown an, der kurz klapperte, als sei er erschreckt worden.

»Das Kellerloch dürfte nicht sein einziger Unterschlupf sein.«

Nilla nahm den Clown auf und drehte ihn in der Hand.

»Es wird keinen Zweck haben, es auf Hinweise zu untersuchen, die Aufschluß über Zehetmaiers Verbindungen geben könnten, oder?« fragte sie unsicher. »Wer immer uns verfolgt hat, ist durch die Wohnung gekommen, das heißt, er ist wahrscheinlich zurückgekehrt, um sie sich vorzunehmen. Vielleicht hat Alois sogar mit so einem Besuch gerechnet.« Sie begann, an der Flügelschraube zu drehen, um den Clown aufzuziehen.

»Es ist zu gefährlich, in nächster Zeit die Kellerwohnung aufzusuchen, und du hast recht, wir würden sowieso nichts Wichtiges finden.« Es ärgerte ihn, daß sie ohne ihn etwas herausgefunden hatte. Vielleicht würde er die Wohnung der Eidechse durchsuchen, sobald Nilla schlief.

»Wo hauste Zehetmaier sonst noch?« fragte sie.

»Hier in Wien? Keine Ahnung, aber ich glaube, daß er noch eine Wohnung in Villach hatte.«

»Wieso in Villach?«

»Es liegt in der Nähe der italienischen Grenze, ich hab ihn dort zufällig mal getroffen.«

Behutsam setzte Nilla den Clown zurück auf den Boden.

»Wessen Wohnung ist das eigentlich? Und gehört die Spielzeugsammlung dazu?«

»Komm hoch.« Er streckte ihr die Hand entgegen. »Wir befinden uns im Puppenmuseum, das ein privater Sammler eingerichtet hat. Ursprünglich bildeten die Räume des Museums und die der jetzigen Wohnung eine Einheit, nun haben sie bis auf die Verbindungstür nichts mehr miteinander zu schaffen. Die Tür kann man auch als Notausgang betrachten. Ich wußte nicht, wie ich dich beruhigen sollte, deshalb hab ich dich hereingeführt.«

»Von solchen Puppen habe ich früher geträumt. Von schönen Puppen, die mir gehören«, sagte sie versonnen.

13

Carlo schlief auf dem Sofa und überließ ihr das Bett, weckte sie aber frühzeitig. Zum Frühstück gingen sie um die Ecke, wo auf dem Platz Am Hof gerade ein Herbstmarkt stattfand. Tische mit Kürbissen wechselten mit Ständen, an denen grobe Wolle oder handgewebte Stoffe feilgeboten wurden. An zwei Buden gab es Kaffee und frische Semmeln. Die prächtigen Häuserfassaden und die einer schmutzig-grauweißen barocken Kirche leuchteten in der Morgensonne, Tauben gurrten, es herrschte eine heitere, fast südländische Stimmung. Mit einer Semmel in der Hand schlenderte Nilla hinter Carlo her.

Ganz überwunden hatte sie die Schrecken der Nacht noch nicht und wunderte sich über seine vollkommene Sorglosigkeit. Er hatte sogar davon gesprochen, daß sie im Laufe des Vormittags ins Sacher zurückkehren könnten.

Nilla würde das sehr recht sein.

Nach dem Aufstehen hatte sie sofort daran gedacht, Wittich über Alois Zehetmaier zu informieren. Zehetmaiers Schicksal mußte aufgeklärt werden, und sie wollte mit Wittich über das »Opus divus« – wenn es denn so hieß – sprechen. Aber sie hatte im Badezimmer nicht zu telefonieren gewagt, während Carlo nebenan in der Küche auf sie wartete.

»Weißt du, was sich in diesem Haus verbirgt?« Carlo wies auf ein Gebäude neben der alten Feuerwache. »Im Keller sind Reste aus der Römerzeit gefunden worden, und im Erdgeschoß gibt es ein paar Schaukästen mit Fundstücken.«

Von Kellern hatte Nilla seit der letzten Nacht genug. Vorsichtshalber beschränkte sie sich darauf, die Exponate in dem Schauraum zu betrachten, nachdem sie Carlo doch in das Gebäude gefolgt war. Allein wollte sie nicht ins Hotel zurück.

In einer flachen, vor die Wand gesetzten Vitrine lag eine Venusstatuette aus grünlicher Bronze neben ein paar angelaufenen Silbermünzen. Lauter dünne Scheiben mit unregelmäßigen Rändern. Eine davon zeigte einen nicht sehr detailliert ausgearbeiteten Adler, der mit ausgebreiteten Schwingen auf gekreuzten Stäben hockte.

»Willst du die Venus genauer sehen?« fragte Carlo und machte sich schon an der Vitrine zu schaffen.

Nilla war sich nicht bewußt gewesen, daß sie das Figürchen angestarrt hatte, sie war nur vor dem Glaskasten stehengeblieben, um darauf zu warten, daß sich ihr Herzschlag beruhigte. Als Carlo die Glastür aufschob – er mußte irgendwie das Schloß entriegelt haben –, huschte ein Lichtreflex über die Adlermünze. Nilla zog scharf die Luft ein.

Carlo legte ihr die Venus in die Hand, aber wie hypnotisiert schüttelte sie den Kopf, langte selbst in die Vitrine und holte die Münze heraus.

»Jupiter als Adler auf den Donnerkeilen sitzend, eine hundsschlechte Arbeit«, kommentierte Carlo abfällig.

Doch Nillas Finger tasteten die Münze ab. Was sie spürten, bestätigte den Eindruck, den der Lichtreflex hervorgerufen hatte. Nilla hielt die Münze auf dem flachen Handteller ein wenig schräg, so daß jene Grate, die sich im Relief über die anderen erhoben, als Linien hervortraten. Die Linien ergaben ein eindeutiges Zeichen.

Ein Horrorzeichen auf blutiger Haut.

»Das Signum des ›Opus divus‹! Erkennst du nicht das Zeichen auf Jerzys Rücken? Das V mit den abgeknickten Enden über dem liegenden X?« Ihre Stimme zitterte, sie ließ sich nicht kontrollieren.

Carlo packte ihr Handgelenk.

»Weißt du etwas, was ich nicht weiß? Wenn ja, spuck's sofort aus!« knurrte er.

Das Zeichen des »Opus divus« würde nun überall auftauchen, in jedem Schmutzfleck an einer Hauswand, es hatte sich wie Gift in ihren Verstand eingenistet.

Der ganze Schrecken der vergangenen Nacht lebte schlagartig auf.

Zehetmaier, der Schuß im Dunkeln …

Eine Aufforderung zum Reden hätte sie nicht mehr gebraucht, jetzt mußte ihr Carlo helfen, den Wust ihrer Gedanken und Schlußfolgerungen mit der nötigen Logik zu durchleuchten.

Solange sie sprach, hielt er sie fest.

»Das ist alles«, schloß sie ihre Beichte und begann, sich in seinem unerbittlichen Griff zu winden, »es scheint eine Organisation zu geben, die sich ›Opus divus‹ oder so ähnlich nennt und hinter dem Mord an Jelena und Jerzy stecken könnte. Ich kenne nur ein ›Opus dei‹, vielleicht hat Zehetmaier auch ›Opus dei‹ gemeint, obwohl weder das eine noch das andere einen Sinn ergibt. Warum ist auf ihn geschossen worden? Sollten wir nicht endlich die Polizei informieren?«

Carlos Gesicht hatte sich verfinstert, er hielt ihr Handgelenk nun so, als wollte er es brechen.

Nilla begann, sich vor ihm zu fürchten.

»Du blöde Gans, du dreimal verfluchte blöde Gans. Hast du immer noch nicht genug Schaden angerichtet?« Er stieß sie gegen die Wand und preßte sich gegen sie. Eine Hand lag an ihrer Kehle, so daß ihr die Luft wegblieb.

»Sag endlich alles, was du weißt, sag es jetzt! Untersteh dich, mir noch einmal eine Information vorzuenthalten. Was glaubst du Anfängerin, was für ein Spiel das hier ist?«

Ruckhaft ließ er sie los, sie stolperte vorwärts, einen deutlichen Geschmack von Galle im Mund. Auf einmal reichte es ihr.

»Du aufgeblasener Scheißkerl! Faß mich nie wieder an! Du bist derjenige, der Informationen zurückhält, von Anfang an, wann sagst du schon mal die Wahrheit?«

Jetzt hatte sie sich nicht mehr in der Gewalt, ebensowenig wie er.

Sie versuchte, nach ihm zu treten, aber er packte sie erneut und gab ihr eine Ohrfeige.

Zum ersten Mal im Leben wußte sie ganz genau, wie sich Weißglut anfühlte, heiße Wut, die im Hirn und in den Adern brannte. Wieder trat sie um sich, er glitt hinter sie und nahm sie in einen Zangengriff.

»Eine Furie wie du hat mir gerade noch gefehlt.«

Ein Mann tauchte aus der Tür zu den Kellern auf.

Verdutzt betrachtete er den offenen Schaukasten, danach schweifte sein Blick zu den beiden hinüber.

»Ich ruf die Polizei.«

Augenblicklich gab Carlo Nilla frei und trat neben sie. Herrisch streckte er ihr die Hand entgegen, sie legte Figur und Münze hinein. Beides reichte er dem Mann.

»Sind Sie hier zuständig? Das hier haben wir auf dem Fußboden gefunden. Sie sollten ein besseres Schloß einbauen lassen. Dieses knackt jeder Schuljunge.«

Carlo schaffte es tatsächlich, den Mann davon zu überzeugen, daß sie mit der Öffnung der Vitrine nichts zu tun hatten. Schneller als erwartet fand sich Nilla auf dem Platz Am Hof wieder, Carlo ging, die Hände in den Hosentaschen, in einer Unbekümmertheit vor ihr her, die sie erbitterte. Von dem Streit fühlte sie sich aufgewühlt und beschämt, und sie hätte gern mit ihm darüber geredet, wie es nun mit der Zusammenarbeit weitergehen sollte. Aber als sie damit anfangen wollte, hatte er abgewinkt. »Ich vergesse Streitigkeiten sofort«, hatte er schroff gesagt, »es lohnt nicht, darüber nachzudenken.«

In die Wohnung neben dem Museum kehrten sie nur zurück, damit Nilla ihre Jacke holen konnte. Den aufgerissenen Ärmel hatte sie morgens ausgewaschen, notdürftig geflickt und die Jacke zum Trocknen aufgehängt. Während sie im Schlafzimmer noch einmal das Ergebnis ihrer Nähkünste im Spiegel begutachtete, fiel ihr eine Holzleiste auf, die hinter einer Kommode hervorragte.

Die Leiste gehörte zum Rahmen eines kleinen handlichen Gemäldes in verhaltenen Farben, das verwischte Konturen, Nebel und viel Rauch zeigte.

»Für was hältst du das?« Carlo war hinter sie getreten.

Die Ungezwungenheit, mit der er so tat, als hätte es keine handgreifliche Auseinandersetzung gegeben, verstörte sie geradezu. Es fiel ihr nicht leicht zu antworten.

»Sieht mir nach Turner aus. Könnte eine Studie zu einem der Themsebilder sein. Aber wahrscheinlich stammt das Bild nur von einem seiner Nachahmer. Hast du es gestern ersteigert?«

»Ich hab's günstig bekommen. Es ist ein Turner.«

»Schön, wenn du meinst, dann ist es ein Turner.« Es lohnte sich nicht, mit ihm über Kunst zu streiten. »Aber leider ein unsignierter.«

Vermutlich hatte er es gleich nach der Auktion hierher gebracht. Einige große englische Händler lieferten ins Dorotheum gern Ware ein, die sich bei ihnen nicht hatte absetzen lassen. Falls das Bild tatsächlich ein Turner war, wäre das längst entdeckt worden. Mit echten Turners verhielt es sich ähnlich wie mit echten Corots: Von den dreitausend Gemälden, die Camille Corot in seinem Leben geschaffen hatte, befanden sich etwa zehntausend allein in Amerika.

Das Bild, begriff sie, würde nicht unsigniert bleiben. Ein Experte würde es sich vornehmen, die Turnersignatur mit einem dünnen Stift andeuten und den Linien entlang Firnis und oberste Malschicht entfernen. Dann würde die Signatur so eingepaßt, daß sie in der umgebenden Farbe schwamm, als hätte Turner sie in das eben beendete Bild gesetzt. Zuletzt würde vom Rand ein wenig Firnis abgenommen und auf die Signatur aufgetragen. Als Ergebnis erhielt Carlo einen Turner, der selbst Sachverständige täuschen würde.

»Möchtest du eine Expertise von mir? Ich schreib sie dir gern und erwähne auch die Signatur, die jetzt noch fehlt«, sagte sie spöttisch.

Zum Belvedere nahmen sie die U-Bahn. Da sie einmal umsteigen mußten, waren sie so lange unterwegs, wie sie zu Fuß gebraucht hätten. Die ganze Fahrt über grübelte Nilla darüber nach, wie sie mit Wittich Kontakt aufnehmen sollte. Carlo schien sie nicht mehr allein lassen zu wollen, dabei spürte sie, wie der Umgang mit ihm sie zunehmend zermürbte.

»Schade, daß wir den Gartensaal nicht sehen können«, sagte sie, während sie durch die Räume des unteren Belvedere schlenderten. Das ganze Anwesen bestand aus zwei kleinen, durch einen hübschen, ansteigenden Garten miteinander verbundenen Schlössern.

»Wieso?«

»Vorn am Eingang hängt ein Hinweis auf eine Hochzeitsfeier.«

»Hier wird Eintritt verlangt, und dann wird einer der schönsten Räume gesperrt?« ereiferte sich Carlo, obwohl er sie wieder an der Kasse vorbei hineingeschleust hatte.

»Uns bleibt ja noch das obere Belvedere mit dem Marmorsaal«, versuchte sie, ihn zu beschwichtigen. Nach ihrer ersten Bemerkung hatte ihn eine eigenartige Erregung befallen, und er stürmte geradezu vor ihr her.

Am Ende der hintereinander liegenden Räume riß er eine Doppeltür auf. Festlärm, Musik und ein Durcheinander von Stimmen schallten ihnen entgegen. Ehe Nilla ihn hindern konnte, hatte er den Saal betreten. Neugierig geworden, folgte sie ihm.

Die Hochzeitsgesellschaft bemerkte sie nicht einmal. Der vollständig mit Fresken ausgemalte Gartensaal bildete den illustren Rahmen für eine Feier mit fünfzig oder sechzig Gästen. Die Männer trugen dunkle Anzüge und breite Siegelringe und ließen goldene Backenzähne aufblitzen, die älteren, meist dickleibigen Frauen waren recht farbenfroh gekleidet. Die Braut lugte wie ein kleiner Vogel aus ihrem voluminösen Nest aus Spitzenkleid und Schleier. Nilla wollte sich zurückziehen, aber ein Blick auf Carlo hielt sie auf der Schwelle fest.

Er eilte auf die Braut zu, umarmte sie, küßte sie auf beide Wangen und flüsterte ihr etwas ins Ohr, was das noch sehr junge Mädchen erst erröten und dann strahlen ließ. Sogleich näherte sich ihm ein Mann in den Vierzigern – er schien der Vater der Braut zu sein –, der nun seinerseits Carlo umarmte, ihm auf den Rücken klopfte, ihn noch einmal an die Brust zog und Wangenküsse mit ihm tauschte. Nilla fand es geschmacklos, wie Carlo als vermeintlicher Hochzeitsgast oder Gratulant die Leute zum besten hielt. Es mußten neureiche Kroaten oder Serben sein.

»Hast du genug gesehen?« fragte Carlo, sobald er sich wieder zu ihr gesellte.

»Von dir? Als selbsterfundener Freund der Braut?«

Mit theatralischer Geste wies er in den Raum. »Vom Gartensaal. Wie hätte das denn gewirkt, wenn wir herumgelaufen wären, um die Fresken zu bewundern, und so getan hätten, als wären die Leute nicht vorhanden. Es hätte sie gekränkt.«

»Du hast vergessen, daß wir eigentlich gar keinen Zutritt hatten.«

Auf dem Weg durch den barocken Garten zum oberen Belvedere zog Carlo eine Armbanduhr aus der Tasche und hielt sie Nilla hin.

»Wie gefällt sie dir?«

Nilla warf nur einen flüchtigen Blick auf die Uhr.

»Eine Patek Philippe«, fuhr Carlo fort, »hübsches Stück. Ich hab schon befürchtet, daß er eine ordinäre Rolex trägt.«

»Wer?«

»Der Brautvater.«

Nilla blieb stehen.

»Du hast ihm die Uhr abgenommen, während du ihn umarmt hast?«

»Wann sonst? Es ist mein Beruf, für Umverteilungen zu sorgen. Die Gier nach Besitz ist der Urgrund allen menschlichen Übels. Schau mal, die Leute haben diesen Saal okkupiert, zum Nachteil aller anderen, ich mußte einen Ausgleich schaffen. Die Uhr beweist, daß wenigstens dieser eine Mann ein bißchen Geschmack hat, obwohl ich persönlich einer Panerai den Vorzug geben würde, eine Panerai ist klobig am Handgelenk, aber sie ist noch immer recht exklusiv, selbst wenn Arnold Schwarzenegger mittlerweile mit einer herumläuft. Auch das Beste bleibt auf Dauer nicht von der Begehrlichkeit des Pöbels verschont.«

»Können wir mal beim Thema Gier bleiben? Mit Gier und Besitzstreben hast du persönlich nichts am Hut?« fragte sie betont ruhig.

»Ich sammle nicht, falls du das meinst. Es ist das Elend der Kunst, daß jeder sich etwas aneignen will, was seinem wahren Wesen nach nicht in Besitz zu nehmen ist. Ich trage dem Rechnung, indem ich umverteile und weiterreiche. Nichts bleibt längere Zeit in meinen Händen. Du glaubst doch wohl nicht, daß ich dieses ziemlich unbedeutende Stück Materie behalten möchte? Was glaubst du, wer ich bin?«

»Ein Dieb.«

Innerhalb von zwei Stunden erklärte Carlo im oberen Belvedere Auguste Renoirs Gemälde »Nach dem Bade« und Claude Monets »Gartenweg in Giverny« zu Fälschungen. Da Absperrungen fehlten, gelang es ihm, nahe an die Bilder heranzutreten und seine üblichen Verrenkungen durchzuführen, ohne daß es allzusehr auffiel. Das Ergebnis seiner Untersuchungen fand Nilla nicht wirklich überraschend. Es war nur erstaunlich, daß er sich mit einer so kleinen Auswahl begnügte.

»Und wie, meinst du, soll diesmal der Austausch vonstatten gegangen sein? Hier stehen die Gerüste innen.«

»Ich zeig's dir«, sagte er eifrig.

Der Marmorsaal bildete das Zentrum des Gebäudes, er erstreckte sich über zwei Stockwerke bis ins Mansardgeschoß. Zur Zeit wurden die Deckenfresken restauriert. Unten verbarrikadierten hohe Stellwände und Leitergerüste den Saal und ließen nur einen schmalen Durchgang für Besucher frei. Ungefähr drei Meter unter dem Scheitel der flachen Wölbung war eine Arbeitsplattform eingezogen.

Im oberen Stockwerk boten Innenfenster vom Flur aus Einblick in den Raum und führten jetzt direkt auf die Plattform. Carlo öffnete eins der Fenster und lehnte sich an einen Flügel.

»Es ist so simpel wie im Kunstmuseum. Die Fälschungen wurden mit den Gerüsten reingeschmuggelt und gegen die echten Gemälde ausgetauscht. Diese wurden wahrscheinlich auf der Plattform zwischengelagert und bei passender Gelegenheit mit überzähligem Material abtransportiert. Wenn du die Liste der Arbeiter durchgehst, wirst du mit einiger Sicherheit auf eine Aushilfskraft stoßen, die längst wieder verschwunden ist. Ein Job ohne großes Risiko.« Erwartungsvoll schaute er Nilla an. Sie stand ihm mit verschränkten Armen gegenüber und streckte nun die Hand aus.

»Gib mir die Armbanduhr.«

Carlo stieß sich vom Fensterrahmen ab.

»Welche Uhr?«

Ihre Stimme wurde scharf. »Falls du im Ernst geglaubt hast, du könntest mich zur Komplizin deiner kleinen Raubzüge machen, hast du dich geirrt. Gib mir die Uhr, und zwar sofort.«

Neugier flackerte in seinem Blick auf, seine Hand glitt in die Tasche seines Sakkos.

»Und wenn ich's nicht tue, gehst du zur Polizei?«

»Ein letztes Mal: Gib mir die Uhr oder …«

»Oder was?«

»Oder ich laß dich auffliegen. Die Uhr zu stehlen war dumm von dir, du hast dich mir ausgeliefert.«

»Nicht wirklich. Ich habe sie dir sofort gezeigt, und du hattest vorhin keinen moralischen Anfall. Warum jetzt?«

Die Frage hatte sie sich auch bereits gestellt. Ihr fiel nur sein Gerede über Gier und Besitz als Ablenkung ein, abgesehen von ihrer Verblüffung über seine Dreistigkeit.

Carlo zog die Hand aus seiner Tasche und ließ die Uhr zwischen zwei Fingern baumeln. Nilla nahm sie ihm ab.

Als sie die Treppe hinabstiegen, posierte die Braut zusammen mit ihrem Vater auf der untersten Stufe für ein Foto, ihre Hand lag auf dem Fuß einer Putte, die mit zwei weiteren eine Laterne trug.

Nilla brach der Schweiß aus, während sie die ganze lange Treppe hinab darüber nachdachte, wie sie die Uhr unauffällig dem Besitzer zurückgeben konnte.

Als gerade ein Blitzlicht aufflammte, ließ sie die Uhr einfach fallen.

»Da liegt ja eine Uhr«, sagte sie laut und bückte sich danach. »Wem gehört die?«

Der Mann roch nach Schweiß und Schnäpsen, als er sie umarmte. Mühsam, mit inzwischen hochrotem Kopf, machte sie sich los.

Carlo sagte nichts, begann aber zu pfeifen, sobald sie Vater und Tochter hinter sich gelassen hatten.

14

»Du bist ein Mensch, der andere zersetzt«, sagte Nilla erschöpft.

»Ich bin jemand, der andere zur Wahrheit führt«, gab Carlo ungewöhnlich ernst zurück.

Sie standen, nicht weit vom unteren Belvedere, vor dem Brunnen am Schwarzenbergplatz, durch den Nilla vor kaum mehr als zwölf Stunden gewatet war. Sie wollte nicht an das denken, was unter dem Platz lag.

»Dafür müßtest du wissen, was das ist. Ich habe genug von dir und will ein paar Stunden allein sein.«

»Und wohin willst du?« fragte er unschlüssig.

»In die Nationalbibliothek.«

»Du hast nicht irgend etwas vor?«

»Mit alten Büchern? Ich stehle keine.«

»Sei um sieben Uhr dreißig im Sacherfoyer. Wir gehen in die Oper. Ich will ›nessun dorma‹ hören.«

»Gibt es einen Grund dafür?«

Sein Blick wurde unstet. »Einige. Aber ...«

»Sag es mir heute abend.« Sie wollte weg von ihm, sie hatte es jetzt eilig.

Die Nationalbibliothek wirkte beruhigend auf sie. Der kirchenähnliche Prunksaal roch nach altem Papier, Leder und dezent nach Holzschutzmitteln.

Einen Moment war Nilla versucht gewesen, sich auf Carlos unkonventionelle Art hineinzuschmuggeln, besann sich aber dann und löste eine Eintrittskarte. Sie benahm sich nicht anders als die übrigen Besucher, die gemessen umherschweiften, als würde sie die Wucht alter Gelehrsamkeit einschüchtern oder zumindest befremden.

In den vier mächtigen Rundpfeilern des ovalen Zentrums waren Wendeltreppen untergebracht. Von den wenigen Besuchern achtete keiner auf Nilla, als sie sich einem der Pfeiler näherte. Sie hakte das Absperrseil auf und betrat die Treppe. Oben auf der Galerie bewegte sie sich dicht an den Regalen entlang. Sie wußte, wo sie suchen mußte, vor dem Regal mit der römischen Nummer XXXIII blieb sie stehen. Vor einem Jahr hatte sie die Schriften, nach denen sie nun Ausschau hielt, im Register nachgeschlagen und mit einer Sondererlaubnis einen Blick hineinwerfen dürfen. Damals war es um ein gefälschtes niederländisches Gemälde gegangen. Sie erinnerte sich, wie lange es gedauert hatte, die Genehmigung zu erhalten: volle zwei Tage. Von unten drang ein Ruf zu ihr herauf, wenig später erschien ein Aufseher.

»Sie!« Er japste so, daß sein vorgewölbter Wanst in der blauen Uniform auf und nieder hüpfte. »Sie! Das ist eine Dreistigkeit.«

Nillas Zeigefinger glitt eine Buchreihe entlang und stockte. Ruhig, als wäre ihr Aufenthalt auf der Galerie nichts Besonderes, wandte sie sich an den Wächter und deutete nach oben.

»Von hier aus sind die Details des Kuppelgemäldes besser zu erkennen.«

Der *Cennini-Trattato* fehlte, sie hatte richtig getippt.

Voller Mißtrauen trat der Mann näher.

»Machen's, daß Sie hier herunterkommen.«

»Nur noch diesen Moment, ja? Wo ich schon einmal hier bin. Die Bibliothek zu sehen, war schon immer mein Wunsch. Wissen Sie, wer sie erbaut hat? Es steht in meinem Führer, aber ich hab den Namen nicht parat ...« Sie versuchte, den Aufseher mit Reden in Schach zu halten, während sie mit einer halben Kopfdrehung das Regal rasch weiter durchmusterte.

Die *Schedula diversarum artium* des Theophilos war auch verschwunden, ebenso die *Mappae clavicula* und das Leonardo-Maltraktat, dessen war sie sich ziemlich sicher. Die Bücher waren durchnumeriert, an den falschen Nummern sah sie, daß ein paar Bände eingestellt worden waren, um die Lücken zu füllen.

Nur die *Hermeneia* des Dionysos war dageblieben, aber die betraf ausschließlich die byzantinische Tafelmalerei. Die Schriften stammten aus der Sammlung des Prinzen Eugen. Es war die einzige in Europa, in der sich Abschriften aller dieser Werke befanden. Um auf einen Schlag an sie heranzukommen, hatte sich Jerzy Parkow keine bessere Adresse aussuchen können. Es kursierten in anderen Bibliotheken auch ein paar neuere, schlechte Ausgaben, aber ein Perfektionist wie Parkow hätte sich damit vermutlich nicht zufriedengegeben.

»Nun ist es aber genug«, begehrte der Mann auf, »jetzt kommen's mit mir hinab, aber augenblicklich!«

Vergeblich versuchte Nilla, sich an den Namen des Bibliotheksmitarbeiters zu erinnern, der ihr vor einem Jahr die Genehmigung erteilt hatte. Als der Aufseher Anstalten machte, sie anzufassen, wich sie bis zur wackligen Balustrade zurück, lief um die halbe Rundung des Ovals bis zur nächsten Treppe und stieg hinab. Der Mann schrie etwas einem Kollegen unten zu, anscheinend hatte er bemerkt, daß irgend etwas nicht stimmte.

Nilla tauchte in einer Touristengruppe unter und gelangte mit ihr hinaus.

Natürlich hätte sie auch bleiben, sich ausweisen und in einem langatmigen Gespräch mit den Leitern und den Sicherheitskräften der Bibliothek die Angelegenheit klären können. Nur hätte es sie den ganzen Nachmittag gekostet.

Warum hatte Carlo gesagt, daß er »nessun dorma« hören wollte? Jeder normale Mensch hätte von »Turandot« gesprochen.

Nessun dorma – niemand schlafe.

Seit dem Aufbruch in Steinfurt fühlte sich Nilla, als wäre sie in einen dauerhaften, von Halluzinationen geplagten Wachzustand gefallen.

Vom Hotel aus rief sie endlich Wittich an. Vor dem Besuch der Nationalbibliothek hatte sie ihm eine SMS mit der Bitte geschickt, über die Wiener Polizei in den Abwasserkanälen zwischen der Bäckergasse und dem Schwarzenbergplatz nach Alois Zehetmaier fahnden zu lassen.

»Wie geht es dir, Peter? Bist du noch in der Klinik?« fragte sie als erstes.

»Was ist passiert, Nilla? Warum soll nach Zehetmaier in der Kanalisation gefahndet werden?«

Jemand redete im Hintergrund, sie schnappte ein »Bis später« auf.

»Wer ist da bei dir?« fragte sie.

Eine Weile hörte sie gar nichts mehr, anscheinend hielt Wittich den Lautsprecher zu, dann meldete er sich wieder. »Entschuldige, ich hab gerade einen meiner Leute verabschiedet. Jetzt noch mal von vorn: Was ist passiert?«

Seine Reaktion auf ihren kurzgefaßten Bericht fiel so aus, wie sie erwartet hatte. Sie sollte schleunigst nach Berlin zurückkehren. Diesmal brauchte sie länger, um ihn erst einmal davon abzubringen, damit sie die neuen Vorkommnisse mit ihm durchsprechen konnte.

»Hat Meier geschossen?« fragte er ächzend.

»Hat er nicht, ich habe Zehetmaier allein verfolgt. Wer hat für dich die Adresse der alten Fälscherbande herausgefunden?« Wer alles war über Zehetmaier informiert? fragte sie sich. »Ich hab gehofft, ihn noch mal stellen und über das ›Opus divus‹ befragen zu können.«

»Was für ein Opus?« fragte Wittich bedächtig.

Nilla stutzte, dann sammelte sie ihre Gedanken, es ging ja nur am Rande um Alois Zehetmaier und seinen Verbleib.

»Laß mich noch mal von vorn anfangen. Seit ich mit Meier in Wien bin, spürt er Fälschungen auf. Gestern im Kunsthistorischen Museum, heute im Belvedere. Den Fixpunkt aller Überlegungen bildet Parkow, der im großen Stil Gemälde fälschte und seit kurzem sogar die Topwerke der Kunstgeschichte im Visier hatte. In der Nationalbibliothek habe ich herausgefunden, daß jene Maltraktate aus dem dreizehnten bis fünfzehnten Jahrhundert fehlen, die exakt beschreiben, wie ein Gemälde von der Leinwand oder Holztafel über die Grundierung, die Zubereitung und den Auftrag der Farben und Lasuren bis zum Schlußfirnis aufgebaut werden muß. Zehetmaier hat mir bestätigt, daß Jerzy Parkow die Traktate haben wollte, er war vor vier Wochen in Wien, kurz darauf hat er sich einem Krankenhausaufenthalt unterzogen. Wenn ich die Traktate und bestimmte Malmittel, die er sich verschafft hat oder verschaffen wollte, zum Beispiel Alaun und Krapplack – warte mal, gibt es eine neue Liste von seiner Werkstatt?«

»Lenk jetzt nicht ab, fahr fort.«

»Gibt es die Liste?«

Nilla hörte Wittich mit Papieren rascheln. »Die neue Liste ist mir gerade gebracht worden – vor zehn Minuten.«

»Schau nach, ob Kirschgummi vermerkt ist.«

Nach einer Pause mit neuerlichem Rascheln meldete sich Wittich wieder.

»Kirschgummi steht dabei. Was ist damit?«

In Nillas Stimme klang Triumph auf. »Das heißt, daß der Maler, dessen Bilder Jerzy als nächste fälschen wollte, Tizian sein könnte. Verstehst du? Jerzy hätte sich vermutlich an Tizian herangetraut. Wer steht denn im Rang noch über Tizian? Niemand, nur neben ihm, Maler wie da Vinci.« Erregung durchflutete sie. »Nehmen wir mal an, Carlo hat die Fälschungen sicher erkannt. Die einzig logische Erklärung ist freilich, daß er wußte, es handelt sich um Fälschungen. Und nehmen wir Diebstähle wie die in Russborough und in Drumlanrig Castle, dann ergibt sich ein Horrorszenario: Nofretete, Giorgione, Raffael, Tizian, Goya, Gainsborough, Rubens, Renoir, Munch, Picasso. Ein paar habe ich ausgelassen, ich wollte dir nur den Zeitstrahl verdeutlichen, auf dem wir uns bewegen. Da stiehlt jemand systematisch nur das Beste vom Besten aus allen Epochen. Es geht um nichts weniger als um die Inkunabeln der

Kunst, und es sieht so aus, als würde hinter den Raubzügen tatsächlich eine größere Organisation stecken, die sich anscheinend ›Opus divus‹, das Werk Gottes, nennt.« Vermutlich war das gar kein schlechter Name für die Organisation, dachte sie, falls in Kunst ein göttlicher Funke stecken sollte, dann bestimmt in den Werken, die gestohlen worden waren. »Das ist natürlich nicht mehr als eine wacklige Hypothese. Es fehlt das Motiv. Normalerweise hat Kunstraub mit Geld zu tun. Aber es fehlt bisher jeder Hinweis auf Handel. Werke dieses Ranges sind bekanntermaßen unverkäuflich. Und sie scheinen in der Regel durch Repliken ersetzt zu werden, das heißt, sie werden in den Museen und Sammlungen nicht vermißt.«

»Lassen wir fürs erste deine Hypothese stehen. Zunächst muß mal bewiesen werden, ob die von Meier angezweifelten Werke nun echt sind oder nicht. Stell mir eine Liste zusammen, und mail sie mir. Was hast du als nächstes vor, falls ich dir erlaube, noch in Wien zu bleiben?«

»Ich muß über Tizian nachdenken, mal sehen, ob mich das weiterbringt.«

»Ich habe Angst um dich, verstehst du? Meide bloß alles, was dich noch mal in Gefahr bringen könnte.«

»Kümmerst du dich um Zehetmaier?«

»Ja!«

»Du hast mir immer noch nicht verraten, ob du aus der Klinik entlassen bist.«

»Sie behalten mich noch einige Tage zur Beobachtung hier. Wenn du weitermachen willst«, fuhr er nach einer Pause fort, »mußt du wie eine Ermittlerin denken und handeln, sonst läuft die Sache nicht. Gib mir deine Kontonummer durch, ich laß dir eine Summe für deine Spesen überweisen. Deine Kreditkarte hast du dabei? Aber nimm dir ein anderes Zimmer, ein Dreisternehotel muß reichen.«

»Dann bin ich jetzt offiziell in der Ermittlung?«

Diesmal dauerte die Pause länger. »Zögere nicht auszusteigen, falls es noch einmal gefährlich wird. Und hast du Leonhard angerufen?«

Rasch beendete sie das Gespräch, ohne die Frage zu beantworten.

15

»Nessun dorma«, die große Arie des Prinzen Kalaf erklang.

Carlo dämmerte vor sich hin, den Kopf in eine Hand gestützt, es war nicht sicher, ob er überhaupt zuhörte. Warum er diese Oper hatte hören wollen, hatte Nilla nicht herausgefunden.

Zu Beginn des dritten Akts richtete er sich auf, eine erstaunliche Wandlung ging mit ihm vor, während die Arie der sterbenden Liu erklang. Mit leiser Verwunderung lauschte Nilla den schmelzenden Tönen, während sich Trauer unverhüllt und seltsam berührend in Carlos Miene zeigte. Trauer, beinahe körperlich spürbar.

Aber dann fiel ihr ein, daß er ähnlich auf die reale Ermordung von Jelena und Jerzy reagiert hatte. Sie stand auf und drängte sich durch die engen Sitzreihen hinaus, sie wollte keine aufwühlende Musik mehr hören.

Erst als der Schlußapplaus aufbrandete, kam Carlo zu ihr heraus. Inzwischen hatte sie sich klargemacht, daß es sie nicht weiterbringen würde, ihren unguten Gefühlen in bezug auf ihn weiter nachzugeben. Scheinbar ruhig, ließ sie ihn herankommen.

»Welches Werk Tizians hältst du für sein bedeutendstes?« fragte sie.

»Schwer zu sagen, aber es gibt eins, das ich mehr als alle anderen schätze, es ist ›Die irdische und die himmlische Liebe‹. Wie kommst du auf Tizian?«

»Ich bin fast sicher, Jerzy hatte als nächstes Tizian fälschen wollen.« Sie erzählte ihm von den Maltraktaten und den Materialien, die Jerzy bei Alois bestellt hatte, wobei sie gleich noch die übrigen von ihrer speziellen Liste hinzufügte. Damit sparte sie es sich, ihre Zusammenarbeit mit Wittich erwähnen zu müssen. Carlo sollte glauben, daß allein Zehetmaier die Quelle ihrer Informationen darstellte. »All das weist eindeutig auf Tizian hin.«

Ihre Ausführungen nahm er erstaunlich gelassen.

»In Hinblick auf Fälschungen verfügst du über nette Detailkenntnisse«, erklärte er gönnerhaft. Ihr Fachwissen schien ihn nicht sonderlich zu überraschen. »Dann glaubst du mir jetzt endlich?«

»Was Jerzy betrifft? Unbedingt. Hältst du den Tizian, den du dir im Kunsthistorischen Museum angeschaut hast, für echt?«

»Ganz sicher, er gehört nicht zu seinen besten.«

»Ich habe darüber nachgedacht, wo die wichtigsten hängen: ›Die irdische und die himmlische Liebe‹ ist meines Wissens in der Villa Borghese in Rom zu finden.«

»Richtig. Ich habe sowieso vor, nach Rom zu fahren. Am 23. bin ich zu einer Feier eingeladen, die ich nicht versäumen will.«

»Der 23. ist morgen«, sagte Nilla langsam.

»Nachts sind die Straßen am ruhigsten.«

Kapitel 3

1

Draußen zeigte sich ein dünner Lichtstreifen am Himmel, nicht mehr als eine Ahnung von Morgenröte, die Luft war kühl. Mehr als die Temperatur sorgte die Erschöpfung für ein Frösteln. Sie saßen in einer nicht sehr hell erleuchteten Raststätte nahe der Grenze, nach mehr als sechs Stunden hinter dem Steuer wollte Nilla für die restliche Strecke abgelöst werden.

Zum Frühstück gab es außer Kaffee nur Croissants mit Orangenmarmelade.

»Ich mag nichts Süßes auf nüchternen Magen«, nörgelte Carlo.

»Das überrascht mich«, sagte Nilla mehr höflichkeits- als interessehalber. Sie hätte auf die Tüten mit kandierten Früchten hinweisen können.

»Als Kind bin ich mit süßen Sachen vollgestopft worden.«

»Von wem? Von deinem Vater?«

»Von meiner Nonna.«

»Nonna? Deine Großmutter? Sprichst du auch Italienisch?« fragte sie.

Er nickte nur.

»Lebt deine Großmutter noch?« erkundigte sie sich.

»Soviel ich weiß, ja.«

»Das klingt nicht nach sehr großer Vertrautheit. Und wo lebt sie?«

»Geht's dich was an?«

Carlo war eindeutig ein klassischer Morgenmuffel.

»Ich versuche lediglich, mich mit dir zu unterhalten, aber wir können uns auch anschweigen«, gab sie gelassen zurück.

Die Abreise hatte sie überrascht, und mehr noch, daß Carlo ihr plötzlich nicht mehr von der Seite gewichen war. Sogar ins Hotelzimmer war er ihr gefolgt und hatte sie dabei beobachtet, wie sie ihre wenigen Sachen mit unterdrückter Anspannung in eine kleine neue Reisetasche packte. Er lümmelte in der Tür herum, von dort hatte er freie Sicht auf den Computer.

Carlos Anwesenheit hinderte sie daran, schnell noch die eingegangenen e-mails abzufragen und die Dateien, die sie unter einem Paßwort im Rechner angelegt hatte, zu löschen. Sie enthielten unter anderem eine Liste gefälschter oder angeblich gefälschter Gemälde, die sie an Wittich geschickt hatte, samt einer Zusammenfassung ihrer bisherigen Theorien über eine mutmaßliche Organisation namens »Opus divus«. Diese Hinterlassenschaft erfüllte sie mit einiger Sorge.

Carlo wollte vielleicht nur verhindern, daß sie Wittich die Abreise mitteilte, anscheinend sollte niemand so rasch davon Wind bekommen. Lollis hatte bei ihrer ersten Begegnung gefragt, in welchem Hotel sie abgestiegen war, und hatte sie am Spätnachmittag angerufen und um ein Gespräch unter vier Augen gebeten. Sie hatten sich für den nächsten Tag verabredet. Bei einer eventuellen Rückfrage im Sacher würde er als erster erfahren, daß sie Wien verlassen hatte.

Auf die Unterredung war sie gespannt gewesen, vielleicht hätte er ihr einiges zu Carlo zu erzählen gehabt oder sie zumindest vor ihm gewarnt.

»Wo wohnen wir in Rom? Ich kann nicht noch einmal so teure Zimmer bezahlen.«

»Warst du schon mal da?«

»Mehrmals, und ich spreche sogar Italienisch, wenn auch längst nicht so perfekt wie du vermutlich.«

»Es verhält sich ganz simpel mit meinen Sprachkenntnissen«, erklärte Carlo überraschend auskunftsfreudig, »ich bin mehrsprachig aufgewachsen. Wenn du von klein auf gewohnt bist, in mehr als einer Sprache zu denken, zu träumen und zu sprechen, fällt dir der Erwerb weiterer leicht«, und nach einer Pause fügte er hinzu: »Vielleicht ist es auch eine besondere Begabung von mir.« Betont bescheiden sah er auf seine Hände.

Jetzt macht er sich über mich lustig, dachte Nilla und griff nach der Italienkarte, die er aus dem Auto mitgebracht hatte. Beim Auseinanderfalten fiel eine Ansichtskarte heraus: Parmigianinos Amor. Wieder erinnerte sich Nilla voller Unbehagen an Carlos Szene mit der Museumsbesucherin.

»Ich weiß immer noch nicht, wo ich das Original gesehen habe, will es aber jetzt herausfinden«, erklärte Carlo und steckte die Postkarte ein.

»In Rom?« fragte Nilla verwundert.

»Warum nicht in Rom?« entgegnete er leise.

2

Das Hotel della Minerve lag für Carlos Pläne strategisch günstig mitten im Zentrum. Daß es sich wieder um ein Fünfsternehaus handelte, interessierte ihn nur am Rande. Zwar wußte er Luxus durchaus zu schätzen, wichtiger war ihm aber die in diesen Häusern geübte makellose Diskretion. Nilla wiederholte ihren Einwand, gab ihren Protest aber bald auf, denn er blieb stur, und sie war offenkundig von der Nachtfahrt noch zu mitgenommen, um sich durchsetzen zu können.

»Du willst dich sicher jetzt ausruhen. Da ich am Abend etwas vorhabe, verabreden wir uns am besten für morgen vormittag. Ist dir elf Uhr recht?« fragte er und machte einen Schritt auf die Tür zu, als wollte er das Hotel sofort wieder verlassen.

»Du willst mich den Abend über allein hier sitzenlassen?«

Er musterte sie so lange, bis er sicher war, daß sie sich darüber zu ärgern begann.

»Um mitzukommen, hast du nicht einmal etwas Passendes anzuziehen.« Sie sah blaß aus, sie tat ihm fast leid.

»Doch, hab ich«, widersprach sie prompt. »Mein schwarzes Kleid paßt überall hin, gestern abend war ich damit noch in der Oper.«

»Ich besuche heute abend weder die Oper noch sonst eine Volksbelustigung. Ich bin bei den Strattesi-Giovese eingeladen, aber das sagt dir vermutlich nichts«, erklärte er kühl. »Du würdest dich unter lauter fremden Leuten auf einer etwas steifen Feier langweilen.«

Ganz klar blitzte Interesse in ihren Augen auf. Bestimmt vermutete sie jetzt, daß er den Abend unbedingt ohne sie verbringen wollte.

»Tut mir leid, aber du kannst nicht einfach private Verabredungen treffen. Es gibt so etwas wie eine Abmachung. Wenn du also etwas vorhast, bin ich dabei.«

Sie hatte sich ein bißchen in Fahrt geredet. Rasch quittierte er ihren kleinen Vortrag mit einem Schulterzucken.

»Wie du möchtest. Etwas Angemesseneres zum Anziehen brauchst du aber auf jeden Fall. Du hast nicht begriffen, unter welche Leute du dich mischen willst. Sei um vier im Foyer und vergiß deine Kreditkarte nicht.«

Das Kleid, das er in der Via Condotti schließlich für sie aussuchte, glich haargenau dem in Wien gekauften.

Als sie das Preisschild studierte, sagte sie mit einem nervösen Auflachen: »Man könnte meinen, hier hat sich jemand bei der Umrechnung von Lire in Euro vertan.«

»Sei nicht albern, entweder dieses Kleid, oder du bleibst im Hotel.«

Nach einer kurzen, aber heftigen Diskussion gab sie ihren Widerstand auf. Dann erwarb sie sogar noch goldene Riemchen-Stilettos von Prada und verschwand anschließend auf seine Anregung in einem Friseursalon.

Kurz nach neun Uhr betrat sie in ihrer neuen Aufmachung die Hotelhalle und sah sich suchend nach ihm um. Von den Stilettos hätte er ihr abraten sollen, sie stakste eindeutig leicht unsicher darin herum. Aber alles in allem war er zufrieden.

»Na also«, kommentierte er lakonisch ihren Auftritt, »so wird's schon gehen. – Nur etwas fehlt noch.«

Als würde er nach Kleingeld angeln, zog er ein Collier aus der Hosentasche.

»Soll ich das wirklich tragen?« flüsterte sie überrascht. »Wo hast du es gestohlen?«

Er lächelte grimmig und legte ihr das Collier um.

Schimmernd und kostbar lag es auf ihrer Haut. Ein goldenes Halsband aus ziselierten Gliedern, besetzt mit winzigen Perlen, die sternchenförmig Smaragde und Rubine umgaben.

»Jetzt sag mir genau, worin besteht der Unterschied zu meinem alten Kleid?« fragte sie aufsässig.

Er zog sie vor einen Spiegel, trat hinter sie, umfaßte kaum spürbar ihre nackten Schultern und flüsterte ihr zu, während seine Lippen ihr Ohrläppchen streiften:

»Im Gefühl.«

Befriedigt bemerkte er, wie eine Gänsehaut Nillas Arme überzog.

3

Giulio würde nicht kommen. Valeria hatte noch einmal mit Dr. Lollis telefoniert, und danach bestand kein Zweifel mehr, daß Giulio auch dieses Jahr gar nicht daran dachte, auf dem Fest zu erscheinen. Sie hatte sich einer törichten, völlig unbegründeten Hoffnung hingegeben. Clodio hatte ihr vorgehalten, daß sie die Wirklichkeit aus den Augen verlor, und er hatte recht damit. Und selbst wenn Giulio auftauchte, würde sich nichts ändern.

Keine Hoffnung hieß unabänderlich in der Ödnis versinken, als die sich die Wirklichkeit mittlerweile darstellte. Es kam ihr so vor, als wäre sie seit Jahrzehnten in den abgedunkelten

Räumen des Palazzos eingesperrt, vielleicht auch seit Jahrhunderten.

Ihr Blick fiel auf eine etruskische Vase auf einem niedrigen Beistelltisch. Normalerweise stand die Vase unter einem Glassturz, aber Moretti hatte ihn zur Reinigung ins Souterrain bringen lassen. Schwerfällig stand Valeria auf. Wer hatte die Vase dem Giovese-Schatz einverleibt? Früher hatte sie es gewußt. Die Vase war schon ihr Leben lang dagewesen. Eine der raren rotfigurigen: vollständig erhalten, ohne Sprung, ohne Kratzer, mit einem wunderbar geschwungenen Doppelhenkel. Ihre Hände fuhren behutsam die Wandung entlang, spürten den kaum wahrnehmbaren Pinselspuren der Bemalung nach. Sie ertasteten die Signatur des Künstlers, die die Vase einzigartig machte. Valeria faßte fester zu und begann das Gewicht zu spüren, als sie die Vase einige Zentimeter anhob.

Und auf einmal kam ihr die Idee, etwas bisher Unvorstellbares zu tun, nur um zu erfahren, wie es sich anfühlte. Sie hob die Vase so weit hoch, bis ihre Arme zu zittern begannen, und ließ plötzlich los.

Die Vase zerschellte mit einem dumpfen Aufprall. Die Erschütterung drang bis in Valerias Fußsohlen, ein paar Splitter trafen ihre Beine.

Benommen starrte sie auf die Bruchstücke. Aber dann kam der Schmerz, das Entsetzen, das Gefühl von Verlust, einem riesigen Verlust, er verursachte eine überwältigende Übelkeit. Und klärte ihren Verstand. So viel Bedauern hatte sie ihr ganzes Leben noch nicht gespürt.

4

Während der Taxifahrt zum Palazzo gab Carlo einige Verhaltensregeln.

»Stell keine unnötigen Fragen, stell nach Möglichkeit überhaupt keine. Ich werde dich als meine Bekannte einführen, aber denk immer daran, daß es dein ausdrücklicher Wunsch war, mitgenommen zu werden, ich habe dich nicht dazu eingeladen.«

Nilla hatte sich eine aus Neugier und einer leisen Vorfreude gespeiste gute Laune geleistet, die jetzt merklich gedämpft wurde. Der Abend würde nun doch nur eine Anstrengung für sie werden.

Der Palazzo Giovese lag nicht weit vom Ponte Rotto entfernt direkt am Tiber, nur durch die mit Platanen bestandene Uferstraße vom Fluß getrennt. Das Gebäude stammte aus der Hochzeit römischer Baumeister wie Bernini und Borromini, vermutlich war sogar einer der beiden der für den Entwurf verantwortliche Architekt gewesen.

Carlo hatte sich in einen waschechten Italiener, einen »gentil uomo«, verwandelt. In einen perfekt sitzenden Smoking gekleidet, strahlte er genauso überzeugend wie das architektonische Meisterwerk, auf dessen Eingang sie zustrebten, Ernst und Noblesse aus, gepaart mit Schönheit.

Ein älterer, distinguierter Herr nahm sie am Portal in Empfang, Nilla gab ihm nicht die Hand, weil Carlo es auch nicht tat.

»Antonio.« Carlo nickte dem Mann zu, der sich seinerseits sehr gemessen verneigte.

»Wer war das?« fragte Nilla gedämpft.

»Antonio Moretti, schon Vater und Großvater Moretti waren bei den Giovese angestellt.«

Die Eingangshalle war mit farbigem Marmor ausgelegt, rote Marmorsäulen trugen die gewölbte, mit Ornamenten und Blattranken ausgemalte Decke. In der Mitte der Halle führte eine breite Treppe ins obere Stockwerk.

Als sie die Treppenflucht hinaufschaute, überkam Nilla auf einmal Beklemmung.

»Gibt es hier eine Garderobe?«

»Wozu?«

Sie wollte Carlo nicht gestehen, daß sie einen Moment für sich brauchte. Vor dem Palazzo hatte sich eine Wagenreihe gestaut, Menschen in Abendkleidung entstiegen Nobelkarossen. Alles deutete auf ein pompöses Fest hin, Carlo hatte nicht übertrieben.

»Gibt es eine oder nicht?«

Carlo schob sie auf einen hellerleuchteten Raum auf der rechten Seite zu.

»Wir sehen uns oben.«

Ein Dienstmädchen nahm Sommerpelze, Seidencapes und Hüte entgegen. Da Nilla nichts abzulegen hatte, trat sie rasch vor einen großen Standspiegel und strich sich das Haar zurecht.

Was hatte Carlo vor? Eine nervöse Furcht befiel sie, als sie daran dachte, wie er in Schloß Belvedere die Armbanduhr gestohlen hatte. Plante er einen Raubzug? Ein Mann wie dieser Moretti könnte ihm als Komplize dienen, über ihn hatte er sich wahrscheinlich Einlaß verschafft, Moretti wäre nicht der erste Angestellte, der das Vertrauen seiner Arbeitgeber mißbrauchte. Viele der Frauen trugen Schmuck, kostbaren Schmuck wie das Halsband, das Carlo ihr umgelegt hatte. Sie sah sich das außergewöhnliche Stück noch einmal im Spiegel an.

Dem Friseur war es gelungen, ihrem Haar einen Bronzeton zu verleihen, der jetzt, im Licht zweier riesiger Kandelaber, voll zur Geltung kam. Sie war seinem Ratschlag gefolgt, die Haare offen zu tragen, glatt und schimmernd fielen sie ihr auf die Schultern. Ihr Glanz mischte sich mit dem des alten Goldes an ihrem Hals, beides zusammen wirkte exquisit.

Als Nilla im Spiegel bemerkte, wie sich eine Frau näherte, rückte sie höflich ein Stück zur Seite.

Mit ihren fließenden, aber sehr auf Wirkung bedachten Bewegungen, mit den großen dunklen Augen, dem perfekt ovalen Gesicht und dem vollen lockigen Haar, einer wilden Mähne, in der lange Diamantohrringe aufblitzten, stellte die Frau Nilla im Handumdrehen in den Schatten. Nilla wurde mit einem konzentrierten, abschätzenden Blick, der offenkundig jede Einzelheit an ihr registrierte, gemustert. Fast fühlte sie sich herausgefordert, das Guccischild am Rückenausschnitt vorzuzeigen.

»Sie sind mit Giulio gekommen?« fragte die Unbekannte mit einer überraschend tiefen, aber sehr reizvollen Stimme. In ihrem Timbre schwang selbst bei dieser Frage ein Hauch Erotik mit.

»Nein«, sagte Nilla verwirrt.

»Ach, und ich dachte, ich hätte Sie zusammen kommen sehen.«

Offensichtlich war sie nach dieser Auskunft nicht mehr von Interesse, nachdenklich blieb sie allein vor dem Spiegel zurück.

Am liebsten hätte sie den Palazzo unter einem Vorwand verlassen und wäre ins Hotel zurückgekehrt, aber dann siegte doch die Neugier: Jetzt wollte sie erst recht herausfinden, was Carlo vorhatte.

Während sie eine Folge von Vorzimmern durchquerten, machte Carlo sie hier und da flüchtig mit anderen Gästen bekannt. Die Namen, die er dabei murmelte, Altieri, Bolognetti, Corsini, Odescalchi, Farnese, Colonna und Doria, hätte sie am liebsten auf einer Liste abgehakt, um nicht den Überblick zu verlieren. Wieviel römische und italienische Geschichte war in diesen Namen verewigt! Nilla stellte sich vor, daß manchen dieser Namensträger die Geschichte wie ein Mühlstein beschweren mußte. Ihre Gesichter ähnelten einigen, die sie von Gemälden, Büsten, Gemmen und Münzen kannte.

Ab und zu begegnete sie eher taxierenden als neugierigen Blicken. Falls Carlo sie als unfreiwillige Mitarbeiterin bei einem Coup vorgesehen hatte, hatte er sorgfältig darauf geachtet, daß sie in dieser Gesellschaft nicht auffiel. Es war tatsächlich so, daß ihr das von ihm verordnete Kleid so etwas wie innere Sicherheit verlieh.

Die Gastgeberin, Marchesa Valeria Messalina di Strattesi-

Giovese, erwartete sie hochaufgerichtet, eine Hand auf einen Ebenholzstock mit silbernem Knauf gestützt.

Carlo trat auf sie zu, hauchte ihr einen Kuß auf die Wange und flüsterte etwas für Nilla Unverständliches. Ohnehin mußte sie sich erst noch in die Sprache hineinfinden, um sie herum wurde viel zu schnell geredet. Carlo stellte sie als Dr. Nilla Mellon vor.

Marchesa Strattesi-Giovese hielt den Kopf zur Seite und ein wenig nach hinten geneigt und betrachtete Nilla mit leicht herablassender Miene.

In ihrem Gesicht fielen vor allem die Augen auf, dunkelbraune Augen von ungewöhnlich mandelförmigem Schnitt, mit seltsam geweiteten Pupillen. Die üppigen weißen Haare waren in der Mitte gescheitelt und wellten sich bis zu einem schweren Nackenknoten, eine altertümliche Frisur, die an Darstellungen auf pompejanischen und anderen antiken Wandgemälden erinnerte. Passend dazu trug die Marchesa ein antikes Collier. Es bestand aus Gliedern in Form liegender Achten, die Mitte bildete eine Kamee. In den dunkelroten Stein schien ein Vogel eingeschnitten.

»Nilla?« fragte die Marchesa. »Leitet sich Ihr Vorname von Urgulanilla ab?«

»Von Urgulanilla?« wiederholte Nilla verständnislos. »Wie kommen Sie darauf? Ich heiße eigentlich Melanie.« Dann fügte sie, für sich selbst überraschend, hinzu: »Und mit Andrew Mellon, dem amerikanischen Kunstsammler, bin ich auch nicht verwandt.«

Auf einmal griff sich die Marchesa an den Hals, bevor sie aber noch etwas sagen konnte, kam ihr jemand zuvor.

»Willkommen sind Sie uns trotzdem.« Der kleine Herr, der neben der Marchesa aufgetaucht war, lächelte sie an, als hätte er etwas gutzumachen, und stellte sich als Dottore Clodio di Strattesi vor. Ein sympathischer Herr. Carlo nickte ihm nur zu und zog Nilla weiter.

»Wer ist Urgulanilla?« fragte sie gedehnt und schaute über die Schulter zurück.

Hatte die Marchesa die Kette an ihrem Hals erkannt? Es hatte fast so ausgesehen.

»Urgulanilla war eine tarquinische Prinzessin, die Kaiser Claudius geheiratet hat.«

Inzwischen begrüßte die Hausherrin die nächsten Gäste.

»Klingt für mich verrückt.«

»Sie war verrückt, sie hat ihren Liebhaber ermorden lassen.«

Carlo sprach rasches Italienisch, Nilla fragte sich, ob sie ihn falsch verstanden hatte, zumal sie in Gedanken mit etwas anderem beschäftigt war.

»Die Marchesa?«

»Natürlich nicht die Marchesa, ich spreche von Urgulanilla«, gab er gereizt zurück.

»Übrigens gefällt mir ihr Mann Clodio besser als sie, er wirkt normaler.«

»Clodio ist ihr Sohn.«

»Ihr Sohn?«

»Wenn du die Absicht hast, mich den ganzen Abend zu wiederholen, könnte unsere Unterhaltung ziemlich langweilig werden«, sagte er ärgerlich.

»Ich erinnere mich an deine Anweisung, keine Fragen zu stellen, aber ich nehme an, das Verbot bezog sich auf die Unterhaltung mit anderen Gästen. Die beiden wirken nicht wie Mutter und Sohn. Hast du eine Ahnung, wie alt die Marchesa ist?«

»Achtzig und Clodio ungefähr sechzig. Er verwaltet die Hausbank der Strattesi.«

»Und woher kennst du diese Leute?« Und vor allem wie gut, fügte sie in Erinnerung an den Wangenkuß in Gedanken hinzu.

Einer der männlichen Gäste trat ihnen in den Weg und legte Carlo die Hand auf die Schulter, das hieß, er griff von oben, als wollte er ihn herunterdrücken. Es sah seltsam aus, da der Mann ein Stück kleiner als Carlo war.

»Giulio! Ich hätte nicht gedacht, daß du dieses Jahr kommst.«

Mit einem Seitwärtsschritt ließ Carlo die Hand abgleiten.

»Ciao, Livio. Wieso sollte ich nicht? Ich bin eingeladen, ich bin immer eingeladen.«

Ein neugieriger Blick traf Nilla, Carlo machte sich nicht die Mühe, sie vorzustellen, sondern schob sich halb vor sie, deshalb trat sie zur Seite und streckte dem Unbekannten die Hand entgegen.

»Dr. Melanie Mellon.«

Der Mann lächelte.

»Anscheinend wollte Giulio Sie mir vorenthalten. Livio di Pisani. Wenn Sie Rechtsbeistand gegen ihn brauchen, wenden Sie sich an mich.« Nun erst ergriff Pisani ihre dargebotene Hand, neigte sich darüber und deutete einen zeremoniellen Handkuß an.

»Sie wird dich nicht nötig haben«, mischte sich Carlo brüsk ein.

Pisani erinnerte Nilla an Lollis, beide zeigten die gleiche gebieterische Haltung, Pisani allerdings durch einen Hauch Latinismo gemildert, bei beiden blieb trotz Freundlichkeit der Blick kalt. Daß Carlo Pisani so wenig wie Lollis mochte, war interessant, aber eine Gruppe von Gästen kam jeder weiteren Unterhaltung zuvor. Mit der Unverschämtheit von Menschen, die sich untereinander gut kennen, nahmen sie Carlo in Beschlag.

Eine halbe Stunde später verlor Nilla ihn aus den Augen, wahrscheinlich ließ er sie sogar absichtlich allein. Noch scheute sie davor zurück, überall herumzustreifen oder andere Gäste nach ihm zu fragen. Eventuell hatte sein Auftauchen im Palazzo Giovese etwas mit einer Hochstapelei zu tun, in die sie nun irgendwie einbezogen war.

»Sie tragen ein außergewöhnlich schönes Collier.« Der ältere Herr, der sie scheinbar leutselig ansprach, hatte ihr zuvor einen kühl taxierenden Blick zugeworfen und gleich wieder weggeschaut, genauso wie einige andere Gäste. Auf die eine oder andere Art verhielten sich die Leute sowieso merkwürdig. Wenn zwei zusammenstanden, drehten sie sich halb voneinander weg und sprachen sich nur von der Seite an. Obwohl sie sich lebhaft unterhielten, blieben sie auf Distanz. Es war, wie Carlo vorausgesagt hatte, eine etwas steife, formelle Gesellschaft.

Nilla mahnte sich, Ruhe zu bewahren.

»Ein Erbstück, es befindet sich seit Generationen in der Familie.«

Anscheinend hatte sie das richtige gesagt, denn ihr Gesprächspartner lächelte verständnisvoll. Er winkte eine der Bediensteten heran, die Tabletts herumreichten, und offerierte ihr einen Wein, der im Glas honigfarben schimmerte.

»Wein ist mir wesentlich lieber als Sekt«, meinte sie.

»Bei Giove, nein, niemals Sekt an so einem Abend.«

»Bei Jehova?«

»Um Himmels willen, nicht Jehova. Spreche ich so undeutlich? Bei Jupiter natürlich. Bei dem da.« Er wies auf das Deckenfresko über ihnen. Es zeigte Jupiter, der in Gestalt eines Adlers den Jüngling Ganymed in den Olymp entführte.

»Ganymed und der Adler, eine hübsche Darstellung, sie sieht ein bißchen nach Annibale Caracci aus.«

Der Mann schmunzelte beifällig und rückte dichter an sie heran.

»Genial danebengetippt, wenn ich so sagen darf. Tatsächlich ist das Fresko von seinem Schüler Domenichino, aber nach einem alten Entwurf Caraccis gemalt.«

Ungefähr achtzig Gäste mochten sich im Saal befinden und noch einmal so viele in den Nebensälen und angrenzenden Kabinetten. Türen standen offen, durch die man herein- oder hinausflanierte. Als eine Gruppe weiterrückte, eröffnete sich die Sicht auf ein geradezu atemberaubend attraktives Paar. Carlo unterhielt sich mit der schwarzhaarigen Schönheit, die Nilla vor dem Spiegel angesprochen hatte. Als sich die Frau Carlo direkt zuwandte und ihm sogar die Hand auf die Brust legte, wirkte die Geste so intim, daß es Nilla schockierte.

Hastig wandte sie sich wieder ihrem Gesprächspartner zu.

»Den Entwurf würde ich gern sehen, wenn er noch existiert. Wenn ich die Namen alle richtig verstanden habe, scheinen heute abend Vertreter nahezu sämtlicher alten Adelsgeschlechter Roms hier anwesend zu sein, Herr ...«

»Ettore dei Lampedusi.«

»Lampedusi?«

»Marchese Lampedusi«, ergänzte der Herr neben Nilla äußerst liebenswürdig und sah sie neugierig an.

»Nilla Mellon. Ich habe nur einen ordinären Doktortitel vorzuweisen – in Kunstgeschichte übrigens«, fügte sie mit einem Lächeln hinzu.

Zehn Meter weiter strich Carlo mit einem Finger der schönen Unbekannten über den Arm.

Unversehens begann sich die Wunde an Nillas Oberarm, die ein hautfarbenes Pflaster bedeckte, mit einem unangenehmen Prickeln zu melden. Als hätte er ihren angespannten Blick gespürt, wandte Carlo den Kopf und schaute zu ihr herüber. Ein knappes, spöttisches Lächeln umspielte seinen Mund, es traf sie wie eine Ohrfeige.

»Hätten Sie Lust, mich in den nächsten Tagen in der Biblioteca Hertziana zu besuchen? Ich bin der gegenwärtige Direktor«, sagte Lampedusi.

Nilla drehte sich so, daß sie Carlo und die Frau nicht mehr direkt vor Augen hatte, aber noch beobachten konnte. Sie gab ihnen ein paar Minuten, dann wollte sie das Tête-à-tête unterbrechen.

»Mein Kopf schwirrt von all den berühmten Namen, die heute abend fielen. Sicher kennen Sie sämtliche Anwesende hier. Leider weiß ich gar nichts über die Strattesi-Giovese. Würden Sie mir etwas über sie erzählen?«

»Gewiß, aber warum fragen Sie nicht Giulio? Sie sind doch mit ihm gekommen, zumindest behauptet das meine Frau Sonia. Sehen Sie, er spricht gerade mit ihr.« Also hatte er die beiden ebenfalls beobachtet. »Sie denken daran, mich zu besuchen?«

»Aber gern«, sagte Nilla herzlich, wußte aber im nächsten Moment nicht, ob Lampedusi ihre Antwort gehört hatte. So unverhofft, wie er sich zu ihr gesellt hatte, ließ er sie stehen. Dann ging ihr auf, daß Carlo und Sonia dei Lampedusi den Raum verlassen hatten.

Die vier Flügel des Palazzos umfaßten einen Innenhof, in dem eine weitgefächerte Schirmpinie wuchs. Nilla warf ab und zu einen Blick durch eins der zum Hof gelegenen Fenster, um sich auf der Suche nach Carlo in dem verschachtelten Gebäude nicht zu verirren. Als sie beschloß umzukehren, wußte sie trotzdem nicht mehr, wie sie zur Festgesellschaft zurückfinden sollte.

Aufs Geratewohl drückte sie die nächste Türklinke herunter. Zunächst erschien ihr das Zimmer leer, dann bemerkte sie einen hochgewachsenen alten Mann, der in einem Armlehnstuhl saß.

»Treten Sie nur näher«, sagte er, während er weiter in den kalten Kamin starrte. Zwischen seinen Knien ragte ein ähnlicher Stock auf, wie ihn die Marchesa Strattesi-Giovese benutzte, beide Hände ruhten auf dem runden silbernen Knauf. »Man sollte sie alle aus dem Haus treiben«, fuhr der Alte zusammenhanglos fort.

»Wen?«

Der Alte wandte den Kopf, sein Blick hob sich etwas.

»Die Aasgeier, die meinen Geburtstag feiern.«

Nilla ging in die Knie, bis sie dem Alten auf Augenhöhe gegenüberhockte.

»Dann sind Sie der Gastgeber?«

»Principe Agostino di Giovese, das ist mein Haus.« Unwillig stieß er den Stock auf den Parkettboden.

Auf einmal hing sein Blick an Nillas Halsband, voller Überraschung starrte er es unverwandt an. Er erhob sich. Sofort stand auch Nilla auf und wich vor dem Alten bis zur Kaminumrandung zurück.

Fürst Giovese streckte die Hand aus und fuhr behutsam Glied für Glied über das Collier.

»Das kenne ich.«

Harten Marmor im Rücken, wagte Nilla nicht, sich zu rühren. Nun glitt die Hand über ihr Haar, eine federleichte Berührung.

»Du bist nicht sie, aber es ist die gleiche Farbe.« Seine Finger zupften eine Strähne heraus, er betrachtete sie ungläubig. »Genau die gleiche Farbe.«

»Könnten Sie das Collier für mich öffnen? Ich möchte es abnehmen.«

Sie wollte sich umdrehen, aber der alte Mann griff ihr sofort in den Nacken und begann, am Verschluß herumzunesteln. Die Nähe wurde unangenehm. Aber erst als er mit einem tiefen Seufzer eine Hand fallen ließ und über die Schulter abwärts Nillas Seite entlangstreifte, wurde ihr mehr als mulmig zumute.

Flüchtig erwog sie, daß der Fürst einen kleinen Schwächeanfall erlitten hatte. Doch dabei mußte er sich nicht unbedingt an ihrem Rock festhalten. Aber er hielt sich auch nicht fest, sondern versuchte, den Rock hochzuziehen, plötzlich bestand gar kein Zweifel mehr.

Der Alte mußte verrückt sein.

Auf seinem Gesicht lag ein schwer deutbarer Ausdruck von Konzentration.

Während sich Nilla energisch gegen ihn stemmte, überlegte sie, das Knie hochzuziehen und dem Kerl in den Schritt zu rammen. Unmöglich in dem engen Rock.

»Lassen Sie das!«

Der Übergriff des Alten hatte etwas merkwürdig Unwirkliches an sich. Wußte er überhaupt, was er tat?

Er hatte leise zu murmeln angefangen und preßte sich enger an sie.

Als sie um sich zu treten begann, packte er sie mit einer Hand und stieß sie heftiger gegen die Kaminumrandung. Immer erbitterter setzte sie sich zur Wehr, erreichte aber nur, daß er eine erstaunliche Kraft entwickelte, um sie festzuhalten. Wenn sie sich nicht in einen heillosen Kampf mit dem Alten verstricken wollte, mußte sie eine andere Taktik einschlagen. Keine offene Gegenwehr mehr.

Voller Abscheu schlang sie einen Arm um seinen Hals. Sofort beruhigte er sich.

Auf einmal konnte sie sich mit ihm drehen und schließlich von ihm loskommen.

»Lauf nicht weg, Otta ... meine Kleine ...«

Der Rest ging in Gestammel unter, während Nilla aus dem Raum rannte. Blindlings folgte sie dem Flur und sah kaum nach rechts und links. Noch immer ziemlich durcheinander, geriet sie erst in eine Toilette, bevor sie endlich die richtige Richtung zurück zur Festgesellschaft fand. Sie hörte schon das Stimmengemurmel, als sich aus einer angelehnten Tür eine weiße Katze in den Flur schob. Ihr dichtes, halblanges Seidenfell leuchtete wie von innen. Die Augen schimmerten in einem intensiven Blau, es war die schönste Katze, die Nilla je gesehen hatte. Die Katze lief so nah an ihr vorbei, daß die äußersten Haarspitzen über Nillas Knöchel strichen. Normalerweise hätte sie sich zu ihr hinuntergebeugt, aber das Tier umgab eine Aura von Kostbarkeit und Unnahbarkeit. Erst als es sich ein Stück entfernt hatte, fiel ihr auf, daß etwas an ihm nicht stimmte.

Der erste Mensch, auf den Nilla bei der Rückkehr in die Festsäle traf, war Sonia dei Lampedusi.

»Sie sind also doch mit Giulio gekommen«, sagte Sonia.

»Ich hatte Sie wohl mißverstanden, ich wußte nicht, wen Sie meinten«, erklärte Nilla wahrheitsgemäß.

»Tatsächlich? Ich frage mich, woher Sie ihn kennen, er wollte es mir nicht verraten.«

Sonia betrachtete neugierig das Collier.

Konnte Carlo es in diesem Haus gestohlen haben? Die Marchesa Strattesi-Giovese hatte es erkannt, ebenso der alte Fürst. Was bezweckte Carlo damit, sie mit diesem auffälligen Schmuckstück hierher mitgenommen zu haben.

»Ich wüßte gern, wo er steckt. Wissen Sie, wo ich ihn finde?«

Sonia zuckte die Schultern.

»Haben Sie schon mit ihm geschlafen?« fragte sie liebenswürdig.

Unmerklich fuhr Nilla zusammen.

»Nein.«

»Ich schlafe immer mit ihm, wenn er in Rom ist.«

»Sie schlafen mit ihm?« fragte Nilla kühl.

»Habe ich mich falsch ausgedrückt? Wir vögeln, bumsen, pimpern, ficken. Sie verstehen, was ich meine?« Sonia schlug einen vollendet leichten Salonton an.

Das konnte Nilla auch.

»Aber ja. Seit meinem fünfzehnten Lebensjahr führe ich ein zufriedenstellendes Liebesleben, ich bin genügend mit der Materie vertraut.« Es war ein bizarres Gespräch. Genau wie sie behielt Sonia dabei die restliche Gesellschaft im Auge. Alle Gäste plauderten, sich Seitenblicke zuwerfend, niemand verhielt sich auffällig. Worüber mochten sich die anderen unterhalten? »Und meinetwegen sollten Sie sich wegen Giulio keine Sorgen machen. Der mediterrane Typ liegt mir nicht.«

»Da bin ich aber froh. Die meisten verfallen früher oder später seinem Charme und werden ihm lästig. Es wird Sie dann ja nicht stören, wenn er Sie gegen zwei ins Hotel bringt. Seine übliche Erklärung ist, daß er Kopfschmerzen hat und die Gesellschaft nicht länger aushält.«

Herausfordernd musterte Sonia sie.

Eine schmutzige, kleine Affäre traute Nilla Carlo durchaus zu. Ihr kam unversehens die Galle hoch.

»Warum lassen Sie ihn ohne Fußfesseln herumlaufen?«

Sonia drehte sich ihr etwas mehr zu, sie standen sich nun fast gegenüber.

»Sie gefallen mir. Er trägt seine Fessel woanders.« Die Bewegung, die sie unbekümmert und locker mit den Hüften vollführte, war eindeutig obszön.

»Sie haben ihm einen Piercing-Ring durch die Vorhaut gezogen? Und ich dachte, er sei wehleidig.«

Sonia lachte glockenhell und unverkrampft auf.

»Falls Sie länger in der Stadt bleiben, müssen wir einen Espresso zusammen trinken«, sagte sie fröhlich.

»Unbedingt. Vorher besuche ich Ihren Mann in der Biblioteca Hertziana, er hat mich eingeladen.« Nilla zwang sich, unschuldig zu lächeln.

Mühelos fing Sonia den Ball auf.

»Sie trauen sich in diesen verstaubten Laden? Da kommt mein Mann, haben Sie einen Termin mit ihm ausgemacht? Wenn nicht, holen Sie das nach, er ist vergeßlich.« Sie klang völlig unbefangen.

5

Auf seinem kleinen unauffälligen Rundgang – Carlo achtete darauf, von niemandem gesehen zu werden – bemerkte er, daß eine etruskische Vase fehlte – die kostbarste, die er überhaupt kannte. Nur der Glassturz war noch vorhanden und ein intensiver Geruch nach pulverisierter Terrakotta. Das Fehlen der Vase war das einzige Indiz für Veränderung.

Kurz vor Mitternacht, als die alljährliche Zeremonie begann, gesellte er sich gerade noch rechtzeitig zu Nilla, um sich in die Prozession einzureihen, in der die Gäste paarweise zum Speisesaal im Nordflügel zogen.

»Wo hast du gesteckt?« fragte Nilla verstimmt.

»Hast du dich gelangweilt?« Er dachte gar nicht daran, sie zu besänftigen.

»Keine Sekunde. Dieses Haus bietet ein wunderbares Betätigungsfeld für jemanden, der es auf hochkarätige Kunst abgesehen hat.«

»Achte auf das, was du sagst, es müssen nicht ...«

»Alles, was ich wissen möchte, ist, was du hier vorhast und wieso du Zugang zu dieser Gesellschaft hast. Sind die Giovese Freunde, Geschäftspartner oder Kunden?«

Er nahm ihren Arm, zog sie dicht zu sich heran und zischte ihr zu: »Halt endlich den Mund, du wirst lästig.« Er kniff sie sogar. »Hast du verstanden?«

Ruckhaft machte sie sich von ihm los, auf ihrem Arm, kurz über dem Ellbogen, zeichnete sich ein roter Fleck ab.

»Mistkerl«, sagte sie leise.

Die Gastgeber betraten als letzte den Saal. Agostino schritt sehr aufrecht an der Seite Valerias zum Kopf der langen, U-förmigen Tafel, während die Gespräche verstummten. Alle Gäste lauschten dem Tock-Tock zweier Ebenholzstöcke, die sich in einem quälend unregelmäßigen Rhythmus über das Parkett bewegten.

Nilla stieß Carlo an und wies auf ein Podest hinter den zwei Ehrenplätzen.

»Was ist das da?« flüsterte sie.

Mit dem stufigen Aufbau ähnelte das Podest einem barocken Altar, es war für die Marmorbüste gemacht, die darauf stand: der Kopf von Kaiser Augustus. Carlo kam um eine Antwort herum, weil Agostino und Valeria gerade ihre Stühle erreicht hatten. Wie alle griff er sofort zu seinem Weinglas.

Zwölf dumpfe schwere Glockenschläge klangen durch die

weit geöffneten Fenster herein. Kaum war der letzte verhallt, rief Agostino mit lauter Stimme: »Salute!«

Daraufhin erhoben alle ihre Gläser und erwiderten schallend: »Salute, Agosto!«

»Möge er in unseren Herzen ewig leben«, fügte Valeria hinzu.

Ansprachen und weitere Toasts gab es nicht, sondern das Essen wurde serviert. Carlo ließ die Vorspeise unberührt, trank statt dessen zwei Gläser Wein und beobachtete Valeria. Sie plauderte mit Agostino und gelegentlich mit Clodio, der über Eck zu ihr saß.

Als erster Hauptgang wurden in Honig geschmorte Schweinsfüße mit einer fischigen Sauce gereicht, von der Nilla nur ein halbes Löffelchen nahm. Sie stocherte in ihrem Fuß herum und konnte sich anscheinend nicht dazu überwinden, etwas davon zu sich zu nehmen.

»Probieren Sie nur«, ermunterte sie ihr Nachbar zur Linken, »es schmeckt sogar.«

»Schweinsfüße sind etwas gewöhnungsbedürftig, finden Sie nicht?«

»Nur beim ersten Mal, die Schweinsfüße gehören als Lieblingsspeise zur Tradition des Abends.«

Carlo war froh, daß nicht er diese Erklärungen geben mußte. Sonia saß ihm schräg gegenüber, unverhohlen flirtete er mit ihr. Als sie sich erhob und von der Tafel entfernte, legte Nilla das Besteck beiseite.

»Langsam habe ich genug von diesem Essen. Es ist die seltsamste Geburtstagsfeier, an der ich je teilgenommen habe.«

»Du wolltest mitkommen, ich habe dich gewarnt …«

»Komm mir nicht wieder damit«, fiel sie ihm ins Wort. »Beantworte mir lieber ein paar Fragen. In welcher Beziehung steht der Fürst zur Marchesa?«

»Agostino ist der jüngere Bruder Valerias.«

Nilla betrachtete die beiden Alten.

»Sie sehen sich ähnlich.«

»Das macht nur das Alter«, brummte er.

»Weißt du, daß die Marchesa kokst?«

Carlo zuckte zusammen. »Sag nicht so was, nicht hier.«

»Aber es stimmt. Ich hab's gleich bei der Begrüßung bemerkt. Ein ungewöhnliches Laster für eine alte Dame.«

»Du mußt dich irren«, sagte er schroff. Daß Valeria kokste, wußte er schon lange, aber man merkte es ihr normalerweise nicht an. Während er sie noch beobachtete, erkannte er in schmerzlicher Deutlichkeit, was ihm an ihr aufgefallen war und was er nicht so recht hatte glauben können: Valeria fürchtete sich, die Angst hatte sie fast in einen Schockzustand versetzt. Wie ein Automat hatte sie ihre Gäste begrüßt, er hatte gespürt, wie ihr ganzer Körper von einer eigenartigen Starre befallen war. Wahrscheinlich hatte sie deshalb mehr Kokain als sonst geschnupft.

»Woher kennst du die Giovese und wie lange schon?« Nilla wartete ungeduldig auf eine Antwort.

Die Desserts wurden nicht serviert, sondern standen auf einem Bufett bereit, von dem sich die Gäste selbst bedienen konnten, das lockerte die Tischrunde endgültig auf. Carlo erhob sich und nötigte Nilla, ebenfalls aufzustehen. Es war kurz vor zwei.

»Wir gehen, es reicht für heute.«

Nilla blickte auf ihre Armbanduhr.

»Du möchtest kein Dessert mehr?« fragte sie und schlenderte zu den aufgebauten Platten, Schüsseln und Etageren voller Törtchen und Cremes. »Nicht wenigstens noch etwas Tiramisu oder Panna cotta?«

Ärgerlich ergriff er sie am Arm, um sie zurückzuhalten.

Nicht weit von ihnen entfernt hielt Sonia ein Tellerchen in der Hand, stellte es aber zurück, lächelte verschmitzt zu ihnen herüber, hob die Hand und verschwand.

»Laß mich raten«, sagte Nilla vergrätzt, »du hast Kopfschmerzen, deshalb ist dir der Appetit auf Nachtisch vergangen, und die Gesellschaft bist du ohnehin leid.«

»Seit mindestens zwei Stunden, und nun komm endlich.«

»Schön, dann gehen wir eben«, lenkte sie ruhiger ein. Sobald sie den Raum verlassen hatten, drehte sie ihm den Rücken zu. »Nimm schon mal das Collier an dich, ich brauche es nicht mehr, und den Verschluß bekomme ich nicht auf.«

Widerspruchslos kam er ihrer Aufforderung nach und ließ die Kette achtlos in die Hosentasche gleiten.

»Warte in der Halle auf mich, ich lasse uns ein Taxi rufen.«

»Und wann verabschieden wir uns von den Gastgebern?«

Carlo wandte sich auf dem Weg zur Tür noch einmal um.

»Überhaupt nicht.«

6

Nilla traf die Marchesa in einem Seitenkabinett im Gespräch mit Sonias Ehemann an.

Ob er wußte, daß Sonia im Begriff stand, zu einem Stelldichein zu gehen? Die Geste, mit der sie verschwunden war, war ziemlich eindeutig.

Beinahe hätte sich Nilla diskret zurückgezogen, da die beiden, in ihre Unterhaltung vertieft, sehr nahe beieinanderstanden. Hinter der Marchesa hing ein Portrait, es zeigte sie als junge Frau in einer cremefarbenen weichfallenden Ballrobe. Ein Bild im Stil der Romantik Mitte des neunzehnten Jahrhunderts. Erkennbar war die Marchesa nicht nur durch die Ähnlichkeit, sondern ebenso durch das Halsband.

Die beiden hatten ihr Gespräch unterbrochen und blickten Nilla abwartend entgegen.

»Ich möchte mich nur für den heutigen Abend bedanken und mich verabschieden. Bitte richten Sie Fürst Giovese meinen Gruß und meinen Glückwunsch zu seinem Geburtstag aus.«

Auf dem Portrait zeigte die Marchesa ein kaum wahrnehmbares Lächeln, ein wahres Mona-Lisa-Lächeln, das die ernsten, fast schon traurigen Augen nicht erreichte. Jetzt aber lächelte sie warmherzig, als würde sie nicht nur der lästigen Pflicht genügen müssen, einen Zufallsgast zu verabschieden. Überraschenderweise nahm sie sogar Nillas Hand in ihre beiden und sah ihr voll in die Augen.

»Ich werde Ihre Grüße ausrichten, mein Bruder hat sich schon zurückgezogen. Wann immer Sie möchten, kommen Sie uns wieder besuchen, um einmal in Ruhe unsere Sammlung an Kunstschätzen zu betrachten, Ettore sagte, Sie seien vom Fach. Es würde mich freuen, Sie in den nächsten Tagen wiederzusehen.«

Ettore dei Lampedusi zwinkerte Nilla verschwörerisch zu. »Cara Dottoressa Mellon, Sie vergessen nicht, mich in der Hertziana aufzusuchen?«

Die unerwartete Freundlichkeit der beiden machte Nilla ein bißchen ratlos.

»Eventuell komme ich sogar morgen schon, mir ist etwas eingefallen, was ich gern nachschlagen würde.«

Aus einem der angrenzenden Räume erklang auf einmal Musik, nicht sehr laut, sondern verhalten, als hätte sich jemand für einen einsamen Musikgenuß ein stilles Zimmer gesucht. Nach einigen Takten setzte ein Sopran ein, eine klare, sehr weiche Stimme, die ein sehnsuchtsvolles Lied vortrug, in dem Nilla die Sterbearie der Liu aus »Turandot« erkannte.

Die Marchesa wandte den Kopf, angespannt lauschte sie einen Moment und fuhr dann zu Lampedusi herum.

»Stellen Sie das ab, stellen Sie diese Musik ab«, sagte sie außer sich. »Bitte, Ettore, sie macht mich krank.«

Lampedusi klopfte ihr einmal beruhigend auf die Hand. »Wer hat denn überhaupt ...« Er sprach den Satz nicht zu Ende.

Selbst mit ihrem ungeschulten Ohr konnte Nilla erfassen,

wie wunderbar die Stimme war, um so weniger verstand sie die heftige Reaktion der Marchesa, zumal fast den ganzen Abend über in den Gesellschaftsräumen klassische Musik im Hintergrund geplätschert hatte. Noch bevor Lampedusi der Aufforderung der Marchesa nachkam, zog sich Nilla unauffällig zurück.

»Woher weißt du, daß ich Kopfschmerzen habe?« fragte Carlo mißmutig, als sie im Taxi zum Hotel fuhren.

»Von deiner Freundin Sonia.«

Carlo wischte sich über die Augen, als ob er sich der Müdigkeit kaum noch erwehren konnte.

»Sonia ist ein liebes Kätzchen.«

»Eher ein liebestolles, sie schläft gern mit dir, sagt sie.« Die Entgegnung war Nilla herausgerutscht.

»Vor allem provoziert sie gern, um sich die Langeweile auf solchen Festen zu vertreiben.«

Die Augen geschlossen, lehnte er sich an die Wageninnenseite.

Draußen war die Luft lau, ein Spätsommerwind fuhr durch die Platanen. Den Weg zum Hotel wäre Nilla am liebsten zu Fuß gegangen.

»Apropos Katze. Mir ist eine sehr schöne schneeweiße Katze mit porzellanblauen Augen und Stummelbeinen begegnet. Wie kann eine Katze Beine wie ein Dackel haben? Es sieht pervers aus.« Die Katze erwähnte sie nur, um die Unterhaltung auf ein neutraleres Gebiet zu lenken.

»Die kurzbeinigen Katzen sind ein Produkt der Moretti, der Diener der Giovese. Es gab immer Katzen im Haus, nur früher haben sie ziemlich viel Unheil angerichtet. Nachdem die Moretti es leid waren, Scherben antiker Vasen aufzuklauben und Risse in kostbaren Gobelins reparieren zu lassen, haben sie eine Katzenrasse gezüchtet, deren Vertreter unter Beibehaltung gewisser ästhetischer Merkmale eins nur noch in sehr eingeschränktem Maß können: hochspringen. Die Giovese-Katzen müssen ihre Vergnügungen auf Bodenniveau suchen, das hat ihren Charakter ein bißchen verdorben. Falls du Drusilla noch einmal nahekommen solltest, hüte dich vor ihr.«

»Ich mag Katzen. Es gibt also mehr als diese eine?«

»Antonio hält die anderen in einem Gartenhaus am Rand der Altstadt. Den Dienst als Hausmaskottchen versieht immer nur eine, und diese eine heißt Drusilla, egal, ob es sich um eine männliche oder weibliche handelt. Da sich alle gleichen, beginnt Drusilla allmählich, unsterblich zu werden«, nuschelte Carlo träge.

»Schöne Vorstellung. Weißt du, daß im Palazzo ein Monet auf dem Klo hängt? Ich bin zufällig in dieses Klo geraten. Aber wahrscheinlich ist er nicht echt.«

Der Blick, den Carlo ihr zuwarf, sprach Bände. Es war erstaunlich, daß er überhaupt die Augen geöffnet hatte, anscheinend war es ihr gelungen, ihn aus seiner Lethargie zu reißen.

»Du meinst, er ist echt?« fuhr sie ungläubig fort. »Ich bin beeindruckt. Ich glaube, nicht einmal ein saudischer Multimillionär hängt sich ein zwanzig Millionen Euro teures Bild aufs Klo.«

»Wenn du deine materialistische Einstellung ablegen würdest, könntest du es verstehen. Es wäre den Giovese peinlich, ein Bild in einem ihrer Säle hängen zu haben, was sich in drei, vier Generationen eventuell als hübsche, aber überbewertete Kleckserei erwiese, wie die schwülstigen Salonimpressionen eines Makart. Auf dem Klo hängt der Monet gar nicht mal schlecht. Der Raum mißt mindestens zwölf Quadratmeter und ist weder zu trocken noch zu feucht, außerdem wird er höchstens von verirrten Gästen, die das Bild zuverlässig als Kopie einschätzen, benutzt. Es gibt drei weitere, komfortablere Toiletten auf demselben Stockwerk.«

Carlo kannte sich offensichtlich hervorragend bei den Giovese aus.

»Du findest nicht, daß ein echter Monet auf der Toilette von Arroganz zeugt?«

»Die einen sehen darin Arroganz, die anderen Grandezza. Ich bin sicher, daß es Zeiten gab, wo manchen Leuten selbst das Klo für einen Monet oder van Gogh zu schade war.«

»Bleiben wir bei der Grandezza der Giovese. Wieso bist du so vertraut mit ihnen?«

Die Augen schlossen sich wieder bis auf einen schmalen Spalt.

»Du bist dabei, dich in mein Privatleben zu mischen, das dich einen feuchten Kehricht angeht. Ich habe bemerkt, wie du die Schmuckstücke der Frauen taxiert hast, glaub mir, du bist auf dem Holzweg gewesen: mit dem Schmuck, den Bildern, mit allem.« Eine Hand glitt in die Hosentasche und klimperte mit irgend etwas, vermutlich mit dem Collier. »Du wärst besser im Hotel geblieben. Mit deinem Nachspionieren und deinem mißtrauischen Getue hast du mich in Verlegenheit gebracht.«

Er hatte sie den ganzen Abend an der Nase herumgeführt, davon war sie überzeugt. Es war ihr nicht gelungen herauszufinden, was er mit seinem Besuch bezweckt und warum er sie mitgenommen hatte, das Geplänkel mit Sonia war vermutlich nur eine willkommene, sehr wirksame Ablenkung gewesen. Bloß wovon?

»Was machen wir morgen?« fragte sie mit etwas mühsamer Beherrschung. Der Abend war für sie bloß eine Enttäuschung gewesen. »Kennst du Fälscher hier in Rom?«

»In den Seitengassen an der Piazza Navona gibt es Kunsthändler und Trödler, die nicht alle eine saubere Weste haben. Ich werde mal bei ihnen reinschauen.«

Als er wenig später den Hotelflur vor ihr her zu den Zimmern hinabging, fielen ihr seine langen Beine und der lässige, federnde Gang auf, und noch bevor Carlo nach einem flauen »Gute Nacht!« hinter seiner Tür verschwand, sah sie ihn voller Leidenschaft mit Sonia im Bett.

7

Nilla schlief unruhig und fühlte sich beim Erwachen nicht ausgeruht. Ein Blick auf die Uhr zeigte ihr, daß es noch recht früh war, trotzdem stand sie auf und verließ ihr Zimmer. Obwohl es auf der Treppe ins Parterre verführerisch nach Kaffee roch, zog sie es vor, zwei Straßen weiter gegenüber vom Pantheon eine Espressobar aufzusuchen.

Die aufgehende Sonne drang bereits in die Straßenschluchten und auf die noch menschenleere Piazza della Rotonda und ermunterte die Tauben, ein Bad zu nehmen. Nacheinander trippelten sie unter den dünnen Wasserstrahl des Brunnens und schüttelten, Tropfen versprühend, ihr Gefieder auf.

Nilla hatte sich mit ihrem Espresso doppio und süßem Gebäck nach draußen gesetzt. Die morgendliche Frische tat ihrem dumpfen Kopf gut, ebenso die nur vom Taubengurren und dem Zischen der Kaffeemaschine unterbrochene Stille. Von Wien hatte sie nichts gehabt, oder fast nichts, jetzt wollte sie wenigstens ein paar friedvolle Augenblicke in Rom genießen. Sie holte einen kleinen Block und einen Stift aus ihrer Tasche und begann, sich Notizen für ein Gespräch mit Peter Wittich zu machen.

Sie würde ihn zunächst fragen, ob Zehetmaier aufgetaucht sei und ob Wittich Kontakt zu den Besitzern des Ter Borch aufgenommen hatte. Außerdem wollte sie vorschlagen, daß er über die Wiener Polizei eine Überprüfung des Personals für die Restaurierungsarbeiten im oberen Belverdere vornahm. Wenn tatsächlich ein Aushilfsarbeiter bald nach Beginn verschwunden war, ergab sich daraus ein Indiz, daß Carlos Vermutungen richtig waren.

Nilla klappte ihren Block zu, winkte den Kellner heran, bezahlte und ließ sich den Weg zu einem Internetcafé beschreiben. In ihrem Hotelzimmer stand kein Computer.

Zunächst fragte sie ihren Posteingang ab. Zehetmaier wurde

weiterhin gesucht. Ein Foto hatte Wittich nicht auftreiben können, deshalb mußte sich die Wiener Polizei mit Nillas Personenbeschreibung behelfen. Die Analysen einer Fischsauce namens »Garum« wie auch anderer Mischungen und Ingredienzien aus Jerzy Parkows Werkstatt dauerten an. Von Bedeutung war lediglich Wittichs in Großbuchstaben übermittelte Frage, wo sie stecke. Anscheinend wußte er, daß sie Wien verlassen hatte.

Bevor sie ihn anrief, schickte sie ihm eine lange e-mail mit all den vorher formulierten Fragen. Nach dem Telefonat machte sie sich direkt zur Biblioteca Hertziana auf.

Bei Professore Ettore dei Lampedusi würde sie sich erst später melden, wenn überhaupt. Schließlich wußte sie nicht, ob er seine Einladung ernst gemeint hatte, denn mit den kommunikativen Gepflogenheiten der reichen römischen Gesellschaft war sie nicht vertraut.

Im Katalogsaal nahm sie sich einige Bücher über Ikonographie, Heraldik und Allegorie vor, um dem »Opus divus« auf die Spur zu kommen.

Gegen Mittag, nach stundenlanger, ergebnisloser Suche schlug sie »opus« und »divus« getrennt nach, an sich eine Schnapsidee. Sobald sie auf »Julius divus« – den göttlichen Julius *Cäsar* stieß, dem von seinen Anhängern nach seiner Ermordung göttliche Ehren zugebilligt worden waren, meldete sich denn auch das Gefühl, sich in Hirngespinste zu verlieren. Zumal sie ausgerechnet jetzt an die römische Münze in Wien denken mußte. Die Münze mit dem »Opus divus«-Symbol.

Als sie spürte, daß sie beobachtet wurde, schaute sie in der Erwartung auf, von einem Bibliotheksbesucher angesprochen zu werden, der eins der von ihr seit Stunden mit Beschlag belegten Bücher haben wollte. Es war aber der Institutsdirektor selbst. Ettore dei Lampedusi bedachte sie mit einem wohlwollend väterlichen Blick.

»Ich habe Ihren Namen beim Pförtner im Melderegister

entdeckt. Sie machen erst Ihre Arbeit, bevor Sie sich zu einem Schwatz bei mir einfinden? Ich bewundere dieses deutsche Pflichtbewußtsein. Haben Sie gefunden, was Sie suchten?«

Lampedusi schielte jetzt auf ihren Block.

»Leider hat das ganze Nachschlagen nichts erbracht, ich gebe auf«, erklärte Nilla, klappte den Block zu und steckte ihn ein, schon weil zwischen ihren unordentlichen Notizen, mehrfach mit dem Stift umfahren, das Symbol des »Opus divus« prangte.

Mit schräg geneigtem Kopf studierte Lampedusi die um Nilla aufgehäuften Bücher.

»Interessante Lektüre. Lassen Sie alles liegen, ich werde dafür sorgen, daß die Bücher wieder einsortiert werden. Zu etwas muß der Direktionsposten doch gut sein. Ich glaube, Sie sind reif für einen Espresso oder Café latte und ein Biscotto in meinem Büro. Vielleicht kann ich Ihnen weiterhelfen.«

Die Biblioteca residierte im Palazzo Zuccari, einem Gebäude aus dem späten sechzehnten Jahrhundert, das sich der zu Geld gekommene Maler Federico Zuccari hatte erbauen lassen. Ein anmutiger Bau mit einer Loggia und einem ungewöhnlichen Tor in Gestalt eines aufgerissenen Mauls in einer mächtigen Maske. Die noble Adresse machte aber nur auf den ersten Blick etwas her. Denn wie viele andere Kulturinstitutionen litt die Hertziana unter chronischem Geldmangel. Lampedusi entschuldigte sich fortwährend für den schlechten Erhaltungszustand von Türen, Fenstern und Räumlichkeiten und lotste Nilla durch mit Schränken vollgestopfte Korridore einige Treppen hinauf in sein Büro, das auf die Loggia hinausging.

»Ecco. Erst wenn die Zeiten noch schlechter werden, weiß man, wie gut man es bisher hatte. Die Regierung hat neue Sparmaßnahmen angekündigt: Die Mittel für die Erhaltung der italienischen Kunstschätze werden um ein Drittel gekürzt.«

»Ich habe davon gelesen, hat nicht der Innenminister deshalb mit Rücktritt gedroht?« Nilla war es sehr recht, daß Lampedusi nicht weiter nach ihrer Arbeit fragte. »Aber die Biblioteca gehört zum Max Planck Institut, sie ist eine deutsche Stiftung. Die Sparmaßnahmen treffen Sie also nicht direkt.«

»Indirekt um so mehr. Wir sind eine Forschungseinrichtung für Kunst.« Lampedusi unterbrach sich, um bei der eintretenden Sekretärin, nach der er geklingelt hatte, den Kaffee zu bestellen.

»Die Regierung droht damit, uns unsere Basis zu entziehen, nämlich die Kunst selbst. Sie will die Schutzklauseln für unsere nationalen Kunstschätze lockern und einen Teil davon zum Verkauf freigeben.« Lampedusi wurde sarkastisch. »Immer mehr Museen müssen schließen, selbst berühmte in Venedig, Neapel und Rom. Warum also keinen Ausverkauf veranstalten? Sehen Sie, das Durchschnittsalter der Museumswärter beträgt fünfundfünfzig. Bald geht die Hälfte in Rente, und neue werden nicht eingestellt. Ein Kollege aus den Uffizien hat die Lage sehr treffend umrissen. Seiner Meinung nach sind wir dabei, unser Erbe wie degenerierte Kinder zu verschleudern. Das heißt, was bei uns die Jahrtausende überdauert hat, wird von einer Generation in alle Winde zerstreut. Die Vorstellung, daß sich demnächst ein texanischer Ölbaron Michelangelos ›Heilige Familie‹ über seinen rustikalen Kamin hängt, macht mich magenkrank.«

Ettore dei Lampedusi mußte an die zwanzig Jahre älter sein als Sonia. Mit dem langen schmalen Kinn und der überlangen Oberlippe sah er einem Ziegenbock nicht unähnlich. Trotzdem konnte man ihm nicht jede Attraktivität absprechen, denn der rasch wechselnde Ausdruck von Empörung über Sarkasmus zu Verzweiflung zeugte von großer Lebendigkeit. Er schien seine Theatralik selbst zu genießen, sie täuschte aber nicht über seinen Ernst hinweg. Seine schönen braunen Augen hielt er unverwandt auf Nilla gerichtet, sie spürte förmlich, wie sich gegenseitige Sympathie entwickelte.

Hinter Lampedusi stand ein Regal mit Büchern, aus denen Merkzettel ragten.

»Was ist Ihr Fachgebiet?«

»Ikonographie. Also fragen Sie, wenn ich Ihnen bei einem Problem helfen kann. Aber bevor wir uns in die Arbeit stürzen, möchte ich etwas von Ihnen wissen und bitte im voraus um Verzeihung für meine Neugier: Wo haben Sie Giulio kennengelernt? Wir waren alle froh, ihn gestern zu sehen, und dann sogar bei guter Laune.«

Lampedusis Frage beschwor das Bild eines elegant gekleideten Mannes herauf. Nur ungern erinnerte sie sich daran, daß dieser einen Abend lang für sie eine gewisse Anziehungskraft entwickelt hatte. Entschlossen setzte sie Giulio im Smoking das alte Bild des schmierigen Carlo entgegen.

Bei seinen römischen Bekannten konnte Carlo nicht den besten Ruf genießen, das wurde ihr allmählich klar. Auf das Thema Carlo/Giulio wollte sie lieber nicht eingehen, um sich nicht in Lügen und Halbwahrheiten zu verstricken. Unsicher nestelte sie am Verschluß ihrer Tasche, auf einmal war die Versuchung groß, Lampedusi auf das »Opus divus« anzusprechen beziehungsweise das Symbol der Organisation. Ihr mußte nur ein plausibler Zusammenhang mit einem harmlosen Forschungsgegenstand einfallen.

»Ach, Carlo«, wehrte sie leichthin ab, »der ist so ein Kapitel für sich.« Sie stutzte und fügte dann hinzu: »Ich sage immer Carlo zu ihm.«

»Warum nicht?« Lampedusi schmunzelte. »Carlo ist schließlich sein zweiter Vorname.«

Vielleicht sollte sie doch ein paar Erkundigungen einholen?

»Giulio klingt ...« Sie stockte, weil die Tür aufschwang.

»Ciao, Caro.« Sonia hatte, ohne zu klopfen, die Tür geöffnet und lehnte nun lächelnd im Türrahmen. »Du bist nicht allein, wie ich sehe. Schön, daß Sie da sind, Dottoressa.«

Noch in der Nacht hatte Nilla sich gefragt, ob Carlo das Hotel wieder verlassen hatte oder Sonia zu ihm aufs Zimmer gekommen war. Vergeblich forschte sie in ihrem Gesicht nach

Spuren außerehelicher Leidenschaft. Sonias Augen blitzten ausgeschlafen, und sie schien völlig mit sich im reinen.

»Ettore, du denkst daran, daß du deinem Sohn versprochen hast, ihn von der Schule abzuholen?« Zu Nilla gewandt, setzte sie hinzu: »Nanni hat heute Geburtstag, er ist sieben geworden.«

Aufgeschreckt sah Lampedusi auf seine Armbanduhr.

»Aber es ist ja schon nach zwölf, da muß ich mich sputen.« Er stand auf und wandte sich an Nilla: »Es tut mir leid. Wollen Sie den Espresso nicht mit Sonia trinken? Meine Sekretärin müßte ihn gleich bringen. Können wir unser Gespräch später fortsetzen, Dottoressa Mellon? Sie haben mir ja noch immer nicht gesagt, wonach Sie bei uns suchen.« Er klopfte seine Taschen ab, wühlte auf seinem Schreibtisch herum, bis er unter einem aufgeschlagenen Buch seine Schlüssel entdeckte, und gab Sonia einen zärtlichen Kuß auf die Wange, bevor er, Nilla zuwinkend, hinausging.

»Und was machen wir jetzt?« fragte Sonia arglos lächelnd. »Was halten Sie von einem Cappuccino auf der Piazza di Spagna statt des Espresso hier im Büro?«

Nilla war versucht abzulehnen, dann sagte sie sich, daß ihr Sonia als Auskunftsquelle über Carlo ebenso recht sein konnte wie ihr Mann, selbst wenn bei der Unterhaltung der Gedanke an Carlo als Liebhaber schlecht zu verdrängen sein würde. Mit ihrer zwischen den Bücherregalen mühsam errungenen Gelassenheit war es vorerst vorbei. Eine Spur knurrig, stimmte sie dem Vorschlag zu.

Gerade als sie im Begriff standen, das Büro zu verlassen, tauchte die Sekretärin mit zwei Täßchen auf. Nilla griff zu und stürzte den Espresso zum Erstaunen Sonias hinunter.

»Keine Sorge, Cappuccino trinke ich auch noch, ich brauche heute mittag einiges zur Aufmunterung«, erklärte Nilla, als sie die Tasse auf das kleine Tablett zurückstellte.

8

Jetzt saß schon der zweite Besucher an diesem Morgen an Wittichs Bett. Als erster war Dr. Rückersdorf gekommen und hatte ihn mit einer sensationellen Nachricht überfallen. Ein Rückersdorf, der mit der Verwirrung kämpfte, die die Neuigkeit bei ihm selbst ausgelöst hatte. Mit dieser Neuigkeit erhielt der Fall Nofretete eine ganz andere Dimension. Noch während sich Wittich grübelnd die Schläfe rieb, hatte sich Nilla gemeldet, aber es wurde wegen Rückersdorfs Anwesenheit ein knappes und in vorsichtigen Wendungen geführtes Gespräch. Kaum hatte ihn Rückersdorf verlassen, nahm Leonhard an seinem Bett Platz. Dabei hätte Wittich gern nochmals mit Nilla gesprochen, sie hatte ihm nicht erklärt, was sie in Rom machte. Nach Wien jetzt Rom!

»Würdest du mir endlich verraten, wo Nilla steckt? Ich habe ein Recht darauf, es zu erfahren«, forderte Leonhard herrisch.

Nein, hast du nicht, dachte Wittich und sprach es dann auch noch laut aus. Wäre Leonhard vor Rückersdorf aufgekreuzt, hätte er mehr Mitgefühl mit ihm aufgebracht, aber jetzt, wo sich die Sachlage entscheidend verändert hatte, fand er Leonhard eher anmaßend.

»Was ist los mit dir?« brüllte Leonhard. »Was heckst du hier aus?«

Wittich betrachtete Leonhard ungnädig über den Rand seiner Lesebrille.

»Schrei nicht so«, tadelte er, »du scheinst zu vergessen, wo du bist.«

Der große, stattliche Leonhard sackte in sich zusammen. »Ich will doch nur wissen, was los ist, weil ich mir Sorgen mache.«

Wittich dachte, daß Leonhards Sorgen nicht halb so groß sein konnten wie seine, seit Nilla in Steinfurt Meier kontaktiert hatte. Bis zu Rückersdorfs Besuch hatte ihre ziemlich eigenmächtige Reise nach Polen, Wien und jetzt Rom etwas

Abseitiges gehabt, aber das änderte sich gerade, mehr und mehr rückte sie ins Zentrum eines eigenartigen Geschehens von ungeheurer Tragweite.

Bei der Nofretete-Büste, die in Trümmern neben dem toten Kress gelegen hatte, handelte es sich offenbar nicht um das Original. Wittich hatte Rückersdorf so überrascht angeglotzt, daß sich dieser zu einer langen Erklärung genötigt sah. Anläßlich der letzten Restaurierung der Büste war diese digital vermessen worden, und die damals erhobenen Daten hatte man mit denen verglichen, die die Vermessung der größeren Bruchstücke ergeben hatte. Am Resultat ließ sich nicht zweifeln: Die Daten stimmten nicht miteinander überein. Die Abweichung war recht gering, aber dennoch signifikant. Die Diebe hatten eine äußerst kunstvolle, geradezu geniale Fälschung, die ohne die alten Meßdaten nie aufgeflogen wäre, zurückgelassen.

Zum ersten Mal spürte Wittich Dankbarkeit, daß Nilla an seiner Stelle mit Meier unterwegs war, sie kannte sich mit Fälschungen aus, sie konnte Verbindungen sehen, die ihm verborgen blieben. Und auch er war am richtigen Platz, er haderte nicht länger. Nur mit dieser einen Sache befaßt, widmete er ihr viel mehr Aufmerksamkeit als unter normalen Umständen. Inzwischen lag er in einem Einzelzimmer. Leonhard konnte getrost schreien, denn es gab keinen Mitpatienten, den er störte.

Es hatte ihn stutzig gemacht, daß sich Nilla sehr vorsichtig erkundigt hatte, wer alles über ihre Recherche informiert sei. Wegen Rückersdorf hatte er nicht nachhaken können. Niemand wußte, wo sie war, seine Mitarbeiter waren nur über das informiert, was unmittelbar ihren Arbeitsauftrag betraf.

Leonhard wartete noch auf eine Antwort. Wittich mußte ihn loswerden, denn Nilla hatte ihm eine lange e-mail angekündigt.

»Hör auf, dich wie eine Glucke aufzuführen. Nilla macht ihren Job. Sie wird dir alles erzählen, wenn sie zurück ist.«

»Aber warum ruft sie mich nicht wenigstens mal an? Sie

muß ja nicht gleich aus dem Nähkästchen plaudern«, begehrte Leonhard auf.

»Ich weiß nicht, warum sie dich nicht anruft«, antwortete Wittich reserviert, »ich habe keine Ahnung, was mit euch beiden los ist, und es geht mich auch nichts an.« Er warf einen verlangenden Blick auf seinen Laptop, den er ans Fußende des Bettes geschoben hatte. Wann ging Leonhard endlich?

»Sie hätte das Wochenende in Amsterdam sein müssen. Was war mit ihrem Vortrag?«

»Ich habe sie bei den Veranstaltern der Tagung entschuldigt, es mußte alles schnell gehen. Hast du sonst noch Fragen?«

Leonhard beugte sich vor, den Blick unverwandt auf ihn, Wittich, gerichtet, anscheinend hatte er noch viele Fragen. Wittich drückte die Klingel für das Pflegepersonal.

»Ich muß mir nur eben die Bettpfanne bringen lassen, das stört dich hoffentlich nicht.«

Leonhard brauchte geschlagene fünf Sekunden, bis er begriff und endlich aufstand. »Komm morgen wieder oder übermorgen«, sagte Wittich und drückte erleichtert die dargebotene Hand. »Vielleicht kann ich dir dann mehr sagen. Und glaub mir, ich passe auf Nilla auf.«

»Vom Krankenbett aus?« fragte Leonhard skeptisch.

9

»Hat Ettore Sie schon mit der Familiengeschichte gelangweilt?« erkundigte sich Sonia, nachdem der Kellner ihren Kaffee gebracht hatte.

»Mit der der Giovese?« fragte Nilla zurück.

»Mit seiner eigenen natürlich, mit der Geschichte der Lampedusi, Ettore ist besessen davon und hat es geschafft, einen komplizierten Nachweis zu konstruieren, der die Lampedusi mit einer beinahe gleichnamigen Familie in Zusammenhang bringt, deren Ursprünge sich bis in die Zeit der antiken römischen Patrizier zurückverfolgen lassen.«

»Dann liegt Ihnen selbst nicht viel an altem Adel?«

Der Cappuccino ließ Nillas Herz galoppieren, an soviel Kaffee an einem einzigen Vormittag war es nicht gewöhnt. Die Atmosphäre an der Piazza di Spagna gefiel ihr, das rasche Parlando der Italiener, die lässige Art, ihren Espresso im Stehen an der Bar zu trinken, mit Blick auf den Platz durch die weitgeöffneten Türen. Nichts entging ihnen, während sie ihre Unterhaltung führten, von kleinen eleganten Gesten begleitet.

Der intensive Duft nach frisch gerösteten Kaffeebohnen löste Nillas Verspannung, für einen kostbaren Moment wenigstens.

»Ich stamme aus einem sizilianischen Bauerndorf, mein Vater baut Oliven an. Es heißt, der Gutsherr des Dorfs, der alte Conte, hat bei der Hochzeit meiner Eltern ein letztes Mal das ›ius primae noctis‹ ausgeübt. Ein Gerücht, das Ettore die Illusion verschafft, in meinen Adern sprudele blaues Blut, wenn auch illegitimes.«

»Glauben Sie die Geschichte?«

»Unbedingt. Ich bin sicher, meine Mutter hat sich auf die Sache eingelassen. Wissen Sie, ich bin ihr in manchem ähnlich, wenn Sie verstehen, was ich meine.«

Nilla ignorierte die Anspielung, die sie eventuell zu einer neuen Diskussion über Sonias Liebesleben verleiten sollte.

»Dann leben Sie hier in Rom in einem alten Adelspalast?«

»Sie meinen, ich habe Ettore wegen des Familienvermögens geheiratet? Das ist leider schon seit einigen Generationen nicht mehr vorhanden, übriggeblieben ist nur der Titel. Wir wohnen zwar in einem Palazzo, aber nur zur Miete. Mich amüsiert Ettores Leidenschaft für alte Geschichten und vergessene Geheimnisse, auch wenn ich sie nicht teile. Mich interessiert nur das Hier und Jetzt.« Sonia kramte Lippenstift und Spiegel aus ihrem Handtäschchen, zog sich die Lippen nach und lächelte sich selbstverliebt zu. »Ich nehme an, Ettore hat Nanni inzwischen mit Eis vollgestopft, er vergöttert unseren Kleinen und weiß nie, wann er genug hat. Ich muß mich verabschieden. Sie zahlen meinen Kaffee, ja? Ich habe nämlich gar kein Geld dabei.« Sie winkte nach dem Kellner.

»Ich nehme an, Ihr Sohn sieht Ihnen ähnlich.«

»Mir und …« Sonia zwinkerte verschwörerisch.

Sag bloß nicht Giulio, dachte Nilla voller Unbehagen.

»… seinem Vater. Mit Ettore habe ich eine Absprache getroffen. Falls er je versucht, Nanni mit diesem Adelsquatsch den Geist zu verwirren, lasse ich mich scheiden und nehme das Kind mit.«

Sonia stand auf und beugte sich zu Nilla herab.

»Übrigens, wie hat Ihnen Giulios Großmutter gefallen?«

»Seine Großmutter?« fuhr Nilla überrascht auf.

Sonia setzte sich noch einmal, wenn auch nur auf die Stuhlkante. »Sie wissen nicht, daß die alte Marchesa Strattesi-Giovese Giulios Nonna ist?«

Woher? hätte Nilla zurückfragen können. »Er spricht nicht gern über sich. Er spricht praktisch gar nicht über sich, und die Giovese habe ich ja erst gestern kennengelernt. Wer ist dann seine Mutter?« erkundigte sie sich mit flacher Stimme.

»Clodios Schwester Ottavia, sie ist tot. Daß sich Giulio derart zugeknöpft gibt, kann ich nicht begreifen.«

»Ich kenne anscheinend nicht einmal seinen richtigen Namen.«

Ungläubig schüttelte Sonia den Kopf. »Sie machen einen Scherz, nicht wahr? Aber wahrscheinlich ist das eher ein Scherz Giulios, na ja, er muß wissen, warum er so ein Versteckspiel treibt. Er führt den Familiennamen seiner Mutter, Strattesi. Unter welchem Namen hat er sich Ihnen denn vorgestellt?« Sie erhob sich endgültig und lächelte spitzbübisch auf Nilla herab. »Wir stehen im Telefonbuch, rufen Sie mich an, wenn Sie möchten, ich schulde Ihnen noch einen Kaffee.«

Nach kurzem Überlegen blieb Nilla sitzen und bestellte ein

Glas Rotwein, um sich zu beruhigen. Und um nicht gleich betrunken zu werden, aß sie eine Kleinigkeit, sie aß langsam und kaute methodisch, als ob sich die Neuigkeiten, die sie von Sonia erfahren hatte, so besser verdauen ließen. Zu Recht war sie wütend auf Carlo. Warum hatte er nicht verraten, daß er mit den Giovese verwandt war? Sie mußte dringend mit ihm reden. Seine Beziehung zu Sonia war dabei der unwichtigste Punkt auf ihrer Liste. Mit ihrem neuen Wissen erschienen alle Kenntnisse Carlos über Malerei in einem neuen Licht.

Einer Eingebung folgend, kehrte sie in die Biblioteca Hertziana zurück. Nach einer halben Stunde hatte sie die Bestätigung ihres Verdachts gefunden. Mochte Carlo Meier ein dahergelaufener kleiner Dieb mit schlechten Manieren sein, so war derselbe Mann als Abkömmling eines alten römischen Adelsgeschlechts höchst gebildet. Conte Giulio di Strattesi hatte nicht nur in Kunstgeschichte, sondern auch in Archäologie promoviert. Sogar in beiden Disziplinen »summa cum laude«, während sie nur ein »cum laude« zustande gebracht hatte.

Diesmal suchte sie Ettore dei Lampedusi aus eigenem Antrieb in seinem Büro auf.

»Wunderbar«, empfing er sie, »daß Sie noch da sind, das habe ich nicht zu hoffen gewagt, nur muß ich leider gleich zu einer Dienstbesprechung.«

»Das ist schade«, entgegnete Nilla, bereits im Rückzug begriffen.

»Aber ein paar Minuten bleiben uns noch. Jetzt möchten Sie sicher etwas Hilfe von mir?« Erwartungsvoll beobachtete er, wie sie Platz nahm. Seine Finger spielten mit einem Bleistift, vor ihm lagen Papiere, die er mit Randnotizen versehen hatte.

»Ich bin auf Giulios Dissertationen gestoßen, es sind ja gleich zwei …«, begann Nilla tastend.

»Erstaunlich, nicht wahr?« murmelte Lampedusi. »Haben Sie sich die Themen angesehen?«

»Römische Münzen aus der Zeit des Augustus und der frühe Michelangelo.«

»Michelangelo lag sozusagen auf der Hand, das ergab sich aus der Familiengeschichte.«

»Über die ich immer noch nicht mehr weiß. Wer sind denn die Strattesi, oder sollte ich nach den Giovese fragen? Beide Namen sind mir nicht geläufig. Wenn ich aber an den Palazzo Giovese denke, dann kann die Familie doch nicht unbedeutend sein.«

»Interessant, nicht wahr? Den Giovese ist es geglückt, sich aus der offiziellen Historie herauszuhalten, um sich so ihren vollen Handlungsspielraum zu bewahren. Sie haben lieber als Drahtzieher im Hintergrund agiert. Eines ihrer großen Verdienste um die Kunst besteht darin, Michelangelo den richtigen Weg gewiesen zu haben. Sicher kennen Sie seine Geschichte: Er hat als blutjunger unbekannter Künstler einen Putto geschaffen, ihn ein paar Monate eingegraben und dann als antike Figur an Kardinal Riario verkauft. Hätte er die Figur als zeitgenössische angeboten, hätte er sie entweder überhaupt nicht oder nur zu einem weit geringeren Preis verkaufen können.«

Lampedusi hatte absolut nichts Neues mitgeteilt, die Geschichte des Michelangelo-Puttos fiel quasi in die Kategorie Schulbuchwissen.

»Und wie kommen die Giovese ins Spiel?«

»Giulios Vorfahre Ottavio Giovese konkurrierte als Antikensammler mit Riario. Als dieser ihm seine Neuerwerbung voller Besitzerstolz vorführte, hat er den Putto sofort als Fälschung erkannt, daneben aber auch etwas anderes: das unglaubliche Talent Michelangelos. Ottavio hätte schweigend seine kleine Genugtuung über Riarios Dummheit genießen können, und Michelangelo hätte nach diesem Erfolg vermutlich die Laufbahn eines Gauners und Fälschers eingeschlagen. Ottavio deckte aber den Schwindel vor Riario auf und empfahl gleichzeitig den jungen Michelangelo der Fürsorge der Medici, die ihn vor dem wütenden Kardinal in Schutz nahmen. Den Rest kennen Sie.«

»Eine hübsche Geschichte«, sagte Nilla unverbindlich.

»Ich hoffe, Sie empfinden jetzt ebensoviel Sympathie für die Giovese wie ich.« Lampedusi lächelte listig und erhob sich. »Nun habe ich mich aber doch verplaudert.«

In der Tür hielt er Nillas Hand zum Abschied länger als üblich fest.

»Sie wollen einen Beweis für die Michelangelo-Geschichte? Wie Sie wissen, gilt der Putto als verschollen. Fragen Sie Marchesa Strattesi danach. Seien Sie hartnäckig, und sagen Sie ihr, daß ich Sie geschickt habe. Vielleicht erlaubt sie Ihnen einen Blick darauf. Ich hege gar keinen Zweifel, daß Sie den Putto sofort erkennen.«

10

Valeria kraulte Drusilla zärtlich hinter dem Ohr, die Katze räkelte sich in ihrem Schoß, eine Pfote lang ausgestreckt. Eine Pfote, die der etruskischen Vase, dem unersetzlichen Erbstück, zum Verhängnis geworden war, wie Valeria Clodio weisgemacht hatte. Allerdings tat er nur so, als glaubte er ihr, dessen war sie sich ziemlich sicher, auch wenn er mit einem Blick voller Abscheu nur auf die Katze schaute.

»Woher hat Giulio das Collier? Und wie kommt er dazu, es dieser Frau um den Hals zu legen?« fragte er.

»Mir hat die junge Frau gefallen. Hübsch, elegant, gebildet …«

»Mamma«, fiel ihr Clodio ins Wort, »die Frau interessiert mich nicht.«

»Sollte sie aber«, widersprach sie energisch, »schon, weil er sie mitgebracht hat. Sieh zu, daß du etwas über sie herausfindest. Ettore hat erzählt, sie ist Kunsthistorikerin. Es kann kein Zufall sein, wenn Giulio in ihrer Begleitung bei uns auftaucht.«

»Womit wir beim eigentlichen Thema sind: Was wollte er hier? Wieso ist er gekommen?«

»Was für eine Frage!« entgegnete sie heftig. »Er ist hier zu Hause.«

»Wir haben ihn vor zwei Jahren vor die Tür gesetzt, erinnerst du dich?«

»*Du* hast ihn vor die Tür gesetzt«, korrigierte sie nachdrücklich.

»Und es tut mir bis heute nicht leid. Er hat sich ein bißchen zu stark für unsere Sicherheitseinrichtungen interessiert. Wieso auf einmal?«

Sie hatten sich gestritten, als Giulio Einsicht in elektronische Schaltpläne und dergleichen verlangte und für Clodios Geschmack zu sehr auf Rechte pochte, die er tatsächlich nicht besaß.

»Und? Macht ihn das verdächtig?«

Drusilla fauchte, Valeria hatte sie zu fest im Nacken gepackt.

»Hör auf, zu glauben, daß Giulio ein verlorener Sohn ist, der in den Schoß der Familie zurückkehrt. Vergiß nicht, sein Vater war ein Dieb, und er selbst ist auch einer. Woher hat er das Collier?«

Vielleicht hatte Clodio recht, Giulios Interesse war eine Spur zu überraschend gekommen. »Das Collier hat Ottavia gehört, ich hab es ihr geschenkt. Sie muß es Giulio gegeben haben«, sagte sie abweisend.

»Du hattest kein Recht, es Ottavia zu geben. Es ist Teil des Giovese-Schatzes, ich werde es zurückfordern.«

»Spiel dich nicht so auf«, wies sie ihn zurecht, »wegen des Schmucks werde ich selbst mit Giulio reden.«

11

Im Hotel lag keine Nachricht von Carlo vor, er selbst hatte vor Stunden das Haus verlassen, wie der Portier Nilla erklärte. Bei der Gelegenheit erfuhr sie, daß Carlo sich unter seinem italienischen Namen ins Anmelderegister eingetragen hatte.

Leider, leider wisse er gar nichts über den Verbleib des Conte di Strattesi. Den Namen aussprechen zu können, ließ den Mann geradezu aufblühen. Genießerisch ließ er das »r« über die Zunge rollen.

Nachdem sie eine halbe Stunde gewartet hatte, trieb Nilla die Unruhe wieder auf die Straße und ins Internetcafé.

Diesmal lagen einige neue Nachrichten für sie vor. Eine betraf den Verbleib der Kunsttraktate, die Jerzy Parkow benötigt hatte. Sie waren im Geheimfach eines alten Schranks aufgetaucht. Bei den Schriften befand sich ein Bericht über die Untersuchung eines Tiziangemäldes, die anläßlich einer Restaurierung im Münchner Dornier-Institut durchgeführt worden war. Der Bericht las sich mit all den detaillierten Angaben über Schichtaufbau und Pinselführung wie eine Malanleitung. Nilla wußte nun, daß sie mit ihrer Vermutung richtiglag.

Die andere Nachricht veranlaßte sie, sofort nach Carlo zu suchen, statt ins Hotel zurückzukehren und wieder auf ihn zu warten. Er hatte vorgehabt, sich in den Trödel- und Antiquitätenläden der Via dei Coronati und ihrer Seitengassen umzuschauen.

Mit Stapeln von Ölschinken aus allen Epochen, beschädigten Rahmen, sehr alten Zirkuspferden, geköpften Heiligen und anderem Tand stellte jeder dieser Läden, als Materialsammlung betrachtet, eine Fundgrube für Leute wie Alois Zehetmaier oder Jerzy Parkow dar, wie Nilla erkannte.

Noch vor ungefähr fünfundzwanzig Jahren waren die besten Fälscher in Italien zu finden gewesen. Zur damaligen Zeit wurde in Rom eine im großen Stil agierende Werkstatt ausgehoben, seitdem waren die Fälscher vorsichtiger geworden. Für Nilla bestand aber kein Zweifel daran, daß einige nach wie vor auch in Italien operierten. Weltweit hatten die Fälschungen in den letzten zehn Jahren erheblich zugenommen. Vielleicht aber fielen nur mehr davon auf, weil sich die Untersuchungsmethoden weiterentwickelt hatten.

Carlo fand sie erst auf ihrem Rückweg. Das heißt, wenn er nicht gerufen hätte, hätte sie ihn nicht einmal bemerkt, denn er saß eineinhalb Meter über ihr im Garten eines Restaurants unter Bäumen. Der Garten lag auf einer erhöhten Ecke zwischen zwei im spitzen Winkel aufeinandertreffenden Straßen. Die kleine Erhebung war für Rom nicht ungewöhnlich, denn der Schutt von zweitausend Jahren hatte das Niveau der Stadt hier und da angehoben.

Anscheinend hatte Carlo gerade einen Imbiß beendet, und zwar nicht allein, wie ein weiteres Gedeck verriet. Während sich Nilla auf den jetzt unbesetzten Stuhl vor dem zweiten Teller fallen ließ, musterte sie das leere Weinglas vor sich auf der Suche nach Lippenstiftspuren.

»Du bist also Giulio di Strattesi, Enkel der Marchesa Valeria di Strattesi-Giovese, und hast in Rom summa cum laude in Archäologie und Kunstgeschichte promoviert«, zählte sie ohne Umschweife auf.

Unbeteiligt betrachtete Carlo ein Auto, das sich unter ihnen durch eine enge Lücke zwischen parkenden Wagen quälte.

»Wer hat's dir erzählt?«

»Die Lampedusis. Ich war in der Hertziana, um herauszufinden, ob es einen Hinweis auf das ›Opus divus‹ oder ihr Symbol gibt. Wer bist du wirklich? Carlo Meier oder Giulio di Strattesi? Auf welchen Namen lautet deine Geburtsurkunde?«

Carlo lächelte versonnen.

»Meine Mutter war achtzehn, als ihr hier in Rom Charly Meier begegnete. Als ihr Bruder Clodio Wind von ihrer Affäre bekam, stellte sich der gesamte Strattesi-Giovese-Clan gegen Charly, aber da war meine Mutter bereits schwanger. Mit Hilfe eines gefälligen Justizbeamten wurde Charly das Pflaster in Rom heiß gemacht, er ging zurück nach Deutschland. Geboren bin ich in dem Palazzo, den du gestern kennengelernt hast. Die Familie irrte aber, als sie glaubte, jede Verbindung zwischen Ottavia und Charly gekappt zu haben. Drei Tage nach meiner Geburt holte Charly meine Mutter und mich heimlich nach Deutschland, und es gelang ihnen, am Tag darauf zu heiraten und meine Geburt anzumelden. Er hatte längst alles vorbereitet, er hatte auch einen Arzt, der ihm behilflich war. So besitze ich zwei Geburtsurkunden und zwei gültige Pässe.«

»Den zweiten würde ich eher als gelungene Fälschung ansehen.«

»Dann bist du die erste.«

»Über die Echtheit deiner Papiere müssen wir nicht streiten. Du hättest es mir nur früher erzählen können.«

»Wann früher?«

»Zum Beispiel vor der Romreise.«

»Da war ich noch nicht bereit, mich ans Messer zu liefern.«

Nilla ging nicht darauf ein.

»Dann bist du also in Deutschland aufgewachsen? Wo?«

»Die ersten Jahre in Heidelberg. Als ich vier oder fünf war, sind wir mehrmals umgezogen. Damals begann meine Mutter sich zu verändern, sie verlor ihre Fröhlichkeit, sie wurde vergeßlich und traurig. Ich glaube, das Leben in Deutschland deprimierte sie, sie war ja durch und durch Römerin und in ganz anderen Verhältnissen aufgewachsen. Die Tragödie war wohl nicht aufzuhalten. Aber wie das so ist, Charly und ich quälten uns mit Schuldgefühlen.«

Sie muß Selbstmord begangen haben, dachte Nilla schockiert.

»Aber du warst erst acht Jahre alt, als du deine Mutter verloren hast. Hat Charly denn nicht mit dir darüber gesprochen?«

»Er konnte es nicht, seine eigenen Schuldgefühle fraßen ihn auf. Und was mich betrifft: Ich war vor allem wütend, weil ich ein Spielzeug nicht wiederfinden konnte. Das Ding hatte mir meine Mutter zu meinem letzten Geburtstag geschenkt.«

In seiner Stimme war alte Trauer aufgeklungen, und dem Blick nach hoffte er auf ein deutlicheres Zeichen von Anteilnahme. Nilla fiel es schwer, sich keine Betroffenheit anmerken zu lassen. In der eingetretenen Stille hörte man, wie ausgerechnet jetzt ihr Magen knurrte. Rasch preßte sie die Hand darauf, um das Geräusch zu dämpfen.

»Warum hast du nicht gesagt, daß du Hunger hast?« fragte Carlo unwirsch.

»Ich spüre ihn jetzt erst. Nach Geschichten wie deiner fall ich zu Hause immer über den Kühlschrank her. Es tut mir leid, daß ich so unsensibel reagiere«, sagte sie scheinbar zerknirscht.

»Laß uns gehen«, entgegnete er knapp und stand auf.

»Wieso? Ich möchte mir etwas zu essen bestellen.«

Indem er die Lehne ihres Stuhls leicht nach vorn kippte, nötigte er sie aufzustehen.

»Alles, was sie hier anbieten, kommt vorgefertigt in die Pfanne oder die Mikrowelle, drei Straßen weiter finden wir ein besseres Lokal.« Carlo klang so unduldsam wie früher, was sie aufatmen ließ, er mußte ihr nicht länger leid tun.

»Aber du hast selbst hier gegessen.«

»Es war ein Fehler, außerdem war es nicht meine Idee, dies Lokal aufzusuchen. Ich erzähle dir später, mit wem ich mich getroffen habe. Und hungrig bin ich immer noch. Ich habe mich mit Antipasti begnügt: nur zwei Scheiben Pancetta, ein paar Oliven und Brot.«

Carlo wählte ausgerechnet eine etwas schäbig wirkende Trattoria, vor der die Leute Schlange standen.

»Ich nehme an, hier essen nur Einheimische«, sagte Nilla murrend, »ich wäre aber schon mit einem der Touristenlokale zufrieden, ich möchte nur was essen und ungestört mit dir reden.«

»Wir warten«, beschied Carlo sie, »du wirst noch einsehen, es lohnt sich.«

Seinem Tonfall war anzumerken, daß er darauf beharren wollte, ihr seine Ortskenntnis zu beweisen, obwohl sie keinerlei Wert darauf legte.

Es war nicht ganz einfach, sich zu verständigen, ohne daß

die Umstehenden etwas davon mitbekamen. Nilla setzte darauf, daß die wenigsten Italiener Deutsch verstanden.

»Was hast du in den Trödelläden herausgefunden?«

Carlo lehnte sich mit dem Rücken an die Hauswand, dabei schweifte sein Blick über die vor ihm Stehenden. Er zog Nilla dicht zu sich heran, so daß sie wie ein Liebespaar wirkten, das inmitten einer Menge ein bißchen Privatheit suchte. Sein Blick allerdings blieb unmißverständlich kühl.

»Auch hier in Rom ist etwas in Gang. In den Läden tauchen seit einiger Zeit vermehrt Leute auf, die gezielt nach Gemälden aus bestimmten Epochen suchen und ein gewisses Interesse an Nebensächlichkeiten wie dem Format, der Verkeilung von Leisten, den alten Befestigungsnägeln und ähnlichem bekunden, was man ja sonst nicht tut.

Es war gar nicht so einfach, das herauszufinden, aber nachdem ich sechs, sieben ähnliche Gespräche geführt hatte, ging mir bald ein Licht auf. Außerdem ist ein Satz alter Malerwerkzeuge verkauft worden, und ein Trödler mit einem winzigen Laden ist einige Döschen mit Pigmenten losgeworden, die vorher keinen Abnehmer fanden, weil sie inzwischen leicht ausgebleicht sind.«

Carlo verströmte einen moschusartigen Duft, der etwas Vereinnahmendes hatte und dem sie sich nicht entziehen konnte. Für ein, zwei Atemzüge versetzte er sie in einen taumeligen Schwebezustand. Mathis Kress, fiel ihr ein, hatte irgendwie ähnlich gerochen.

»Das haben dir die Händler erzählt?«

»Ich kenne den Mann, der die Pigmente verkaufte, gut genug, um ihn zu bitten, mir behilflich zu sein. Zum Teil waren wir zusammen unterwegs, zum Teil getrennt. Er war gerade gegangen, als du gekommen bist.«

»Hast du etwas über die Aufkäufer erfahren?«

»Es waren drei oder vier verschiedene, die sich alle einigermaßen auf italienisch verständigen konnten und vorgaben,

Touristen zu sein. – Was hast du außer meiner Abstammung in der Hertziana herausgefunden?«

»So gut wie gar nichts.« Nilla wäre liebend gern von ihm abgerückt. Und es deprimierte und ärgerte sie, daß Carlo überhaupt kein Gespür dafür zu haben schien, was er mit ihr anstellte. »Über das Symbol habe ich nichts gefunden, ›divus‹ erscheint in der Kombination mit Julius, gemeint ist Julius Cäsar. Aber das bringt uns kaum weiter.«

Carlo wandte sich zur Seite und spähte in das Lokal.

»Dort hinten wird ein größerer Tisch frei, rück auf, ich hoffe, wir kommen mit dem nächsten Schwung rein.«

12

Sie hatten das Glück, einen winzigen Tisch für sich zu erhalten. Er stand direkt an einer Balustrade, die einen erhöhten Teil des Gastraums vom übrigen abtrennte. Allerdings saßen sie nahezu in der Mitte, so daß es bei der allgemeinen Enge unmöglich schien, eine vertrauliche Unterhaltung zu führen, nicht einmal auf deutsch, denn sogar in dieses Insider-Lokal hatten Touristen gefunden. Am Nachbartischchen jenseits der Balustrade wurde holländisch gesprochen.

Carlo ließ die Suppe zurückgehen, nachdem er einen Löffel davon probiert hatte.

»Die Suppe ist lauwarm«, beschwerte er sich laut.

Anstandslos nahm der Kellner den Teller wieder mit.

»Warum machst du so einen Aufstand?« wandte Nilla ein.

»Ich esse keine kalte Suppe«, gab er störrisch zurück.

Interessiert sahen die Holländer hoch.

»Und ich will kein Aufsehen«, schimpfte Nilla.

Schweigend wartete Carlo, bis der Kellner den Teller zurückbrachte, schweigend löffelte er die Suppa pavese und beobachtete verstohlen, wie Nilla mit ihrer Verstimmung kämpfte.

»Wann werden wir wie echte Partner zusammenarbeiten?« fragte sie gedämpft, als er den Löffel in den leeren Teller zurücklegte.

»Das liegt ganz bei dir«, sagte er leichthin.

»Ich muß erst noch mit deiner neuen Identität zurechtkommen«, murmelte Nilla.

»Das ist es also, was dich kratzbürstig macht. Bisher stand ich drei Stufen unter dir. Glaubst du mir jetzt eher, wo wir sozusagen auf gleichem Niveau verhandeln?«

Die Holländer aßen Artischocken, die in einer klaren Brühe schwammen. Ein köstlicher Duft drang herauf.

Nilla schwieg.

»Was ist?« erkundigte sich Carlo.

»Du meinst, alles, was du über die Fälschungen gesagt hast?«

»Ich würde hier nicht so laut über Fälschungen reden«, wies er sie leise zurecht.

»Warum bist du nach Rom gefahren und hast mich auch noch zu den Giovese mitgenommen? Nicht zu Unrecht hast du vorhin die Formulierung gebraucht, ›ans Messer liefern‹. Jetzt, wo ich Bescheid weiß, wirst du in Zukunft nicht mehr so einfach deine Identitäten wechseln können. Erkläre mir, warum du ein solches Risiko eingegangen bist.«

»Was ist dir im Palazzo Giovese besonders aufgefallen?«

Nilla spielte mit ihrer Gabel und zog so lange Furchen ins Tischtuch, bis sie zu seinem Erstaunen das Opus-divus-Symbol nachgezeichnet hatte. Er drängte nicht auf eine Antwort, ohnehin wurde der nächste Gang serviert.

»Wolltest du auf den Guido Reni, den Canaletto, den Tizian oder die anderen Gemälde anspielen oder auf die antiken Elfenbeinschnitzereien, die rot- und schwarzfigurigen etruskischen Vasen und so weiter? Was habe ich alles nicht gesehen?« fragte sie, sobald der Kellner gegangen war.

Sorgfältig tupfte er sich die Lippen ab, nahm sein Glas in die Hand und ließ den Wein kreisen.

»Erstaunlich, so ein Glas, nicht wahr? Mit seiner glatten, vollen Rundung kann es eine unglaubliche Sinnlichkeit haben.« Mit dem Daumen strich er in einer langsamen zärtlichen Bewegung über die Wandung. »Gesehen hast du das wenigste. Und du hast vergessen zu erwähnen, daß der Palazzo, abgesehen vom Personal, nur von drei alten Menschen bewohnt wird, von denen der eine, mein Großonkel Agostino, zügig in die Senilität steuert. Onkel Clodio hält mit Hilfe Antonio Morettis den ganzen Klüngel noch einigermaßen zusammen, aber wie lange noch?«

Nillas Blick hing wie hypnotisiert an seiner Hand.

»Du machst dir Sorgen um sie und bist deshalb hergekommen?« fragte sie mit belegter Stimme und trank einen Schluck Wein.

»Ich bin krank vor Sorgen«, sagte er bedächtig und stellte sein Glas zurück. »Die Giovese-Sammlung ist für einen Raubzug des ›Opus divus‹ geradezu prädestiniert, es bedarf dazu nicht einmal besonderer Raffinesse oder Gewalt wie im Russborough-House. Vor zwei Jahren habe ich die gesamte Sicherheitsanlage überprüft und Clodio Verbesserungsvorschläge unterbreitet. Ob er sie befolgt hat, weiß ich nicht, er hat seine eigenen Vorstellungen und muß immer erst noch den Rat von Livio Pisani einholen. Das meiste, was im Palazzo an Schätzen vorhanden ist, gehörte längst in ein Museum.«

Nilla nickte bestätigend.

»Wie der Michelangelo-Putto?«

Jetzt hatte sie ihn überrascht.

»Hat dir Ettore davon erzählt? Er sollte besser den Mund halten. Dabei ist der Putto nur in bezug auf Michelangelos Entwicklungsgeschichte interessant, es gibt zweifellos Besseres von ihm, das solltest du wissen.«

»Hättest du mir nicht alles vorher erzählen können?«

»Wer ich bin? Meine Sorgen um die Familie? Du hast doch selbst darauf hingewiesen, daß ich auch noch jemand anderes bin, Giulio di Strattesi macht nur einen Teil von mir aus, und es hat mich einiges gekostet, die beiden Teile möglichst getrennt zu halten.« Er griff nach der Speisekarte. »Möchtest du dolci?«

»Ich möchte etwas klarstellen«, sagte sie mit Nachdruck. »Soll ich es als Vertrauensbeweis sehen, daß du jetzt endlich einigermaßen offen bist? Ja, ich möchte etwas zum Nachtisch. Bestell mir, was hier besonders zu empfehlen ist. Aber vor allem möchte ich wissen, ob wir von nun an alle Karten auf den Tisch legen und sie gemeinsam ausspielen.«

Ihr offener Blick wirkte überzeugend, er sah ihr gern in die großen, klaren grauen Augen, in denen sich die Lichter der Lampen spiegelten.

»Magst du Crostata di Crema? Fichi Mandorlati?«

»Bestell einfach. Also, was hältst du von ehrlicher Partnerschaft?«

Er legte die Speisekarte beiseite.

»Siehst du eine andere Möglichkeit, um mit den Ermittlungen voranzukommen?« Er winkte den Kellner heran.

»Dann fang ich damit an«, sagte Nilla ernst, sie gab sich rührende Mühe, aufrichtig zu erscheinen. »Es gibt etwas Neues über die Gainsboroughs. In dem Londoner Magazin, wo die echten untergebracht sein sollen, ist ein Brand ausgebrochen. Dabei sind neben einigen nicht so wertvollen Werken die Gainsboroughs bis zur Unkenntlichkeit zerstört worden. Die Nachricht habe ich über e-mail erhalten, ich war heute morgen in einem Internetcafé.«

Sie hatte wirklich einen arbeitsamen Vormittag verbracht. Carlo nahm den kleinen Löffel und klopfte sich damit in die Handfläche.

»Was sagt Wittich dazu?« Es war an der Zeit zuzugeben, daß er nie geglaubt hatte, sie habe tatsächlich seine Anweisungen, jeden Kontakt zu Wittich zu unterlassen, befolgt.

»Seit Wien habe ich ihn nicht mehr gesprochen, er weiß nicht einmal, daß wir hier sind.«

Carlo atmete einmal tief durch und erwog die Möglichkeit,

daß sie log. Die Wahrscheinlichkeit schätzte er auf fünfzig Prozent.

»Gut so«, sagte er ruhig. »Dann laß uns über die Gainsboroughs nachdenken. Das Feuer ist vielleicht gelegt worden, um den Austausch der Bilder zu vertuschen. Nachdem die Nachricht durchgesickert ist, daß wir die Fälschungen bei Jerzy entdeckt haben, mußte vor allem verhindert werden, daß sie einer Prüfung unterzogen wurden. Der Brand spricht für das, was wir schon wissen. Die Brutalität nimmt zu, als wäre das ›Opus divus‹ unter Druck geraten – unter Zeitdruck.«

»Warum sollte es unter Zeitdruck stehen?«

»Frag mich etwas Leichteres. Wenn wir es wüßten, wären wir der Lösung unserer Aufgabe entschieden näher.«

»Das ist ja gerade das Problem. Wir wissen nicht einmal, wo wir ansetzen sollen.«

13

Am nächsten Morgen stand Nilla zeitig auf, sie wollte auf der Piazza della Rotonda wieder den Tauben bei ihrem Bad zusehen und in Ruhe einen Espresso trinken, bevor sie sich mit Carlo zum Frühstück treffen würde.

Abends hatte sie noch mal mit Wittich telefoniert. Sie erzählte ihm von den Aufkäufern in den Trödelläden. Und dann sprachen sie über Nofretete, die große Neuigkeit, mit der Wittich aufwarten konnte. Als Nilla über Meier alias Strattesi berichten wollte, hörte sie, wie jemand zu Wittich ins Zimmer trat. Auf einmal klang seine Stimme matt, wie erloschen.

»Hast du Schmerzen?« fragte sie rasch. »Jedesmal, wenn ich bisher mit dir telefonierte, hatte ich den Eindruck, du stehst kurz vor der Entlassung. Was ist wirklich los?« Sie sah ihn im Bett liegen, so wie einen Tag vor ihrer Abreise, kaum fähig, sich zu bewegen, und fragte sich, ob er ihr in den letzten Tagen etwas vorgemacht hatte.

»Ich muß hier noch ein bißchen ausharren, aber es sieht gut aus, mach dir keine Sorgen um mich.« Er beendete das Gespräch. Seine Versicherung hatte sie nicht beruhigt.

In der Hotelhalle stieß sie unverhofft auf Carlo. Es kam ihr so vor, als sei er gerade erst hereingekommen, offenkundig war er noch früher aufgestanden als sie. Flüchtig erwog sie die Möglichkeit, daß er die Nacht gar nicht im Hotel verbracht hatte.

»Wo willst du hin?« fragte er leise. Er wirkte keineswegs übernächtigt, aber auch nicht topfit. Fast war sie versucht zu fragen: »Und wo kommst du her?«

Statt dessen erklärte sie: »Ich bin auf der Suche nach einem ruhigen Ort zum Nachdenken, gestern hab ich gleich um die Ecke an der Piazza della Rotonda einen Espresso getrunken.«

»Dann laß uns dorthin gehen.«

Als der Kaffee vor ihnen stand, draußen, mit Blick auf die Tauben und den Brunnen, fragte er: »Worüber willst du nachdenken? Du siehst aus, als hättest du ein Problem zu wälzen.«

»Ich wälze welche, seit ich dich kenne.« Versonnen rührte sie im schaumigen Rand ihres Espressos, damit sich der Duft intensivierte. »Eins davon betrifft unsere Ermittlungen. Hier in Rom ist bisher nichts dazugekommen, was uns wirklich weiterhilft. Und deine Befürchtung, das ›Opus divus‹ müsse sich das Haus deiner Großmutter als nächstes Ziel vornehmen, ist reine Mutmaßung. Aber nehmen wir mal an, die Diebe wollen tatsächlich bei den Giovese zuschlagen: Werden sie Gemälde austauschen? Dazu müßten sie genau wissen, was sie finden werden, und fertige Fälschungen bei der Hand haben. Und damit sind wir bei deinen gestrigen Recherchen. Wir müßten mehr über die gekauften Bilder wissen, zum Beispiel ihr exaktes Format und bei Bildtafeln die Holzart. Handelt es sich um Pappel-, Kastanien-, Walnuß- oder Pinienholz? Italienische Maler bevorzugten Pappel, die Rückseiten ließen sie ungehobelt. Niederländer und Franzosen zogen Eiche, Linde, Rotbuche vor und glatte Rückseiten. Aber wozu erzähle ich dir das überhaupt?«

»Du willst auf etwas Bestimmtes hinaus.«

»Noch bin ich nicht überzeugt von dem, was du über diese Käufer gesagt hast. Wieso fielen diese Touristen auf? Weil sie sich nicht das Geschwafel der Händler über die Brillanz der Malerei anhören wollten und die Bilder auch mal von hinten betrachtet haben? Ich finde daran nichts Ungewöhnliches.«

Carlo lächelte versonnen. »Die Bildaufkäufer haben nicht versucht zu handeln, sondern sofort Bargeld oder Kreditkarte gezückt. Nicht einmal der unerfahrenste Tourist verhält sich heute noch so. Deine Idee, Details für einen Vergleich mit Gemälden der Giovese-Sammlung herauszufinden, ist nicht schlecht. Ich werde mich um diese Details kümmern.«

»Und wie willst du vorgehen?«

Carlo rückte den Stuhl vom Tisch ab, streckte seine langen Beine aus, schlug sie übereinander und wippte mit dem Fuß.

»Es gibt mehrere Möglichkeiten. Die zweite, die mir einfällt, besteht darin, meinen Freund, den Trödelhändler, anzuheuern. Er verhandelt über ein Bild oder eine Kommode, während ich mir im Nebenzimmer die Geschäftsbücher vornehme und die Eintragungen durchgehe, diese Arbeitsteilung ist gute alte Tradition unter Dieben. Einer lenkt ab, einer klaut.«

»Beschränk dich auf Informationen und laß, wenn's geht, weder silberne Löffel noch Halsketten mitgehen.«

»Du vergißt, mit wem du es hier zu tun hast: Giulio di Strattesi klaut weder Löffel noch Taschenuhren.«

»Gib es mir schriftlich. Dann sollten wir uns jetzt die Tizians in der Villa Borghese vornehmen, oder hast du vergessen, daß wir wegen der Tizians hergekommen sind?«

»Das kann warten, genauer gesagt, laß mir Zeit, den Besuch einzufädeln, es hat keinen Sinn, sich zwischen einen Haufen Touristen zu mischen.«

»Wir könnten uns bei der Leitung anmelden.«

»Das wäre zu auffällig, ich ziehe eine informelle Vorgehensweise vor.«

Schon bei der Bemerkung über die Arbeitstechniken von Dieben hatte sich bei Nilla eine Art erhöhter Achtsamkeit bemerkbar gemacht, die sich jetzt zum Unbehagen steigerte.

»Laß uns später noch einmal darüber reden. Worin bestand die erste Möglichkeit?«

Carlo kratzte sich den Handrücken und starrte auf den Brunnen. Die dünnen Wasserstrahlen funkelten in der Sonne, eine Taube versprühte wieder glitzernde Tropfen, im Hintergrund leuchteten die Säulen am Portikus des Pantheons hell vor der dunklen Eingangshalle.

»Die meisten Läden öffnen erst um elf, ich hätte bis dahin also gut zwei Stunden Zeit, um die Bücher durchzusehen.«

Nillas Hand zuckte, die Tasse fiel klirrend um, ein Schwarm Tauben stob flügelrauschend auf und umkreiste den Obelisken, der den Brunnen zierte.

»Reg dich bloß nicht auf«, beschwichtigte Carlo, »mir geht's nur um größtmögliche Effektivität.«

»Nein, ich rege mich nicht auf«, antwortete Nilla, »nur sollten Einbrüche bei dieser Recherche nicht zur Gewohnheit werden, einer langt vollauf, verstehst du? Ich will nicht, daß du irgendwo einbrichst«, setzte sie schärfer nach.

»Na schön.« Er zuckte nachlässig mit den Schultern. »Was willst du jetzt machen?«

»Am liebsten würde ich irgendwo laufen und dabei nachdenken, zu Hause gehe ich jeden Morgen joggen, das entspannt mich für den ganzen Tag. Mir fehlt das.«

»Darf's eine etwas gemächlichere Bewegung sein?« fragte Carlo freundlich.

Sie nahmen den Bus.

Carlo besorgte die Tickets in einem Tabakladen, Nilla fand es erstaunlich, daß er nicht schwarzfahren wollte. Durch das

Busfenster beobachtete sie das Treiben auf den Straßen. Viele der Italienerinnen erinnerten sie an Sonia. Schön war das dichte, dunkle Haar, die Mähnen sprühten geradezu vor Lebendigkeit. Die Bewegungen dieser Frauen wirkten fabelhaft selbstsicher und zielgerichtet, sogar wenn sie in den Bus einstiegen und ihre Handtaschen fester unter den Arm klemmten. In allem kam eine überwältigende körperliche Präsenz zum Ausdruck. Gegenüber diesen Frauen kam sie sich selbst allzu unscheinbar vor. Auf einen Mann wie Carlo konnte sie gar keinen Eindruck machen, nicht in Rom.

Für einen Spaziergang hätte Nilla nicht unbedingt das Forum Romanum gewählt. Aber Carlo durchquerte es nur und stieg rechts von der Via Sacra zum Palatin-Hügel hinauf.

Von Vogelgezwitscher abgesehen, herrschte absolute Stille und Einsamkeit. Eine ganze Weile schlenderten sie einträchtig schweigend umher. Ein paar Zypressen und Pinien wuchsen auf den weiten Rasenflächen, es duftete nach Harz und Vergessenheit. Schließlich steuerte Carlo auf das Gemäuer der Domus Augustana zu.

»Was führt dich ausgerechnet hierher?« fragte Nilla.

»Der Palatin gehört zu meinen Kindheitserinnerungen. Natürlich kam er mir damals riesiger und verwunschener vor. Ettore und Clodio haben mich einige Male mit hinunter in den alten Kaiserpalast genommen. Aber meine Mutter sah das nicht gern.«

Sie standen vor einem Metallzaun, hinter dem es mindestens fünf, sechs Meter in die Tiefe ging. Aus den Wänden ragten die Reste von Bögen hervor, auf halber Höhe gab es Podeste und Öffnungen in geheimnisvolle Gewölbe. Nilla stellte sich die Kletterpartien des Jungen über bröcklige Steine vor. Doch wieso war Ottavia di Strattesi mit ihrem kleinen Sohn nach Rom zurückgekehrt?

»Dann hatte sich deine Mutter mit ihrer Familie ausgesöhnt?«

»Sie hatte sich auf ein Abkommen eingelassen. Valeria wollte ihren Enkel sehen und Ottavia wenigstens ein paar Wochen im Jahr in Rom leben. Deshalb kamen wir jeden August und blieben oft bis Ende September.«

»Wie hat sich deine Mutter mit ihrem Bruder verstanden? Er scheint mir eigentlich recht umgänglich zu sein.«

»Was bekommt ein fünf- oder sechsjähriges Kind schon von den Querelen der Erwachsenen mit? Ich fand's vor allem schade, daß Charly nie dabei war. Meine Großmutter wollte ihn nicht in Rom und schon gar nicht in ihrem Haus haben.«

»Was heißt hier *ihr* Haus? Der Palazzo Giovese, in dem du geboren bist, gehört Agostino.«

»Das ist richtig, es gibt aber auch einen Palazzo Strattesi in Rom, und zu Lebzeiten meines Großvaters hat die Familie in beiden Häusern gewohnt. Heute benutzen sie nur noch das der Giovese, das andere steht leer.«

»Was geschah mit dir nach dem Tod deiner Mutter?«

»Wann?«

»Du warst acht, als sie starb«, sagte Nilla ungeduldig. Sie schlenderten zum Stadion des Domitian hinüber, das jetzt eine riesige längsgestreckte Grube bildete, weil der Palatin-Hügel im Laufe von zweitausend Jahren meterhoch über das alte Bodenniveau gewachsen war.

Nilla beugte sich über das eiserne Geländer, um zu den Türen hinabzuspähen, die sich sechs oder sieben Meter unter ihr befanden. Sie fragte sich, in was für Räume sie führten.

»Ich hab einige Zeit bei Valeria gelebt. Aber dann wollte ich zurück zu Charly, der Palazzo Giovese war mir ohne Ottavia zu groß und zu düster, der Abenteuerreiz der früheren Jahre hatte sich verflüchtigt.«

»Es kann für Charly nicht leicht gewesen sein, dich allein großzuziehen.«

Carlos Hände spannten sich um das Schutzgitter. »Er hat es mir auch nicht leichtgemacht und mich einer Roßkur unterworfen, damit ich meine Entscheidung noch einmal überdachte.

Ich wurde so hart rangenommen, daß mir jeden Abend die Glieder schmerzten.«

»Womit rangenommen?«

Auf einmal stand Carlo auf dem Eisengitter. Mit der Leichtigkeit eines Ballettänzers hatte er sich in einer einzigen fließenden Bewegung auf den höchstens drei, vier Zentimeter dicken Holm geschwungen. Er spreizte die Arme nicht einmal ab, um das Gleichgewicht zu halten, nahm Anlauf und schlug Rad.

Nilla schrie auf. Carlo wollte ihr angst machen, und das gelang ihm ausgezeichnet.

Sobald er zu ihr zurückkam, ergriff sie ihn am Arm, um ihn herunterzuziehen. Das hätte sie lassen sollen. Eine beklemmende Sekunde lang schwankte er, dann neigte er sich zur falschen Seite. Jetzt mußte er abstürzen. Aber er fing sich wieder, sprang ab und stellte sich neben sie.

»Ich glaube«, sagte er ruhig, »die Roßkur hat mir gutgetan. Charly war ein ausgezeichneter Lehrer, der die Übungen wie ein Spiel aussehen ließ und dem es gelang, meinen Ehrgeiz anzustacheln. Wahrscheinlich wußte er, daß es die richtige Methode war, mit dem Verlust meiner Mutter fertig zu werden. In Rom gelang mir das nicht.«

Aufgebracht, ließ ihn Nilla stehen. Wahrscheinlich hätte er sich bei einem Absturz nicht einmal den Hals gebrochen, sondern nur den Fuß verstaucht.

In den Farnesischen Gärten holte er sie ein. Späte Sommerblumen schufen eine müde, gelassene Atmosphäre, Dahlien waren über die Begrenzung der Beete gewuchert, abgefallene, zertretene Blüten bedeckten die schmalen Wege. Um an ihre Seite zu gelangen, mußte Carlo einen Rosenzweig beiseite schieben.

Er schrie auf und starrte entgeistert auf seine Hand.

Nilla ergriff sie und spreizte den Zeigefinger ab, während Carlo vor Schmerz die Augen schloß. An der Spitze bildete sich ein Blutstropfen. Vorsichtig bog Nilla die anderen Finger auf, betrachtete die Kuppen, strich darüber. Endlich reagierte

Carlo und entzog ihr die Hand, Nilla wartete, bis er die Augen öffnete.

»Hast du nie Papillarlinien gehabt? Es muß für einen Dieb praktisch sein, wenn er keine Fingerabdrücke hinterlassen kann.«

Mit der anderen Hand wischte er sich mitgenommen über die Wange.

»Du hast keine Papillarlinien«, wiederholte Nilla beharrlich, »wieso?«

Die Frage war ihm merklich unangenehm. »Eine Anomalie.«

Anscheinend war damit eine extreme Empfindlichkeit verbunden. Carlo hatte erzählt, daß sein Vater seine Sinneswahrnehmungen über das normale Maß hinaus geschärft hatte. Was verrieten ihm also diese Finger über die Beschaffenheit einer Gemäldeoberfläche oder eines Steins?

Sie strich sich über die nackten Unterarme.

Oder die von Haut?

Unwillkürlich stellte sie sich vor, jemand anders berührte sie.

»Willst du noch ins Museum?« fragte Carlo, sobald sie einen Bogen aus dunklem Taxus durchschritten hatten, der aus dem Garten hinausführte.

Auf dem Hügel gab es ein Museum, einen kleinen hellen Bau, in dem die auf dem Palatin ausgegrabenen antiken Fundstücke ausgestellt wurden.

Auf den Kopf des Mädchens achtete Nilla erst auf dem Weg zum Ausgang. Eine Zehnjährige mit Ponyfransen, S-förmig eingerollter Locke vor den Ohren, die Haare zu einem Zopf geflochten und auf dem Hinterkopf zusammengedreht. Der Marmorkopf ruhte auf einem Sockel, der das Gesicht auf Augenhöhe präsentierte, Licht fiel von der Seite ein und modellierte die runde Wange nach, so daß man meinte, den Flaum zu sehen. Das Mädchen wirkte frappierend gegenwärtig.

»Wen stellt die Kleine dar?« fragte Nilla angerührt.

»Eine junge Römerin, der Kopf ist in der Domus Augustana gefunden worden. Wenn du genug gesehen hast, könnten wir meine Großmutter noch einmal besuchen, inzwischen dürfte sie aufgestanden sein.«

»Übrigens«, bemerkte Nilla beim Hinausgehen, »ich halte nicht viel von Roßkuren bei Kindern.«

»Falls du auf Charlys Erziehungsmethoden anspielst, sie haben mir nicht geschadet. Im Gegenteil, ich bin ihm für vieles dankbar.«

»Hat er dich ab und zu über glühende Kohlen laufen lassen? Angeblich stärkt das die Willenskraft.«

Carlos Lachen klang entspannt.

»An Willenskraft hat es mir noch nie gefehlt.«

14

Wittichs Herz lag wie ein Stein in seiner Brust, er sah es vor sich: ein aufgequollener Klumpen, der lethargisch das Blut durch die Adern pumpte.

Wittich hatte dem Arzt nichts von den Panikattacken erzählt, die ihn nachts heimsuchten. Er hatte den mißbilligenden Blick bemerkt, den der Arzt über die auf Bett, Stuhl und Nachttisch ausgebreiteten Papiere schweifen ließ. Ein Wort über seine Ängste, die Erschöpfung, und der Arzt würde das ganze Zeug abräumen lassen und ihm jede weitere berufliche Tätigkeit kategorisch verbieten.

Manchmal verschwammen die Zeilen auf den Papieren, als machten auch noch seine Augen schlapp. Tagsüber döste er unerwartet ein, schreckte hoch und suchte den Faden, den er verloren hatte. Den Vormittag über hatte er sich mit Zahlen beschäftigt, Telefonnummern, Telefonabrechnungen, Übersichten über die im Ägyptischen Museum eingegangenen Anrufe und die von dort geführten Gespräche, eine Woche, zwei Wochen, fünf Wochen zurück, sechs Wochen. Die Nadel im Heuhaufen suchen. Er hatte die Arbeit selbst übernommen, denn er wollte sich beschäftigt halten, alles in der Hand haben, was, wie er wußte, nichts als Illusion war. Kress tauchte aus diesen Papieren auf, ein noch ganz schattenhafter Kress.

Wittichs Hände fuhren über die Bettdecke, suchten ein paar Papiere zu greifen, die zu Boden segelten, während ihm die Lider bleischwer herabsanken. Jemand kam herein, jemand sagte etwas. Eine Schwester? Einer seiner Leute? Jemand bückte sich, hob die Blätter auf, Papier raschelte, da stand jemand an seinem Bett, während er einnickte.

15

»Es ist ein schlafender Amor.« Nilla sprach so leise, als könnte jeder Laut das Marmorknäblein aufwecken. Ein höchstens fünfjähriger Junge, ein Unschuldskind, aus dessen Faust die Spitze eines Pfeils ragte.

Die Figur lag auf einer niedrigen, robusten, fest mit der Wand verbundenen Eichenkonsole. Das etwas ungefüge Möbel unterstrich noch die Feinheit der Marmorarbeit. Carlo hatte locker den Arm um Nilla gelegt und führte ihre Hand, um ihr Qualitäten zu verdeutlichen, die visuell kaum erfaßbar waren. Aber statt der Marmoroberfläche spürte Nilla in erster Linie seine Finger, diese überaus empfindungsfähigen Kuppen ohne Papillarlinien. Seit sie von dieser Besonderheit wußte, beherrschte sie ihre Vorstellungen. Jede Geste, mit der Carlo auf ihrem Rundgang durch den Palazzo Giovese auf die Kostbarkeiten der Sammlung gewiesen hatte, und die Kennerschaft, mit der er über Oberflächen fuhr, erinnerten sie daran.

Seine Haare kitzelten ihre Wange.

»Er ist bezaubernd, aber woher wißt ihr, daß er ein Werk

Michelangelos ist? Es gibt eine Figur in Turin, die als Michelangelos Putto gezeigt wird«, fuhr sie lauter fort.

»Du willst mich auf den Arm nehmen. Der Turiner Putto ist längst als Fälschung des sechzehnten oder siebzehnten Jahrhunderts entlarvt. Wir haben zu dieser Figur die nötigen Papiere. Baldassare de Milanese, der Kunsthändler, der den Putto im Auftrag Michelangelos Riario anbot, hat ihn, nachdem er ihn vom Kardinal zurückerhalten hatte, nochmals vergraben, um ihn bei einer archäologischen Ausgrabung ›entdecken zu lassen‹. Vorher hatte er dafür gesorgt, daß er die für Antiken typischen minimalen Beschädigungen aufwies. Du siehst, die Zehen sind ein wenig bestoßen. Mein Vorfahre Ottavio wußte sofort, um was es sich handelte, als der Putto wieder angeboten wurde, er hatte ihn ja schon einmal gesehen. Er hat ihn unter der Hand gekauft und sich die Herkunft schriftlich bestätigen lassen. Später hat er sich sogar eine Erklärung Michelangelos verschafft, er hat ihn in Florenz aufgesucht und bei der Gelegenheit den Botticelli gerettet.«

Botticellis Gemälde »Das Fest der Götter« bildete eine weitere Sensation der Sammlung. Die Giovese besaßen nicht etwa eine kleine Studie oder Vorzeichnung, sondern ein unbekanntes Hauptwerk.

Ottavio Giovese hatte der Werkstatt des Malers zu einer Zeit einen Besuch abgestattet, als der Bußprediger Savonarola sein Unwesen in Florenz trieb. Botticelli war gerade dabei, alle Gemälde heidnischen Inhalts zusammenzupacken, um sie in das Feuer zu werfen, das der Mönch vor dem Palazzo Vecchio mitten in der Stadt entfacht hatte. Alle Attribute sündigen und luxuriösen Lebens wie Geschmeide, Bilder, Bücher heidnischer Philosophen und kostbare Gewänder sollten zu Asche verbrennen.

»Ottavio hat Botticelli abgelenkt und das ›Fest der Götter‹ einem Diener zugeschoben, der es sofort in seinen Mantel wickelte«, hatte Carlo erzählt, »was Botticelli ins Feuer warf, war eine leere, in Sackleinwand gehüllte Tafel. Er war derart in seinem Bußwahn befangen, daß er den Austausch nicht bemerkte.«

»Mit anderen Worten«, kommentierte Nilla, »ihr besitzt einen Botticelli, für den ihr keinen Heller bezahlt habt.«

Und vermutlich, dachte Nilla, hatte Ottavio Giovese Michelangelos Amor für einen Spottpreis bekommen, indem er Baldassare de Milanese erpreßt hatte.

»Übrigens brauche ich keinen schriftlichen Nachweis«, erklärte Carlo, »ich habe so viele Werke Michelangelos abgetastet, daß ich die Echtheit fühlen kann.«

Nillas Hand lag flach auf dem Gesäß des Kindes, Carlo steckte seine Finger zwischen die ihren und glitt mit ihnen über den Schenkel abwärts, knapp an dem winzigen Penis vorbei bis in die Vertiefung zwischen den Beinen. Das Kind ruhte auf der Seite und wies dem Betrachter, ähnlich wie Parmigianinos Amor, vorwiegend die Rückenansicht.

»An dieser Partie ist der Marmor nicht mehr hochpoliert. Ich mag es, wenn ich den Rhythmus der Meißelschläge spüre und das unverwechselbare Muster aus einer bestimmten Schlagfolge, -dichte und -richtung«, sagte Carlo weich.

»Es ist wie ein Fingerabdruck.« Vorsichtig zog Nilla ihre Hand zurück, sie spürte ohnehin nichts von dem, was Carlo erläuterte. Sie war viel zu sehr mit ihm selbst beschäftigt.

Er beugte sich über das Kind und steckte seinen Kopf in die Kuhle unterhalb des Bauchs, um zu schnüffeln. Auf einmal angewidert, schlüpfte Nilla unter dem Arm durch, der auf ihre Schulter gerutscht war, und richtete sich auf.

»Anscheinend kannst du die Echtheit auch noch riechen«, sagte sie ironisch.

Die Hand auf den Sockel gestützt, erhob sich Carlo.

»Ich nehme alle Sinneseindrücke zusammen«, sagte er gedämpft, fuhr sich erst durch die Haare und betrachtete anschließend stirnrunzelnd seine Handflächen. »Wie es funktioniert, weiß ich aber nicht.«

Er muß schwul sein, überlegte Nilla. Nichts hatte darauf hingedeutet, daß er sich der Nähe einer attraktiven jungen Frau – und das war sie ja doch – auch nur für einen Moment bewußt geworden war.

Die Marchesa hatte Carlo liebevoll umarmt und sein Gesicht betastet, als müsse sie sich auf diese Weise seiner Gegenwart versichern. Ihr Blick wirkte verschwommen, dic Pupillen waren wieder vom Kokain geweitet. Sie trug noch einen Morgenrock, obwohl sich Carlo angemeldet hatte. Vielleicht ging es ihr nicht gut.

»Führ deine Freundin etwas herum«, forderte sie Carlo auf, »unterdessen mache ich mich fertig. Danach essen wir gemeinsam, die Köchin bereitet nur das zu, was du gern magst.« Ein fast ängstlicher Ausdruck trat auf ihr Gesicht. »Livio ißt mit uns, du hast doch nichts dagegen?«

Carlos Arme, die die alte Frau umfangen hielten, fielen herab.

»Clodio wollte, daß er kommt«, sagte Valeria unglücklich.

»Wozu?« entgegnete Carlo bissig.

Beim Essen gab er sich aber erstaunlich friedlich, nachdem ihm sowohl Livio di Pisani als auch sein Onkel Clodio di Strattesi freundschaftlich auf die Schulter geklopft hatten, Clodio hatte ihm scherzhaft mit dem Finger gedroht.

»Wir lassen dich in Zukunft polizeilich suchen, wenn du dich weiterhin so rar machst. Zwei Jahre warst du nicht hier, es waren zwei lange Jahre.«

»Ich hätte zwei weitere fortbleiben können, es hat sich nichts geändert«, erwiderte Carlo.

»Es liegt nicht an uns«, wandte Livio leise ein, »deine Großmutter sträubt sich.«

»Verdrehst du da nicht einiges?« erwiderte Carlo reserviert.

Am Essen nahm auch Agostino di Giovese teil. Die Mahlzeit fand in einem der kleineren Salons statt. Nilla entdeckte ein paar Blätter von Piranesi an den Wänden und wunderte sich über den Geschmack der Giovese, die die düsteren Zeichnungen als Eßzimmerdekoration für passend hielten.

Antonio Moretti schenkte Wein ein und servierte die einzelnen Gänge, lautlos und beflissen wechselte er dabei von Gedeck zu Gedeck. Eine Weile plätscherte die Unterhaltung mit größter Leichtigkeit dahin, damit die volle Aufmerksamkeit dem Essen gelten konnte.

»Wie gefällt Ihnen die Giovese-Sammlung?« fragte Pisani während des ersten Hauptgangs.

»Allein mit dem Michelangelo-Putto und Botticellis ›Fest der Götter‹ könnte sie mit denen der Galleria Doria Pamphili und der Galleria Spada konkurrieren.«

»Uns liegt aber gar nichts an einer Konkurrenz«, warf die Marchesa ein.

»Es sind schöne Werke dabei«, sagte Nilla verbindlich, »was immer Sie damit vorhaben.« Sie untertrieb absichtlich. Durch die unbekannten Werke der ganz großen Künstler war die Sammlung sensationell. Sie vermutete, daß auch der Tizian – das Bild einer jungen Frau vor einem Ausblick in eine weite, heroische Landschaft – nicht im Werkverzeichnis des Malers aufgeführt war. Die Sammlung war für Kunsthistoriker von höchstem Interesse – aber für Diebe nicht weniger, da mußte sie Carlo zustimmen.

»Sie haben nichts anderes parat als den Allerweltsbegriff der Schönheit?« fragte Clodio süffisant. »Schönheit hat mit Kunst überhaupt nichts zu tun, sie lenkt nur ab.«

Nilla spürte, wie sie errötete.

»Das kann man sehen, wie man will, Marchese Strattesi. Leonardos ›Mona Lisa‹ ist genaugenommen kaum durchschnittlich gutaussehend. Trotzdem hat Leonardo mit ihr Maßstäbe für Schönheit gesetzt.«

Carlo lehnte sich zurück und grinste. »Jetzt sind wir bei Clodios Lieblingsthema. Laß dich nicht provozieren, Nilla.

Weißt du übrigens, daß die ›Mona Lisa‹ 1911 aus dem Louvre gestohlen wurde? Der Dieb war ein gewisser Vincenzo Perrugia, der das Gemälde repatriieren wollte. Zwei Jahre später fand man es in Florenz, das heißt, man glaubte, daß es das gestohlene Gemälde wäre.«

»Wann warst du im Louvre? Die ›Mona Lisa‹ hängt längst hinter Panzerglas, du kannst sie nicht berührt haben.«

Carlo sah seine Großmutter an. »Ich weiß, daß sie falsch ist. Andere wissen es auch, aber behalten es für sich.«

»Es macht für die Leute keinen Unterschied, solange es geheim bleibt«, warf Clodio ein.

»Aber es ist Betrug. Niemand geht ins Museum, um sich Reproduktionen anzusehen. Müßte man bei einer Reproduktion nicht immer argwöhnen, daß etwas verfälscht worden ist? Keiner, der für das Echte seinen Eintritt gezahlt hat, wird sich mit einem Abklatsch zufriedengeben wollen«, wandte Nilla entschieden ein. »All diese Fälschungen werden letztendlich den Tod der Museen bedeuten, es genügen schon ein paar gefälschte Bilder, um eine grundsätzliche Unsicherheit hervorzurufen, und kein Museum hat das Geld, um alle ausgestellten Werke auf Echtheit zu überprüfen.«

Nilla erinnerte sich an den Fall von Matisse' »Odaliske in roten Hosen«. Das Gemälde gehörte einem renommierten Kunstmuseum in Caracas. Eigenartigerweise tauchte ein identisches Gemälde auf dem Kunstmarkt auf. Es verschwand zwar wieder, hatte aber so viel Staub aufgewirbelt, daß das Werk in Caracas überprüft wurde. Als echt stellten sich nur noch Keil- und Schmuckrahmen heraus, das Bild selbst dagegen als nicht einmal sehr professionelle Fälschung. Nur einmal, 1997, war der Matisse für eine Ausstellung nach Spanien ausgeliehen worden.

»Sie malen da einen schönen Schrecken an die Wand …«, begann Clodio.

»Hast du ihr den Keller gezeigt?« fragte Agostino laut dazwischen.

»Agostino, bitte«, sagte Valeria.

»Hast du ihr den Keller gezeigt, Kleiner?« wiederholte Agostino eigensinnig, zu Carlo gewandt.

»Du bist unhöflich«, sagte Valeria bestimmt.

»Wieso bin ich unhöflich, wenn ich den Jungen frage, ob er ihr den Keller gezeigt hat?«

Valeria nahm seine Hand, streichelte sie und redete leise und beschwichtigend auf ihren Bruder ein. Zwischen ihnen herrschte eine fragile, behutsame Zärtlichkeit.

»Sie könnte wenigstens einen kurzen Blick auf den Laokoon werfen«, sagte Agostino nachdrücklich und lächelte Nilla an. »Er wird Ihnen gefallen.«

Valeria seufzte.

»Laokoon?« fragte Nilla neugierig nach. »Ich kenne nur die Laokoon-Gruppe aus den Vatikanischen Museen.«

»Weißt du nicht, daß 1957 bei Sperlonga ungefähr vierhundert Marmorfragmente gefunden worden sind?« erkundigte sich Carlo. »Sie ließen sich zu einer zweiten Laokoon-Gruppe zusammensetzen, die etwa doppelt so groß wie die vatikanische ist, aber nicht vollständig.«

»Und die steht hier im Keller?« fragte Nilla vorsichtig.

»Es ist noch etwas komplizierter. Ich denke, du weißt, daß Agesandros von Rhodos zusammen mit seinen zwei Söhnen Polydoros und Athenodoros die Laokoon-Gruppe geschaffen hat. Der Name Agesandros steht auf einem Sockelfragment der Stücke aus Sperlonga. An der Authentizität dieser zweiten Gruppe besteht gar kein Zweifel, aber sie gehört uns nicht.«

»Wir haben unsere eigene Laokoon-Gruppe«, erklärte Valeria widerstrebend, »unsere ist vollständiger erhalten als die im Vatikan und ebenfalls echt. Nicht einmal Carlo hegt einen Zweifel.«

Nilla hatte Mühe, es zu fassen. Die Laokoon-Gruppe, ein Hauptwerk der hellenistischen Spätantike, war bereits durch Erwähnungen in antiken Schriften bekannt gewesen, bevor sie ausgegraben wurde. Sie stellte den Priester Laokoon dar, der zusammen mit seinen beiden Söhnen von einer Riesenschlange, die sich um die drei wand, erwürgt wurde. Der Tod der drei sollte sicherstellen, daß sich eine göttliche Prophezeiung erfüllte. So besonders hatte Nilla die Gruppe wegen der manieristischen Körpersprache nie gefallen, aber sie wußte selbstverständlich, wie einmalig dieses Kunstwerk war – bisher jedenfalls.

»Und Sie fürchten sich nicht davor, daß Ihnen jemand Ihre Schätze streitig macht? Haben Sie keine Angst vor Einbrechern?«

»Wir haben unsere Maßnahmen getroffen«, wehrte Valeria ab.

»Deine Maßnahmen sind von vorgestern, Nonna«, sagte Carlo scharf, »wieso kannst du ihr das nicht begreiflich machen, Clodio?«

»Das Thema Sicherheit besprechen wir einmal im Monat«, erklärte Livio di Pisani, »aber deine Großmutter will keine Handwerker im Haus, die an der Elektrizität herumfummeln.«

»Das wäre unverzeihlich. Letztes Jahr ist ein altes Haus dabei abgebrannt«, sagte Valeria schroff, »aber reden wir nicht mehr davon, das ist nicht deine Sache, Giulio.«

Die Stimmung wurde unbehaglich. Mit gesenktem Kopf aß Nilla weiter und fühlte sich erst erleichtert, als sich das Gespräch wieder allgemeineren Themen zuwandte.

Über das Essen wurde nicht geredet, dabei waren alle bestrebt, sich keine Nuance und kein Aroma der Speisen entgehen zu lassen. Nasenflügel weiteten sich, Augen schlossen sich für Sekunden, die Kaumuskeln arbeiteten langsamer, hin und wieder unterbrach sich jemand, offenkundig, um etwas auf der Zunge nachzuschmecken. Eine Runde leidenschaftlicher Genießer, die, so schien es Nilla, beinahe einer Art Kult frönten.

Agostino ließ sich noch vor dem Kaffee von seiner Schwester hinausbegleiten. Genau wie am Festabend hatte sie ihn fürsorglich untergehakt. Noch ehe die beiden die Tür erreicht hatten, sprang Carlo auf und schloß sich ihnen an.

Livio und Clodio hatten ihre Unterhaltung wiederaufgenommen, es mußte um Bankgeschäfte gehen, die Nilla nicht interessierten. Sie schlenderte zu einer Anrichte, auf der Espresso bereitstand, und lauschte zerstreut den Stimmen, während sie auf Carlo wartete. Nachdem sie ihr Täßchen geleert hatte, verließ sie den Raum durch die gleiche Tür wie Carlo und die betagten Geschwister Giovese.

Einige Räume erkannte sie wieder.

Allein mit den Möbeln, Teppichen, Wandbehängen und den vielen Uhren hätten ein Dutzend Antiquitätenläden Jahr für Jahr ihre Bestände auffüllen können, ohne daß dem Schatz der Giovese etwas Wesentliches genommen wurde. Die Räume schachtelten sich hintereinander, manche durch fensterlose Flure verbunden oder ein paar Stufen getrennt, Indizien für häufige Umbauten. Ein schaler, muffiger Geruch hatte sich fast überall festgesetzt, als würden hinter Fußbodenleisten und Wandvertäfelungen mumifizierte Kadaver von Ratten und Mäusen in die Räume dunsten.

Auf einem Fensterbrett stand, halb verborgen hinter einem wertvollen Globus, ein bemalter Blechclown mit einer Trommel, der sich zwischen all den erlesenen Kunstwerken seltsam bescheiden ausmachte. Zerstreut nahm ihn Nilla in die Hand und zog ihn auf. Als er zu trommeln begann, schaute sie ihm eine Weile zu, bis ihr einfiel, welchem Kind das Spielzeug gehört haben mußte. Carlo. Ein unangenehmer Druck legte sich ihr auf die Brust.

Ein Stockwerk höher verirrte sie sich wieder einmal.

Als sie in einem der Räume auf Agostino stieß, atmete sie unwillkürlich auf, aber dann erinnerte sie sich an das erste Mal, als sie mit ihm allein gewesen war. Und sie bemerkte, daß er sich umgezogen hatte. Das lange Gewand, das er nun trug, entpuppte sich bei genauerem Hinschauen als Toga. Und völlig bizarr wirkte der goldene Lorbeerkranz, der an den Schläfen die weißen gewellten Haare zusammenpreßte.

»Kommen Sie nur herein, Sie stören nicht«, sagte Agostino, »wollen Sie mich zum Kaffee holen? Ich bin mir noch nicht sicher, ob ich Kaffee möchte, mir macht noch das Essen zu schaffen.«

»Es ist Ihnen nicht bekommen? Das tut mir leid. Ich hoffe, Sie waren nicht enttäuscht, daß es heute keine Schweinsfüße gab«, sagte Nilla vorsichtig.

»Ich mache mir nichts aus Schweinsfüßen.«

»Ehrlich gesagt, ich auch nicht.«

Nahe dem Fenster stand ein riesiger, mit polierten Messingintarsien verzierter Boulle-Schreibtisch, und durch eine halb offen stehende Tür sah Nilla in ein Schlafzimmer mit einem pompösen Vierpfostenbett, unter dem gerade die Katze Drusilla verschwand.

»Schon seit Jahren esse ich kaum noch etwas zu den Mahlzeiten. Mein Geschmackssinn hat nachgelassen, es ist eine der vielen Beeinträchtigungen hohen Alters.« Was er sagte, klang beruhigend normal. »Ich nehme an, Sie stoßen sich an der Toga und an dem hier.« Er nahm den Lorbeerkranz ab und legte ihn vorsichtig auf die Schreibtischplatte. »Der Lorbeer flößt immer ein bißchen Ehrfurcht ein, nicht wahr?«

»Unbedingt«, nuschelte Nilla.

»Kommen Sie nur«, Agostino winkte sie heran. »Augustus hat ihn nach seinem Sieg über die Gallier getragen.«

»Wann war das?«

Die ziselierten Blätter bogen sich unter dem leichtesten Druck und fühlten sich an wie sehr dünnes Pergament. Es sprach für die Fingerfertigkeit des Alten, daß er sich das fragile Gebilde auf- und absetzen konnte, ohne es zu beschädigen.

»Im Jahr dreizehn vor Christus. Moretti soll mir den Kaffee heraufbringen, würden Sie ihm das bitte ausrichten, wenn Sie hinuntergehen?«

»Gern, wenn ich nur wüßte, wie ich hinunterfinde.«

»Sie haben sich verlaufen?« fragte Agostino augenzwinkernd. »Wenn ich jünger wäre, würde ich die Situation ausnutzen.« Unangenehm berührt, erinnerte sich Nilla wieder daran, daß er genau das schon einmal getan hatte. »Aber jetzt sind Sie vor mir sicher. Ich zeige Ihnen die Wendeltreppe.«

Neben dem Lorbeerkranz lag auf dem Schreibtisch ein aufgeklappter Foliant, in dem Agostino anscheinend mit einem altmodischen Füllhalter Eintragungen vorgenommen hatte.

»Woran arbeiten Sie?«

Agostino blickte auf das Buch zurück, während er um den Schreibtisch herumkam.

»Ich führe die Familienchronik fort, mein Band ist die Nummer dreihundertvierundachtzig, ich denke, ich bekomme ihn noch voll.«

»Und um welche Familie handelt es sich?«

»Um unsere, die Julisch-Claudische.«

Nilla starrte auf den roten Streifen am Saum der Toga und wagte nicht, dem Alten ins Gesicht zu sehen. Ein seltsamer Laut ließ sie doch aufschauen.

Fürst Agostino lachte.

»Sie sind aber leicht zu erschrecken, Dottoressa. An sich müßte ich mir das Gesicht mit roter Mennige bestreichen, um vollständig in die Rolle meines großen Ahnherrn zu schlüpfen. Das ist nicht bloß eine Kaisertoga, sondern die Toga purpurea Jupiters, in ihr verkörpere ich den Gott selbst. Eigentlich sollten Sie niederknien.«

»Ich hoffe, es macht Ihnen nichts aus, wenn ich darauf verzichte.«

Er hatte sie erreicht und legte ihr eine Hand auf die Schulter, als wollte er sie in die Knie zwingen, wich dann aber einen Schritt zurück.

»Jammerschade«, sagte er schmunzelnd, »wirklich schade, daß Ihnen der Sinn für großes Theater fehlt. In dieser Familie ist das ein Makel.« Er winkte sie hinaus und öffnete im Flur eine Tapetentür, die sie übersehen hatte. Dahinter wurden die Stufen einer Wendeltreppe sichtbar.

»Ich mache Ihnen Licht, damit Sie nicht fallen.«

»Danke, ich habe noch eine Frage: Woher leitet sich der Name Giovese ab?«

»Von Giove, von Jupiter, ich dachte, Giulio hätte Ihnen das alles erzählt. Passen Sie auf den Jungen auf, ich mag ihn.«

Nilla nickte nur benommen. Agostino hatte ein Ende der Toga, die praktisch nur aus einer langen Stoffbahn bestand, erfaßt und begann, sie über Schulter und Rücken abzuwickeln.

»Wissen Sie, diese Maskerade hilft mir manchmal bei meiner Arbeit, aber für heute habe ich genug davon.«

16

Nach seiner Unterredung mit Valeria fand Carlo den Salon verlassen vor. Er ließ sich auf einem Armlehnstuhl nieder und begann, über den Vorschlag nachzudenken, den ihm seine Großmutter unterbreitet hatte. Da es das erste ernstzunehmende Angebot seit Jahren war, schloß er, daß es ihr viel schlechter ging, als er angenommen hatte. Sie brauchte seine Unterstützung, aber gegen wen, verriet sie nicht. Er konnte es sich ohnehin denken. Allerdings bot sie ihm nicht mehr, als ihm, bei Licht besehen, zustand, und als er sie nach einem Verzeichnis der Kunstschätze fragte, reagierte sie zugeknöpft. Sie mißtraute ihm, trotz des verheißungsvollen Anfangs kam er nicht weiter.

Nilla kehrte von einem Rundgang zurück und begann sofort, von einer Begegnung mit Agostino zu erzählen, von einer seltsamen Mischung aus geistiger Klarheit und Verrücktheit, die Carlo nicht übermäßig überraschte, er konstatierte nur ein Fortschreiten auf dem Weg in den Irrsinn. Auch davon hatte

Valeria gesprochen, genauer gesagt von geistiger Erschöpfung, und mehr als zuvor hatte er ihre Angst gespürt.

»Ich kenne nicht einmal den Vornamen meines Großvaters«, sagte Nilla, der er einen Moment nicht mehr zugehört hatte.

»Das geht mir genauso.«

»Wie bitte?«

»Ich habe zwei Großväter, und zu meiner Genugtuung reicht nur die eine Familienlinie bis zu Kaiser Augustus zurück.«

»Interessiert er dich überhaupt, dein erlauchter Ahnherr?«

»Wir haben vorgestern seinen Gedenktag zelebriert. Gaius Julius Cäsar Octavianus, genannt Augustus oder ›der Erhabene‹, ist am 23. September 63 vor Christus geboren. Dir ist bestimmt seine Büste aufgefallen. Aber ich gebe dir besser ein Lexikon, wenn du mehr wissen willst. Ich bin gleich zurück.« Er stellte seine Espressotasse auf der Anrichte ab.

»Wenn du Moretti triffst, richte ihm bitte von deinem Großonkel aus, daß er seinen Kaffee heraufgebracht haben möchte«, rief ihm Nilla hinterher.

Bei seiner Rückkehr bemerkte Carlo Drusilla, die hinter einem Stuhl hervorkam und sich auf einem Teppich zusammenrollte. Als er an ihr vorbeiging, öffnete sie die schieferblauen Augen und starrte ihn unverwandt an, ein Blick, der ihn durch seine Kindheit begleitet hatte. Nilla nahm ihm das Buch ab, das er mitgebracht hatte, und überflog die Abhandlung über Augustus. Das Lexikon war gut hundert Jahre alt. Die Aussagen über Augustus stimmten nicht mehr in allen Punkten mit der neueren Forschung überein, aber Carlo mochte gerade diesen Artikel.

»Der Verfasser schreibt, Augustus habe seinen Familienrat sehr erfolgreich zum Staatsrat gemacht und die Staatskasse zur Privatschatulle«, sagte Nilla. »Durch diese Transaktion muß die Familie ungeheuer reich geworden sein. Hier ist davon die Rede, was er von seinem Ägyptenfeldzug mitgebracht hat: babylonische Teppiche, Purpurgewänder, Goldbarren, die berühmte

Perlenkette der Kleopatra, praktisch den gesamten Schatz der ägyptischen Königin inklusive eines Portraits von ihr. Ist noch etwas davon übrig?« Als er nicht antwortete, vertiefte sie sich wieder in das Lexikon. »Augustus wurde zum *pater familias* des Staates und hat seine Familie zur Weltmacht erhoben. Etwas undemokratisch, diese Vetternwirtschaft. Ich wußte gar nicht, daß er der Großneffe von Julius Cäsar war.«

Carlo beobachtete Drusilla, die begonnen hatte, sich zu putzen. »Vor allem war er sein Adoptivsohn und designierter Nachfolger in bezug auf Cäsars Herrschaftsanspruch. Bist du jetzt genügend von den Giovese beeindruckt?«

»Sollte ich das? Wer gehört überhaupt zur Familie? Haben Agostino und Clodio Kinder?« Sie schlug das Lexikon zu und legte es beiseite.

Außer dem Lexikon hatte er noch etwas anderes mitgebracht, ein dünnes Fotoalbum, in dem er nachlässig blätterte. Es war Jahre her, daß er einen Blick auf diese Fotos geworfen hatte. Erinnerungsfetzen blitzten auf und lösten Beklemmung aus.

»Clodios Frau hat sich nach drei Jahren kinderloser Ehe scheiden lassen. Agostinos zwei Söhne sind zusammen mit ihrer Mutter bei einem Segelunfall auf dem Mittelmeer ums Leben gekommen.«

»Wie schrecklich.«

»Von den Leichen ist nur eine halbzerfetzt aufgetaucht, die anderen blieben verschwunden. Jahrelang ist Agostino von Küste zu Küste gereist und hat sich jede angespülte Leiche angesehen, er hat sich um nichts anderes gekümmert. Erst nach zehn Jahren hat er aufgegeben. Seitdem hat er seine Frau und die Söhne nie wieder erwähnt.« Er dachte an den alten Mann, der sich schon seit langem in extrem ferne Zeiten zurückzog, um der unerträglichen Gegenwart zu entkommen, und spürte einen Hauch von Verachtung für ihn.

»Was hast du da?« Nilla deutete auf das Album.

»Als du von Agostinos Verkleidung gesprochen hast, fielen mir diese Fotos ein. Es hat dich doch gewundert, wie gut er mit der Toga zurechtkommt. In meiner Kindheit haben wir uns oft verkleidet, wir haben Gemälde und Figurengruppen nachgestellt. Und am Geburtstag von Kaiser Augustus liefen wir alle in antiken Gewändern herum, die Feier fand früher nur in dieser Maskerade statt. Schau, das bin ich.«

Er deutete auf einen nackten, etwa fünf Jahre alten Knaben mit dunklem Lockenhaar, der schlafend, einen Pfeil in der Kinderfaust, in der gleichen Pose wie Michelangelos Amor auf einem weißen Laken lag. Die anderen Fotos zeigten ihn etwa drei Jahre älter in der Rolle des Parmigianino-Amors.

»Wer hat diese Aufnahmen gemacht?« Forschend sah ihn Nilla an. Anscheinend gefielen ihr die Fotos nicht.

»Clodio«, antwortete er nach einer kurzen Pause so unbeteiligt wie möglich. »Ich erinnere mich noch daran, wie im Sommer die alten Gewänder und der Schmuck aus den Truhen geholt wurden. Den nackten Amor stellte immer das jüngste Kind dar.«

»Du warst anscheinend das einzige Kind.«

Die übrigen Fotos blätterte sie eher flüchtig durch und stutzte nur bei dem einer jungen Frau in einem römischen Gewand, die an einer Säule lehnte. Hinter ihr war blühender Oleander zu sehen.

»Wer ist das?«

Er beugte sich über das Foto.

»Meine Mutter Ottavia.« Glücklich sah sie nicht aus, auch nicht traurig, eher abwesend, so wie er sie in Erinnerung behalten hatte.

»Dann gehörte ihr das Collier, das du mir für das Fest geliehen hast, sie trägt es auf dem Foto.«

»Ich sagte dir doch, ich stehle keine Halsketten.«

»Ottavias Portrait hängt in einem der Salons, ich hatte es für ein Jugendbildnis deiner Großmutter gehalten. Dabei fällt mir aber noch etwas anderes ein: Wenn Agostino und Clodio keine Nachkommen haben und du Ottavias einziger Sohn bist, wer beerbt dann die Giovese?«

»Die Antwort liegt auf der Hand oder nicht?«

Er war aufgestanden und hatte sich mit den Fotos ans Fenster zurückgezogen.

»Was ist mit den Strattesi? Ist die Familie auch so alt wie die der Giovese?«

»Sie führen ihre Ahnenreihe auf Lucius Seius Strabo zurück, ihre Linie hat sich durch zwei Jahrtausende immer wieder einmal mit der der Giovese gekreuzt. So ist Clodio von beiden Seiten her ein Giovese. Die römischen Patrizier haben sehr auf Blutreinheit geachtet.«

»Wie im Katzenzüchterverein.«

Nilla schaute zu Drusilla hinüber, die ihre Stummelbeine in die Luft streckte.

»Ich bin nicht gerade unglücklich über meinen fünfzigprozentigen Meieranteil«, erklärte er ironisch.

»Das klingt ein bißchen nach Familienrebell.«

»Die Zeiten sind vorbei, jetzt brauchen sie mich, und ich kann nicht länger ausweichen oder so tun, als gingen sie mich nichts an.«

17

Als sie den Palazzo verlassen hatten, trennten sie sich. Carlo wollte sich die Antiquitätenläden ein zweites Mal vornehmen und dabei auf Nillas Unterstützung verzichten, denn allein mit ihrem grauenhaften Akzent würde sie den Ladeninhabern viel zu sehr im Gedächtnis bleiben, und bei dieser Nachforschung kam es, wie er betonte, sehr auf Unauffälligkeit an.

Noch während er darüber sprach, fielen seine Schultern nach vorn, er knickte leicht ein, er schrumpfte förmlich, seine Figur veränderte sich in einem mühelosen, gleitenden Prozeß.

Hätte Nilla nicht zugeschaut, hätte sie diese Verwandlung nicht für möglich gehalten. Am Ende huschte ein unscheinbarer Mann davon, dem niemand einen Blick nachwarf.

Nilla schlenderte unter den Platanen, die noch in vollem Laub standen, am Tiber entlang. Der Fluß führte nicht sehr viel Wasser, ein wenig Unrat lag auf der Treppe, die an der nächsten Brücke zum Ufer hinunterführte. Nach ein paar Stufen kehrte Nilla um, es roch ihr zu sehr nach Urin. Die Stille unten hätte ihr gefallen. Oben schob sich die Blechkarawane der Autos vorwärts, Lärm und Abgase trieben Nilla dazu, den Schritt zu beschleunigen. Sie bog in die Via Arenula ein. Jede weitere Stunde, die sie nicht über ihrer Recherche brütete, erschien ihr als Zeitvergeudung, denn noch war ihr nicht klar, ob der Besuch im Palazzo Giovese von Nutzen gewesen war. Einmal mehr dachte sie über die Gemälde nach, vor allem über den Tizian. Ein unentdeckter Tizian und ein Fälscher, der dabei war, sich auf diesen Maler zu spezialisieren.

Der Anblick der Tempelruinen der Area sacra Argentina ließ sie innehalten. Zwei, drei Meter tief und von Stützmauern begrenzt, machte das Geviert den Eindruck, als brauchte man nur all die Straßen und Bauten ringsherum mit einer riesigen Schaufel beiseite zu räumen, und das ganze alte Rom käme zum Vorschein.

Unten jagten sich Katzen über Säulenstümpfe, Podeste, Terrassen und Mauerreste. Katzen in allen Farben, Größen und jeglichen Alters, einige lagen malerisch ausgestreckt zwischen Marmorbrocken.

Nilla schaute zu ihnen hinab, beobachtete sie aber nicht wirklich.

Zweifellos hatte Carlo als fünf- und achtjähriger Knabe mit den wirren dunklen Locken und der hell schimmernden Haut äußerst reizvoll ausgesehen. Die Fotos gaben perfekt das Pfirsichinkarnat und die Weichheit seiner jungen Haut wieder. Im Falle von Parmigianinos Amor war die Umsetzung des

Gemäldes ins Foto erstaunlich gut gelungen, die Bezeichnung bildschön konnte nicht besser illustriert werden, Carlo war ein bildschöner Knabe gewesen.

Auf einer Aufnahme sprach aus seinem Blick weniger Verschmitztheit als vielmehr Wachsamkeit. Aber da war noch etwas anderes, vielleicht lagen auch nur die Schatten so auf dem Gesicht, daß der Ausdruck als Angst interpretiert werden konnte. Ein Schatten von Ängstlichkeit.

Als Amor war Carlo noch auf einer dritten Fotoserie zu sehen gewesen, aber diesmal inmitten der Familie. Die Giovese hatten Botticellis »Fest der Götter« nachgestellt. Ein über zwanzig Jahre jüngerer Agostino mit dunklem Haar und einem kurzen gelockten Bart war in die Rolle des Göttervaters geschlüpft. Valeria verkörperte seine Gattin Hera, in einen fließenden Chiton gekleidet, der über eine Schulter wie unabsichtlich hinabgeglitten war. Ihre Tochter Ottavia trat als Venus auf, um ihre Oberarme spannten sich breite goldene Reifen, lässig hatte sie ihre makellosen Brüste entblößt. Überhaupt war viel Haut zu sehen.

Clodio als Bacchus enthüllte mit einer göttergleichen Nonchalance einen schwammigen Oberkörper. Livio di Pisani trat als beinahe nackter Apoll auf. Mit seiner verkniffenen Miene war er der einzige, der nicht anstandslos als Gott durchgehen konnte, ihm fehlte die Souveränität der anderen. Carlo hatte eine Hand auf die Schulter der Mutter gelegt, in der anderen hielt er Pfeil und Bogen, sein Körper erschien gestreckter und athletischer als auf den Fotos, die Clodio von ihm gemacht hatte.

Zwischen seinem fünften und achten Lebensjahr mußte etwas geschehen sein, was ihn verstört hatte, von dem sich im Blick des einige Jahre älteren Kindes auf dem Götterfest aber nichts mehr fand. Nur die Wachsamkeit war geblieben.

Alles in allem hatten die Fotos etwas Irritierendes, sie stellten eine Grenzüberschreitung dar. Nilla scheute sich aber, sie als obszön oder pervers zu bezeichnen. Möglicherweise war sie nur voreingenommen. Und noch etwas fiel ihr ein, während sie einer Katze nachsah: Auf allen Fotos zeigte sich bereits eine sinnliche Ausstrahlung, von der Carlo als Kind noch nichts wissen konnte.

Nilla hatte sich einen Computer mit Internet-Zugang ins Zimmer stellen lassen und fragte als erstes über ein Codewort Nachrichten aus der Kunstwelt ab. Im »Art Loss Register«, einer von Auktionshäusern und Kunstversicherern finanzierten Einrichtung, wurden die Listen registrierter Kunstdiebstähle täglich aktualisiert. Sie fand nichts interessantes Neues. Bei den polizeiinternen Nachrichten aus dem Kunstdezernat, die ihr dank Peter Wittich zugänglich waren, stieß sie auf eine kurze Mitteilung, die ihre Aufmerksamkeit erregte, obwohl sie nichts mit ihrem Fall zu tun hatte. Sie betraf eines der berühmtesten Gemälde des Amsterdamer Rijksmuseums. Bevor sie sich eine Notiz darüber machen konnte, rief Wittich an.

»Kommst du voran?« fragte er

»Ich weiß es nicht«, antwortete sie ehrlich.

»Du wolltest dir diesen Palazzo Giovese näher ansehen, was ist damit? Er ist kein öffentliches Museum, zumindest wird er als solches nirgendwo erwähnt.«

Nilla war sich noch nicht im klaren darüber, was sie Wittich über die sensationellen Funde mitteilen sollte, die die Giovese-Sammlung einzigartig machten.

»Der Palazzo Giovese«, sagte sie bedächtig, »ist was Besonderes, daran besteht überhaupt kein Zweifel.«

»Drück dich bitte ein bißchen weniger sibyllinisch aus«, rügte er.

»Ich versuche noch, ein paar Recherchehinweise zu untersuchen. Gib mir ein oder zwei Tage Zeit. Wie weit sind die Laboranalysen in Polen gediehen?«

»In das polnische Labor, in dem die Mittel aus Parkows

Werkstatt analysiert werden sollten, ist eingebrochen worden. Du erinnerst dich an das Garum, nach dem du gefragt hast? Das Labor ist halb abgefackelt, ein Schwelbrand, heißt es, erst bei genauerer Überprüfung fiel auf, daß unter anderem die Garumflasche fehlte. Ich habe die Nachricht gerade erst erhalten. Und ich muß dir noch etwas sagen ...«, er zögerte fortzufahren.

»Ich will auch etwas loswerden, ehe ich es mir anders überlege«, hakte Nilla ein. »Peter?«

»Ja?«

»Kann es ein Informationsleck auf deiner Seite geben?«

Ein paar Sekunden herrschte Stille.

»Was meinst du damit?«

Sie sprach leise und ruhig, aber mit einer Stimme, in der möglichst keine Unsicherheit aufklang. »Parkow wurde ermordet, nachdem ich dir von ihm berichtet hatte. Ich habe dir den Fund der Gainsborough-Fälschungen mitgeteilt, und in London brannte ein Magazin ab. Auf Zehetmaier und mich ist geschossen worden, nachdem ich dich auf Zehetmaier aufmerksam gemacht habe. Ich habe sonst niemanden informiert. Es tut mir leid, aber ich habe keine andere Erklärung.«

Nur Carlo wußte über alles Bescheid, ergänzte sie für sich, Carlo, der sie wiederholt vor Wittich gewarnt hatte. Sie hörte nur Papiergeraschel und schweres Atmen, Wittich antwortete nicht.

»Peter?« rief sie. »Bist du noch da?«

Er hatte aufgelegt.

18

Die Sache mit der Entmündigung war nicht vom Tisch. Livio di Pisani hatte Valeria erklärt, wie wichtig der Antrag sei und daß er auf alle Fälle von Clodio gestellt würde – mit oder ohne ihre Unterstützung. Das Vorhaben erregte sie derart, daß es ihr fast unmöglich war, auf Abhilfe zu sinnen. Als Giulio sie besucht hatte, war sie froh über die Gelegenheit, mit ihm ein paar Worte allein zu wechseln. Und da hatte sie ihm ein Angebot gemacht, das er schlechterdings nicht ablehnen konnte.

Er reagierte weder überrascht noch erfreut. »Du bist sicher, daß du mich hier haben willst? Vor zwei Jahren hatte ich einen ganz anderen Eindruck.«

»Das lag an Clodio«, fiel sie rasch ein, »es war ein Mißverständnis.«

»Wohl kaum.« Er lächelte ungerührt. »Lassen wir die Dinge doch einfach so, wie sie sind, Valeria.«

Daß er nicht mehr Nonna zu ihr sagte, verletzte sie, Valeria klang beinahe beleidigend distanziert. Und auf einmal sah sie Charly Meier in ihm. All die Jahre hatte sie sich vergeblich gefragt, wie, wann oder wo er in seinem Sohn zum Vorschein kommen würde. Äußerlich glich Giulio ihm überhaupt nicht, da kam er zu hundert Prozent auf die Giovese hinaus, auf Agostino, Ottavia und sie selbst natürlich. Nicht ein bißchen Meier. Charly war sie nur einmal begegnet. Einem eher kurzwüchsigen, etwas dicklichen, geradezu abstoßend behaarten Mann – vorne aus dem Hemdkragen quoll ihm eine Art Maulwurfsfell heraus. Nur sein Gesicht war recht anziehend. Trotz dem war ihr unbegreiflich, wie sich Ottavia in ihn verlieben konnte. Sie hatte ihm Geld geboten. Aber auf die gleiche selbstsichere Art wie jetzt Giulio schlug er ihr Angebot aus und ließ deutlich erkennen, wie unbeeindruckt ihn der Reichtum der Familie ließ. Was er wirklich wollte, nahm er sich.

Sie hatte immer gedacht, Giulio in diesem Haus eine halbwegs glückliche Kindheit bereitet zu haben, ein paar Jahre wenigstens, in denen sie sich Mühe gegeben hatte, seine Zuneigung zu gewinnen. Aber vielleicht hatte sie sich doch – wie alle anderen auch – anmerken lassen, daß sie ihn nicht voll akzeptierte.

Mit Geld war Giulio so wenig wie sein Vater zu locken.

Scheinbar hatte er genug, sein Smoking hatte weder nach Stange noch nach Kostümverleih ausgesehen. Und was war mit der Frau, die er mitgebracht hatte? Sie arbeitete zuweilen für die Polizei, hatte Livio herausgefunden. Vielleicht wußte sie nichts von Giulios illegalen Geschäften, oder er hatte beschlossen, fortan auf ehrbare Weise sein Geld zu verdienen. Nach Liebe sah es zwischen den beiden eher nicht aus. Allerdings wußte sie auch nicht, wie sich ein verliebter Giulio aufführte. In dieser Hinsicht hatte er sich immer bedeckt gehalten, bis auf den kleinen Flirt mit Sonia, mit dem er sie oder Ettore wahrscheinlich nur ärgern wollte.

Nun hatte er auf einmal eine Inventarliste verlangt, eine sehr detaillierte.

»Siehst du«, sagte er ruhig, als sie spontan abgelehnt hatte, »du vertraust mir nicht. Keiner von euch vertraut mir. Und da verlangst du von mir, daß ich für immer zurückkomme. Ich habe euren Argwohn und euren Snobismus satt. Und ob du es nun wahrhaben willst oder nicht: Clodio mag mich nicht.«

»Also schön«, sagte sie erschöpft, »du bekommst deine Liste. Ich frage nicht einmal, wozu du sie brauchst.«

19

Um acht Uhr abends holte Carlo Nilla ab, das heißt, er räumte ihr eine Viertelstunde ein, um in das Gucci-Kleid und die Stilettos zu schlüpfen. Zu ihrer Überraschung legte er ihr eine golddurchwirkte Stola aus hauchdünner roter Seide um die Schultern und brauste mit ihr im Pajero davon. So schnell, wie es der Verkehr zuließ, fuhren sie den Corso entlang und über die Piazza del Popolo hinaus in die Via Flaminia. Die Bäume am Straßenrand hoben sich scharf und dunkel gegen den tiefblauen, wolkenlosen Abendhimmel ab.

Carlo hatte sich wieder in Giulio verwandelt und teilte Nilla auf der Fahrt in knappen Worten mit, daß sie bei den Pisani zu einem Konzert eingeladen waren, er hatte in ihrem Namen die Einladung angenommen. Über den Nachmittag bei den Antiquitätenhändlern schwieg er sich aus, als sie danach fragte.

Sein Schweigen störte sie nicht sehr, sie war in Gedanken mit Peter Wittich beschäftigt. Sie hatte sofort versucht, ihn zurückzurufen, aber er meldete sich nicht. Zweifellos hatte sie ihn vor den Kopf gestoßen, aber daß er jede Diskussion vermied, sah ihm unähnlich. Sein Schweigen mußte doch wie ein Schuldeingeständnis wirken, und je länger er sich nicht äußerte ... sie ermahnte sich, keine Gespenster zu sehen.

Die Villa Pisani lag hinter einer Zypressenreihe und einer Bruchsteinmauer an der Viale Tiziano, umgeben von einem großen gepflegten Garten mit alten Bäumen und riesigen Oleanderbüschen. Wie nicht anders zu erwarten, war die Villa ein historisches Gebäude, sie datierte aus dem späten achtzehnten Jahrhundert. Aber gegenüber der düsteren Pracht der Giovese waren die Räume eher licht und fast asketisch ausgestattet. Heller Marmor und helle Wände und Durchblicke durch von Säulen getragene Bögen bestimmten den Gesamteindruck.

Carlo trug ein dunkles T-Shirt aus Seide zu einem schlichten dunklen Anzug, dadurch fiel der feurige Schal um Nillas Schultern besonders auf. Es war, als ob sich Carlo bescheiden im Hintergrund halten wollte, um ihr den glänzenderen Part zu überlassen. Ein unerwarteter Akt ritterlicher Aufmerksamkeit, der ihr sehr gefiel.

Als die Gäste in den Saal strömten, verschwand Carlo im Durcheinander von ihrer Seite. Nach einer kurzen vergeblichen Suche setzte sie sich achselzuckend in die letzte Reihe, direkt am Mittelgang, und hielt neben sich den Stuhl frei, während die Musiker bereits ihre Instrumente stimmten und alles Gerede erstarb.

Das vordere Drittel des Salons blieb für das Orchester voll

ausgeleuchtet, die Gäste saßen im Halbdunkel. Allerdings fiel in die letzten Reihen aus der Eingangshalle Licht herein. Nilla fröstelte trotz des Schals, denn von hinten zog es. Vor dem Konzert hatte sie bemerkt, daß eine große Flügeltür zum Garten offenstand.

Das Programm lag ungelesen auf ihrem Schoß. Als sie es aufnehmen wollte, fiel es zu Boden und glitt ein Stück in den Mittelgang. Nilla bückte sich danach. Beim Aufrichten entdeckte sie gegenüber, in der Mitte der letzten Reihe, Sonia. Carlo saß neben ihr.

Seine Hand lag in Sonias Nacken, sie trug die Haare hochgesteckt, als hätte sie im voraus bedacht, daß er ihren Hals streicheln wollte. Das einsetzende Konzert interessierte die beiden überhaupt nicht, ungeniert küßte er sie auf den Nacken.

Wut flammte in Nilla auf.

Hinter ihr schritt jemand durch die Halle, zunächst nahm sie nur einen leichten, sich bewegenden Schatten wahr. Sie wandte sich um. Einen Augenblick stand ein Mädchen im vollen Licht. Ungläubig musterte Nilla eine Geistererscheinung. Sie erkannte das ovale Gesichtchen, die Ponyfransen, die Locke vor den Ohren, sie war sich absolut sicher, daß die dunkelblonden Haare, zu einem Zopf geflochten, auf dem Hinterkopf hochgesteckt waren. Der Anblick der Zehnjährigen aus dem palatinischen Museum, die urplötzlich lebendig geworden war, ließ ihren Mund trocken werden. Sie schob den Stuhl zurück und erhob sich, aber noch ehe sie den Bogen durchschritten hatte, war das Kind verschwunden.

Nur wenig gedämpft perlten die Töne eines Nocturnos von Chopin in die Halle. Langsam ging Nilla auf die offene Flügeltür zu, die auf die Terrasse hinausführte.

Das Ende der Terrasse markierte eine Pergola aus Säulen und Bögen, die die Ausblicke in den Garten gleichsam rahmten. Vor einer dieser Säulen hatte sich Ottavia di Strattesi fotografieren lassen, nicht nur die Säulen, sondern auch die blühenden Oleanderbüsche jenseits der Pergola entsprachen denen auf dem Foto. Ungefähr gleichzeitig mußte auch die Aufnahme vom nachgestellten »Fest der Götter« entstanden sein, und jetzt wußte Nilla, warum ihr gerade dieses Foto nicht aus dem Sinn gekommen war. Es zeigte Carlo als mindestens zehnjähriges Kind an der Seite einer Mutter, die seit zwei Jahren tot sein mußte.

Als die Gäste in der Pause auf die Terrasse heraustraten, sah sie ihn sofort. Anscheinend schaute er sich nach ihr um. Dann kam er auf sie zu.

»Warum bist du hinausgegangen? Livio könnte das als unhöflich interpretieren, so was macht man nicht, wenn man die Gelegenheit hat, die Römischen Symphoniker in einem Privatkonzert zu hören«, erklärte er verärgert, sobald er sie erreicht hatte. Nicht gerade rücksichtsvoll, drängte er sie von den übrigen Gästen fort, die halblaut, aber voller Enthusiasmus über das Konzert sprachen.

Aufgebracht musterte sie ihn.

»Ich hab hier draußen sehr gut gehört, drinnen war es mir zu schwül, ich hasse so eine aufgeladene Atmosphäre, und erzähl mir nicht, wie ich mich benehmen soll.«

Carlo schien nicht gewillt, einen regelrechten Streit mit ihr vom Zaun zu brechen, sein Blick wich ihr aus und schweifte über die Gäste, vermutlich auf der Suche nach Sonia. »Eigentlich habe ich dich fragen wollen, ob es dir was ausmacht, wenn du mit dem Taxi ins Hotel zurückfährst. Ich habe heute noch etwas vor.«

Sie wandte sich ab und blickte angestrengt in den Garten. Carlos Liebeseskapaden gingen sie wirklich nichts an.

»Bestell mir das Taxi jetzt gleich.«

»Was ...«

Sie spürte seine Hand auf ihrer Schulter und versteifte sich.

»Richte Livio di Pisani aus, daß es mir leid tut, ich hätte Kopfschmerzen. Wahrscheinlich entwickelt sich eine Migräneattacke, gegen die ich machtlos bin.«

»Wenn das so ist ...«

Sie wartete, bis sie sicher sein konnte, daß Carlo die Terrasse verlassen hatte. Erst dann wollte sie rasch die Halle durchqueren, ohne noch mit jemandem reden zu müssen. Viele der Gäste hatte sie bereits auf dem seltsamen Gedenkfest für Kaiser Augustus gesehen, es schien sich immer die gleiche Clique zu treffen. Fast war es ihr gelungen, unbeachtet zu entkommen, als sich Sonia, die mit einer Gruppe gutaussehender Männer zusammenstand, zu ihr umdrehte.

»Wohin ist Giulio verschwunden?« fragte sie.

»Er bestellt mir ein Taxi, ich habe Kopfschmerzen. Ich habe Ihren Mann gar nicht gesehen.«

Sonia trat von der Gruppe ihrer Verehrer zurück.

»Ettore ist zu Hause geblieben, unser Babysitter hat überraschend abgesagt. Daß Sie jetzt schon gehen, ist schade. Heute abend läßt Livio Atia auftreten, es ist das erste Mal. Es heißt, sie hat die Stimme ihrer Mutter geerbt. Leider habe ich Ottavia nie singen hören, das heißt, ich kenne ihre Stimme nur vom Band. Aber selbst wenn man das hört, überläuft es einen.«

»Moment mal«, Nilla schwankte, sie spürte nun tatsächlich Kopfschmerzen. »Wen meinen Sie mit Ottavia, und wer ist Atia?«

»Soll ich Livio um Aspirin bitten? Sicher ist Aspirin im Haus. Sie sehen tatsächlich blaß aus, vielleicht macht Sie aber auch nur der rote Schal so bleich, dieses Rot macht jede blaß, die nicht den richtigen Teint dafür hat.«

»Sonia«, brachte Nilla mühsam hervor, »bevor ich mich mit Aspirin und einem feuchten Tuch auf der Stirn in meinem Hotelzimmer einrichte, klären Sie mich um Himmels willen auf: Wen meinen Sie mit Ottavia und Atia?«

Sonia schaute sich hilfesuchend um, bevor sie sich zögernd wieder Nilla zuwandte. »Wo Carlo bloß bleibt! Ich spreche von seiner Mutter. Ottavia hat Livio di Pisani geheiratet, nachdem sie Carlos Vater verlassen hatte und nach Rom zurückgekehrt war, sagen Sie bloß, Sie wußten auch das nicht? Atia ist ihre Tochter, Carlos Halbschwester, sie ist erst elf.«

Die Übelkeit hatte Nilla praktisch herbeigeredet, sie konnte weder ihr noch den Kopfschmerzen entrinnen, die sich wie ein drückender Ring um Stirn und Schläfen zogen.

»Jetzt sagen Sie mir nur noch eins: Wann ist Ottavia gestorben?«

Sonia hakte sie unter.

»Ich begleite Sie hinaus, ich möchte nicht, daß Sie umfallen. Ottavia ist vor sieben oder acht Jahren gestorben, Livio zieht seine Tochter allein groß. Ich finde es sehr traurig, wenn ein Kind ohne Mutter aufwächst.«

Nilla klang wieder Carlos Trauer im Ohr, als er behauptet hatte, daß er seine Mutter mit acht Jahren verloren hatte.

Carlo und Sonia halfen ihr ins Taxi und winkten ihr nach, als sie davonfuhr. Sobald die beiden im Rückfenster verschwunden waren, legten sich Übelkeit und Kopfschmerzen, nur eine furchtbare Verstimmung blieb unvermindert erhalten. Um sich abzulenken, ließ sich Nilla an der Ponte Regina Margherita absetzen. Von dort lief sie, mit den Stilettos in der Hand, barfuß in einem leichten Trab bis zur Ponte Mazzini am Tiber entlang. Sie ignorierte die Spaziergänger und konzentrierte sich auf die Atmung und das Laufen. Langsam schien der Adrenalinpegel im Blut zu sinken. Auf der Ponte Sant' Angelo strahlten die Bernini-Engel, theatralisch von unten angeleuchtet, auch das Castel Sant' Angelo strahlte, ganz Rom war festlich erleuchtet. Wie jede Nacht spiegelten sich die Lichter im Tiber, eine Zauberstimmung verbreitend, die Rom zu einer Stadt der Liebenden und Verliebten machte.

An der Hotelbar akzeptierte sie ein Glas Rotwein, das ihr ein Gast spendierte, an einer schnellen Nummer, die er ihr nach einer halben Stunde charmant lächelnd vorschlug, war sie jedoch nicht interessiert. Auf ihrem Zimmer entdeckte sie in der Minibar ein paar kleine Fläschchen und schraubte das bunteste davon als erstes auf. Nachdem sie alle geleert hatte, hatte sie erreicht, auf was die Trinkerei abzielte: Jeden schmerzlichen Gedanken an Carlo abzutöten. Und bereits bevor sie ins Bett sank, meldeten sich echte Kopfschmerzen.

Kapitel 4

1

Als Nilla von jemandem wach gerüttelt wurde, kam sie nur sehr widerwillig zu sich. Ihrem Empfinden nach konnte sie nicht lange geschlafen haben, aber ein zögerlicher Blick in Richtung Fenster belehrte sie darüber, daß der Tag angebrochen war. Allerdings bereitete es ihr größte Mühe, ihre Augen genügend zu koordinieren, um überhaupt etwas klar zu erkennen. Ein Nagelbrett hämmerte auf ihre Schädeldecke ein. Unsicher wedelte sie mit der Hand vor ihrem Gesicht, um all die unangenehmen Eindrücke zu verscheuchen, und stieß einen Klagelaut aus.

»Du lebst also doch noch«, sagte eine vertraute Stimme.

Gequält stöhnte Nilla auf.

»Meine Güte, hast du geladen«, stellte Carlo fest, »wenn ich gewußt hätte, daß ich es mit einer Alkoholikerin zu tun habe, hätte ich dich als Wittichs Vertretung nie akzeptiert.«

Unbeholfen stemmte sie sich hoch und stopfte sich ein Kissen in den Rücken.

Statt ihr dabei zu helfen, beobachtete Carlo sie von der Bettkante, auf die er sich niedergelassen hatte.

»Wieso rufst du nicht an oder klopfst wie ein zivilisierter Mensch an die Tür? Ich hätte vor Schreck einen Herzinfarkt erleiden können«, raunzte sie ihn an.

»Mit soviel Alkohol im Blut? Eher unwahrscheinlich. Hast du die alle allein geleert?« Carlo wies auf die Fläschchen, die sorgsam aufgereiht auf dem Schreibtisch standen. Nilla erinnerte sich weder, derart ordentlich mit den leeren Rum-, Rotwein-, Grappa- und Whiskyfläschchen umgegangen zu sein, noch den Computer eingeschaltet zu haben, der hinter der bunten Batterie vor sich hin flimmerte.

»Wie bist du hereingekommen?« fragte sie überflüssigerweise, denn die offene Balkontür, die sie nun bemerkte, gab genügend Auskunft.

Carlo bewohnte das Nebenzimmer, die schmalen Balkone grenzten aneinander. Nicht einmal sie hätte Schwierigkeiten gehabt, von einem zum anderen zu klettern, nur mit dem Öffnen der Tür von außen wäre sie überfordert gewesen.

Carlo schlüpfte aus seinen Schuhen.

»Ich bin in sieben Läden eingebrochen, alles, was zu erfahren war, findest du auf dem Schreibtisch, zusammen mit einer Liste von Gemälden der Giovese-Sammlung. Also mach dich an die Arbeit.«

»Du hast nicht die Nacht mit Sonia in einer Absteige verbracht?«

»Die Nacht war lang, außerdem ist ein Alibi stets nützlich. Schön, daß du soweit mitdenkst.«

Mittlerweile zog er die Socken aus und legte das Jackett ab.

»Und was soll das werden?« fragte Nilla irritiert, deutete auf Carlos abgelegte Kleidung und rieb sich mit der anderen Hand den schmerzenden Kopf.

»Ich gehe schlafen, was man nach einer anstrengenden Nacht, wie ich sie hinter mir habe, tun sollte. Sobald ich aufwache, erwarte ich Ergebnisse.«

»Hast du vergessen, daß du selbst ein Zimmer in diesem Hotel gebucht hast?«

»Na und? Dein Doppelbett ist für zwei vorgesehen. Aber du gehst besser duschen. Der Anblick einer ungepflegten Frau, die noch dazu scharfe Alkoholika ausdünstet, ist mir zuwider.«

Carlo hatte sich ausgestreckt und rollte sich nun auf die Seite, das Gesicht von ihr abgekehrt. Mit verschwommenem Blick beobachtete Nilla ihn so lange, bis tiefere Atemzüge bezeugten, daß er eingeschlafen war. Mühsam schob sie sich an ihn heran. Eine schwarze Locke ringelte sich über sein Ohr, unterhalb zuckte eine kleine Hautstelle im Pulsschlag. Als der schwache Hauch eines exquisiten Parfüms ihr in die Nase stieg, versuchte sie, sich an Sonias Parfüm zu erinnern. Carlo regte sich nicht einmal, während sie sich dichter an seinen Rücken drängte. Jetzt erreichte sie mit einer Andeutung von Schweiß ein intensiver Geruch, der sie mehr noch als das Parfüm an Sex denken ließ. Sie war sich ihrer Sache nun relativ sicher, was Carlos Nachtaktivitäten betraf, selbstquälerisch überlegte sie, wieviel Zeit er auf sein Alibi verwendet hatte.

Eine Welle von Bitterkeit trieb ihr Tränen in die Augen. Wie sehr er sie als Neutrum wahrnahm, bewies die Ungeniertheit, mit der er sich zu ihr ins Bett gelegt hatte und eingeschlafen war.

Als sie zum zweiten Mal erwachte, dauerte es eine Weile, bis sie sich an das erste Mal erinnerte, dann entdeckte sie Carlos Socken, die er anscheinend als ungalante Mahnung über den Schreibtischstuhl gehängt hatte. Der Computer war ausgeschaltet und die farbenfrohen Zeugen ihres Alkoholexzesses waren verschwunden.

Um sich weiter über Carlos Eindringen in ihr Zimmer zu ärgern, fühlte sich Nilla zu elend. Dieser Zustand hielt auch nach längerem Duschen an, sie litt nicht nur an unsäglichen Kopfschmerzen und tiefer Reue, sondern auch an Gleichgewichtsstörungen, die ihr beim Umhertaumeln einige blaue Flecken einbrachten.

Von Zeit zu Zeit bestellte sie sich beim Zimmerservice schwarzen Kaffee und Mineralwasser, essen konnte sie gar nichts, und sie unternahm auch keinen Versuch, das Bett für länger zu verlassen.

Über die Rezeption ließ sie Carlo ausrichten, daß sie an einer heftigen Magenverstimmung leide und nicht gestört werden wolle. Tatsächlich meldete er sich den ganzen Tag nicht, was sie ihm insgeheim wieder übelnahm.

Sie hätte versuchen müssen, Wittich zu erreichen, aber für eine Auseinandersetzung war ihr Kopf nicht klar genug. Zum Glück stand ihr jetzt der Computer zur Verfügung.

In einer e-mail an Wittich legte sie nochmals ihre Verdachtsgründe dar, beschwor ihr grundsätzliches Vertrauen zu ihm, löschte einiges, formulierte neu, löschte wieder. Am Ende blieb die dringende Bitte übrig, sich möglichst bald mit ihr in Verbindung zu setzen, und endlich fragte sie auch nach seinem Befinden. Ein bißchen, schien ihr, war er ihr in dem ganzen Wortsalat als Freund und Vertrauter entglitten. Sie versenkte auch das letzte Textfragment in den Papierkorb und schaltete entnervt den Computer ab.

In der Nacht wußte sie auf einmal, was sie tun mußte. Es wurde draußen gerade hell, als es ihr gelang, übers Internet einen Platz in einer Maschine nach Berlin zu buchen. Beim Auschecken an der Hotelrezeption hinterließ sie eine knappe Nachricht für Carlo. Ohne Angabe von Gründen teilte sie ihm die Abreise mit. Flucht wäre wohl korrekter gewesen.

Auf der Fahrt zum Flughafen ging ihr auf, daß Sonntag war. Vor mehr als einer Woche war sie über die Grenze von Polen gefahren, sie war mit einem Doppelmord konfrontiert worden und selbst einem Anschlag entgangen, und die ganze Zeit war sie Carlo Meier ausgesetzt gewesen, vor allem das wog schwer. Es kam ihr vor, als hätte sie eine ungeheure Bürde mit sich herumgeschleppt.

Bis zum Abflug mußte sie noch zwei Stunden totschlagen, Zeit genug, ihren Entschluß zu überdenken und vor sich selbst zu rechtfertigen. An einigen Punkten, die mit Carlo zu tun hatten, fiel es ihr besonders schwer, sachlich zu bleiben. Nach einer Stunde ertappte sie sich dabei, daß sie nach Carlo Ausschau hielt, aber entweder hatte er sie als Partnerin abgeschrieben oder ihre Nachricht noch nicht erhalten. Als Partnerin wobei?

Ihrer Meinung nach hatte sich die Recherche, die sie nach

Rom geführt hatte, längst in Nebel aufgelöst. Es gab keine Recherche mehr. Von einem Herumstochern im Heuhaufen zu sprechen, wäre eine allzu euphemistische Einschätzung gewesen, da sie weder vom Heuhaufen noch von der Nadel eine genaue Vorstellung hatte. Eher hatte sie jetzt, mit einem gewissen Abstand, den Eindruck, sich in einem merkwürdigen Konstrukt Carlos verfangen zu haben.

Über die Anzeigetafel flimmerte die Ankündigung, daß sich die Abflugzeit um eine Stunde verschoben hatte.

Nilla hätte jetzt Wittich anrufen können, schob aber das Gespräch wieder hinaus. Wahrscheinlich käme sie doch auf Carlo zu sprechen und müßte sich vor Wittichs Hellhörigkeit und seinen ätzenden Kommentaren fürchten. Ein Wust unangenehmer Gefühle hielt sie auf ihrem Schalensitz in der Wartezone fest, bis endlich ihr Flug aufgerufen wurde. Schwerfällig stand sie auf.

Eine Tüte in der Hand schlenkernd, schlenderte Carlo in die Halle. Bei seinem Anblick fiel Nilla kraftlos in den Sitz zurück.

»Deine Schuhe«, sagte er verdächtig ruhig und reichte ihr die Tüte. »Du hast sie im Hotel vergessen.«

In der Tüte steckten die goldenen Stilettos. »Herzlichen Dank«, sagte sie kühl. »Du bist doch bestimmt nicht wegen der Schuhe gekommen.«

Einen Moment lang starrte er sie unverhohlen böse an. »Nein, ich wollte mir nicht entgehen lassen, dich davonlaufen zu sehen. Das ist es doch, nicht wahr? Oder hast du eine andere Erklärung für deine überstürzte Abreise? Irgendwas paßt dir auf einmal nicht mehr in den Kram, und schon haust du ab.«

Es fiel ihr nicht besonders schwer, sich in seinen Augen gespiegelt zu sehen: eine Zicke. Jetzt waren doch ein paar Erklärungen fällig. Vor dem Schalter für die Ausweiskontrolle hatte sich eine Schlange gebildet.

»Es war ein Fehler, mit nach Rom zu kommen. Ich bin keine

professionelle Ermittlerin und sehe im Augenblick nur, daß sich die ganze Sache festgefahren hat. Und du bist anscheinend nur noch mit deiner Familie beschäftigt, die mich nichts angeht. Von mir aus, nenn es davonlaufen. Das ist mir egal.« Sie vermied es, seinem Blick zu begegnen. Ihr Abgang zeugte wirklich von schlechtem Stil.

Carlo streckte ihr die Hand entgegen. »Gib mir die Liste«, sagte er mit unterdrücktem Zorn.

»Welche Liste?«

»Die, die ich dir gestern morgen auf den Schreibtisch gelegt habe. Ich brauche sie für den Termin, den ich für heute mittag in der Villa Borghese vereinbart habe. Wir wollten uns, falls du dich erinnerst, die Tizians anschauen. Hast du nicht behauptet, Jerzy Parkow stand im Begriff, Tizian zu fälschen?«

»Das ist nur eine Hypothese. Und wenn schon, nicht einmal das bringt uns weiter.«

Nach einem Blick auf ihre Armbanduhr reihte sie sich in die Schlange vor dem Schalter ein, während sie in ihrer Tasche kramte. Carlo wich ihr nicht von der Seite. »Wieso habe ich das dumme Gefühl, daß deine Fahnenflucht mit etwas ganz anderem zusammenhängt?« Seine Verachtung war unüberhörbar.

»Glaub, was du willst, ich bin aus der Sache raus.« Sie hielt dem Flughafenangestellten ihren Ausweis hin. Das war's also. Sie zwang sich, sich nicht nach Carlo umzusehen.

Im Flugzeug beobachtete sie von ihrem Fensterplatz aus voller Nervosität das Gewusel im Gang, wo Passagiere ihr Handgepäck in den Ablagen oberhalb der Sitze unterbrachten.

Eine Stewardeß sprach sie an. Sie deutete auf die kleine Reisetasche, die Nilla mit beiden Händen auf dem Schoß festhielt. »Wenn Sie mir die Tasche geben würden, ich lege sie für Sie ...«

»Wie bitte?«

»Ihre Tasche gehört entweder in die Ablage oder unter den Sitz.«

»Nein.« Hastig schob sich Nilla auf den Gang hinaus. Beim

Blick durch das Fenster auf die Abfertigungshalle war ihr plötzlich etwas eingefallen. »Ich muß noch mal hinaus. Ich habe vergessen, etwas abzugeben.«

»Aber Sie können nicht ...«

»Es ist sehr wichtig.« Rigoros drängte sich Nilla an der Stewardeß und an den letzten Passagieren vorbei, die gerade das Flugzeug betraten, und schaffte es noch, den Bus zurück zum Terminal zu erwischen. Im vollen Bewußtsein, die nächste große Dummheit zu begehen, hetzte sie in die Eingangshalle.

Carlo trank Espresso an einer kleinen Bar. »Hast du die Liste gefunden?« fragte er. »Wenn wir uns beeilen, kommen wir noch rechtzeitig zur Villa Borghese.«

»Hast du damit gerechnet, daß ich zurückkomme?« fragte Nilla atemlos.

»Das nicht, aber ich hab vorsichtshalber dein Zimmer im Hotel wieder für dich reservieren lassen.«

2

Carlo spürte Nillas Anspannung, während er mit ihr das Erdgeschoß der Villa Borghese betrat, wo sie auf die Mitglieder des Kuratoriums trafen. Einer von ihnen war Ettore dei Lampedusi. Als er ihn angerufen hatte, hatte sich Ettore auffallend entgegenkommend gezeigt. Durch seine Vermittlung war er zu einer Beratung über die Skulpturen Gian Lorenzo Berninis, die zu den bedeutendsten Exponaten der Sammlung zählten, dazugebeten worden. Die Figuren waren ebenso wie einige Gemälde gereinigt worden, als wegen einer Renovierung das Museum für einige Zeit geschlossen gewesen war. Carlo vermutete, daß Valeria hinter Ettores Beflissenheit steckte. Es hätte ihn auch gewundert, wenn sie die Ablehnung ihres Angebots so einfach hingenommen hätte.

Sie standen im ersten großen Saal hinter der Eingangsloggia

vor Berninis mächtiger Herkulesfigur. Einer der Kuratoren erläuterte, wie die jahrhundertealte Patina untersucht worden war.

»Was weißt du über das Fälschen von Steinskulpturen?« erkundigte sich Carlo leise bei Nilla.

»Mußt du das jetzt fragen?«

»Warum nicht? Der Vortrag ist doch langweilig. Komm schon, erzähl's mir«, drängte er, lauter werdend.

»Eine Marmorfigur ist viel leichter zu fälschen als ein Gemälde, der Stein ist ja auf alle Fälle alt«, begann sie widerstrebend. »Was machen wir überhaupt hier? Wir wollten uns doch den Tizian anschauen.«

»Vertrau mir, wir werden ihn uns anschauen, jetzt will ich mehr über das Fälschen von Skulpturen wissen.«

»Das Problem ist die Patina.« Sie stockte und funkelte ihn an. »Laß uns zuhören, denn um die Patina geht es doch gerade.«

Sie zuckte zusammen, als er fest ihren Arm drückte. »Weiter!«

»Na schön«, sagte sie mit unterdrückter Wut. »Es ist gefährlich, Marmor zu reinigen, er hat eine äußerst empfindliche Oberfläche. Baldassare de Milanese hatte den Michelangelo-Putto in säurehaltiger Erde vergraben. Säuren verwenden Fälscher heute noch, aber damit die Säure chemisch nicht nachzuweisen ist, muß sehr behutsam damit gearbeitet werden. Schnell wirkende Säuren verändern die Rhomboeder-Kristallform des kohlensauren Kalks im Marmor.«

Sie hatte wirklich Ahnung, das mußte er ihr lassen.

»Michelangelo«, fuhr sie fort, »hat mit einem gezackten Gravina-Meißel gearbeitet, solche Spuren kann man ertasten, das hast du ja selbst getan. Aber über Berninis Arbeitsweise weiß ich zu wenig. Skulptur gehört nicht zu meinem Spezialgebiet, ich bin für Malerei zuständig.«

»Danke, du hast das sehr schön erklärt.« Er befühlte seine Fingerspitzen, eine sachte Erregung hatte ihn befallen.

»Die kunsthistorische Untersuchung ist bei der Echtheitsprüfung von Skulpturen unverzichtbar, sie gibt in der Regel den Ausschlag.«

Inzwischen hatte er Blickkontakt zum Vortragenden hergestellt und bekundete bei jedem Satz mit einem nachdrücklichen Nicken seine volle Zustimmung.

»Dottore di Strattesi, was ist Ihre Meinung zum Herkules?« wandte sich der Kurator endlich an ihn.

»Sie möchten, daß ich ihn mir genauer anschaue?« fragte er.

»Ich bitte darum«, sagte der Kurator leicht überrascht.

»Dann möchte ich mich Ihrer freundlichen Aufforderung nicht entziehen.«

»Doch, tu das«, zischte Nilla alarmiert.

Er zog nur spöttisch eine Augenbraue hoch und ließ sie stehen.

Nacheinander nahm er sich Berninis »Herkules«, »Aeneas und Anchises«, »Apoll und Daphne« und den »Raub der Proserpina« vor und erlegte sich dabei keinerlei Zwang auf. Im Gegenteil kostete er seine Untersuchung voll aus. Lustvoll beschnüffelte er die Figuren und fuhr unbekümmert über hochpolierte nackte Brüste, Schenkel, Bäuche, Penisse und weibliche Schambereiche, er ließ die Finger tanzen und steckte sie in jede erreichbare Öffnung oder Vertiefung, als würde sich ein lange aufgestautes erotisches Bedürfnis Bahn brechen. Lorenzo Berninis Skulpturen stellten mythologische Figuren von hohem sinnlichem Reiz dar, er machte sich das Vergnügen, diesem Reiz die höchste Reverenz zu erweisen. Amüsiert registrierte er, wie die biederen Gesichter einiger Kuratoren erstarrten. Kunst hin oder her, Bernini hatte gewußt, was seine Auftraggeber sehen wollten.

Zum Schluß schob Carlo den Kopf zwischen die Beine einer Figur – nicht zufällig einer weiblichen. Hinter ihm stöhnte jemand auf.

Endlich stellte er sich vor die Versammlung, legte die Fingerspitzen aneinander, wartete mit gesenktem Kopf, bis das erregte Gemurmel verstummte, und begann mit seiner Erklärung.

»Die Oberfläche riecht bei ›Apoll und Daphne‹ und beim ›Raub der Proserpina‹ schwach nach Säure, zweifellos dem Rest einer künstlich hergestellten Patina, die dann wieder entfernt worden ist, um eine behutsame Reinigung vorzutäuschen. Und an diversen Partien stimmt das Schlagmuster des Meißels nicht. Anders ausgedrückt, ›Apoll und Daphne‹ und der ›Raub der Proserpina‹ sind durch Kopien ersetzt worden. Es steht Ihnen natürlich frei, an meinem Urteil zu zweifeln oder es gleich zu verwerfen. Am besten prüfen Sie nach, wann und wie die Statuen transportiert worden sind. Haben Sie die Figuren schon einmal mittels Laser vermessen lassen? In diesem Fall müßte es Protokolle geben. Wer hatte Zugang dazu? Vielleicht helfen Ihnen auch die Restaurierungsberichte weiter ...« Er sprach sachlich kühl und ohne ausgreifende Gestik. Je länger er redete und seine Untersuchungsergebnisse begründete, desto größere Unruhe breitete sich aus.

Er wußte, daß ihn nicht alle für verrückt hielten, sein Urteil galt etwas in Fachkreisen. Vermutlich waren nach der Rückkehr von der Restaurierung Zweifel an den Skulpturen aufgekommen. Daß sich nach einer Reinigung ein ungewohnter Anblick bot, war an sich nichts Ungewöhnliches. Auch als in der Sixtinischen Kapelle unter Schichten von jahrhundertealtem Schmutz und Kerzenruß die ursprüngliche Farbenpracht der Fresken zum Vorschein gekommen war, hatte das einen Schock hervorgerufen.

Im Handumdrehen teilten sich die Kuratoren in zwei heftig diskutierende Lager, von denen er sich vorsichtig fernhielt. Einmal hatte er bei seiner Untersuchung Ettores indignierten Blick aufgefangen, nun war Ettore damit beschäftigt, den Vorsitzenden zu beschwichtigen.

Carlo gesellte sich zu Nilla und zog sie mit sich.

»Was sollte das da gerade?« fauchte sie gedämpft. »Das nächstemal warne mich, wenn du wieder einen provokanten Auftritt planst.«

»Komm weiter«, sagte er ungeduldig.

»Was hast du jetzt vor?« fragte sie argwöhnisch.

Nach einem Blick zurück schob er sie in den nächsten Raum und ging ihr voraus zu einer Wendeltreppe, die ins Obergeschoß führte.

»Hol die Liste heraus. Uns bleiben vielleicht zwanzig, fünfundzwanzig Minuten, bis wir vermißt werden. Wir sehen uns den Tizian an.«

»Die irdische und die himmlische Liebe«, eines der Hauptwerke Tizians, zeigte zwei betörend schöne junge Frauen – eine bekleidete und eine unbekleidete – vor einer offenen, weiten Landschaft.

»Echt oder nicht echt?« fragte Nilla nur zweifelnd, sobald er mit seiner Untersuchung fertig war.

»Soweit ich das feststellen kann, ist es das Original.« Er hatte sich auch die Rahmung vorgenommen, um auf den Spannleisten nach Jerzys Fälscherzeichen zu suchen.

»Aber das hängt eventuell nicht mehr lange hier.« Nilla wedelte mit der Liste, die die Beschreibung der in den Antiquitätenläden erworbenen Gemälde enthielt. »Mir ist ein spezielles Format sofort aufgefallen. Ein Bild, das hundertzwanzig mal zweihundertachtzig Zentimeter mißt, also fast drei Meter im Querformat, es müßte ...«

»Warte.« Er zog ein Maßband aus der Tasche und legte es an. Nilla notierte die Ergebnisse, die er nannte, und schaute wieder in die Liste.

»Der Schinken aus dem Laden ist etwas länger und breiter, also perfekt für eine Kopie geeignet. Auch die Zeit stimmt, frühes sechzehntes Jahrhundert. Deinen Angaben nach ist es vor zwei Wochen verkauft worden. Wahrscheinlich mußten die Aufkäufer lange auf eine derartige Chance warten. Kein Wunder, daß sie nicht um den Preis feilschten. Nur wird Jerzy die

Kopie nicht mehr malen können. Ich möchte wissen, wo das gekaufte Bild verblieben ist, denn in Jerzys Haus ist es bis jetzt nicht aufgetaucht. Ich habe eine Aufstellung aller für unsere Ermittlung relevanten Funde. Könnte Jerzy ein geheimes Lager haben?«

Carlo betrachtete sie unverwandt, während er das Maßband einsteckte.

»Ich erhalte die Informationen per e-mail«, ergänzte Nilla hastig, »von Zeit zu Zeit rufe ich sie ab. Hast du was dagegen einzuwenden?« Es kostete sie einige Anstrengung, seinem Blick standzuhalten.

»Du bist dir hoffentlich im klaren darüber, daß du meine Familie in Gefahr bringen kannst?« sagte er ruhig.

Sie konnte nicht verhindern, daß sie rot wurde, und er mußte sich fragen, was sie Wittich bisher über den Palazzo Giovese berichtet hatte.

»Jerzy war sehr vorsichtig«, erklärte er, »was er nicht direkt benötigte, hob er nicht im Haus oder in der Werkstatt auf, wahrscheinlich hat sich aber nicht sofort eine Möglichkeit ergeben, das Bild nach Polen zu schaffen. Ich wette, es ist noch in Rom. Was hat der Listenvergleich mit der Giovese-Sammlung ergeben?«

»Deine Liste kommt mir nicht vollständig vor.«

»Ist sie auch nicht. Valeria haßt es, genaue Auskünfte zu geben; wenn es darauf ankommt, gibt sie sich gern zugeknöpft. Es war schwer genug, an diese Liste zu kommen, sie enthält nur die Gemälde aus einigen Sälen im ersten Stock. Außerdem ist das System, mit dessen Hilfe die Sammlung katalogisiert ist, völlig undurchschaubar.«

»Ich denke, Valeria will, daß du ihr hilfst?«

»Nur unter einer Voraussetzung: Ich muß offiziell in den Schoß der Familie zurückkehren und meinen ständigen Wohnsitz in Rom nehmen. Gibt es überhaupt keine Übereinstimmungen in den Listen?«

»Einer der Canalettos aus dem Palazzo stimmt in Format und Entstehungszeit ungefähr mit einem der gekauften Bilder überein – und auch für den Tizian der Giovese gibt es etwas Passendes.« Er hörte den Zweifel aus ihrer Stimme heraus. Wahrscheinlich hielt sie seine Annahme, die Giovese-Sammlung könnte ins Visier des »Opus divus« geraten sein, nach wie vor für Einbildung. Für sie mußte es wirklich so aussehen, als hätte er sich zu sehr auf seine Familie fixiert.

»Dann hat sich die Mühe ja wenigstens etwas gelohnt. Ich werde noch einmal mit Valeria reden.«

»Was ist mit den Berninis? Hast du den Zirkus nur aufgeführt, um uns diese ruhige halbe Stunde zu verschaffen?«

Mittlerweile schlenderte er von Gemälde zu Gemälde, auf jedes einen flüchtigen Blick werfend.

»Ich wollte unbedingt noch die Caravaggios ansehen. Aber anscheinend hängen sie jetzt unten, die Ordnung ist völlig verändert worden. Während sich die Kommission im Museum trifft, sind die Bewegungsmelder abgeschaltet. Es war die einzige Möglichkeit, nahe und ungestört an die Bilder heranzukommen.«

»Das habe ich verstanden, aber was ist mit den Berninis?«

»Sei still«, sagte er scharf. Abrupt drehte er sich um.

»Hier seid ihr«, sagte Ettore dei Lampedusi.

Mit hocherhobenen Händen ging Carlo auf ihn zu.

»Ich seh's dir an, daß du sauer auf mich bist.« Er ließ die Hände sinken. »Ach, was soll's! Streiten sie noch?«

»Eine Diskussion kann man auch anders auslösen«, sagte Ettore pikiert.

»Du wirst ihnen schon etwas erzählen, was ihre Gemüter in bezug auf mich beruhigt.«

»Vielleicht«, sagte Ettore langsam, »wenn du mit der Wahrheit über die Berninis herausrückst, nicht nur Dottoressa Mellon möchte sie erfahren.«

»Tja«, Carlo fuhr sich über Haar und Nacken und wich

Etttores Blick aus. »Einen Moment glaubte ich, meiner Sache sicher zu sein. Untersucht die Skulpturen, wie ich es euch geraten habe, oder laßt es.«

»Was meinen Sie, Dottoressa Mellon?« wandte sich Ettore an Nilla.

»Ich kann mir kein Urteil erlauben, aber wenn es Zweifel gibt, sollte man ihnen nachgehen.« Sie strebte an den beiden vorbei auf den Durchgang zu, der in den nächsten Saal führte. »Ich warte draußen auf dich, Carlo, du wirst bestimmt noch mit Dottore Lampedusi sprechen wollen.«

Ettore wartete, bis Nillas Schritte auf der Wendeltreppe verklungen waren.

»Ich verstehe dich nicht«, murmelte er bekümmert, »ich hatte so gehofft, wir alle hatten gehofft, daß du …«

»Wolltest du mir eine Stelle in der Villa Borghese verschaffen? Ich habe gehört, sie suchen jemanden.«

Unbehaglich hob Ettore die Schultern und schwieg.

»Hab ich's vermasselt? Tut mir leid. Und danke, daß du dich für mich stark gemacht hast. Dabei dachte ich, du hast was gegen mich.«

»Warum sollte ich?« Ein Augenlid Ettores zuckte nervös. Offene Aussprachen gehörten nicht gerade zu seinen Stärken.

»Dann laß uns nach unten gehen, ich stell mich den Kuratoren und werde versuchen, den Eindruck von vorhin ein bißchen auszubügeln.«

Ettore schien erleichtert.

3

Der Park hinter der Villa war jetzt eine der größten öffentlichen Grünanlagen Roms. Die ehemals barocke Struktur war in der Nähe des Hauses noch am schachbrettartigen Raster des Wegenetzes und an den Figuren und Brunnen zu erkennen. An einem dieser Brunnen saß Nilla auf einer Eisenbank und sah dem Sprudeln des Wassers zu. Carlo ließ sich neben ihr auf die Bank nieder.

»Was gibt es in den Vertiefungen einer Figur zu erschnüffeln? Das habe ich dich schon beim Michelangelo-Putto fragen wollen. Ist das eine besondere Marotte von dir, oder dient dein Verhalten lediglich der Provokation?« erkundigte sie sich, nachdem sie eine Weile darauf gewartet hatte, daß er ein Gespräch mit ihr begann.

»Es ist mitunter sehr anregend, in den Vertiefungen eines Körpers zu schnüffeln.«

»Kann ich mir denken«, sagte sie trocken. »Wie gelingt es dir, unbefangen mit Ettore umzugehen, obwohl du ihn mit Sonia betrügst?«

»Ich weiß nicht, wie du darauf kommst, daß ich Ettore hintergehe.«

»Gestern morgen mag ich ja noch ziemlich unter Alkohol gestanden haben, aber ich habe trotzdem mitbekommen, was du gesagt hast.«

»Wirklich? Ich habe von meinem Alibi gesprochen und erinnere mich nicht, Sonia erwähnt zu haben.«

»Du verdrehst gern ein bißchen die Wahrheit, nicht wahr? Du hast mir erzählt, deine Mutter sei gestorben, als du acht Jahre alt warst. Ich habe sogar gedacht, sie hätte Selbstmord begangen, aber inzwischen bin ich darüber aufgeklärt, daß nichts davon stimmt.«

»Du ziehst aus dem, was ich sage, immerfort die falschen Schlüsse. Das ist für eine Ermittlerin reichlich unprofessionell.«

Bisher hatte Carlo die Hände locker zwischen den Knien gehalten und sich dabei vorgebeugt, den Blick auf den Brunnen gerichtet. Langsam schlossen sich seine Hände zu Fäusten, er lehnte sich zurück und verschränkte die Arme.

Sie hätte nicht von den alten Geschichten anfangen sollen.

Carlo fuhr fort, den Wasserstrahl zu beobachten.

»Aus meiner Sicht habe ich meine Mutter mit acht Jahren verloren. Nach unseren letzten Sommerferien brachte sie mich nach Hause und fuhr vier Wochen später allein zurück nach Rom, sie reichte von dort die Scheidung ein.«

»Hat sie deinen Blechclown mitgenommen?«

Carlo wandte sich ihr zu, sein Blick glitt prüfend über sie, vielleicht fragte er sich, warum sie dieses gesteigerte Interesse an seiner Vergangenheit bekundete.

»Wie kommst du darauf?«

»Du hast ein Spielzeug erwähnt, das mit deiner Mutter verschwunden war. Ich hätte gleich folgern müssen, daß Ottavia da noch lebte. Der Blechclown im Puppenmuseum von Wien erinnerte dich an deinen eigenen. Den habe ich übrigens im Palazzo Giovese gefunden. Ich habe versucht, mir den Raum zu merken.«

»Wo das Ding ist, weiß ich selbst«, sagte er brüsk.

»Ottavia hat dich zu sich nach Rom geholt. Du kannst nicht lange von ihr getrennt gewesen sein.«

»Vier Monate, dann hatten die Anwälte der Giovese die offizielle Trennung geregelt, die Scheidung erfolgte ein dreiviertel Jahr später. Charly war mit allem einverstanden, sobald ihm klar war, daß Ottavia nie zu ihm zurückkehren würde.«

»Was hat er mit dir in den vier Monaten gemacht?«

»Er hat mich bei verschiedenen Freunden untergebracht und sah am Ende ein, daß er nicht für einen Achtjährigen sorgen konnte. Also war er mit einer Trennung von mir einverstanden.«

»Und wie war das für dich?«

»Wie eine lange Fahrt ins Dunkle. In den vier Monaten habe ich die Orientierung verloren. Weder wußte ich, wohin ich gehörte, noch, wer ich war. Immerhin habe ich in diesen Monaten etwas Niederländisch und Französisch gelernt.«

»Kein Polnisch?«

»Die Parkows gehörten damals noch nicht zu unseren Freunden.«

Es wurde höchste Zeit für Nilla, sich dem suggestiven Zug dieser Unterhaltung zu entziehen, um sich nicht auf Mitleid einzulassen, zumindest nicht zu sehr.

»Mit der Scheidung ihrer Eltern müssen viele Kinder fertig werden, das ist heute ein fast schon alltäglicher Alptraum.«

»Der Alptraum setzte sich für mich aber auf unbestimmte Zeit fort. Gleich nach der Scheidung hat Ottavia Livio di Pisani geheiratet, die beiden kannten sich schon lange. Es war eine von der Familie erwünschte Ehe.«

Nilla erinnerte sich an die erste Begegnung mit Livio di Pisani und an Carlos reserviertes, fast unhöfliches Verhalten.

»Mochte dich Livio nicht?«

»Ich kann mich nicht über ihn beklagen, aber Ottavia verhielt sich auf einmal anders. Es war verwirrend, eine Mutter zu haben, die sich zwar freundlich, aber absolut kühl, fast gleichgültig gab. Ich weiß noch, daß sie mir während einer schweren Grippe das letzte Mal näherkam. Da saß sie eine ganze Nacht an meinem Bett, und danach wünschte ich mir oft, wieder krank zu werden.«

»Und Valeria?«

»Sie versuchte auszugleichen, weil sie merkte, wie verloren und unglücklich ich war. Ich war ziemlich häufig bei ihr im Palazzo Giovese, zeitweilig wohnte ich auch dort. Irgendwann kam ich dahinter, daß sie Ottavia all die Jahre beeinflußt und schließlich überredet hatte, Charly zu verlassen. Ich verstieg mich zu einem Mordszorn auf meine Großmutter, die, wie ich glaubte, meine Eltern auseinandergebracht hatte.«

»Ottavia war eine erwachsene Frau, als sie ihre Entscheidung traf«, widersprach Nilla entschieden, »und sie kann nicht derart auf ihre zweite Ehe fixiert gewesen sein, daß sie darüber die Existenz ihres Sohnes vergessen hat. An dieser Geschichte ist etwas unlogisch. Was ist mit Atia?«

»Ottavia hatte in den ersten Ehejahren mit Livio mehrere Fehlgeburten, und er gab wohl die Hoffnung auf eigene Kinder auf. Er versuchte deshalb, mich zu adoptieren, aber da hatte ich bereits beschlossen, bei Charly zu leben. Ich habe mich so lange unmöglich aufgeführt, bis sie mich gehen ließen.«

»Das kann ich mir lebhaft vorstellen.«

»Ich glaube, nicht. Übrigens schnüffle ich in Vertiefungen, weil dort eine Schicht, die auf eine Figur aufgetragen wird, automatisch dicker ausfällt und sich länger hält. Hast du sonst noch Fragen?«

Obwohl er in beinahe unbeteiligtem Ton von seiner Kindheit erzählt hatte, war sie davon nicht unberührt geblieben. Nur mit Mühe gelang es ihr, sich auf das eigentlich wichtigere Thema zu besinnen.

»Jede Menge«, antwortete sie beherrscht. »Um gleich auf Tizian zurückzukommen: Wer könnte eine Fälschung der ›Irdischen und der himmlischen Liebe‹ malen, jetzt, wo Jerzy tot ist? Und kennst du Fälscher, die sich auf Skulpturen spezialisiert haben? Du hast mir immer noch nicht die Wahrheit über die Berninis gesagt.«

»Das Problem mit dir ist, daß du mir weder zuhörst noch glaubst, was ich sage. Wie geht es übrigens deinem Kopf? Ich habe veranlaßt, daß dir kein Alkohol mehr aufs Zimmer gestellt wird.«

Abrupt stand sie auf.

»Danke für die Fürsorge«, sagte sie ironisch, »ich hoffe, ich kann sie dir bei Gelegenheit vergelten. Statt nach Alkohol steht mir im Augenblick der Sinn nach einem Cappuccino. Wo wollen wir ihn trinken?«

»Auf der Piazza Navona?«

»Einverstanden. Wenn du Lust hast, kannst du in Berninis Vier-Ströme-Brunnen steigen. Es gibt dort ausreichend Vertiefungen, sogar regelrechte Höhlen, an denen du, bestaunt von den Touristen, schnüffeln kannst, was das Zeug hält. Und danach erzählst du mir, was dir bis dahin über römische Fälscher eingefallen ist.«

4

Perino saß mit Lollis in einem Café auf der Piazza Navona, Roms schönstem und bekanntestem Platz. Es war Lollis' Idee gewesen, in der Touristenfalle einen Kaffee zu trinken. Perino ärgerte sich, überhaupt den Wiener hier getroffen zu haben.

»Aber das sind doch ...«, murmelte Lollis plötzlich und starrte zu Berninis Vier-Ströme-Brunnen. Mitten im Brunnenbecken erhob sich ein mächtiger Tuffstein-Felsen, auf dessen Vorsprüngen kraftvolle Gestalten saßen oder lagen, die die vier Erdteile der damaligen, barocken Welt versinnbildlichten. Vor dem Brunnenbecken drängten sich japanische Touristen, um sich fotografieren zu lassen. Ein Paar schlenderte an ihnen vorbei. Lollis hatte sich erhoben und spähte hinüber, die Stirn gerunzelt. Das Paar blieb stehen, schaute herüber, dann sah es so aus, als wollte es in der Menge verschwinden. Lollis winkte heftig.

Wenig später begrüßte er Dr. Mellon und ihren Begleiter. Carlo Meier.

»Na, das ist ja ein Zufall«, sagte Nilla Mellon erstaunt, ihr Blick schweifte zwischen Perino und Lollis hin und her, ein recht wachsamer Blick.

»Dr. Lollis und ich begegnen uns gelegentlich auf Auktionen. Zum Glück sind wir keine Konkurrenten, wir bieten nie auf dasselbe«, erklärte Perino liebenswürdig.

Ein Kellner trat an ihren Tisch und nahm die Bestellung auf.

»Findet hier gerade eine bedeutende Auktion statt? Das würde mich interessieren.«

Das Zusammentreffen mit Lollis war Dr. Mellon sichtlich unangenehm, steif saß sie auf ihrem Stuhl, den Blick von ihm abgewandt.

»Diesmal sind es Geschäfte, liebste Dottoressa Mellon, die uns nach Rom führen. Die Regierung ist so freundlich, ausländischen Museen auf der Suche nach erstklassiger Kunst entgegenzukommen. Mein Haus wird sich mit dem Guggenheim-

Museum zusammentun, um Michelangelos Pietà aus ihrem Schattendasein im Petersdom zu erlösen. Wir haben die besseren Ausstellungsräume und das geschultere Personal, um Schätze von Rang zu hüten. Bei uns wird es niemand wagen, der Madonna mit einem Hammer zu Leibe zu rücken und ihr die Nase abzuschlagen.«

Genau das war vor einigen Jahren geschehen, seitdem schützte dickes Panzerglas die Figurengruppe, so daß es kaum noch möglich war, sie mit Genuß zu betrachten, denn das Glas spiegelte zu viele Details weg.

Lollis gab einen unartikulierten, aber mißbilligenden Laut von sich.

»Er hört so etwas nicht gern«, erläuterte Perino. »Denn er ist der Ansicht, daß bereits zu viel europäische Kunst den Weg über den großen Teich gefunden hat. Ja, Kollege Lollis, das ist der sympathische Terror des Geldes. Wo ein Preis gemacht wird, wird auch gekauft. Finden Sie es nicht befriedigender, wenn Geld für Kunst als für Rüstung ausgegeben wird?«

Lollis suchte sich eine bequemere Position für seine langen Beine unter dem Tischchen und schielte nach dem Kellner, der mit zwei hohen Gläsern Cappuccino, mindestens zur Hälfte mit Milchschaum gefüllt, zu ihnen trat. Perino schüttelte sich angesichts des Schaumgebräus, er selbst trank Espresso.

»Sie haben unsere Verabredung nicht eingehalten«, bemerkte Lollis grämlich zu Dr. Mellon.

»Welche Verabredung?« mischte sich Carlo Meier mit finsterer Miene ein. Er hatte seinen Stuhl ein Stück zurückgeschoben und wirkte schon, seit er Platz genommen hatte, auf geradezu unhöfliche Art mißmutig.

Nilla Mellon wurde ein bißchen nervös. »Ich hatte mich mit Dr. Lollis im Kunsthistorischen Museum verabredet, aber wir sind früher weitergefahren, als ich gedacht habe. Es tut mir leid, daß ich vergessen habe abzusagen«, sagte sie zu Dr. Lollis gewandt.

Er lächelte sie an. »Vielleicht läßt sich die Verabredung ja nachholen. Wie lange bleiben Sie in Rom?«

»Also ...«, begann Nilla Mellon gedehnt.

»Haben Sie Urlaub?« fiel ihr Perino ins Wort. »Sie hatten erwähnt, daß Sie nach Amsterdam fahren wollten. Ach ja, und ehe ich es vergesse: Wie geht es Peter Wittich? Hat er sich von seinem Herzinfarkt erholt?« Eigentlich wußte er, wie es um ihn stand. Dank seiner weitreichenden Verbindungen in Berlin hatte er erst gestern an einem Abendessen teilgenommen, bei dem er die Bekanntschaft eines Oberstaatsanwalts Leonhard Lessing gemacht hatte. Es hatte nicht lange bis zu der Feststellung gedauert, daß sie eine gemeinsame Bekannte hatten. Lessing war nicht mit dem Fall Nofretete befaßt, wußte aber erstaunlich viel und gab sich nach dem Essen an der Bar des Adlon recht auskunftsfreudig. Eine nützliche Verbindung.

Dr. Mellon trank ihren Cappuccino und schaute nachdenklich in das leere Glas. »Sein Gesundheitszustand macht mir nach wie vor Sorgen, Peter Wittich gehört zu jenen Menschen, die mit der Arbeit nie aufhören können.«

»Den Eindruck hatte ich auch«, Perino wandte sich an Lollis, »Kommissar Wittich untersucht den Einbruch ins Ägyptische Museum in Berlin. Ich war gerade dort, als es passierte.«

»Im Museum?« Meier erhob sich und winkte herrisch den Kellner heran.

»Zufällig ja, ich kenne den Direktor. Sie wollen schon gehen? Schade.« Perino hätte Nilla Mellon noch etliche Fragen stellen können, sah aber ein, daß es nicht der richtige Zeitpunkt für die Antworten war.

5

»Woher kennst du Perino? Und was war das für eine Verabredung mit Lollis?« fragte Carlo scharf, als sie das Ende des Platzes erreicht hatten.

Nilla erzählte ihm von ihren Begegnungen mit Perino in Berlin.

»Und was war das für eine Verabredung mit Lollis?« fragte er noch einmal.

»Sie ist hinfällig«, antwortete Nilla störrisch, »also nerv mich nicht damit. Sag mir lieber, wohin wir überhaupt gehen, der Wagen steht am anderen Ende des Platzes.«

»Wieder auf den Palatin.« Sie hatten den verkehrsreichen Corso Emanuele II erreicht. Autos hupten, es stank erbärmlich nach Abgasen. Er bog auf die Via di Torre Argentina ein, bevor er fortfuhr: »Von dort sieht man am besten den Sonnenuntergang.«

»Na wenn schon. Erzähl mir lieber etwas über Bildhauer, die eine Bernini-Skulptur fälschen könnten.«

»Später. Irgend etwas hast du mir sagen wollen, du hattest eine Nachricht erhalten.«

»Hatte es was mit Fälschungen zu tun?«

»Wie soll ich das wissen?« fragte er ungnädig zurück.

»Habe ich wirklich gesagt, ich hätte eine Nachricht erhalten? Ich habe Zugang zu einem polizeiinternen Nachrichtenservice. – Ja, natürlich! Jetzt weiß ich es wieder. Obwohl – es ist für unsere Ermittlung wahrscheinlich nicht relevant. Es betrifft Rembrandts ›Nachtwache‹. Mit dem Gemälde stimmt etwas nicht. Es ist noch nicht lange her, daß das Bild gereinigt wurde, und nun hat man eine Art Trübung oder Verdunklung entdeckt. Der Firnis ist sofort untersucht worden, aber daran liegt es nicht, denn der Firnis ist kristallklar.«

»Vielleicht sollten wir einen Blick darauf werfen. Übrigens habe ich mir in der Villa Borghese doch noch die Caravaggios anschauen können.« Ettore hatte sich am Ende versöhnt gezeigt und sich sogar nach einer zweiten Erläuterung zu den Bernini-Skulpturen weitschweifig über den Sachverstand des Kollegen Strattesi geäußert. Die sich anschließende Diskussion bot wieder Gelegenheit, um bescheiden in den Hintergrund zu treten und in die Seitenräume zu den Caravaggios zu verschwinden.

»Und?«

»Es hängen dieselben Bilder an den Wänden wie vor Jahren.«

»Was soll das heißen?«

»Napoleon hat bei seinem Italienfeldzug alle großen Sammlungen Roms geplündert, auch die der Villa Borghese. Aber bei den Caravaggios muß ihm jemand zuvorgekommen sein, denn nach Frankreich sind mit einiger Sicherheit Fälschungen gegangen. Inzwischen ist ziemlich viel von der Beutekunst zurückgegeben worden, unter anderem die Caravaggios. Ich wollte sie mir nur noch einmal ansehen.«

»Ich fürchte, ich komme nicht ganz mit.« Sie hatten das Vittoriano erreicht, das pompöse Monument Viktor Emanuele II.

Carlo ahnte, daß es schwierig sein würde, Nilla eine bestimmte Idee nahezubringen.

»Die echten Gemälde dürften zur Zeit Napoleons verschwunden sein, in seine Zeit datiere ich die Fälschungen. Die Originale sind nie wieder aufgetaucht, genau wie die übrigen, mit denen wir uns befaßt haben.«

»Du denkst an das ›Opus divus‹?« fragte sie erstaunt.

Er nickte und freute sich, daß sie langsam begriff.

»Mir scheint, du konstruierst einen unzulässigen Zusammenhang.« Sie stockte einen Augenblick. »Obwohl er etwas Bestechendes hat. Seit wann gibt es die Mafia?« Carlo antwortete nicht, weil sie gerade dabei waren, eine Straße zu überqueren, und er auf den Verkehr achten mußte. »Soweit ich weiß, seit der napoleonischen Zeit«, fuhr sie fort. »Es könnte sich damals im Widerstand gegen die Plünderungen Napoleons eine weitere Geheimgesellschaft oder ein spezieller Zweig der Mafia etabliert haben. Um also deine Anregung aufzugreifen, hieße das …« Sie hielt inne, und Carlo führte den Satz gern für sie zu Ende.

»… das ›Opus divus‹ operiert nicht erst seit gestern.«

Auf dem Palatin waren diesmal mehr Leute unterwegs. Ruhelos strolchte er umher. Im Gras lagen Brocken von Säulen, Kapitellen oder alte Ziegelsteine, Altlasten, die der Palatin überall ausspuckte.

»Wir hätten auch in den Celio-Park gehen können«, sagte Nilla, die hinter ihm herstolperte, »ich nehme sogar an, es wäre dort einsamer als hier.«

Sie hatte recht.

Der Celio-Park lag, nur durch die Via di San Gregorio getrennt, dem Palatin gegenüber, und ein dritter, der Oppio auf dem Esquilin, stieß an diese beiden, im Schnittpunkt aller drei erhob sich wie eine riesige Drehscheibe das Kolosseum. Sie befanden sich mitten in einem weiten, über einige der klassischen sieben Hügel ausgedehnten Areal, in dem mehr als anderswo in der Stadt das antike Rom zutage trat. Und doch bedeckten vorwiegend Rasenflächen, von Büschen und Bäumen bestanden, den Grund.

Sie waren am Stadion Domitians vorbei bis zur äußersten Ecke gegangen, wo sich auf gewaltigen Unterbauten die Ruinen der Thermen des Septimus Severus erhoben. Von hier aus konnten sie den Circus Maximus überblicken, der tief unter ihnen lag, Beete und Baumreihen markierten die Bahnen, auf denen ehemals martialische Spiele stattgefunden hatten.

»Ich frage mich gerade«, sagte Nilla, »wie tief die Hügelkuppe des Palatin ursprünglich liegt. Oder anders ausgedrückt: Wie viele Meter muß man von oben abziehen, bis man auf den echten alten Hügel stößt, den die Römer vor über zweitausend Jahren bebaut haben.«

Carlo hatte sich im Gras niedergelassen und die Postkarte mit dem Parmigianino-Amor aus der Innentasche seines Jacketts gezogen.

»Seltsam, daß ich die mit mir herumschleppe«, murmelte er. »Mit deiner Fragerei hast du eine Menge Erinnerungen aufgerührt, dabei hatte ich nie wieder daran denken wollen.«

Nilla nahm ihm die Karte ab.

»Es tut mir leid, wenn ich etwas aufgewühlt habe, was dich nun bedrückt. Aber was suchst du gerade hier?« setzte sie neugierig hinzu.

Carlo zog ihr die Karte wieder aus der Hand.

Die sinkende Sonne ließ die Konturen der alten Gemäuer scharf hervortreten. Durch den Kontrast von hellen Mauern und tiefen Schattenzonen wirkten die Gebäude weniger ruinös, als sie tatsächlich waren. Ein Zustand von Zeitstillstand oder Gleichzeitigkeit von Vergangenheit und Gegenwart stellte sich ein.

»Warum gerade der Parmigianino-Amor?« fragte Nilla leise.

Es hat etwas mit diesem Hügel zu tun, dachte er und schwieg.

Gemeinsam beobachteten sie den Sonnenuntergang, bis auch der letzte violette Schimmer erloschen war. Als sie den Hügel hinabstiegen, stolperte Nilla ein paarmal in der Dämmerung, bis er sie an die Hand nahm. Im Licht des aufgehenden Mondes schimmerten ihre Haare wie dunkles Gold.

Das Drehkreuz im Tor zum Forum Romanum, das sie auf dem Herweg passiert hatten, war längst verriegelt, aber das kümmerte ihn nicht sonderlich. Während er das mannshohe Stachelkreuz musterte, das nun den Durchgang blockierte, rieb er sich nachdenklich die Hände.

»Die Frage ist, steigen wir direkt hier rüber, nehmen wir den Abhang zur Via dei Cerchi, oder versuchen wir, bei der Via Sacra rauszukommen.«

»Ganz, wie du willst«, antwortete Nilla friedfertig. Sicher hatte es keinen Sinn, zu rufen und darauf zu hoffen, daß jemand käme und das Tor öffnete. Es befand sich mitten in der Anlage, oberhalb des frei zugänglichen Forums, hier hörte sie niemand.

»Dann nehmen wir die Via Sacra.« Die Aussicht auf eine Kletterpartie vertrieb seine sentimentale Stimmung. »Früher hat mich Clodio im Halbdunkel hier auf dem Palatin herumgejagt. Mit vierzig konnte er noch ein richtiger Kindskopf sein.«

Wegen des unebenen Terrains nahm er Nilla wieder bei der Hand. Nilla seufzte leise. Anscheinend verfehlte die zauberhafte Stimmung auf dem einsamen, stillen Hügel zwischen all den romantischen, nur noch schwach beleuchteten Ruinen auch auf sie nicht ihre Wirkung.

Als er sie zu sich heranzog, faßte er sie absichtlich etwas grob um die Taille und hob sie hoch. Leicht schwankend stand sie gleich darauf auf dem Rest einer Stützmauer, die auf der anderen Seite jäh in die Tiefe abfiel. Mit einem Sprung landete er neben Nilla.

»Sollen wir hier runtersteigen?« fragte sie unsicher. Während er um ihre Taille griff, wies er mit der freien Hand in die Tiefe.

»Links unter uns liegt der Titusbogen, von da führt die Via Sacra bis zum Konstantinsbogen. Aber ich glaube, du schaffst es nicht hinunter, es sind wenigstens sieben Meter.«

»Nachdem ich die Fassade des Kunsthistorischen Museums im Freestyle bezwungen habe, ist das hier ein Klacks«, sagte sie aufgedreht. »Da unten steht ein Lastwagen, hast du Angst, uns würde jemand beobachten?«

Carlo beugte sich vor.

»Wieso?«

»Im Fahrerhaus brennt Licht, also sitzt jemand drin.«

»Na und? Wahrscheinlich liest der Fahrer die Abendzeitung. Der braucht uns nicht zu kümmern. Und was deine Kletterkünste betrifft: Runter ist wesentlich gefährlicher als rauf.«

Um aus dem abgesperrten Bezirk auf dem Palatin zu gelangen, kletterten sie schließlich über eine zwei Meter hohe Mauer, hinter der eine schmale Straße den Hügel hinunter auf die Via Sacra führte. Der Lastwagen parkte immer noch hinter einem hohen Absperrgitter. Das Gelände war mit Gras überwachsen, es endete vor der riesigen Wand, von der sie hinuntergeschaut hatten. In Abständen ragten Mauerbruchstücke heraus, die zusammen halbe, nach oben offene Gelasse bildeten.

»Was macht der Laster hier?« fragte Nilla. »Was sind das überhaupt für Mauern?«

»Subkonstruktionen, wie überall um den Palatin herum. Ohne die Stützmauern hätten die Kaiser ihre Paläste nicht so weit ausdehnen können.«

6

Nach dem Frühstück stritten sie sich. Carlo weigerte sich, Nilla die Namen von Fälschern für Skulpturen und Gemälde preiszugeben, leugnete aber nicht, einige zu kennen.

»Wie sollen wir denn vom Fleck kommen, wenn du sie nicht nennst?« sagte sie wütend, aber gedämpft, um nicht die Aufmerksamkeit der anderen Gäste zu erregen, die wie sie selbst noch im Frühstücksraum saßen, obwohl das Buffet bereits abgeräumt war. Carlos hartnäckige Weigerung stachelte ihren Zorn auf, dabei hatte sie sich vorher schon nicht sehr wohl gefühlt.

»Ich liefere dir niemanden mehr ans Messer. Jerzy und Jelena sind tot, und was mit der Eidechse Zehetmaier passiert ist, wissen wir noch nicht«, erklärte er barsch.

Nilla hätte es ihm sagen können. In einer e-mail hatte sie die Nachricht von Wittich erhalten, daß die Leiche endlich gefunden worden war: Von Ratten angenagt, hatte sie wie Unrat in einem Auffanggitter gehangen, sie war weit durch die unterirdischen Abwasserkanäle geschwemmt worden. Wegen des erbärmlichen Zustands der Leiche hatte es einige Tage bis zur endgültigen Identifizierung gedauert. Wittich hatte sogar den Befund der österreichischen Gerichtsmediziner angefügt. Nilla sah sich gezwungen, viel zuviel über abgenagte Gliedmaßen, aufgeschwemmtes, verfärbtes Fleisch und entstellte Gesichtszüge zu lesen.

Beim Frühstück mußte sie sich beherrschen, um äußerlich unbefangen ein Brötchen zu essen, dessen zu harte Kruste unangenehm am Gaumen kratzte. Am liebsten hätte sie es in den

Kaffee getunkt, aber die Vorstellung von etwas Weichem, Schlaffem, Durchtränktem hielt sie davon ab.

Wittich hatte seine e-mail mit einem unpersönlichen Gruß beendet. Auch das hatte sie getroffen und davon abgehalten, ihn endlich anzurufen.

»Ich denke, du bist wegen deiner Familie selbst an einer Aufklärung interessiert. Zugegeben, unbekannte Michelangelos, Tizians und Botticellis sind im höchstem Maß attraktiv, aber für jeden Kunsträuber, nicht nur für das ›Opus divus‹. Nur über einen Fälscher können wir eine Verbindung zum ›Opus divus‹ herstellen. Du mußt mir endlich sagen, was du weißt, oder wir hängen weiter in der Luft.«

Finster schaute Carlo auf die Hand, mit der sie beschwörend sein Handgelenk umfaßt hielt. Eine dumpfe, bedrückende Wolke von Groll ging von ihm aus.

Sein Verhalten konnte nur eins bedeuten: Er wußte über Zehetmaier Bescheid, gab es aber nicht zu, um sie nicht wissen zu lassen, daß er über eigene Informationsquellen in Wien verfügte. Anscheinend ließ ihn Zehetmaiers Schicksal doch nicht ungerührt, sie selbst vermochte sich weder von Bedauern noch von Schuldgefühlen frei zu machen, obwohl sie sicher kaum angebracht waren. Langsam zog sie ihre Hand zurück, aber sie war längst nicht bereit aufzugeben.

»Nach dem Anschlag auf Jerzy müssen wir davon ausgehen, daß jeder Kontakt zu uns die Leute in Lebensgefahr bringt, begreifst du das denn nicht?« entgegnete Carlo erregt. Er sprach immer frostiger, fast schon mit Verachtung.

Schließlich stand Nilla auf.

»Mit einem wie dir kann ich nicht zusammenarbeiten, ich hätte es wissen müssen.« Sie zog die Liste der Giovese-Sammlung und die der in den Läden verkauften Gemälde aus ihrer Tasche. »Ich mach damit allein weiter. Zunächst suche ich deine Großmutter auf und bitte sie …«

Als Carlo aufsprang und ihr die Liste aus der Hand riß, wich sie erschrocken zurück. Einen Moment sah es so aus, als wollte er ihr die Blätter um die Ohren schlagen.

»Du machst überhaupt nichts. Denk immer daran, daß ich schneller bin als du und auf alle Fälle skrupelloser. Wenn du noch einmal versagst wie bei Jerzy und Zehetmaier, werde ich nicht lange fackeln.«

»Findest du es fair, mir die beiden immer wieder vorzuhalten?«

Sie war eine Spur zu laut geworden. Ein aufgeschreckter Kellner eilte heran. Gerade als er etwas sagen wollte, ergriff sie die Papiere, drängte sich zwischen den Tischen durch und murmelte Entschuldigungen zu Gästen, die erstaunt oder neugierig zu ihr aufschauten.

Noch vor der Tür geriet sie ins Stolpern. Carlo hatte ihr ein Bein gestellt, fing aber ihren Sturz ab. Sie fand nicht einmal Zeit, ihn zu ohrfeigen, da zerrte er sie bereits aus dem Saal und drückte sie draußen im Vorraum gegen eine Säule.

»Und vergiß nie, daß ich wesentlich durchtrainierter bin als du.«

»Das ist jeder Gorilla.«

Überraschenderweise grinste er. »Schöner Vergleich.«

»Und jetzt?« fragte Nilla voller Abwehr. »Willst du mich fesseln, über deine Schulter werfen und irgendwo hinschleppen, wo du mich in Ruhe fertigmachen kannst? Hat dir schon mal jemand gesagt, wie billig es ist, Körperkraft statt Köpfchen einzusetzen?«

Carlo nahm ihr die Papiere ab, faltete sie zusammen und steckte sie ein.

»Heute nachmittag besuche ich Valeria noch einmal, du kannst mitkommen, wenn du willst. Vorher nehme ich mir ein paar der Antiquitätenläden vor, die ich nachts nicht geschafft habe. Auch dorthin kannst du mich begleiten. Aber du kannst es auch lassen.«

»Zum letzten Mal: Ich brauche die Namen von Fälschern.«

Auf einmal fiel ihr etwas ein, sie lächelte unmerklich, ihr Ton wurde beinahe freundlich. »Ich komme mit, und danke, daß du mich wieder daran erinnert hast, was für ein Kotzbrocken du eigentlich bist, ich werde versuchen, es in Zukunft nicht mehr zu vergessen. Falls ich nicht doch noch das nächste Flugzeug nach Hause nehme.«

Die Händler, die sie befragten, gaben sich zugeknöpft. Ob es an ihrer Begleitung lag, fand Nilla nicht heraus. Vermutlich ging Carlo mit den Leuten anders um, wenn er sie allein sprach. Am Ende hatten sie nichts erreicht.

7

Das letzte Gespräch mit Nilla hatte Wittich aus Versehen unterbrochen. Danach versuchte er sofort wieder, sie zu erreichen, aber ihre Leitung war besetzt. Während er sich mit der winzigen Tastatur abmühte, kam er ins Grübeln. Gedankenvoll legte er das Handy beiseite. Als er argwöhnisch die Papiere auf seiner Bettdecke und den Laptop am Fußende betrachtete, wurde ihm klar, daß Nilla ihn zu Recht beschuldigte: Schludrige, unprofessionelle Arbeit, seine Nachlässigkeit stank zum Himmel.

Für die Nacht ließ er sich etwas zur Beruhigung verabreichen, aber erst, nachdem er sämtliche Akten eingesammelt und im Nachttisch verstaut hatte – einem nicht abschließbaren Nachttisch! Vorher hatte er sich davon überzeugt, daß seine Dateien durch ein neues Paßwort gesichert waren – allerdings konnten gewiefte Hacker Computer-Dateien knacken. Wittich sah sich von Spähern umzingelt. Das Leck gab es, nur wo?

In den nächsten Tagen versagte er es sich, Nilla direkt zu kontaktieren, er versorgte sie nur per e-mail mit einigen Informationen. Das eine oder andere mußte er ihr persönlich mitteilen, wie die Sache mit Kress, die zunehmend stichhaltiger wurde.

Er checkte alle Akten durch und machte sich Gedanken über seine Mitarbeiter. Was herauskam, war ein klares Bild, aussagekräftig genug, um Nilla endlich anzurufen. Es schmerzte schon, daß sie sich nicht gemeldet hatte.

Mit sehr unguten Gefühlen tippte er ihre Nummer.

»Ach Peter«, sagte sie mit überschnappender Stimme, »ich habe mir solche Sorgen gemacht, es tut mir leid, daß ich dich ...«

»Stop!« sagte er. »Sei still!« Leiser fuhr er fort: »Ich hätte selbst was merken müssen, dein Argwohn ist vollkommen berechtigt.« Nur, warum hatte sie sich nicht wieder gemeldet, um mit ihm darüber zu reden? Dachte sie, daß er selbst Informationen weitergereicht hatte? Sich verkauft hatte? »Was genau wirfst du mir vor?« hörte er sich sagen. »Nilla?«

Jemand steckte den Kopf zur Tür herein, es war Leonhard.

Ohne zu grüßen, kam er auf ihn zu und nahm ihm das Handy ab.

»Nilla«, sagte Leonhard fest, »es wird höchste Zeit, daß wir miteinander reden.«

»Gib mir mein Handy«, knurrte Wittich. Leonhard trat zwei Schritte vom Bett zurück und ignorierte ihn.

»Ich bin kein kleiner Junge, der schmollend in der Ecke sitzt. Jetzt verlange ich nur eine Erklärung, die mich verstehen läßt, was vorgeht. Und glaube mir, daß das, was du mir zu sagen hast, bei mir gut aufgehoben ist. Deine Zurückhaltung ist beleidigend«, sagte Leonhard forsch ins Handy. »Ich habe täglich mit Untersuchungen zu tun, über die ich mit Unbefugten nicht rede. Nilla, ich will ja nur ...«

Wittich hatte die Beine über die Bettkante geschwungen. Seit zwei Tagen hing er nicht mehr an Monitoren und Infusionen. Er stand auf und plumpste sofort zurück aufs Bett. Sein Puls raste.

Verblüfft musterte ihn Leonhard und hielt ihm das Handy entgegen. »Sie hat mich nicht einmal ausreden lassen, sie hat einfach das Gespräch beendet.«

»Recht so!« Vorsichtig ließ sich Wittich in die Kissen zurücksinken. »Du hast sie auch nur angebellt. Du bist ein Idiot.« Wut flammte auf. »Und wieso mischst du dich überhaupt in mein Gespräch ein?«

Leonhard zog einen Stuhl heran und setzte sich breitbeinig hin. »Ich glaube, wir sollten uns auch einmal ausführlich unterhalten, sonst …«

»Sonst was?«

»Sonst sorge ich dafür«, sagte Leonhard gereizt, »daß du kaltgestellt wirst. Du hast vergessen, wie unsere Behörden zusammenarbeiten. So, wie du dich hier gebärdest, bist du ein Fossil, gib auf, laß andere Leute die Sache zu Ende bringen.«

»Wovon redest du überhaupt?« Wittich überlegte, ob er Leonhard von der Schwester rausschmeißen lassen sollte, denn er mußte so rasch wie möglich Nilla wieder erreichen.

»Ich rede davon«, entgegnete Leonhard ruhiger und sachlicher, »daß ich mir die Mühe gemacht habe, Informationen einzuholen, obwohl ich als Staatsanwalt in diese Sache nicht involviert bin. Ich weiß zum Beispiel, daß dieser Mathis Kress kein unschuldiges Opfer ist, ich kenne die Fakten. In Polen ist ein Mann namens Parkow, der allem Anschein nach eine Fälscherwerkstatt betrieb, einem Tötungsdelikt zum Opfer gefallen. Ich weiß über den Austausch mit polnischen Justizbehörden Bescheid.« Leonhard hob entschuldigend die Hände. »Ich mußte nachforschen, womit du dich befaßt – aus rein persönlichen Gründen. Ich liebe Nilla.«

Wittich stieß pfeifend den Atem aus. Sollte Leonhard die Kanalratte sein, die er suchte? Seine treuherzige Offenheit war ein fast schon zu eleganter Trick, um darauf hereinzufallen. »Und was weißt du noch nicht?«

»Wohin hast du Nilla geschickt? Wo steckt sie jetzt?«

8

Nicht nur, weil sie sich überrumpelt fühlte, hatte Nilla mit Leonhard nicht reden wollen. Eine plötzliche Erkenntnis hatte sie während ihres kurzen, hastigen Wortwechsels überfallen: Ihre Beziehung löste sich auf. Teils spürte sie Erleichterung, teils Bedauern. Bedauern vor allem, als sie sich Leonhard noch einmal vor Augen führte: ruhig, überlegt, zuverlässig, ein Mann, der Vertrauen verdiente und keine rüde Abfuhr. Jetzt fühlte sie sich, als hätte sie etwas sehr Wertvolles verloren.

Und mit Wittich hatte sie nichts klären können. Als er sich nach zehn Minuten nicht wieder meldete, verließ sie, von Unruhe getrieben, das Hotel, um ein Stück am Tiber entlangzugehen. Was hatte Peter ihr mitteilen wollen? Sie merkte, daß eine unbestimmte Furcht sie gefangenhielt.

Am Nachmittag fand sie sich wie vorgesehen mit Carlo bei Valeria und Clodio zum Kaffee ein.

Clodios etwas aufgedunsenes Gesicht mit der breiten Kinnlade und der gedrückten Stirn wies keine Ähnlichkeit mit den sehr viel feineren Zügen Valerias und ihres Enkels auf, anscheinend kamen bei ihm fernere Vorfahren durch. Erstmals machte sich Nilla Gedanken uber Erblinien und Abstammungen, tat diese Überlegungen aber bald als unsachlich und albern ab.

Immerhin gab sich Clodio als charmanter Plauderer. Es machte ihm Spaß, auf milde Art seinen Neffen zu necken, und Carlo ging darauf ein. Sobald sich Valeria unbeobachtet glaubte, hing ihr Blick voller Zuneigung an ihrem Enkel, aber ein paar scharfe Bemerkungen über Herumtreiberei und windige Geschäfte zeigten, daß ihre Liebe keineswegs blind war.

Von ihrer Tochter sprach sie nur einmal indirekt. »Enkel darf man verwöhnen, Kinder nicht. Zuviel Nachsicht führt dazu, daß Kinder ihre Verantwortung nicht erkennen, heute weiß ich das.«

»Ich kann mich an keine Zeit erinnern, in der du Ottavia

und mir nicht unsere Verantwortung eingebleut hast«, sagte Clodio. »Ich nehme an, Dottoressa Mellon, Sie sind nicht mit der Verantwortung für zweitausend Jahre Familiengeschichte aufgewachsen.«

»Ich kann es mir nicht einmal vorstellen. Wie war das für Sie, Dottore Strattesi?«

Die Geste, mit der er sich in leichter Verlegenheit durch das volle Haar fuhr, war ihr schmerzlich vertraut.

»Tja, wie war das? Als Kind habe ich nicht begriffen, daß die Leute alle tot waren, ich meine Augustus, Livia, Julia, Claudius, Tiberius. Wenn ich meine Schwester Ottavia in diesem großen, unübersichtlichen Haus suchte, war ich jederzeit darauf gefaßt, auf einen von ihnen zu treffen. Unsere Spiele hatten einen ganz anderen Reiz als die von gewöhnlichen Kindern, weshalb uns deren Einfälle meistens langweilten. Carlo kennt das auch.« Er zwinkerte ihm zu, aber Carlo reagierte nicht darauf.

Weil sich Carlo mit Valeria und Clodio zu einer Besprechung zurückgezogen hatte, streifte Nilla nach dem Kaffee durch den Palazzo. Auf diese Gelegenheit hatte sie im stillen gehofft.

Nur fand sie sich längst nicht so zurecht, wie sie gedacht hatte.

An einem Gemälde Guido Renis erkannte sie zwar das Zimmer mit dem Michelangelo-Putto wieder, nur, die Figur fehlte jetzt. Das war erstaunlich, da die Konsole, auf der der Putto gelegen hatte, schließlich fest mit der Wand verbunden gewesen war. Genau an dieser Stelle lief die Wandvertäfelung – kniehohe Holzpaneele mit einer Abschlußkante – ununterbrochen weiter. Oder war es doch das falsche Zimmer?

Wieder empfand sie den Palazzo, der über einer langen Vergangenheit zu brüten schien, als Labyrinth. Irgendwann fragte sie sich, wie lange Carlo als Kind gebraucht hatte, sich in einem Haus voller Geister, die von den Erwachsenen unaufhörlich beschworen wurden, zurechtzufinden. Ab und zu hörte sie hinter sich ein verstohlenes Rascheln, aber sobald sie sich umwandte, verstummte es. Drusilla fiel ihr ein. Ein- oder zweimal spähte sie hinter Armlehnstühle oder Sofas, ohne die Katze zu finden.

Zu ihrer Erleichterung erkannte sie wenigstens den Festsaal wieder. Von dort fand sie in den Salon, den das Portrait von Carlos Mutter beherrschte. In romantischen Portraits dieser Art hatte Stieler im neunzehnten Jahrhundert die Hofdamen König Ludwigs I. von Bayern verewigt, wobei er die Kostbarkeit von Kleidern und Schmuck sehr gut wiedergegeben hatte. Der Maler dieses Bildes kopierte die Malweise Stielers perfekt.

Um näher an das Bild heranzukommen, stieg Nilla auf einen Stuhl. Die Kette an Ottavias Hals war ihr aufgefallen. Es war dieselbe, die Valeria am Festabend getragen hatte. Aus der geringen Entfernung konnte sie die Kamee in der Mitte sehr genau studieren. Der Stein zeigte einen Adler, der mit seinen Klauen zwei gekreuzte Donnerkeile umfaßte.

»Gefällt Ihnen meine Mutter oder nur die Kette?«

Einen Augenblick lang schwankte Nilla, dann kippte der Stuhl nach hinten, sie sprang hinunter, knickte im Aufprallen um und saß verdutzt auf dem Boden, während sich ein etwa elfjähriges Mädchen in Jeans und T-Shirt über sie beugte.

»Ich habe Sie erschreckt«, sagte Atia eher befriedigt als entschuldigend. Erst dann besann sie sich. »Es tut mir leid«, sagte sie schnarrend.

Seit sie das Mädchen in der Villa Pisani gesehen hatte und wußte, daß die Kleine Carlos Schwester war, hatte sich Nilla eine Wiederbegegnung gewünscht. Die Stimme enttäuschte sie, sie klang so unmelodisch.

»Magst du das Bild?« fragte sie. Hatte Sonia nicht behauptet, daß Atia wie ihre Mutter im Gesang ausgebildet war?

»Nein, entweder der Stil stimmt nicht oder die Zeit.«

»Ich verstehe, was du meinst.« Unelegant rappelte sich Nilla hoch, einer ihrer Knöchel schmerzte. Vorsichtig versuchte sie, ihn zu bewegen. »Aber es ist nicht schlecht gemalt, und deine Mutter war sehr schön.«

Sie ließ ihren Blick zwischen Mutter und Tochter hin- und hergleiten.

»Ich mag es nicht, mit ihr verglichen zu werden. Jeder sagt, ich sehe ihr ähnlich.«

»Und das stört dich?«

Atia antwortete nicht.

Nilla hinkte bis dicht unter das Bild. »Wer hat es gemalt?«

»Ein Verehrer, der sie unbedingt malen wollte. Sie stand ihm Modell, nachdem sie endgültig nach Hause zurückgekehrt war.«

»Kennst du den Namen des Malers, und weißt du, ob er noch in Rom oder in Italien lebt?«

»Der Name steht auf der Rückseite, aber ob er noch lebt, kann ich nicht sagen«, antwortete Atia uninteressiert. »Das Bild ist vor ungefähr fünfundzwanzig Jahren gemalt worden. Ich habe Clodio gebeten, es abzuhängen. Es paßt nicht hierher. Oder sind Sie anderer Meinung?«

Atias Tonfall war der einer Erwachsenen, und ihr ganzes Auftreten war zu kontrolliert für eine Elfjährige. Wieder wurde Nilla an den Marmorkopf aus dem Palatin-Museum erinnert, und sie begann, sich in der Nähe dieses altklugen Kindes unbehaglich zu fühlen. Sie traute sich nicht, eine Ecke des Gemäldes anzuheben, um sich die Rückseite anzuschauen. Vor allem wollte sie nicht zuviel Interesse bekunden.

»Das Collier gefällt mir, deine Großmutter hat es am Geburtstag von Kaiser Augustus getragen.«

»Wenn Sie es in natura sehen wollen, kommen Sie mit zu Agostino. Vielleicht ist er heute ansprechbar, leider kann man seine besseren Phasen nie vorhersagen.«

Die Art, wie Atia in klinisch-kühlem Ton über ihren Großonkel sprach, klang garstig, Nilla mußte sich anstrengen, um freundlich und verbindlich zu bleiben.

»Du scheinst eine Menge Ahnung von Malerei zu haben. Willst du Kunstgeschichte studieren?«

Das zum Fenster hereinfallende spätnachmittägliche Sonnenlicht ließ das Haar der Kleinen aufschimmern, als sie den Kopf in einer fließenden, anmutigen Bewegung zur Seite wandte. Wieder hatte Nilla wie auf dem Palatin die Vorstellung, einen Zeitsprung zu erleben. Dies war kein Kind ihrer Zeit, sondern eins, das einem seltsamen, fernen Geschlecht angehörte. Atias Vorfahren, die Cäsaren, waren als Götter verehrt worden, etwas Hoheitsvolles haftete auch ihrem späten Abkömmling an.

»Warum sollte ich?« fragte das Götterkind nüchtern. »Wir haben genug Kunsthistoriker, deshalb werde ich die Bank übernehmen. Natürlich promoviere ich vorher, in Wirtschaftswissenschaften oder Jura, Livio plädiert für Jura. Wahrscheinlich wollen sich alle Väter in ihren Kindern wiederholen, aber ich laß mir mit der Entscheidung Zeit.«

Sie kamen an einem Zimmer vorbei, dessen Tür offenstand, Nilla sah sofort das Bild Guido Renis.

»Warte«, sagte sie. »Kennst du den Putto Michelangelos?«

Atia sah ins Zimmer hinein, betrat es aber nicht.

»Sie wundern sich, daß er nicht mehr da ist? Aber er ist da, nur können Sie ihn aufgrund eines einfachen Mechanismus nicht sehen. Der Schlüssel dazu heißt Julius.«

Die Tür bewegte sich, und langsam kam Drusilla dahinter hervor. Atia bückte sich, nahm die Katze auf und preßte sie an sich. Mit ihren stahlblauen Augen musterte Drusilla aufmerksam ihre Umgebung, während ihre dicken Pfoten auf Atias Schulter lagen.

»Das ist Drusilla eins«, erklärte Atia, »die andere finden wir wahrscheinlich bei Agostino.«

»Carlo behauptet, es wäre immer nur eine Katze im Haus.«

»Carlo ist dumm. Und Moretti hätte die Katzen besser auswählen und zwei von identischer Augenfarbe nehmen sollen, aber vielleicht gab es gerade keine. Die andere hat blassere Augen. Die Katzen mögen keine Treppen, deshalb bleibt jede auf ihrem Stockwerk.«

Dem Verlangen, das weiche weiße Fell zu berühren, konnte Nilla nicht länger widerstehen.

Drusilla schlug blitzschnell zu. Atia blieb stehen, als Nilla heftig die Luft einsog, lange blutige Kratzer liefen über ihren Handrücken.

»Wußten Sie nicht, daß sich die Giovese-Katzen von Fremden nicht anfassen lassen?«

Die Kratzer brannten höllisch.

»Vielen Dank für die Aufklärung, ich kann es mir jetzt merken.«

Die Krallen der Katze waren wie kleine, auf Skalpellschärfe geschliffene Klingen in die Haut eingedrungen. Nilla wand ein Taschentuch um die Hand.

Bevor sie die Wendeltreppe hinaufstiegen, ging Atia in die Knie und ließ die Katze von der Schulter gleiten.

Beim Eintreten seiner Großnichte hellte sich Agostinos Miene sichtlich auf. Er erhob sich aus einem Lehnstuhl, in dem er mit Drusilla auf dem Schoß gedöst hatte. Die Augen dieser Katze zeigten tatsächlich ein blasseres Blau. Kaum hatte der Alte das Tier abgesetzt, verschwand es unter dem Schreibtisch. Agostino ließ sich nicht lange bitten und holte eine mit Silber beschlagene Schatulle aus dem Nebenraum, den Schlüssel entnahm er einem intarsierten Kästchen in der Schreibtischschublade.

Nillas Finger glitten über die Kettenglieder und spürten den kleinen Unebenheiten und Beschädigungen nach, die das Wunder begreiflicher machten, daß die Kette zweitausend Jahre überstanden hatte.

»Legen Sie sie um«, forderte Atia sie auf. »Es ist die Kette der Livia, in ein paar Jahren gehört sie mir.«

Das Mädchen hatte sich zu Füßen Agostinos niedergelassen, der wieder in seinem Lehnstuhl saß, und den Kopf an seine Knie gelehnt. Er strich ihr über das lange fließende Goldhaar. Es sah beinahe so aus, als machte es für ihn keinen wesentlichen Unterschied, ob er eine Katze oder ein Kind liebkoste, es war mehr ein Striegeln als ein Streicheln, absolut mechanisch. Dennoch war der Ausdruck des Kindergesichts weicher geworden.

Die Goldglieder lagen schwer in Nillas Hand, die gesamte Kette mußte mindestens zweihundert Gramm reines Gold wiegen. Als sie die Kamee untersuchte, spürte sie, daß die beiden Giovese gespannt verfolgten, wie erst ihr Daumen und danach der Zeigefinger das erhabene Relief abtastete.

Plötzlich stand Atia auf.

»Ich müßte längst unten sein, Papa wollte gar nicht so lange bleiben.«

»Aber«, Agostino versuchte sie festzuhalten, »wo willst du hin, Julia?«

Atia küßte den Alten auf die Wange.

»Kommen Sie mit, Dottoressa?« fragte sie Nilla.

»Gleich, aber laß dich nicht aufhalten, wenn du es eilig hast.«

»Dann bis ein andermal.« Bevor sie aber den Raum verließ, schloß sie die Kette in der Schatulle ein. »Sie verstehen, daß ich darauf aufpassen muß? Inzwischen«, Atia drehte sich zu ihrem Großonkel um, »ist Agostino ziemlich schusselig.«

»Wissen Sie«, erläuterte Agostino, nachdem Atia gegangen war, »meine Tochter Julia ist hoffnungslos verzogen. Das ist unvermeidlich, wenn man nur ein überlebendes Kind hat. Wollen Sie die Kette noch einmal anschauen? Dann kommen Sie nur ruhig später wieder. Jetzt habe ich leider zu arbeiten.«

Kaiser Augustus hatte eine Tochter namens Julia gehabt, soviel wußte Nilla, aber das schien ihr auf einmal nicht mehr ausreichend, um zu verstehen, was in diesem Haus vorging. Um mehr über die Anfänge der Familie zu erfahren, würde sie noch einmal das Lexikon konsultieren, das sie im kleinen Salon hatte liegen sehen. Als sie sich von Agostino verabschiedete, nickte er nur und versenkte sich in den Folianten auf seinem Schreibtisch.

Diesmal fand sie den Raum mit dem Michelangelo-Putto einigermaßen rasch. Eine geschnitzte Ornamentleiste bildete die Abschlußkante des Paneelteils, vor dem der Tisch mit dem Putto gestanden hatte. Beim genauen Betrachten und Abtasten fielen ihr zwei kleine Buchstaben auf, die in die Wölbung eines der eiförmigen Elemente geschnitten waren. Normalerweise hätte sie diese Buchstaben für das Ergebnis von kindlichem Vandalismus gehalten. Ein »I« und ein »u« für Julius.

Sobald sie fest auf die Buchstaben gedrückt hatte, ruckte ein Teil des Paneels nach hinten und verschwand seitlich in der Wand. An seiner Stelle glitt der Tisch samt Putto auf zwei in den Füßen verborgenen Rollen heraus.

Sie entschied, ihre Entdeckung für sich zu behalten, schon aus Groll, weil Carlo sie so unzureichend über das Haus und seine Bewohner aufgeklärt hatte.

Ein paar Minuten später stellte sie den Namen des Malers fest, der Ottavias Portrait gemalt hatte.

»Ich geh nicht ins Internat«, kreischte Atia gerade, als Nilla in den Salon zurückkehrte.

»Aber Internat kann Spaß machen«, sagte Sonia dei Lampedusi beschwichtigend und nickte Nilla zur Begrüßung zu.

»Was mischst du dich ein!« fuhr Atia sie an.

Endlich wirkte das Mädchen wie ein normales Kind, alles Altkluge, Gestelzte hatte es abgelegt.

»Warum soll sie überhaupt ins Internat?« fragte Ettore.

»Du hast mir nicht zugehört«, erklärte Carlo, »wie meistens, wenn es mal nicht um Kunst geht. Atia braucht Kinder ihres

Alters, es ist nicht gut, daß sie nur unter Erwachsenen aufwächst. Und wie Sonia richtig bemerkte, gibt es Internate, die sogar Spaß machen. Ich habe selbst zwei Jahre eins besucht, es war eine gute Zeit für mich.«

Atia sprang auf und hämmerte mit den Fäusten gegen seine Brust.

»Du hast kein Recht, so was vorzuschlagen, du schon gar nicht. Jetzt, wo du zurückkommen willst, schickst du mich weg, damit ich dir nicht im Weg bin.«

Carlo bändigte die kleine Furie, indem er die Arme um sie schlang und sie an sich preßte, bis sie Ruhe gab. Dann strich er ihr wie vorher Agostino über das lange Haar.

»Aber sie hat doch Kontakt zu anderen Kindern, schließlich geht sie zur Schule. Und was ist mit ihrer Gesangsausbildung?« mischte sich Clodio ein, er wirkte aufrichtig besorgt.

Alle wirkten besorgt, Valeria saß steif aufgerichtet in ihrem Sessel, die Hand um den Knauf ihres Stocks gekrallt, die Miene streng.

»Gerade ihre Gesangsausbildung kann in einem passenden Internat viel umfassender gefördert werden«, erklärte Carlo.

Atia hatte sich an ihn geschmiegt und ihre Wange an seine Brust gedrückt, jetzt aber hob sie ruckhaft den Kopf.

»Ich hasse dich.« Wütend riß sie sich los und schrie nur noch. »Ich hasse euch alle …«

Nilla wunderte sich, daß sich Livio di Pisani nicht einmischte. Er hatte die Beine übereinandergeschlagen, wippte gelangweilt mit dem Fuß und betrachtete seine manikürten Hände. Zeugin dieser Auseinandersetzung zu sein, war ihr unangenehm. Sie erwog gerade, sich zurückzuziehen, als jemand ihren Arm berührte.

Sonia stand neben ihr und wies mit einer Kopfbewegung zur Tür, unauffällig folgte sie ihr hinaus.

»Wir müssen uns das nicht anhören«, sagte Sonia und schloß die Tür.

»Ich hätte nicht gedacht, daß Carlo soviel Anteil an seiner kleinen Schwester nimmt.«

»Ich auch nicht. Kommen Sie mit, wir suchen Moretti, er soll uns einen Grappa servieren, oder hätten Sie lieber etwas anderes? Mir schlagen diese Auseinandersetzungen auf den Magen. Sinnlos sind sie sowieso, das müßte Giulio eigentlich wissen. Valeria läßt Atia niemals fort, die Kleine ist das letzte Pfand, das sie in der Hand hat.«

»Und Livio hat gar nichts zu entscheiden?«

»Er wartet Valerias Urteil ab und gibt es dann als sein eigenes aus. Giulio hat aber recht, Atia müßte weit weg von dieser Gruft aufwachsen, sie ist jetzt schon viel zusehr von dem Geist infiziert, der hier herrscht. Manchmal friert's mich, wenn ich hier bin. – Moretti scheint sich rar zu machen, wahrscheinlich geht ihm die Zankerei auch gegen den Strich.« Sonia ging Nilla ins Erdgeschoß voran. »Wir stöbern ihn vermutlich in seinem Heiligtum, der Teeküche, auf.«

Von der Eingangshalle führte hinter einem Bogen eine Treppe abwärts in ein Zwischengeschoß. Das Kreuzgratgewölbe des Gangs, dem sie folgten, war mit phantastischen Fresken ausgemalt. Winzige Putten spielten zwischen Weinranken und Obstgirlanden.

»Bevor wir Moretti aufscheuchen, möchte ich Sie etwas fragen: Wie war die Ehe zwischen Ottavia und Livio?« erkundigte sich Nilla.

»Ottavia ist gestorben, bevor ich nach Rom kam, ich weiß also alles nur aus zweiter Hand. Aber ich habe mir den Rest zusammengereimt. Livio ist kalt wie ein Fisch. Ich glaube, höchstens Atia gegenüber bringt er etwas Gefühl auf. Trotzdem scheint sich Ottavia ganz auf ihre Rolle als Ehefrau konzentriert zu haben, für alle sichtbar gab sie die perfekte hingebungsvolle Gattin.«

»Und Giulio?«

Alle Fröhlichkeit wich aus Sonias Gesicht.

»Sie wissen ja, ich habe selbst einen Jungen. Ich würde mich immer für Nanni entscheiden, niemals würde ich mein Kind für einen Mann beiseite schieben. Ottavia hat Giulio geliebt, ihre angebliche Gleichgültigkeit oder Kälte muß einen Grund gehabt haben.«

Die Malereien, die die Wände der Teeküche bedeckten, waren höchst eindrucksvoll pompejanischen Fresken nachempfunden, einschließlich der Zeichen von Verfall: dünne Risse durchzogen die Malschicht, die Farben waren verblaßt und hier und da abgerieben.

»Hübsch, nicht wahr?« sagte Sonia unbeeindruckt. »Wie alt ist die Ausmalung, Antonio?«

Moretti putzte an einem ebenfalls altrömisch anmutenden Tisch Silber, legte den Lappen aber sofort beiseite.

»Ungefähr zwanzig Jahre, Marchesa, vorher hatten wir hier etwas im Nazarener-Stil, aber das gefiel Principe Agostino nicht mehr.«

»Und wie finden Sie diese Ausmalung?«

»Angemessen«, sagte Moretti würdevoll.

Sobald sie ihren Grappa erhalten hatte, schritt Nilla die Wände mit den Fresken ab. Sie zeigten kleine Landschaften mit Figuren und Architekturstaffagen, eingepaßt in puderblaue oder rostrote Felder.

»Wie ist das für Sie, Signore Moretti, in einem Haus wie diesem tätig zu sein?«

»Wir Moretti haben uns das Dienen zur Lebensaufgabe gemacht. Wir dienen mit innerer Überzeugung und fühlen uns auserwählt. Und deshalb setzen wir alles daran, das Vertrauen, das uns die Giovese seit vielen Generationen entgegenbringen, zu rechtfertigen.«

»O Gott«, sagte Sonia leise.

Zum Essen fand sich nur eine kleine Tischrunde zusammen.

Bis auf eine leichte Spannung war von dem Streit nichts

mehr zu spüren. Nilla erfuhr von Carlo, daß Valeria tatsächlich Einspruch gegen alle Internatspläne erhoben und sich weitere Diskussionen dieser Art kategorisch verbeten hatte. Livio hatte ihren Wünschen zugestimmt, wie von Sonia vorausgesagt. Erstaunlicherweise bedauerte Carlo die Entwicklung nicht. »Valeria fühlt sich nach dieser Ablehnung gedrängt, sich mir gegenüber nachgiebiger zu zeigen«, sagte er mit gedämpfter Stimme. »Das macht Verhandlungen mit ihr leichter.«

Also hatte er sich gar nicht ernsthaft um Atia Gedanken gemacht. Von seinem Kalkül abgestoßen, wandte sich Nilla Clodio zu, der ihr gegenübersaß und ihr anscheinend schon seit einer Weile etwas mitteilen wollte.

»Atia hat vom Besuch bei Agostino erzählt, das war nett von Ihnen. Er hat zu wenig Gesellschaft, und das Vergraben in die Familiengeschichte tut ihm nicht gut. Hat er sich als Augustus verkleidet?« erkundigte er sich.

Nilla legte ein Blatt Papier auf den Tisch.

»Ich habe mir den Julisch-Claudischen Familienstammbaum aus einem Lexikon abgeschrieben. Ich weiß, daß sich Agostino zeitweilig in die Rolle des Augustus versetzt, und seine Schwester Valeria sieht er vermutlich als seine Gattin Livia. Und Sie, wer sind Sie dabei?«

Clodio betrachtete sie abwägend, als wollte er sich darüber klarwerden, wie ernst es ihr mit der Frage wäre.

»Was ist das?« Valeria deutete auf das Blatt, und Nilla hatte den Eindruck, daß sie zugehört hatte.

»Nichts, Mamma«, antwortete Clodio gedämpft, »nichts Wichtiges.«

Valeria fuhr fort, auf das Blatt zu starren, bis Clodio es ihr zögernd so weit zuschob, daß sie das Geschriebene überfliegen konnte. Sie machte keine Anstalten, das Papier ganz zu sich heranzuziehen, runzelte aber unmutig die Stirn.

»Ich hoffe, ich habe mit meinen Bemerkungen keine Indiskretion begangen«, sagte Nilla leise zu Clodio.

Nur eine leichte Bewegung des Kopfes zeigte an, daß er jetzt vor Valeria auf der Hut war.

»Wie wir alle sorgt sich meine Mutter um den Gesundheitszustand ihres Bruders.« Clodio räusperte sich. »Sie wollten wissen, welche Rolle mir in unserem Familienszenario zufällt? Raten Sie.«

Er reichte ihr das Blatt zurück, und erst sein erwartungsvolles Schmunzeln verriet ihr, daß er tatsächlich auf eine Antwort erpicht war.

»Wenn ich mir diesen Stammbaum ansehe, gibt es nur eine Möglichkeit: Sie sind Tiberius.«

Sein Schmunzeln wurde selbstgefällig.

»Anscheinend haben Sie uns gründlich durchschaut. Ich hoffe nur, Sie haben ein bißchen Spaß an dieser Familienscharade.«

9

Valeria war ihrem Ziel nicht erkennbar näher gekommen. Sie hatte sich in den Raum, in dem Ottavias Portrait hing, zurückgezogen, um nachzudenken. Ottavia war ihr Prüfstein. Valeria dachte daran, mit welch perfiden Mitteln sie ihre Tochter zur Aufgabe ihrer Ehe mit diesem Wicht Meier und zur Rückkehr nach Rom gezwungen hatte. Aber leider zeichnete sich mit den Jahren ab, daß von Ottavia keine weiteren Kinder zu erwarten waren. Söhne natürlich, legitime Erben der Giovese. So mußte sie sich mit Giulio begnügen, der zugegebenermaßen bis auf die Abstammung von diesem Meier als Erbe nahezu perfekt war, viel perfekter als Clodio. Giulio verfügte über das richtige Gespür für Kunst. Ihm war wohl ein untrüglicher Sinn für das Echte und Wertvolle, wie ihn nur ein Giovese haben konnte, angeboren. Schon deshalb mußte sie Giulio für ihre Sache gewinnen.

Sie hatte gar nicht bemerkt, daß sich Clodio zu ihr hereingestohlen hatte, ein Glas Rotwein in der Hand. Er saß auf dem hochlehnigen Sofa neben Ottavias Portrait, als wäre ihm nicht bewußt, daß er damit zu Vergleichen herausforderte. Einen dümmeren Platz hätte er sich nicht aussuchen können. Valeria zwang sich, ihn nicht mit offener Mißbilligung anzustarren, und rang sich statt dessen ein Lächeln ab.

Clodio ließ sich nicht täuschen. »Warum«, sagte er leise, stellte bedächtig das Glas ab und legte die Hände auf die fetten Knie, »warum habe ich so oft das Gefühl, du haßt mich?«

Valeria spürte, wie ihr eine Blutwelle ins Gesicht stieg. »Ich hasse dich nicht«, widersprach sie würdevoll.

Mit einer Kopfbewegung wies Clodio auf Ottavias Portrait. »Ich sollte mich nicht einmal beklagen, daß du immer nur sie geliebt hast. Es hat ihr nicht viel gebracht, nicht wahr?«

Es war das alte Spiel eines nach Zuwendung gierenden, unersättlichen Kindes. Wieder einmal ritt er auf ihren Schuldgefühlen herum, bis sie für seine Zwecke gefügig genug erschien. Um zu zeigen, wie unbeeindruckt sie seine Attacke ertrug, setzte sie sich aufrechter und legte den Kopf leicht schief.

»Sag lieber gleich, worauf du hinauswillst.«

»Was hast du Giulio angeboten?«

»Wovon sprichst du?« fuhr sie ihn an.

Er lächelte. »Vom dem, was Atia erwähnte. Sie muß euch belauscht haben, sie lauscht ja überall. Es ist also spruchreif, daß Giulio sich bei uns einnisten will? Es schaut so aus, als wolltest du das Erbe der Giovese einem Mann anvertrauen, der stiehlt.«

Valeria lacht laut auf, sie hielt sich die Seiten vor Lachen, bis sie trocken zu husten begann.

»Du weißt hoffentlich, wie lächerlich das klingt, wenn ausgerechnet einer von uns sich über einen Dieb entrüstet.«

Clodio knetete seine Knie durch, das einzige Zeichen seiner wachsenden Erregung. Sein Vater hatte nicht diesen plumpen Körperbau gehabt. Valeria erinnerte sich daran, wie ihr Sohn nach und nach diese unschöne Vierschrötigkeit entwickelte und wie sich parallel dazu sein Geist entfaltete. Nur an Zahlen interessiert, kein echter Sinn für Kunst. Was er über Kunst wußte – zugegeben nicht gerade wenig –, hatte er wie ein Papagei gelernt. Er plapperte Angelesenes nach, ohne etwas davon zu sehen oder zu empfinden. Und er hatte einen alptraumhaften Plan gefaßt.

»Ich rede von einem Mann, der stiehlt, um sich persönlich zu bereichern«, entgegnete Clodio scharf.

»Wäre uns damit gedient, wenn er ein fanatischer Ehrpussel wäre?« fragte sie spitz. »Du siehst ihn nicht richtig. Er weiß sehr wohl zu unterscheiden. In all den Jahren ist er nicht einmal der Versuchung erlegen, *uns* zu bestehlen. Manch ein anderer hätte es getan.«

»Dafür ist er viel zu klug. Er hat es auf den großen Coup abgesehen, und du spielst ihm in die Hände. Wir müssen uns vor ihm schützen.«

Jetzt konnte sie ihre Abscheu kaum noch bezähmen. Als er noch ein Kind war, hatte sie ihn jahrelang mit Sportübungen traktieren lassen, damit sich sein Körper streckte. Bleigewichte an den Füßen, hatte er an einer Stange gehangen. Es war eine alte Methode, genutzt hatte sie wenig. Irgendwann hatte sie damals Haß in seinen Augen aufschimmern sehen. Da hatte sie sich geschämt und die Übungen abgesetzt. Sie war doch keine Rabenmutter.

»Was ich an dir nicht mag«, sagte sie gedämpft, »ist, daß du jemanden verurteilst, bevor du ihm auch nur das geringste hast nachweisen können. Das ist Haß, Clodio.«

Schwerfällig erhob er sich, kam zu ihr herüber und umarmte sie ungeschickt. »Ja, und mit Haß, Mamma, haben wir alle unsere Erfahrung«, sagte er ironisch.

Abrupt ließ er sie los und wandte sich zur Tür, drehte sich aber noch einmal um, bevor er den Raum verließ. »Was hältst du übrigens von Melanie Mellon?« fragte er leichthin und fügte hinzu: »Mir gefällt sie, weißt du. Sie ist ruhig und kompetent, eine gescheite Frau, die sich nicht aufspielt.«

Sowohl der Themawechsel als auch das, was Clodio gesagt

hatte, verblüfften Valeria. Aber sie mußte ihm beipflichten. »Schade, daß sie nur eine Mellon ist. Sonst habe ich nichts gegen sie einzuwenden.«

Schmunzelnd schüttelte Clodio den Kopf. »Du bist unverbesserlich, Mamma. Eine Mellon wäre für uns nicht das schlechteste, glaub mir.«

»Schön«, sagte sie versöhnlich, »daß du wenigstens mit der kleinen Mellon einverstanden bist.«

10

Nilla brannten die Augen vor Erschöpfung, als sie neben Carlo im Pajero saß und nach einem Anknüpfungspunkt für ein paar Erkundigungen suchte. Carlo fuhr ungewohnt langsam, auch er hing wohl seinen Gedanken nach.

»Was hast du bei deiner Großmutter erreicht?«

»Nicht so viel, wie ich hoffte. Sie begreift nicht, daß ich nicht auf mein unabhängiges Leben verzichten will, aber trotzdem bereit bin, ihr beizustehen. Ich brauche weder ihr Geld noch die Unterstützung von guten Freunden wie Ettore.«

Es klang ein bißchen bitter.

Wenn sie richtiglag, überlegte Nilla, mußte das Erbe der Giovese beziehungsweise ein großer Teil davon Carlo so oder so in den Schoß fallen, er brauchte bloß abzuwarten und konnte einfach weiter das Enfant terrible der Familie spielen. Einzig Clodio stand ihm wirklich im Weg.

Das Auto hielt an einer Ampel. Plötzlich nahm Nilla einen aufdringlichen Geruch wahr.

»Und warum hat sich Clodio nach drei Jahren Ehe scheiden lassen?«

»Dich lassen die Familiengeschichten wohl überhaupt nicht mehr los. Du bist davon besessener als ich. Nicht Clodio hat sich scheiden lassen, sondern seine Frau. Sie war dahintergekommen, daß er schwul ist. Er ist stockschwul, hat es aber geschickt zu verbergen gewußt.«

Tiberius' kurze Ehe mit Julia, der Tochter von Augustus aus erster Ehe, war auch unglücklich verlaufen. Im Alter zog sich Tiberius mehr und mehr in sein Landhaus auf Capri zurück, wo er ausgedehnte Gärten mit lauschigen Terrassen und großen Schwimmbecken hatte anlegen lassen, in denen er gern mit ausgesucht hübschen Knaben gebadet haben soll.

Ein Lastwagen versperrte am Largo di Torre Argentina die Durchfahrt. Mit gedrosseltem Motor ließ Carlo den Wagen langsam an das Hindernis heranrollen.

»Findest du nicht, daß es nach Benzin riecht? Das ist mir vorhin bereits aufgefallen«, sagte Nilla.

Carlo trat auf die Bremse. Selbst beim nun gedämpften Brummen des Motors war ein leises Zischen zu hören.

»Steig aus«, sagte Carlo, »steig sofort aus, frag nicht, tu es.«

Als Nilla die Tür auf ihrer Seite öffnete, hatte Carlo den Wagen schon verlassen. Er hetzte um den Pajero herum. Sie ließ sich von seiner offensichtlichen Witterung von Gefahr anstecken und sprang heraus, gemeinsam rannten sie die Straße hinunter, weg vom Auto. Nach ungefähr dreißig Metern hörten sie hinter sich eine Explosion. Nilla wollte stehenbleiben, aber Carlo zwang sie, erst noch die Straßenseite zu wechseln und einen Hauseingang als Deckung zu nutzen, bevor sie zurückschauten.

Eine Qualmwolke hüllte das Auto ein, Stichflammen schossen aus dem Rauch auf, begleitet von kleineren Explosionen. Ein Mann tauchte neben dem brennenden Pajero auf und schrie etwas, er verschwand wieder, und gleich darauf sprang ein Motor an, ein schwerer Motor. Wahrscheinlich handelte es sich bei dem Mann um den Lastwagenfahrer, der nun sein Fahrzeug aus der Gefahrenzone brachte.

»Was sollen wir tun? Was ist überhaupt ...« Nillas Stimme versagte.

Carlo zog sie weiter. Im Laufen versuchte sie, an das Handy in ihrer Tasche zu gelangen.

»Wir müssen die Polizei verständigen«, murmelte sie, immer noch völlig fassungslos.

»Vor allem müssen wir schleunigst verschwinden«, gab er zurück.

»Aber das Hotel liegt genau in der anderen Richtung, und ich bin immer noch der Meinung, daß die Polizei ...«

In der Ferne heulte eine Sirene.

»Komm weiter.«

»Aber ...«

Er schüttelte sie.

»Begreif's doch endlich. Das war ein Anschlag auf uns.«

Von nun an überließ sie ihm die Führung, das hieß, sie ließ sich mitschleifen. Sie überquerten den Corso Vittorio Emanuele II, passierten das stumpfe Ende der Piazza Navona und tauchten in das Gassengewirr dahinter ein.

Nilla keuchte.

»Mein Mund ist ganz trocken, ich habe schrecklichen Durst.«

Die Reaktion auf die Explosion hatte nun voll eingesetzt: der Schweißausbruch, der beschleunigte Herzschlag, die weichen Knie, das Programm lief unabhängig von ihrem Bewußtsein ab.

Carlo fingerte einen Schlüssel aus der Hosentasche und steckte ihn in ein Schloß an einer sehr schmalen, alten Tür, die vermutlich zu einem Durchgang zwischen zwei Gebäuden führte. Mit einer Hand schob er Nilla in die Dunkelheit.

»Paß auf, wo du hintrittst! Hier liegt ziemlich viel herum, ich komme nicht dazu aufzuräumen.«

Die Tür fiel ins Schloß, der Schlüssel knirschte.

Ratlos wartete Nilla, bis sie Carlo hinter sich spürte, und lehnte sich zittrig gegen ihn.

»Kann der Pajero nicht einfach eine marode Benzinleitung gehabt haben?« Sie begann, die Panik niederzukämpfen.

»Möglich«, räumte Carlo ein, »ich bin aber dafür, zunächst

das Schlimmste anzunehmen. Wir befinden uns ja nicht auf einer Vergnügungstour.«

Mit einer Hand schob er sie ein Stück weiter.

»Wenn du noch einen Schritt vorwärts machst, erreiche ich den Lichtschalter.«

Eine Kirche als Unterschlupf! Nilla wußte, daß es keine zuverlässige Zählung oder Registrierung der über tausend Sakralbauten in Rom gab, von denen einige längst nicht mehr ihrer eigentlichen Funktion dienten. Dieses Gotteshaus war eine schlichte, kleine, einschiffige Kirche, eingepaßt zwischen zwei Häusern. Dem Altargemälde nach, das eine Himmelfahrt zeigte, eine der vielen Marienkirchen. Ein staubiger verblichener Vorhang, von einer Kordel seitlich zusammengerafft, verdeckte ein Drittel der Darstellung.

Sowohl der Beichtstuhl als auch die Kanzel, beide aus marmoriertem, bemaltem Holz, waren noch vorhanden. Zur Kanzel führte ein enges Wendeltreppchen hinauf. Zwei Kirchenbänke standen an die Wand gerückt. Nilla wanderte unruhig in dem längsgestreckten Raum herum, während Carlo zu der spärlichen Beleuchtung aus einarmigen Wandlichtern eine Reihe dicker Kerzen auf massiven silbernen Altarleuchtern entzündete.

Auf den abgetretenen Travertinplatten trieben Staubflocken vor Nillas Füßen her. Im Beichtstuhl hing der Smoking, den er an dem Festabend im Palazzo Giovese getragen hatte, neben Jacketts, von denen ihr wenigstens zwei bekannt vorkamen. Hemden lagen gebügelt und gefaltet auf dem Sitzbrett für den Beichtvater. Das breite Bett war an die zwei flachen Stufen zum Altar gerückt, auf den Stufen selbst stand eine Batterie von Spirituosen aufgereiht.

Carlo brachte ihr ein Glas Wasser, das sie in einem Zug leer trank, ohne Erleichterung zu verspüren.

Das zerwühlte Bett hatte sie darüber aufgeklärt, daß Carlo die Nächte in Rom zumindest teilweise hier verbracht hatte.

»Wo sind wir?« fragte sie befangen.

»Das siehst du doch. Ich habe mir die Kirche vom ersten selbstverdienten Geld gekauft. Sie war billig zu haben, und seit zehn Jahren versuche ich, den Verfall aufzuhalten.«

»Weiß deine Familie von deinem Versteck?«

»Nein, ich habe sie durch einen Strohmann gekauft und komme nicht allzuhäufig her. Aber immer dann, wenn ich von den Giovese genug habe. Willst du Musik hören?«

Nilla holte sich eine Rotweinflasche von den Altarstufen, Carlo nahm sie ihr ab und entkorkte sie umständlich. Schweigend schaute sie ihm dabei zu, wie er zwei Kristallgläser füllte, sie auf die Stufen stellte, das elektrische Licht löschte und irgendwo eine Musikanlage einschaltete. Die Ouvertüre von »Turandot« klang auf. Die Töne schwebten und hüllten sie von überallher ein.

»Auch das«, erläuterte Carlo, »gehört zum Ritual, wenn ich herkomme.«

Mit wem? wagte Nilla nicht zu fragen.

Nach dem ersten Glas Wein durchglühte sie angenehme Wärme, nach dem zweiten wollte sie nur noch schlafen.

Carlo schleppte eine leicht durchgelegene Matratze vor den Altar und machte aus Decken, einem Kissen und zwei sauberen Laken ein Notlager für sie zurecht. Bei ihrem Rundgang hatte sie sich vorgestellt, wie er sich vor nicht allzu langer Zeit mit Sonia oder einer anderen Frau in seinem Bett vergnügt hatte. So gesehen, bot das Notlager eine akzeptable Lösung.

Sobald sie sich ausgestreckt hatte, fiel sie trotz der grenzenlosen Erschöpfung nur in einen Halbschlaf, aus dem sie schon bald wieder aufschreckte. Die Kerzen brannten nicht mehr, vom Fenster über dem Portal und zwei kleineren halbkreisförmigen Seitenfenstern, die hoch oben in einer der beiden Längswände saßen, fiel genug Schummerlicht ein, um undeutlich die Wände und die Konturen von Gegenständen hervortreten zu lassen.

Nilla kroch von ihrem Behelfslager und tastete sich hinter den Altar, wo die ehemalige Sakristei zu einer Küche und einem Badezimmer umgebaut worden war.

Carlo hatte sich nicht die Mühe gemacht, die Tür zu schließen. Er stand nackt vor der Kloschüssel, das Becken vorgewölbt, die Schultern leicht zurückgenommen. Das Badezimmer war vollkommen weiß gefliest. Die Lichtreflexionen durch die glasierten Flächen machten Carlo zu einem exquisiten Ausstellungsstück, jede Rundung und Vertiefung wurde optimal ausgeleuchtet. Nichts lenkte den Blick von dieser einen großen Figur mit den ausgeprägten Muskelpartien an Nacken, Rücken, Gesäß und Beinen ab, und wie eine Statue konnte auch Carlo nichts von der Betrachtung wissen und der rasch aufflackernden Erregung, die er auslöste. Eine Einladung, der Phantasie die Zügel schießen zu lassen, wäre da nicht ein Hauch von Peinlichkeit gewesen.

Verstohlen zog sie sich zurück und tastete sich wieder um den Altar herum. Vor lauter Angst, nur ja nirgends anzustoßen und Lärm zu verursachen, fiel ihr das Atmen schwer. Auch auf der Matratze zwischen den verdrehten Laken und Decken beruhigte sie sich nicht. Nach einer halben Stunde kroch sie ein zweites Mal von der Matratze. In dieser Nacht wollte sie nicht allein bleiben.

Als sie Carlos Bettdecke anhob, kam jede Reue zu spät.

»Na schön«, seufzte er resigniert in der Dunkelheit, »schlüpf rein, wenn du unbedingt willst. Aber beklag dich morgen nicht.«

Sie hatte einfach nur in den Arm genommen werden wollen, jedenfalls dachte sie das noch zwei Minuten lang, aber dann nicht mehr. Sehr gern gab sie überhaupt das Denken auf. Die innere Vorstellung von seinen hochsensiblen Fingern ohne die Papillarlinien wurde abgelöst von genau diesen Fingern auf ihrer nackten Haut.

Carlo lockte sie immer noch ein Stückchen weiter hinaus

über die Grenze des Erträglichen, bis aller Schmerz und alle Lust in einem einzigen, wichtigen Moment kulminierten. Zum ersten Mal, schien ihr, drang sie bis zum eigentlichen Kern sexueller Begegnung vor.

Irgendwann in der Nacht ließ sich Carlo aufstöhnend rücklings ins Bett fallen.

»Ich kann nicht mehr«, sagte er flehend und zog ihren Kopf an seine Schulter.

11

Nilla schlief noch, als Carlo aufstand. Er beugte sich über sie, strich ihr behutsam eine wirre Strähne aus dem Gesicht und ließ einen Finger über ihre schön geschwungenen, weichen Lippen gleiten. Voller Bedauern wandte er sich ab und stieg zur Kanzel hinauf, wo das Telefon stand. In Gedanken bei Nilla im Bett, rief er beim Flughafen an und buchte zwei Plätze in der Mittagsmaschine. Auf dem Weg zum Bad widerstand er heroisch der Versuchung, sich wieder in Intimität und Zärtlichkeit einzuwühlen, das Bild einer Nilla vor Augen, die einen Arm in die leere Betthälfte gestreckt hatte. In die Sehnsucht mischte sich das unangenehme Bewußtsein, daß die letzte Nacht durchaus Teil eines schäbigen Kalküls gewesen war.

Nach dem Duschen rief er seinen Partner an.

»Sam«, sagte er, »ich weiß immer noch nicht, ob du mit deiner Einschätzung recht hast. Vielleicht haben wir doch auf das falsche Pferd gesetzt, es gestaltet sich alles ziemlich kompliziert. Aber du hättest nicht kommen dürfen ...« Von hier oben auf der Kanzel war selbst eine gedämpfte Stimme überall gut zu hören.

Nilla bewegte sich und seufzte.

»Gib auf dich acht.« Carlo legte auf.

Als er die Bettdecke fortzog, hielt Nilla die Augen geschlossen. Ihre Haut sah erhitzt aus, eine Hand steckte zwischen ihren Beinen. Betont träge wandte sie sich um, ein Knie aufgestellt, die Schenkel leicht und entspannt geöffnet: eine eindeutige Einladung. Trotzdem verhielt er sich abwartend, nur sein Schatten berührte den nackten Körper.

Beunruhigt blinzelte Nilla. Er setzte nur ein Knie aufs Bett, beugte sich über sie, eine Hand auf einem heißen Schenkel. Sein Mund streifte ihr Ohr.

»Wenn du dich mit dem Duschen beeilst, hast du noch Zeit für einen Espresso mit einem Stück Zucker, das auf dem Tassenboden zerfällt und erst mit dem letzten Schluck seine Süße preisgibt, die du als Nachgeschmack im Mund behältst.« Mit dem Fingerrücken strich er über ihre Wange.

»Ich will keinen Kaffee«, sagte sie aufseufzend.

Mit einer geschmeidigen Wendung glitt er vom Bett.

»Dann läßt du's eben«, beschied er sie knapp. Nilla setzte sich auf. Als sie nach dem Handtuch greifen wollte, das er um seine Hüften geschlungen trug, wich er aus. »In einer Stunde müssen wir am Flughafen sein. Wir fliegen mit der Mittagsmaschine nach Amsterdam.«

»Ich hab gehört«, sagte sie unglücklich, »wie du telefoniert hast.«

Er rückte wieder näher. Was hatte sie mitbekommen?

»Du warst schon wach?«

»Was sollen wir in Amsterdam?«

»Einen Blick auf Rembrandts ›Nachtwache‹ werfen. Ich hab mit Jaap Veenhuizen gesprochen, dem Direktor des Rijksmuseums, er holt uns am Flughafen ab.«

Auf dem Weg zum Beichtstuhl rief er sich das kurze Gespräch mit Sam in Erinnerung. Verfänglich, aber nur bedingt aufschlußreich.

Weil er sich konsequent aus ihrer Reichweite hielt, blieb für den Espresso genügend Zeit. Noch immer vertrat Nilla die Meinung, daß sie sich wegen des Unfalls oder Attentats bei der römischen Polizei melden sollten. Er aber weigerte sich, er war sicher, daß alle Nachforschungen im Sande verlaufen würden. Den Pajero hatte er unter falschem Namen gemietet, daher gab es keine Spur, die bis zu ihm führen würde.

Im Taxi zum Flughafen erklärte er Nilla, daß er den Flug nach Amsterdam gebucht hatte, um sie beide vorerst aus der Schußlinie zu haben. In längstens vierundzwanzig Stunden würden sie zurück sein.

Er hatte befürchtet, daß sie auf die vielen kleinen Gesten und Zeichen verfallen würde, mit denen Frauen ihre Verliebtheit zum Ausdruck brachten, aber sie hielt eher auf Abstand, es schien fast, als sei ihr die letzte Nacht jetzt peinlich. Das verwirrte ihn so, daß er im Flugzeug ihren Gurt kontrollierte, um einen Grund zu haben, sie anzufassen. Wie zufällig strich er einmal mit drei Fingern über ihre Hüfte. Nilla zuckte zusammen.

»Laß das«, wehrte sie ihn ab.

Jetzt kannte er sich überhaupt nicht mehr aus.

Veenhuizen holte sie mit einem alten Mercedes am Flughafen ab, und Carlo hörte erstaunt zu, wie sich Nilla wortreich dafür entschuldigte, zu der Tagung am vorletzten Wochenende nicht erschienen zu sein. Sie verhaspelte sich, bis der gutmütige Veenhuizen sie schließlich mit der Erklärung unterbrach, wie sehr er sich freue, daß sie zu diesem viel wichtigeren Termin gekommen sei. Seine Stimme klang brüchig, als er sie vorwarnte: Sie müßten sich auf schreckliche Dinge gefaßt machen.

Neben einigen Mitgliedern der Museumsleitung erwartete sie eine ältere Dame mit schlohweißer Pudelfrisur und besorgter Miene. Nervös drehte sie einen goldenen Ring an ihrer linken Hand, und erst als sie detailliert über Restaurierungen sprach, wurde klar, daß sie es mit der verantwortlichen Restauratorin zu tun hatten.

Der Raum mit Rembrandts »Nachtwache« war für eine Stunde für das gewöhnliche Publikum gesperrt. Mit allen Anzeichen von Unruhe bat Veenhuizen Carlo, sich das Bild näher anzusehen. Vielleicht rechnete Nilla mit einem Auftritt wie in der Villa Borghese, denn sie trat hastig zurück. Aber Carlo dachte gar nicht daran, sich auffällig zu benehmen.

Er betrachtete das Bild zunächst aus einigem Abstand, um einen Gesamteindruck zu gewinnen, trat dann nahe heran und strich behutsam darüber. Seine Finger ertasteten die Wahrheit, Wehmut befiel ihn, es kam ihm so vor, als ob er, Abschied nehmend, die noch warme Wange eines Sterbenden berührte, wobei das Vertraute schon für immer fremd wurde.

Inzwischen hatte Nilla Fotos erhalten, die den Zustand gleich nach Abschluß der Restaurierung dokumentierten, Carlo schaute ihr über die Schulter. Die Veränderungen fielen kaum auf. Ein genauer Vergleich ergab aber, daß sich die Hell-Dunkel-Effekte auf geheimnisvolle Weise einebneten. Noch wirkten die Veränderungen wie eine Nachkorrektur, um die Wirkung der Reinigung ein wenig zu mildern, aber ein paar kleine Stellen erschienen bereits nahezu blind, wie aufgesogen in einem bräunlichen Farbbrei.

»Wir wissen nicht, wodurch die Veränderung zustande kommt«, flüsterte Veenhuizen heiser, »wir wissen nur seit einer Woche, daß sie unaufhaltsam fortschreitet.«

Die Restauratorin mit der Pudelfrisur weinte.

»Wenn wir das Bild verlieren«, schluchzte sie, »kann ich mich umbringen.«

»Ohne Rembrandts ›Nachtwache‹ ist es, als wäre unsere Nation kastriert worden«, sagte jemand aus der Kommission. Die kleine Gruppe wirkte ein bißchen verloren in dem großen Saal, der normalerweise vor Besuchern wimmelte.

»Wenn wir nicht einmal eines unserer heiligsten Güter bewahren können, wie stehen wir dann vor der Welt da?« bemerkte ein anderer düster.

Veenhuizen wartete bekümmert ab, bis Carlo und Nilla sich geäußert hatten. Danach dankte er ihnen beiden warm und freundlich, daß sie sich die Mühe gemacht hatten zu kommen, selbst wenn sie ebensowenig wie andere Experten eine brauchbare Erklärung parat hatten. Damit war die Besichtigung beendet, aber Carlo drängte es, sich eine letzte Gewißheit zu verschaffen. Er versuchte, das Gemälde an der Unterkante zu fassen und von der Wand abzurücken. Zwei Herren aus der Kommission eilten ihm zu Hilfe, gemeinsam stemmten sie das riesige Bild von der Wand ab. Nach einer Weile hatte er ertastet, was er suchte.

Sobald er wieder auftauchte, schaute er in die fragenden Gesichter und schüttelte nur bedauernd den Kopf. Es gab nichts Erhellendes zu sagen. Die leise Hoffnung, die aufgeflackert war, erlosch.

»Weißt du was«, raunte ihm Nilla beim Verlassen des Museums zu, »ich sehe gerade all die anderen Rembrandts, van Dycks, Breughels, Memlings und van Eycks in einer braunen Soße untergehen, und nur die Abbilder der Bilder leben in unzureichenden Reproduktionen fort oder im noch unzureichenderen Gedächtnis der Menschen. Wie findest du das?«

»Behalt's bloß für dich«, wies er sie zurecht, »die Leute hier sind gestraft genug.«

Veenhuizen ging mit ihnen in einem an einer Gracht gelegenen Restaurant chinesisch essen und fuhr sie dann zum Flughafen zurück.

»Was ist wirklich mit dem Bild?« Nilla blickte durch das kleine Fenster der Boeing in die Dunkelheit.

»Die ›Nachtwache‹ ist von Jerzy. Er pflegte seine Werke mit ein paar harmlos und zufällig anmutenden Kerben, etwa fünfzehn Zentimeter von der rechten unteren Ecke entfernt, an der vertikalen Leiste des Spannrahmens zu kennzeichnen. Nur wer Bescheid weiß, ist imstande, sie zu finden.«

»Also bist du ganz sicher«, sagte sie tonlos.

»So sicher, wie man bei einem Fälscher sein kann. Um so mehr erstaunt mich der Zustand des Bildes. Da ist etwas im Spiel, das ich nicht begreife. Diese Trübung oder Verdunklung dürfte es bei einem Experten wie Jerzy nicht geben. Ich weiß nicht, wie ich es erklären soll, aber ich hatte den Eindruck, vor einem Akt unvorstellbarer Bosheit zu stehen, den ich mit Jerzy nicht in Zusammenhang bringen kann.«

12

Im Flugzeug hatte Nilla beiläufig vorgeschlagen, noch in der Nacht auf den Palatin zu gehen. Zu ihrem Erstaunen zeigte sich Carlo geradezu begeistert von der Idee und kaufte im Flughafen eine Taschenlampe.

Inzwischen hätte sich Nilla lieber mit ihm in die Kirche und ins Bett verkrochen. Eine letzte Kampfpause vor den unvermeidlichen Einschlägen wollte sie ihm und sich noch gönnen. Am Ende war sie aber doch zu sehr an der Aufdeckung der Wahrheit interessiert, stellte sie, über sich selbst erstaunt, fest.

Den Palatin-Hügel übergoß diffuses Mondlicht. Den Mond umgab ein Hof, so daß aus der runden Scheibe ein großes aufgedunsenes Gesicht wurde, das verschwommen zu ihnen herabblickte.

Auf Nillas Vorschlag kletterten sie ins Stadion des Domitian hinab, und Carlo öffnete unten geschickt die Türen in einer Seitenwand und im Kopf der Anlage. Sie erforschten einige mit Gartengeräten und Baumaterialien vollgerümpelte Abstellkammern. Bei Nilla machte sich eine heimliche Erleichterung breit, anscheinend hatte sie doch nur Hirngespinste ausgebrütet. Carlos Augen glitzerten im Mondschein wie die eines Luchses, während er willig ihre Anweisungen befolgte. Seinem ganzen Benehmen war Spannung anzumerken, als lauerte er auf etwas, das unvermeidlich zutage treten mußte. War er so in lang zurückliegender Zeit mit Clodio hier im Dunkeln umhergestreift?

Sie waren, vom Kolosseum kommend, in die Via Sacra eingebogen und von dort an der hohen Mauer entlang der schmalen, gewundenen Straße hinauf gefolgt, die an einem kleinen Platz mit einem Kirchlein endete. Nicht weit davon entfernt hatte ihr Carlo über die Mauer geholfen. Auf demselben Weg kehrten sie zurück. Unten, an der Via Sacra, blieb Nilla auf einmal stehen und krallte ihre Finger in den Metallzaun, hinter dem sich das Gelände erstreckte, auf dem zwei Nächte zuvor der Lastwagen geparkt hatte. Undeutlich waren im Gras Reifenspuren zu sehen, die bis vor die riesige Stützmauer zum Palatin reichten. Carlo klimperte mit dem Vorhängeschloß am Zauntor.

»Mach's auf«, forderte Nilla.

Dann standen sie vor der alten Backsteinmauer, und Carlo ließ den Schein seiner bleistiftdünnen, aber hellen Taschenlampe über die Steine kreisen. Nilla konnte gar nicht schnell genug mit dem Blick folgen.

»So wird das nichts, gib mir die Lampe.«

Sie leuchtete nun methodisch die Ziegel und alle breiteren Fugen ab, während sich Carlo mit verschränkten Armen an eine aus der Wand ragende Quermauer lehnte und leise pfiff.

»Hör auf zu pfeifen«, zischte Nilla, »das macht mich nervös.«

Die alten Steine zeigten sich voller kleiner Spalten, Runzeln und Löcher, probeweise tastete sie ein paar davon ab. Ungefähr in Augenhöhe ließen sich einige der Vertiefungen mit etwas Phantasie zu Buchstaben formen. Der Stein selbst fühlte sich wärmer als die anderen an und die Oberfläche unerwartet nachgiebig. Nilla probierte ein bißchen herum und zuckte zusammen, als Carlo ihr die Hand auf die Schulter legte.

»Was machst du da?« fragte er.

»Stör mich nicht, ich versuche, etwas herauszufinden. Atia hat mich darüber aufgeklärt, wie man an den Michelangelo-Putto im Palazzo Giovese herankommt. Schau dir mal diesen Stein an. Auf welche Buchstaben muß man drücken? Ich habe alle ausprobiert, aber es tut sich nichts. Vielleicht gibt es eine

Reihenfolge, die man beachten muß. Das Iu steht für Julius, auf Iu allein reagiert der Stein aber nicht.«

Carlo schob sie beiseite. Eine Weile sah sie ihm zu, wie er das gleiche machte wie sie kurz zuvor. Als sie merkte, daß auch bei seinen Bemühungen nichts herauskam, zog sie ihren kleinen Schreibblock aus der Tasche und schrieb die Buchstaben, die sie zu erkennen meinte, auf. Außer Iu ergaben die Kerben At, Ae, Oc, Cl, Li, Vi und Ti.

»Vielleicht habe ich mich ja auch geirrt«, sagte sie entmutigt.

Carlo schaute in ihr Heft.

»Wenn Iu für Julius steht, dann At für Atia und Oc für Octavia und Li für Livia. Eigentlich müßte auch Au für Augustus auftauchen.« Er wandte sich wieder dem Stein zu.

Der Hinweis auf Augustus war natürlich berechtigt. Nilla fiel der Stammbaum ein, sie kramte ihn aus ihrer Tasche und bat Carlo, das Licht der Lampe auf das Blatt zu richten. Stumm musterten sie das Papier und den Notizblock mit den Buchstaben, den Nilla in der anderen Hand hielt.

»Es gibt zwei Möglichkeiten«, stellte Carlo fest, »entweder folgen wir der männlichen oder der weiblichen Abstammungslinie. Also entweder Julius, Octavianus, Tiberius, Claudius oder Atia, Livia, Vipsania, Aemilia. Ich hätte nicht gedacht, daß die weibliche Linie mit Atia anfängt, aber sie war Augustus' Mutter.«

»Und ich habe nicht erwartet, daß sie seinen richtigen Namen verwenden: Octavianus. Auf welche Linie tippst du? Ich tippe auf die weibliche. Sie ist stärker als die männliche, der ganze Stammbaum wird von den Frauen zusammengehalten, nicht von den Männern.« Sie hatte ihr Argument ganz sachlich vorgebracht, Carlo schien etwas entgegnen zu wollen, nickte aber dann und trat zur Seite.

Um Fehler zu vermeiden, drückte sie betont langsam auf die Buchstaben. Vielleicht war sie dabei, sich lächerlich zu machen, fast wünschte sie es sich.

Wieder nichts.

Nur ... Ein ganz schwaches Geräusch war da, ein Summen. Sie lauschte.

Doch, da war etwas.

Die gesamte Wand zwischen zwei Quermauern ruckte nach hinten und glitt seitwärts, nur der eine Stein blieb an Ort und Stelle. Vor ihnen tat sich ein Gang auf.

Was nun? Ihre ganze Courage verflüchtigte sich in einem Augenblick. Dafür weckte der finstere Gang Erinnerungen an stinkende Abwasserkanäle in Wien – und an Panik.

Aber weil Carlo sich bewegte, wagte auch sie den ersten Schritt hinein. Kaum standen sie im Gang, setzte hinter ihnen ein leises Schurren ein. Die Ziegelwand schob sich an ihren alten Platz, ohne daß sie irgendwas berührt hatten.

Rauslaufen! Wir müssen sofort rauslaufen, dachte Nilla, rührte sich aber nicht vom Fleck. Bei einem raschen Blick tiefer in den Gang nahm sie undeutlich Figuren wahr, schattenhafte, große Gestalten. Einen halben Meter hinter ihr hatte die bewegliche Wand jetzt den Rückweg zu zwei Dritteln abgeschnitten.

In Gedanken schob sie sich durch den immer schmaler werdenden Spalt, bewegte sich aber immer noch nicht. Auch Carlo machte keine Anstalten, genau wie sie beobachtete er nur, bis die Wand mit einem dumpfen Knirschen in eine verborgene Halterung einrastete.

Zu spät. Sie waren eingesperrt!

Carlo richtete die Lampe auf den Stein, der als Öffner fungierte.

Auch auf der Rückseite zeigten sich die Buchstaben.

»Wenigstens«, sagte er ruhig, »können wir davon ausgehen, daß wir über Julius, Octavianus, Tiberius und Claudius wieder herauskommen.«

Nilla hoffte inbrünstig, daß er damit recht hatte.

Plötzlich begann eine Art Notbeleuchtung aus winzigen

Strahlern zu flimmern. Oben an den weiß verputzten Wänden liefen Stahlschienen entlang, auf ihnen saßen die Lichter.

»Es muß hier ein Überwachungssystem geben«, flüsterte Nilla.

»Vermutlich«, raunte Carlo.

»Bloß seh ich keine Kameras.«

»Nein. Also, was willst du tun?«

Ich will raus.

Der Boden war mit einem Mosaik aus groben, stumpfen Steinchen belegt. Runde Medaillons mit Fabeltieren. Ein antikes Mosaik. Nilla schob zögernd einen Fuß vor, als stünde sie wider jede Vernunft im Begriff, sich auf eine mit dünnem Eis überzogene Wasserfläche zu trauen.

»Es drauf ankommen lassen und hoffen, daß uns niemand bemerkt. Was in einigen Museen funktioniert, klappt vielleicht auch hier.«

Reiner Blödsinn! Wie kam sie nur auf so eine Idee?

»Darauf würde ich nicht wetten«, murmelte Carlo, »aber komm jetzt.«

Die großen Figuren rechts und links des Gangs waren aus Marmor und Bronze und grob geschätzt zweieinhalbtausend Jahre alt. Falls sie echt waren.

Carlo deutete auf einen speertragenden Athleten, eine behelmte Göttin und einen bocksbeinigen Satyr und sagte lakonisch: »Phidias, Praxiteles – Polyklet«.

»Bist du sicher?«

Er hatte ohne das geringste Zögern die Statuen den drei berühmtesten Bildhauern der Antike zugeordnet. Wie konnte er das?

Es war besser, erst einmal nur zu schauen und später nachzudenken. Zu schauen gab es viel, viel mehr, als Nilla selbst in ihrer wildesten Spekulation erwartet hatte.

Rembrandts »Nachtwache« teilte sich einen Saal mit Gemälden der Gebrüder van Eyck und Hieronymus Boschs, die

Werke Raffaels mit denen seiner Konkurrenten Michelangelo und Sebastiano del Piombo. Es gab hinreißende gotische Retabel aus Norddeutschland neben Figuren Tilman Riemenschneiders, italienische Trecento-Malerei neben großformatigen Gemälden spanischer Barockmaler wie Goya und El Greco.

Nilla fürchtete, den Sinn für die Wirklichkeit zu verlieren. Die Sammlung, in der sie sich bewegten, erschien märchenhaft. Wenn ich mir das Paradies nach meinen Wünschen gestalten dürfte, dachte sie überwältigt, würde ich es mir ähnlich einrichten.

Die größeren Gemälde waren mit Gleitkufen versehen, die Figuren standen auf beweglichen Sockeln, die echten Berninis hatten sie noch nicht entdeckt, dafür Donatellos »David«. Viele der Räume schmückten phantastisch erhaltene antike Fresken und Mosaikböden.

In einem Saal mit umlaufender Säulengalerie und einem trockenen Wasserbecken in der Mitte stand an einer Seite die Laokoon-Gruppe, die perfekte, an der nichts fehlte und die ein wichtiges Glied in einer Beweiskette bildete. Sie bestätigte und erhärtete den Verdacht, mit dem Nilla seit kaum mehr als dreißig Stunden so hart kämpfte.

Aber jetzt an Verbrechen zu denken, etwa daran, daß dies alles Zeugnis von Gewalttaten, Betrug und Mord ablegte, war ja selbst eins. Das alles sehen zu dürfen – hier und jetzt und in absoluter Stille –, war ein Genuß, eine Gnade!

Immer wieder mußte sie an sich halten, um nicht vor Begeisterung aufzuschreien.

All das hier war menschlichem Geist entsprungen, zusammen wirkte es übermenschlich, es repräsentierte etwas, das weit über den einzelnen Ursprung hinauswies. Ein Funke von *Göttlichkeit*.

Parmigianinos »Amor« entdeckten sie in einem hinter dem Säulensaal gelegenen, intimen Raum, der vielleicht einmal als kaiserliches Schlaf- oder Ankleidezimmer gedient hatte. Auf eine der Wände war das dunkelgelockte, antike Gegenstück des blonden Amors gemalt. Die Pose, die der antike Knabe einnahm, war nicht ganz so erotisch aufreizend wie die des Parmigianino-Jungen. Die Malerei auf der gegenüberliegenden Wand war zu einem wolkigen Blau verwischt. Nilla erkannte sie als Hintergrund für das Foto, das Clodio von Carlo als nacktem Amor gemacht hatte.

In dieser Kammer hatte es in einer Nacht zwei gemalte Amor-Knaben gegeben, und der dritte, lebendige, war todunglücklich geworden.

Carlo hatte sich auf einen zerbrechlichen Scherenstuhl gesetzt und den Kopf auf die Knie gelegt, die Hände im Nacken verschränkt. Nilla begriff, daß sie ihn für eine Weile seinen Erinnerungen überlassen mußte, daher setzte sie den Weg durch die Säle allein fort. Sie versuchte, auf ihrem Block einen Überblick über die geraubten Kunstwerke festzuhalten, aber ihr Arm war so schwer, daß sie kaum den Kugelschreiber halten konnte. Auf einmal bedrückten sie alle diese Schätze in ihrer Unberührtheit.

Voller Furcht, Carlo in dem Gewirr der Räume nicht wiederzufinden, kehrte sie zurück. Gegenüber der gigantischen Kunstnekropole wirkte der gesamte Giovese-Palast schon jetzt wie ein bloßer Vorraum.

Carlo kam ihr entgegen.

»Ich glaube nicht, daß wir es vor Morgengrauen schaffen, alles zu sehen«, sagte er gefaßt.

Nilla war sofort damit einverstanden, den Ausgang zu suchen. Wahrscheinlich gab es mehrere Aus- und Eingänge, aber sie wollten sich zu dem durchfinden, den sie kannten. Auf dem Weg dorthin entdeckten sie einen Raum mit ägyptischer Kunst. Die Büste Nofretetes und die Goldmaske Tutanchamuns bildeten nicht einmal die schönsten Stücke. In einem Durchgang dahinter waren etwa zwanzig Gemälde aus der Berliner MoMA-Ausstellung abgestellt. Henri Matisses »Der Tanz« befand sich darunter, die »Sternennacht« van Goghs und »Gas« von Edward Hopper.

»Also schrecken sie auch vor der Moderne nicht mehr zurück«, nuschelte Carlo, »das wird Perino nicht freuen.«

»Hat dich Clodio mit hierhergenommen?« fragte Nilla beherrscht. Ich darf mich von nichts und niemandem vereinnahmen lassen, dachte sie, nicht, bevor ich ganz genau weiß, was hinter all dem steckt.

Carlo schüttelte den Kopf.

»Ich bin ihm heimlich gefolgt, kann mich aber nicht mehr an den Eingang erinnern.«

»Was ist passiert?«

»Clodio hat mich in dem Zimmer mit dem Amor-Fresko erwischt. Es kann sein, daß damals bereits das Bild Parmigianinos dort untergebracht war, aber auch das weiß ich nicht mehr sicher. Als Clodio mich sah, muß er die Idee mit dem Foto gehabt haben. Aber das sind alles Ereignisse, die aus meinem Hirn verschwunden sind, sie kommen erst allmählich zurück. Jetzt bin ich nur noch müde, hundemüde.«

Die Morgendämmerung war noch nicht hereingebrochen, als sie zu Füßen einer schwebenden Madonna zu Bett gingen. Carlo schien Nillas Zärtlichkeit zu brauchen, seine Liebkosungen wirkten, als wenn er einen Hunger stillen würde, leidenschaftlich fordernd, weniger bedacht. Es war schöner als beim ersten Mal, denn es entwickelte sich nach und nach Innigkeit zwischen ihnen.

Beim Aufwachen war Nilla allein.

An der Duschkabine hing ein nasses Handtuch. Sobald sie zum Bett zurückkehrte, fiel ihr auf, daß die Sachen fehlten, die er am frühen Morgen ausgezogen hatte. Unruhe befiel sie. Nun verwünschte sie sich dafür, daß sie nicht noch in der Nacht ausführlich über ihre Entdeckungen gesprochen hatten. Aber Carlo hatte es nicht gewollt, jedenfalls nicht gleich.

Allerdings sträubte sie sich selbst noch gegen die Erkenntnis, daß seine Familie im Zentrum des »Opus divus« stand.

Nachdem sie sich angezogen hatte, begann sie, ruhelos umherzustreifen. Der Hauch von Verwahrlosung, der in der Kirche herrschte, gefiel ihr, sie wirkte verwunschen und vergessen. Die Möbel, darunter Truhen, eine Vitrine, Sessel, ein Sofa vor einem hübschen Beistelltischchen, waren allesamt kostbar, wenn auch nicht in allerbestem Zustand. In einer Ecke stand ein schöner, intarsierter Schreibtisch, ein Werk J. H. Rieseners, eines der führenden Ebenisten des achtzehnten Jahrhunderts, der für die französische Königin Marie Antoinette gearbeitet hatte. Selbst unrestauriert repräsentierte das Stück einen Wert von mindestens 400000 Euro.

Das Inventar verriet, daß der Mann, dem all das gehörte, nicht gerade unvermögend war. Carlo Meier hatte sie als armen Schlucker betrachtet, der sich mit krummen Touren durchschlug, Giulio di Strattesi hatte vermutlich nie unter Geldmangel gelitten. Wieder machte sie sich Gedanken über das Erbe der Giovese. Wem fiel der ganze Reichtum einmal zu?

Sie stieg zur Kanzel hinauf.

Auf der Brüstung stand ein altmodisches Telefon.

13

Wittich wollte Nilla gerade anrufen, als sie ihm zuvorkam. Sie hatte sich nicht mehr gemeldet, weder telefonisch noch per e-mail, seit Leonhard bei ihrem letzten Gespräch dazwischengefunkt hatte.

»Schön, daß du anrufst«, sagte er beherrscht und ließ zunächst einmal die üblichen Fragen nach seinem Befinden über sich ergehen. Es ging ihm nicht wesentlich besser, aber das spielte keine Rolle. »Warum hab ich nichts mehr von dir gehört?« Er versuchte, jeden Hauch von Vorwurf aus der Stimme zu halten.

Sie gingen wieder sehr vorsichtig miteinander um. Nilla erzählte ihm von einem Abstecher nach Amsterdam, den er trotz der katastrophalen Nachricht über den Zustand von Rembrandts berühmtestem Bild im Augenblick nicht wirklich wichtig fand. Scheiß-Taktiererei, dachte er und beschloß, auf alles weitere Drumherumreden zu verzichten.

»Wir müssen endlich die Sicherheitsfrage klären. Die Sache mit dem Leck. Meine Mitarbeiter sind sauber, davon habe ich mich überzeugt. Ich habe mir jeden einzelnen vorgenommen und nachgeprüft, was er wissen kann. Kein Leck, Nilla.« Nun befiel ihn doch Kleinmut. Er würde nichts über Leonhard sagen, bevor er von dessen Schuld hundertprozentig überzeugt war. »Ich muß aber in einer anderen Richtung weiterforschen. Oder mißtraust du mir persönlich?«

»Auf die Idee bin ich noch nicht gekommen. Hätte ich Grund dazu?« antwortete Nilla. Ihre Stimme hallte etwas seltsam.

»Das beruhigt mich. Dann muß ich dir etwas sagen, was Kress betrifft. Er hatte bereits einen Monat, bevor du ihm begegnet bist, im Ägyptischen Museum nachgefragt, ob sie einen Job für ihn hätten. An den Anruf hat sich der Personalchef erst wieder erinnert, nachdem ich die Nummer von Kress auf der Anruferliste gefunden hatte. Und in der Woche vor dem Einbruch hatte er zu den Zeiten Dienst, zu denen am häufigsten Fehlalarm ausgelöst wurde. Etwas merkwürdig, nicht wahr?«

Nillas Antwort erfolgte mit einer Verzögerung, für die er Verständnis aufbrachte.

»Aber das ist doch alles kein Beweis, Peter.« Es schien sie nicht sonderlich aufzuregen.

»Im Zusammenhang mit einem Konto, auf das vor drei Wochen 40000 Euro eingezahlt worden sind, schon. Frau Kress wußte nichts von dem Konto. Woher das Geld stammt, ist bisher ungeklärt. Als letzte Adresse haben wir ein Geldinstitut auf den Cayman-Inseln.«

»Das klingt schon überzeugender«, sagte Nilla.

»Das schockiert dich nicht?« Wittich hatte mit einer deutlich emotionaleren Reaktion gerechnet. Aber vermutlich bedeutete Nilla ihre Affäre mit Kress nicht mehr sonderlich viel. Gegen alle Vernunft fühlte sich Wittich unzufrieden. Und er hatte ihr nicht einmal mitgeteilt, daß der Wachmann, dessen Posten Kress erhalten hatte, nicht zufällig einen Unfall erlitten hatte.

»Doch, aber der richtige Schock kommt vermutlich erst später.«

Offensichtlich war sie in Gedanken mit etwas beschäftigt, mit dem sie noch nicht herausgerückt war.

»Wir kennen jetzt auch sein mögliches Motiv. Seine kleine Tochter ist taubstumm. Nach einer Operation in einer Spezialklinik in den USA könnte sie mit Hilfe eines entsprechenden Geräts hören, aber die Operation würde 80000 Euro kosten. Was sagst du dazu? Hast du von der Behinderung der Tochter gewußt?«

»Nein.«

»Wo steckst du überhaupt? Deine Stimme hallt wie in einem U-Bahn-Schacht.«

»Peter, laß uns Schluß machen. Ich bin mit Carlo Meier unterwegs, er muß jeden Moment wieder auftauchen und sollte von unserem Gespräch besser nichts mitbekommen. Ich melde mich wieder. Paß auf dich auf, ja?«

Kein Vertrauen mehr, dachte er bedrückt. Es kam ihm vor, als wäre sie auf einen fernen Kontinent gereist, in ein anderes Leben. Eine Weile horchte er auf seinen Herzschlag und versuchte, die Risiken abzuschätzen, die eine Reise nach Rom barg. Nilla brauchte seine Hilfe, und er hoffte, alle Widerstände – Krankenschwestern, Ärzte, seinen instabilen Zustand – bezwingen zu können, um nach Rom zu fliegen.

14

Als Carlo durch die kleine Seitentür die Kirche betrat, eine Tüte und eine Zeitung in der Hand, stand Nilla auf der Kanzel und beobachtete ihn. Unterhalb der Kanzel, in der Eßzimmerecke, leerte er die Tüte in einen Brötchenkorb. Den kleinen Tisch vor einem zweisitzigen Sofa hatte er bereits für ein Frühstück gedeckt, das nun, am frühen Nachmittag, stattfinden sollte. Es fehlte jetzt nur noch der Kaffee. Aber statt in die Küche zu gehen, setzte er sich und schlug die Zeitung auf. Er hörte, wie Nilla das Treppchen von der Kanzel herunterkam. Sie trat hinter ihn und warf ein paar Blätter mitten auf ein Zeitungsfoto, das er sich gerade anschaute.

Er drehte sich zu ihr um.

»Warum setzt du dich nicht? Ich mache sofort Kaffee, laß mich nur diesen Artikel zu Ende lesen.«

»Schau dir lieber an, was ich auf deiner Kanzel entdeckt habe«, sagte sie betont kühl. Was immer sie verstimmt hatte, im Augenblick wollte er es eigentlich nicht wissen.

»Sag du es mir.«

Sie ging um das Tischchen herum.

»Diesen Textauszug fand ich in einer alten Tageszeitung. Eine interessante Passage über eine Rubensfälschung von Jan Pieters. Rubens hat für sein Gelb eine Blei-Zinn-Verbindung benutzt, sie kommt sehr gut in der Spektralanalyse heraus. Du weißt, woher der Text stammt.« Er begann zu ahnen, was sie bewegte. Auf eine Auseinandersetzung war er weiß Gott nicht scharf, ungelegener als jetzt konnte sie gar nicht kommen, aber er wußte nicht, wie er sie abwenden sollte.

»Aus deiner Dissertation. Gib mir zehn Minuten, um dir das Wichtigste zu erklären. Und dann ist da noch etwas passiert, was du wissen mußt ...« Er schob die Blätter beiseite und wies auf die Zeitung, aber sie schaute nicht hin.

»Es gibt nichts mehr zu klären. Du hast mich von Anfang an

hintergangen. Gestern früh hast du mit jemandem über ein Pferd gesprochen, das ihr ins Rennen geschickt habt. Nachdem ich die Seiten aus meiner Dissertation gefunden habe, ist mir klargeworden, daß ich mit diesem Pferd gemeint war. Du wußtest schon lange, wer hinter dem ›Opus divus‹ steckt, du hast jeden Schritt, seit wir unterwegs sind, genau vorausgeplant.«

Als wenn das überhaupt möglich gewesen wäre, dachte er müde. Es hatte nicht mehr als einen groben Plan gegeben. Er blinzelte zu ihr hoch. Eine hysterische Frau, die im Begriff stand, die Kontrolle zu verlieren, blickte auf ihn herab.

Sie griff nach einer der Espressotassen und wog sie in der Hand, als wollte sie damit nach ihm werfen.

»Wer ist dein Partner?« schrie sie. »Peter Wittich?«

»Du begreifst überhaupt nichts«, sagte er leise, »und wenn du herumtobst, noch weniger. Es war Samuel Perino, und jetzt ist er tot.«

Einen Moment stockte ihr vor Überraschung der Atem, dann holte sie tief Luft und fuhr fort, ihn anzuschreien.

»Schön, daß es nicht Peter ist, das paßt mir ausgezeichnet, dann kann ich mich ja mit ihm kurzschließen und die ganze Bande auffliegen lassen. Ich bin in der Stimmung, um aufzuräumen.«

Sie wich zurück, ohne ihn aus dem Blick zu verlieren, und passierte den Beichtstuhl, dessen Vorhang über der Klapptür hing. Dann mußte sie sich umwenden, weil sie an etwas stieß. Ein Sessel stand ihr im Weg.

Die wenigen Sekunden der Ablenkung reichten Carlo, um hochzuschnellen und ihr nachzurennen. Vor der Seitentür ergriff er sie und drehte ihr die Arme auf den Rücken.

»So nicht«, sagte er.

Nilla entwickelte mehr Kraft, als er gedacht hatte, oder er war zu erschöpft, oder es widerstrebte ihm, Gewalt anzuwenden. Sie riß sich los und wich in den Kirchenraum zurück. Immer die Tür im Rücken behaltend, drängte er sie bis zum Altar. In einem Augenblick der Unachtsamkeit kippte sie einen der massiven silbernen Leuchter um, der ihn so heftig an der Schläfe traf, daß er lang hinschlug. Der Schmerz, der ihm beim Aufprall auf die Bodenplatten in den Rücken fuhr, verschlug ihm fast den Atem. Er spürte, wie Blut aus einer Platzwunde an der Schläfe sickerte, und schloß gepeinigt die Augen.

Nilla kam die Stufen zu ihm herunter, kniete sich neben ihn und legte ihm die Finger unter das Ohr auf der Suche nach dem Puls.

»Selbst wenn du mich erschlägst«, sagte er mit dumpfer Stimme, »bringt dich das keinen Schritt weiter.« Er versuchte, sich aufzurichten und dabei herauszufinden, ob er sich außer ein paar Prellungen und der Beule an der Schläfe noch andere Verletzungen zugezogen hatte.

»Bleib liegen«, fauchte sie ihn an, und nur zu gern ließ er sich aufstöhnend zurücksinken.

»Hörst du mir dann zu?« nuschelte er. Am liebsten hätte er gar nichts gesagt. Einfach nur liegenbleiben und sich treiben lassen. Schon während er den Gedanken faßte, wußte er, daß er das nicht wirklich wollte.

»Ich sollte dir auf keinen Fall zuhören, das habe ich schon viel zu oft getan.«

»Dann hole mir wenigstens einen nassen Lappen, oder ich habe gleich eine Riesenbeule am Kopf.« Er tastete nach der Wunde, Nilla schlug ihm auf die Hand.

»Finger weg, laß das Blut laufen.«

Durch halbgesenkte Lider beobachtete er, wie sie aufstand und suchend umherlief. Jetzt hätte er aufspringen können, verzichtete aber darauf. Nilla konnte ihn nicht ewig hier liegen lassen, und unter Kontrolle behielt sie ihn gerade so lange, wie er es zuließ.

»Ich gebe dir fünf Minuten«, rief sie zu ihm herüber, »ich höre dich überall, der Baumeister dieser Kirche verstand etwas von Akustik.«

Er schloß wieder die Augen und verließ sich auf sein Gehör, das ihm sagte, wo sie herumgeisterte.

»Sam Perino kenne ich seit Jahren, wir haben einige für beide Seiten zufriedenstellende Geschäfte miteinander getätigt. Mit der Zeit wurde aus der Bekanntschaft Freundschaft. Und vor etwa einem Jahr erzählte er mir, daß er sich große Sorgen machte, weil etwas Unheimliches auf dem Kunstmarkt vor sich ging. Ich habe ihn nicht ernst genommen, aber als vor sechs Monaten Charly starb …«

»Moment«, Nilla kam mit ihrer Tasche zurück, »was hat Charlys Tod damit zu tun? Du hast gesagt, er hatte einen Autounfall.«

»Unterbrich mich nicht«, sagte er ärgerlich. »Nach Charlys Tod hatte ich mehr Zeit, als mir guttat. Sam lag mir wieder mit seinem Verdacht in den Ohren, und langsam kam ich dahinter, daß die Giovese aktiver geworden waren. Es tat sich tatsächlich mehr als sonst auf dem Kunstmarkt. Ich meine in bezug auf Diebstähle und dergleichen.«

»Das heißt, du wußtest über deine Familie Bescheid.« Nilla hockte sich auf die Stufen. Er überlegte, mit welchen Informationen er sie am ehesten wieder auf seine Seite ziehen konnte.

»Ich bin wahrend des Studiums hier in Rom zufällig dahintergekommen. Eines Abends habe ich Clodio in seinem Arbeitszimmer etwas fragen wollen. Er war nicht da, es sah aber so aus, als hätte er es nur für einen Moment verlassen. Du weißt, Clodio ist Bankier, daher erwartete ich, auf seinem Schreibtisch Papiere vorzufinden, die mit Bankgeschäften zu tun hatten. Auf dem Tisch lag ein Foto von Gainsboroughs ›Knabe in Blau‹. Es handelte sich nicht um ein Katalogfoto, sondern um eins, das das Gemälde samt Rahmen in einer ungewöhnlichen Umgebung zeigte, nämlich vor der Wand in seinem Arbeitszimmer, ich befand mich ja gerade darin und konnte genau feststellen, wo der Gainsborough gestanden hatte. Das Gemälde ist, wie du sicher weißt, ein Prunkstück der National Gallery in New York. Was also hatte dieses Foto zu bedeuten? Es stand sogar ein Datum auf dem Rand, es lag kaum eine Woche zurück.

Da mir die Sache merkwürdig vorkam, habe ich das Foto mit in mein Zimmer genommen und fotografiert. Später habe ich einige Größenvergleiche angestellt und herausgefunden, daß die Maße des Bildes exakt denen des Originals entsprachen. Ich hatte das Foto gerade zurückgebracht, als Clodio zurückkehrte.

›Willst du den Gainsborough kaufen?‹ habe ich gefragt. ›Soweit ich weiß, ist er unverkäuflich.‹

Clodio hat gelacht, wirkte aber doch beunruhigt. Es war ihm nicht recht, daß ich mich allein in seinem Büro aufhielt, normalerweise kam das auch nicht vor.

›Ein hübscher Knabe, nicht wahr? Jemand hat mir diese Kopie angeboten, aber deine Großmutter würde sie hier im Haus nie dulden. Sie würde alle anderen echten Gemälde entwerten, verstehst du?‹

›Aber sie ist hervorragend gemalt.‹

›Gerade darum ist sie inakzeptabel.‹

Rätselhaft blieb die Geschichte trotzdem.

Danach schnappte ich immer wieder mal Bemerkungen auf, aus denen sich schließlich ein Zusammenhang konstruieren ließ. Ich gebe zu, daß mich ihre Machenschaften sowohl faszinierten als auch abstießen. Aber vor allem wollte ich nichts damit zu tun haben. Valeria machte ab und zu dunkle Andeutungen, denen ich entnehmen konnte, daß sie mich in ihrem Verein dabeihaben wollten, sobald ich ihrer Meinung nach reif genug dafür wäre, und sie hatte sicherlich einige Hintergedanken, als sie mich überredete, Kunstgeschichte zu studieren, nur hatte ich das ohnehin vor. Kunst hat mich immer interessiert. Als aber in Berlin ein Museumswächter getötet wurde, habe ich erkannt, daß ihre Raubzüge eine andere Qualität erreicht hatten.«

»Woher«, hakte Nilla rasch ein, »wußtest du, daß sie hinter dem Einbruch steckten?«

Verwundert schaute er zu ihr auf, noch immer lief Blut an seiner Schläfe hinunter.

»Wer sonst sollte auf die Idee kommen, die Nofretete zu stehlen? Für mich war es ziemlich eindeutig. Es durfte so nicht weitergehen, deshalb hab ich mich mit Perino in Verbindung gesetzt, und wir haben einen Plan entwickelt.«

»Und wie kam ich dazu?«

»Das weißt du doch selbst. Ich hatte vorgehabt, das Ganze mit Wittich durchzuziehen, aber er fiel ja aus. Sam hat sich nach Ersatz umgesehen. Dabei bist du ihm über den Weg gelaufen und hast erkennen lassen, daß du einsteigen wolltest.«

Protestierend hob Nilla die Hand.

Er setzte sich nun doch auf und schaute ihr unverwandt in die Augen. »Zumindest hat Sam es mir gegenüber so dargestellt, und er hatte ja recht. Er hat die ersten Erkundigungen über dich eingezogen, bevor du bei mir aufgetaucht bist. Natürlich hat er auch deine Dissertation ausgegraben. Damit ich mir selbst ein Urteil über deine Sachkenntnis bilden konnte, hat er mir ein paar Seiten gefaxt. Als Expertin bist du nicht schlecht.« Er leistete sich ein schwaches Grinsen, auf das sie nicht reagierte. »Die Seiten sind mit uns von Steinfurt bis Rom gereist.«

»So wichtig waren sie dir?« Sie klang schon weniger wütend.

»Jemand muß den Giovese das Handwerk legen, denn ihre Aktivitäten sind außer Kontrolle geraten. Aber ich kann es nicht tun, ich bin nicht imstande, gegen meine eigene Familie vorzugehen. Wenn ich nur daran denke, habe ich das Gefühl, mir faulen die Hände ab.«

Die letzte Nacht hatte ein paar weitere Lücken in seiner Erinnerung gefüllt.

»Wieso gerade ich?« fragte sie mit schwacher Stimme.

»Wittich wäre mir lieber gewesen«, bekannte er aufrichtig.

»Der Mann hat einen untadeligen Leumund, gilt als hartnäckig und unerschrocken.«

»Und das trifft auf mich ja nun nicht gerade zu«, wandte Nilla selbstkritisch ein.

»Bisher schon. Und du kennst dich mit Kunst aus, bist sogar Expertin für Fälschungen. Also im Grunde genommen noch geeigneter. Sam hat mir alles über dich mitgeteilt, was er nur in Erfahrung bringen konnte.«

»Er hat mein Leben ausgekundschaftet?«

»Weitgehend. Ich weiß auch über den Mann Bescheid, mit dem du gelegentlich ins Bett gehst.« Die letzte Bemerkung war unnötig. Er fragte sich, ob bei ihm so etwas wie Eifersucht hochkam.

Sie betrachtete die Decke über ihnen und rang sichtlich um Fassung.

»Wie ekelhaft«, sagte sie leise und voller Verachtung.

»Ich habe dich gewarnt, dich nicht auf mich einzulassen. Ich hätte mir gewünscht, deine Bindung zu deinem Freund wäre fester, das hätte uns vielleicht vor einer Beziehung bewahrt, die jetzt nur alles komplizierter macht. Wir beide werden dadurch angreifbarer.«

Du Heuchler, dachte er bei sich, *du gottverdammter Heuchler.*

»Warum hast du mir nicht einfach die Wahrheit gesagt? Das hätte uns viel Zeit und Energie erspart.«

»Weil es wichtig war, daß du objektiv an die Sache herangingst. Ich wollte das, was die Giovese machen, durch deine Augen sehen. Vergiß nicht, ich bin in einer Umgebung aufgewachsen, wo Kennerschaft als legitimer Anspruch auf jedwede Kunst gewertet wird. Und auch Charly war schließlich ein Dieb. Die Giovese haben sich seit jeher außerhalb der Gesetze gestellt oder sie sich nach Belieben zurechtgebogen. Sie sind reich, sie sind unermeßlich reich, und das gibt ihnen Macht.«

»Wie reich?« fragte Nilla knapp.

»Soweit ich weiß, sind sie weltweit an jedem halbwegs lukrativen Unternehmen beteiligt. Das Vermögen ist dabei so gestreut, daß kein Außenstehender den Gesamtumfang auch nur ahnt. Und noch etwas: Rechne nicht so einfach auf die Unterstützung Wittichs oder die der römischen Behörden. Die wichtigen Entscheidungen werden wie überall ganz oben getroffen, und oben heißt, auch dort dem Einfluß der Giovese zu begegnen.«

Nilla hatte ihr Handy aus der Tasche gekramt, aber nun schaute sie unschlüssig dem Staub zu, der in der breiten Lichtbahn tanzte, die schräg durch das Fenster über dem Hauptportal einfiel.

»Wenn du so überzeugt von Peters Integrität bist, warum hast du mich vor ihm gewarnt? Du hast mein Handy in den Ofen geworfen, damit ich keinen Kontakt mehr mit ihm aufnehmen konnte. Du weißt hoffentlich, wie idiotisch das war.«

»Zunächst habe ich befürchtet, daß er dir einen Aufpasser hinterhergeschickt hat. Und in Polen wurde mir klar, daß es einen Informationsfluß gab, für den Sam sicher nicht verantwortlich war. Nilla, jeder hat seinen Preis, wie hoch deiner ist, weißt du erst, wenn man dir das richtige Angebot macht«, sagte er abwägend.

Energisch schüttelte sie den Kopf. »Peter gibt selbst zu, daß etwas nicht stimmt. Ich habe mit ihm über ein Leck gesprochen, das er noch sucht.«

Er hätte sie jetzt auf ihre Unaufrichtigkeit hinweisen können.

»Hilft uns im Augenblick auch nicht weiter. Es kommt jetzt auf dich an«, wandte er ein, »fühlst du dich stark genug, dich gegen die Giovese zu stellen?«

»Was ist mit Perino passiert?«

»Schau dir das Foto in der Zeitung an, und lies den Artikel. Und wenn du nichts dagegen hast, verpflastere ich mich in der Zwischenzeit.«

Perino war laut Bericht bei einem Autounfall getötet worden. Sein Wagen war in einer Unterführung wegen einer Öllache auf der Fahrbahn gegen einen Betonpfeiler geprallt und in Flammen aufgegangen.

Nilla betrachtete noch das Foto, als Carlo aus dem Bad zurückkam.

»Perino fährt seit Jahren nicht mehr Auto, er haßte es, selbst zu fahren. Siehst du den Wagen? Es ist der Pajero, es ist genug von ihm übrig, um ihn zu erkennen, sie haben das Wrack benutzt, um den angeblichen Unfall zu inszenieren«, erläuterte er.

»Nummernschilder kann ich auch lesen.«

15

Carlo ließ ihr Zeit für ihre Entscheidung und verzichtete auf jegliche weitere Einflußnahme. Nilla zog sich in einen Winkel voller Gerümpel neben dem Eingangsportal zurück, setzte sich auf ein zerschlissenes Brokatkissen und betrachtete ein Spinnennetz, das in einem kaum merkbaren Luftzug vibrierte. Nach einigen Minuten kroch die Spinne hervor und begann, an ihrem Netz weiterzuweben. Von draußen drang Straßenlärm herein, eine Alarmsirene schrillte und verebbte.

Endlich war der Schock über Kress' Verrat bei Nilla angekommen. Mathis' Flirt mit ihr hatte sich als Kalkül in einem bereits begonnenen kriminellen Unternehmen entpuppt. Sie traf also nicht die geringste Schuld an seinem Tod – soweit sah sie sich entlastet. Tatsächlich hatte sie bei Wittichs Erklärung kaum innerlich gezuckt, ein Beweis dafür, daß ihr Kress in den vergangenen Tagen merklich ferner gerückt war.

Aber dann hatte sie die gefaxten Seiten aus ihrer Dissertation gefunden und als Indiz für eine niederschmetternde Parallele angesehen. Der Zorn, der sich wegen Kress nicht oder kaum geregt hatte, übermannte sie nun. Schritt für Schritt, erkannte sie, war sie Carlo auf den Leim gekrochen und am Ende sogar ins Bett nachgestiegen. Jederzeit konnte er behaupten, daß er das nicht gewollt hatte. Zweimal innerhalb kurzer Zeit war sie in die gleiche Falle getappt und das gefühlsduselige Opfer einer Manipulation geworden. Beschämend.

Zweifellos hatte Carlo sie auch jetzt wieder angelogen beziehungsweise nur Teilwahrheiten gestanden.

Die Spinne machte sich daran, ihr luftiges Netz mit einer zweiten Lage Querverstrebungen zu verstärken. Auf einmal standen Nilla die Bilder des unterirdischen Giovese-Depots vor Augen. Inmitten all der prächtigen Kunstwerke schob sich die Büste Nofretetes nach vorn, und daneben erschien der zerschmetterte Schädel von Kress. Da war doch noch etwas gewesen, was sie herausfinden wollte.

Sie drehte sich zu Carlo um, der sich auf das Sofa gesetzt hatte. Sofort hob er den Kopf und schaute zu ihr herüber.

»Ich mache uns Kaffee«, sagte er eilfertig.

Nilla trank ihren Espresso langsam, in kleinen Schlucken und rieb sich den Nacken, wo sie ein Nerv peinigte. Sie hatte sich nicht neben Carlo auf das enge kleine Sofa setzen wollen und einen der kostbaren Sessel am Beichtstuhl vorbei bis zum Tisch gezogen. Unterwegs löste sich eine Armlehne. Ungerührt war Carlo sitzengeblieben, er kam ihr weder zu Hilfe, noch sagte er etwas zur Demontage seines wertvollen Eigentums.

Ihn nun gegenüber zu wissen, half ihr, den nötigen inneren Abstand halbwegs einzuhalten.

Gemeinsam gingen sie den Lauf der Ereignisse durch, indem sie dem Zeichen auf Jerzys Rücken und auf der römischen Münze in der kleinen Wiener Museumsvitrine bis zu Ottavias Portrait und der darauf abgebildeten antiken Goldkette der Livia folgten. Nilla erzählte, wie sie das Emblem des »Opus divus« auf der Kamee erkannte hatte, als sie die Kette in den Händen hielt.

Sie sprachen auch über Perino und Lollis. Als Carlo sich mit Perino zusammentat, hatte er ihn ebensowenig wie später Nilla über die wahren Hintergründe der Kunstraube aufgeklärt. Der Amerikaner wußte nichts über die Giovese, schien aber einen Verdacht gegen Lollis gefaßt zu haben. Weder über die Rolle von Lollis noch über die von Wittich konnten sie sich klarwerden. Es war eine nüchterne, abwägende Unterhaltung über Fakten und Vermutungen, aber einige Male erinnerte sich Nilla daran, wie Carlo in bestimmten Situationen sehr überzeugend überrascht oder betroffen reagiert hatte, obwohl er doch Bescheid wußte. Diese Erfahrung ließ sie jetzt äußerst achtsam werden.

Ein Problem arbeiteten sie bei ihrer Besprechung deutlich heraus: Sie benötigten dringend Beweise, die sie nur im Palazzo Giovese finden konnten. Nur mit unumstößlichen, von keinem unwilligen Untersuchungsbeamten oder bestechlichen Richter aushöhlbaren Beweisen war die Macht der Giovese zu brechen. Es genügte nicht, der Öffentlichkeit das geheime Reservoir unter dem Palatin vorzuführen und die Kunstwerke sicherzustellen. Wenn nicht gleichzeitig die Giovese überführt wurden, konnte es ihnen gelingen, alle verdächtigen Spuren zu beseitigen und nach einiger Zeit von vorn anzufangen. Die Mittel dazu besaßen sie.

»Was jetzt?« fragte Nilla. »Was soll ich tun, wenn ich nicht direkt die römischen Behörden, Wittich oder Europol einschalte? Woran hast du gedacht?«

»An etwas höchst Riskantes: Traust du dich noch einmal in die Höhle des Löwen?«

Nilla nickte zögernd.

Weil Carlo erklärt hatte, daß das Hauptportal des Palazzos erst spät abends verschlossen wurde, hofften sie, sich unbemerkt hineinstehlen zu können. Aber kaum hatten sie die Eingangshalle betreten, tauchte Valeria mit Clodio aus einem der neben der Halle gelegenen Räume auf.

»Da seid ihr ja!« Valeria floß über vor Freude und Besorgnis. »Ist euch auch nichts passiert?« Sie betrachtete das Pflaster an Carlos Stirn und drückte ihn herzlich an sich.

»Warum soll uns was passiert sein, Nonna?«

»Es geschehen dauernd furchtbare Dinge, deshalb bin ich immer in Sorge um dich, ist es nicht so, Clodio?«

»Mamma«, Clodio breitete die Arme aus und lächelte jovial, »du wirst alt, wenn du dir weiter solche Gedanken machst. Giulio ist erwachsen.«

»Erwachsen ist hier außer mir niemand.« Valeria sah herausfordernd ihren rundlichen, ein Stück kleineren Sohn an. »Wieso stehen wir hier herum? Kommt herauf, Kinder.«

Warum hatten sie nicht mit Überwachungskameras gerechnet? überlegte Nilla. Aber sie hatten über die Sicherheitsanlagen des Hauses nie im Detail gesprochen. Der Gedanke an Kameras ließ sie nicht los. Sie hätten sich auch im Palatin genauer danach umsehen müssen.

Valerias nächste Bemerkung wirkte wie eine Bestätigung ihrer Überlegungen.

»Wie hat Ihnen unser Geheimmagazin gefallen? Sie waren überrascht, nehme ich an. Bitte helfen Sie mir die Treppe hoch, Treppen bilden das einzige Problem in diesem Haus, bei dem ich Hilfe benötige.« Mit einem Anflug von Koketterie hakte sie sich bei ihr ein.

Nilla schaute sich nach Carlo um, der an Clodios Seite hinter ihnen die Treppe hinaufstieg. Vor der Eingangstür hatte sich Moretti aufgebaut, Nilla hielt es nicht für unwahrscheinlich, daß er bewaffnet war.

»Sie fürchten sich doch hoffentlich nicht vor uns? Das wäre völlig überflüssig. Beim Abendessen werden wir in Ruhe über alles reden, wir müssen sogar dringend miteinander reden, bevor etwas aus dem Ruder läuft und noch mehr Schaden entsteht«, fuhr Valeria leutselig fort.

Spricht sie etwa über Perino? fragte sich Nilla. Oder

bezeichnet sie den Tod von Jerzy, Jelena und Zehetmaier als Schaden? Ist so eine Kaltschnäuzigkeit denkbar?

Der Umgangston beim Abendessen blieb familiär, Valeria sprach mit ihnen, als hätten sie und Carlo sich einer plötzlich zuteil gewordenen Gnade zufolge von Außenstehenden zu hochwillkommenen Clanmitgliedern gewandelt. Dennoch fühlte sie sich in einer Falle.

»Woher wissen Sie, daß wir in den Palatin eingedrungen sind?« erkundigte sie sich, um Klarheit bemüht. »Mir sind keine Kameras aufgefallen.«

»Aber Dottoressa Mellon, halten Sie uns doch nicht für unverantwortlich! Niemand kann ohne unsere Erlaubnis das Magazin betreten. Die erste Kamera hat Sie bereits an der Via Sacra erfaßt, und als Sie den Namenscode entschlüsselt hatten – übrigens gratuliere ich Ihnen dazu –, haben wir uns entschlossen, Ihr Eindringen zu tolerieren. Wir hätten es auch verhindern können.«

»Du hast dich entschlossen«, warf Clodio nachlässig ein. Er schob Nilla eine Platte mit Crostini alle Olive zu. »Bitte probieren Sie das. Eine einfache Vorspeise, aber nur Kenner mit ausreichend geschulter Zunge schmecken heraus, daß dafür die besten schwarzen Oliven aus Umbrien verwendet wurden und ein Öl aus den Marken, das zu Recht ein D.O.C.-Prädikat trägt. Die gehackten und geschmorten Steinpilze, die mit der Olivenpaste den Belag auf dem Röstbrot bilden, lassen wir aus dem Tridentino einfliegen.«

Clodio sah zu, wie sie herzhaft in ihr Crostini biß und bereits nach kurzem Kauen den Bissen hinunterschluckte. Enttäuschung machte sich auf seinem Gesicht breit, anscheinend aß sie nicht mit der richtigen Andacht.

»Köstlich«, sagte sie, »aber ein bißchen scharf.«

»Antonio«, Clodio schnippte mit den Fingern und deutete gebieterisch auf die Crostini-Platte, »nehmen Sie das weg. Die Köchin hat zuviel Pfeffer verwandt.«

»Aber nein«, widersprach Nilla, als Antonio um den Tisch herumkam, »es ist nicht *zu* scharf.«

Angewidert schüttelte Clodio den Kopf.

»Den Pfeffer darf man nur ahnen und bestimmt nicht so schmecken, daß er an Gaumen und Zunge brennt.«

Scheinbar überzeugt, legte Nilla das angebissene Brot auf die Platte, die ihr Moretti hinhielt.

»Wo sind die Kameras im Palatin angebracht?«

»Ich verstehe«, sagte Clodio tadelnd, »wir haben ein erlesenes Mahl für Sie zubereiten lassen, um Ihren Eintritt in unsere Welt zu feiern, aber Sie wollen sofort zu den Fakten kommen. Das da vor Ihnen ist ein Insalata di Ovoli e Tartufi. Kennen Sie Ovoli? Weiße Trüffel sind heutzutage selten und daher teuer, diese stammen aus der Gegend um Alba, sie entfalten einen wundervollen Duft, wenn sie hauchdünn gehobelt sind.« Er sah seine Mutter an. »Sie ist ungeduldig, unsere kleine Dottoressa, ich weiß noch nicht, ob mir das gefällt.«

»Clodio«, mahnte Valeria, »vielleicht versteht sie deinen Humor nicht.«

»Aber das sollte sie.« Er wandte sich Nilla zu: »Den Videos nach, die wir von Ihrem Rundgang durch das Palatin-Magazin besitzen, haben Sie die Stahlschienen mit den Strahlern bemerkt. In diesen Schienen, die eigentlich Röhren sind und größtenteils in der Wand stecken, befindet sich das gesamte Versorgungssystem, einschließlich sehr effizienter und raffiniert getarnter Miniaturkameras. Sie haben sie nicht bemerkt, nicht wahr? Aber uns kann keine Maus dort unten entgehen.«

»Und was ist mit der Brandgefahr?«

Clodio lachte auf. »Sie will Details und gleich die wichtigsten! Sie haben die Wände nicht berührt, das ist das einzige, was ich Ihnen vorwerfe. Sie hätten gespürt, daß sämtliche Wände von einer mattglasartigen Schicht überzogen sind. Sie ist absolut feuerfest und wirkt regulierend auf die Temperatur. Jedes Grad überflüssiger Wärme wird über diese Schicht in die

Wand abgeleitet. Außerdem gibt es Brandschutztüren zwischen den einzelnen Segmenten, die sich im Fall der Gefahr automatisch schließen.«

»Ihr Magazin ist gut gefüllt, und nichts dort kann Feuer widerstehen, selbst die Marmorfiguren würden im Feuer zu Kalk zerfallen.«

»In diesen Räumen wird niemals ein Brand entstehen, es gibt keine sinnvolle Vorsorge, die wir nicht getroffen haben.«

»Hoffentlich«, warf Carlo trocken ein. Er hatte die Ellbogen auf den Tisch gestützt und scheinbar amüsiert den Wortwechsel zwischen Clodio und Nilla verfolgt. »Die Frage aller Fragen ist doch wohl: Wozu das Ganze? Im Palazzo Giovese herrscht nicht gerade Mangel an Kunst. Was seid ihr? Manische Kunstdiebe?«

Clodios Gesicht rötete sich vor Ärger.

»Es gibt gute Gründe für das, was wir tun. Es ist eine lange Geschichte, und wir werden sie euch beim Kaffee erzählen. Aber nicht hier, außerdem erwarten wir Gäste, die an dem Gespräch teilnehmen sollen«, schaltete sich Valeria ein.

»Etwa Lollis?« fragte Nilla auf gut Glück.

»Wie kommen Sie gerade auf ihn?« fragte Clodio.

»Ist Lollis für den Tod der Parkows und den Zehetmaiers verantwortlich?«

»Gelegentlich«, erklärte Valeria und funkelte Clodio an, »nehmen wir Leute in unsere Reihen auf, die sich als Fehlgriff erweisen.«

Verwundert riß Nilla die Augen weit auf.

»Inwiefern?«

»Das«, entgegnete Clodio erregt, bevor seine Mutter ihm mit einer Antwort zuvorkommen konnte, »werden wir jetzt hier nicht erörtern.«

»Na schön«, warf Carlo träge ein, behutsam strich er über das Pflaster an seiner Stirn. »Ich gehe aber davon aus, daß nicht Lollis an meinem Auto herumgefummelt hat.«

»Was meinst du damit?« Valeria stellte ihr Weinglas, aus dem sie gerade trinken wollte, zurück. Unruhig schob sie es auf dem Tischtuch herum und sah nicht Carlo, sondern ihren Sohn an.

»Bei einer Explosion ging der Wagen in Flammen auf«, erklärte Carlo leidenschaftslos, »vorgestern, nachdem wir euch besucht hatten.«

Während sich der Wein aus dem umgekippten Glas über den Damast ergoß, schlug Valeria die Hand vor den Mund.

»Das habe ich nicht gewußt«, flüsterte sie.

»Das Salz.« Clodio langte an ihr vorbei nach dem Salzstreuer, schraubte ihn auf und schüttete großzügig Salz auf den großen dunkelroten Fleck. »Ich nehme an, es war eine defekte Benzinleitung«, fuhr er beiläufig fort.

»Das denke ich auch«, sagte Nilla ruhig, »ich hab's Carlo sofort gesagt.«

Sie saß Clodio gegenüber und hatte deshalb das erschreckte Flackern in seinen Augen bemerkt, mit dem er auf Carlos Eröffnung reagiert hatte. Wenn überhaupt, dachte sie, hat er etwas mit dem Anschlag zu tun.

Die Identität der Gäste, die sich eine Stunde später einfanden, überraschte kaum. Ettore dei Lampedusi traf ohne Sonia ein, während Livio di Pisani Atia mitbrachte.

»Jetzt«, sagte Clodio, »ist der innere Zirkel beisammen.«

»Und das legen Sie so ohne Scheu offen?« fragte Nilla erstaunt.

»Wir werden noch viel mehr offenlegen«, entgegnete Clodio, »und zu diesem Zweck haben wir uns gerade in diesem Raum versammelt.«

Für Gioveseverhältnisse mutete der Raum eher schmucklos an, nur wenige Stuckornamente belebten die Decke, die Wände waren lindgrün tapeziert, allerdings mit Seide. Eine Wand bedeckte ein straff gespannter Gobelin, der die Jagd der

Diana zeigte, eine bewundernswerte französische Arbeit aus dem siebzehnten Jahrhundert.

Agostino hatte sich ebenfalls herbemüht und sich von Clodio einen schweren, hochlehnigen Stuhl an den Tisch rücken lassen, stumm und teilnahmslos betrachtete er den Wandteppich.

»Dann«, sagte Nilla forsch, »hätte ich doch gern gewußt, wie groß der Zirkel ist und wer noch dazugehört.«

»Ihre direkte Art gefällt mir«, mischte sich Lampedusi ein, »willkommen in unserer Runde, Dottoressa Mellon.«

»Apropos«, hakte Clodio sofort wieder ein, »um eine Frage zu klären, die vor Tagen aufgetaucht ist: Sie sind mit dem berühmten Sammler Andrew Mellon verwandt, ich habe es überprüft. Ihre gemeinsame Abstammung liegt fünf Generationen zurück, also nicht wirklich weit.«

»Warten Sie mal«, Nilla legte den Finger an ihre Nasenspitze, »wenn ich richtig rechne, bin ich damit zu einem Zweiunddreißigstel oder etwa drei Prozent mit ihm verwandt, finden Sie das befriedigend?«

»Machen Sie sich darüber keine Sorgen, wir sind überzeugt, daß Sie genügend Andrew-Mellon-Gene geerbt haben.«

»Clodio«, mahnte Valeria nachdrücklich, »komm zur Sache.«

»Auch wenn du es nicht glaubst, Mamma«, erwiderte Clodio langsam und erhob sich, »ich bin dabei. In unsere Familiengeschichte haben Sie ja bereits genügend Einblick genommen, Dottoressa Mellon. Unser Ahnherr Augustus war ein Weltherrscher, den wir heute noch verehren. Denn es ging ihm und seinen Vertrauten darum, die Kultur eines eroberten Volkes nicht zu zerstören, sondern zu bewahren, weil er erkannt hatte, wie wichtig der Erhalt von Kultur überhaupt ist. Das Gute aus den unterworfenen Ländern wurde von den Römern stets übernommen und in ihre eigene Kultur integriert. Das weltweite Netz, das Augustus damals aufgebaut hat, ist zwar zusammengebrochen, aber die Giovese haben es verstanden, ein neues zu etablieren und es den Notwendigkeiten entsprechend zu verändern und zu erweitern. Ziel war von Anfang an die Bewahrung des kulturellen Erbes aller Völkerschaften oder zumindest der wichtigen. Die Künstler waren die ersten, die neue Sichtweisen und Erkenntnisse der Wissenschaft, Religion und Philosophie übernahmen und in ihre Werke einfließen ließen. Sie wissen, was Ihr Landsmann Friedrich Schiller über Kunst sagte? Die Kunst bewahrt die verlorengegangene Würde der Menschheit. Und ich sage: Wer sich die Kunst zunutze macht, beherrscht etwas ganz Wesentliches.«

»Den Geist der Menschen? Wie im Dritten Reich unter Hitler?« fragte Nilla leise.

»Sie greifen zwar ein schreckliches Beispiel heraus, aber ein sehr evidentes. Offenbart es nicht eine an sich ergreifende Wahrheit? Daß die von vielen heutigen Machern und Managern als bestenfalls dekorativ abgewertete Kunst eine wichtige Funktion hat, daß sie nämlich tatsächlich die Geschicke zu beeinflussen vermag?«

»Ich verstehe Sie nicht«, wandte Nilla kühl ein, »bisher hatte ich nicht den Eindruck, daß die Länder, deren Kunstwerke ich in Ihrem geheimen Arsenal entdeckt habe, besonders unverantwortlich oder gar geringschätzig mit ihren nationalen Schätzen umgehen. Wieso spielen Sie sich als Hüter auf?«

»Sie irren sich«, mischte sich Pisani ein, »Sie irren sich gewaltig. Lassen Sie mich nur ein einfaches Beispiel aus den letzten Jahren nennen: die Hochwasserkatastrophe 2002 in Dresden, wo in letzter Sekunde durch den Einsatz beherzter Menschen die wertvolle Gemäldesammlung der sächsischen Herzöge gerettet wurde. Es gibt kaum ein Museum, das gegen Katastrophen wie Überschwemmungen, Feuer, Sturm, Krieg, Vandalismus ausreichend gesichert ist und gegen Diebstahl in der Regel ebensowenig, was wir uns, nebenbei bemerkt, zunutze machen. Einige Länder wie Deutschland haben ein paar halbherzige Maßnahmen ergriffen und unterirdische Stollen angelegt, um den auf Mikrofiche übertragenen Inhalt von wichtigen Büchern zu lagern, außerdem Filmrollen oder Fotodokumente, aber das ist schon alles. Wo immer Sie nachbohren, finden Sie Inkompetenz, Pfusch und mangelndes Interesse. Das Beste und Wertvollste, was der menschliche Geist hervorgebracht hat, hat heute die geringste Lobby, auch wenn es unbedarften Beobachtern angesichts marktschreierischer Events und teilweise exorbitanter Preise anders vorkommt. Ja, unser Netz dehnt sich wieder weltweit aus, kluge Köpfe, die die Kulturmisere nicht kaltläßt, haben sich uns angeschlossen, um sich die quälend langsamen Wege durch bürokratische Instanzen zu ersparen und direkt und effektiv an der Bewahrung des Weltkulturerbes mitzuwirken. Wir haben, um nur ein paar Beispiele zu nennen, Experten für asiatische Musik, für außereuropäische Literatur, für die frühen Skulpturen afrikanischer Völker und so weiter und Wirtschaftsmagnaten, die uns mit Geld unterstützen. Wir hier im Zentrum befassen uns vor allem mit der bildenden Kunst Europas und des Vorderen Orients, im großen und ganzen also jenes Gebietes der größten Ausdehnung des antiken römischen Reiches. Natürlich unterhalten wir mehr als dieses eine Depot.«

»Wenn ihr schon so lange dabei seid, warum die Fehler und die Hektik in der letzten Zeit?« warf Carlo ein.

Er saß weit zurückgelehnt in seinem Sessel, einen Fuß auf das Knie des anderen Beins gelegt, er flegelte mehr, als daß er saß, als wollte er durch seine Haltung demonstrieren, wie wenig ihn das Gespräch anging.

Clodio warf Valeria einen anklagenden Blick zu, aus dem deutlich wurde, daß ihm die Anwesenheit des Neffen nicht paßte. Ihre Miene verfinsterte sich, ein kurzer, stummer Kampf fand statt, bis ihr Sohn sich als erster abwandte.

»Weil die Zeit drängt«, antwortete er, »wir leben in einer Zeit fortschreitender Trivialisierung der Lebenskultur auf der einen

Seite und eines neuen Fanatismus auf der anderen. In Afghanistan zerschlagen die Taliban mit den riesigen Buddhafiguren ihr altes, ihnen als Nachfahren nicht mehr verständliches Erbe, und in Amerika nehmen die verdummten erzkatholischen Kreise rapide zu. Die Kreationisten verbieten inzwischen in amerikanischen Schulen, daß Evolution gelehrt wird, und es ist nur eine Frage der Zeit, bis es wieder einen Savonarola gibt, der die Bevölkerung zu Bücher- und Bilderverbrennungen in großem Stil aufhetzt. Außerdem macht uns zunehmend eine Kunstmafia Sorge, die immer dreister zuschlägt. Kunstwerke ersetzen das Geld, sie bilden eine internationale Währung, mit der sich problemlos Drogen- und andere unsaubere Geschäfte finanzieren lassen. Wir schlagen uns also mit einer Konkurrenz übelster Sorte herum. Gegenwärtig haben wir ein zwar kleineres, aber dafür brisanteres Problem zu lösen: Die staatlichen Archäologen sind unserem Magazin zu nahe gekommen. Wir mußten die Räume der Domus Aurea jenseits des Kolosseums aufgeben und in kürzester Frist alle unsere Einrichtungen entfernen und die Spuren beseitigen, die auf uns hinwiesen. Daher auch die Unordnung im restlichen Magazin. Solche Anstrengungen sind wir leid. Wir werden umziehen und streben bei der Gelegenheit gleich eine dauerhafte Lösung für alles an.«

»Wozu der Aufwand? Ihr solltet euch der Frage stellen, ob wir im digitalen Zeitalter noch Kunst brauchen, ich meine damit bemalte Leinwand, behauenen Marmor und so weiter. Solche Artefakte müssen angesichts perfekter Bilder auf Mattscheiben archaisch und vorzivilisatorisch anmuten wie die rührend unbeholfenen Steinidole und aus Knochen gefertigten Halsketten der Neandertaler. Und sag mir eins: Warum erzählst du uns das alles?« fragte Carlo.

Clodio antwortete nicht, und auch alle anderen schwiegen. Valerias Blick verfolgte ihren Sohn, der hin- und herlief, als würde er mit einem folgenschweren Entschluß ringen. Carlo dagegen verhielt sich weiterhin so, als wenn er sich langweilte oder kurz vorm Einschlafen befände.

Sie werden uns umbringen, dachte Nilla in aufkommendem Entsetzen, es bleibt ihnen gar nichts anderes übrig, als uns nach diesen Eröffnungen umzubringen. Clodio hat es ja schon versucht. Nur warum erledigen sie uns nicht sofort, statt dieses Theater zu veranstalten?

»Zeig es ihnen, Clodio, wir sind hier versammelt, damit sie es sehen«, sagte Valeria.

Er schien noch zu zögern.

»Ich will es so«, setzte Valeria scharf hinzu.

»Wir haben darüber abgestimmt«, warf Pisani ein.

Was kriegen wir zu sehen, überlegte Nilla, unsere Hinrichtungsstätte?

Clodio hatte aus der Tischplatte vor seinem Platz eine Tastatur hochfahren lassen und tippte etwas ein. Mit einem leisen Schnarren rollte sich der Gobelin zu einer Wandseite vollständig auf und gab einen matten Großbildschirm frei. Nilla und Carlo drehten ihre Stühle, um den Schirm bequemer sehen zu können.

Im Raum wurde es dunkel. Ein tiefes Blau erfüllte den Schirm und wandelte sich langsam zum Schwarz, während nacheinander Lichtpünktchen aufflimmerten, die sich zu Sternbildern formierten. Einer der Lichtpunkte driftete in den Vordergrund, wuchs dabei stetig und entpuppte sich als riesiges Rad mit sechs Speichen, durch das eine lange Achse verlief. Am oberen Ende dieser Achse saß eine schief geneigte metallene Scheibe und am unteren hing ein kastenartiges Gebilde mit Anhängseln, einige sahen aus wie straff gespannte Fahnen. Das gesamte Rad rotierte stetig um die Achse, schwerelos zwischen den Sternen schwebend.

»Willst du uns ein bißchen Science-fiction vorführen, Clodio?« fragte Carlo belustigt.

»Nicht Fiction, nur Science.« Clodio klang verärgert.

»Und was ist das?« fragte Nilla und versuchte, soweit als möglich Interesse anklingen zu lassen.

»Ein Noordungsches Wohnrad. Das ist ein Stück Wissenschaft, Dottoressa Mellon, und kein Phantasieprodukt. Die Achsrotation erzeugt künstliche Schwerkraft, eine Grundvoraussetzung für erdähnliche Lebensbedingungen innerhalb des Torus oder Reifens. Wollen Sie mehr wissen?«

Nilla zögerte nicht lange mit der Antwort. »Unbedingt.« Es kam darauf an, einen kühlen Kopf zu bewahren und die Angst in Schach zu halten, eine leise bohrende Angst, auf die sie immer mehr mit innerer Schwäche reagierte.

»Die Scheibe am oberen Ende der Achse bildet den Hauptspiegel, der das Sonnenlicht in den Reifen lenkt, die eigentliche Lebens- und Wohnzone. In der Radnabe wird es eine Fabrikationsanlage geben, in der Schwerelosigkeit herrscht. Sie erleichtert die Gewinnung und Verarbeitung von Materialien. Das Gebilde am unteren Ende der Achse ist ein Sonnenofen mit Solarzellen. Die gesamte Achse ist senkrecht zur Sonne ausgerichtet. Lassen Sie das fürs erste genug der technischen Details sein. Die Vorteile der Anlage werden Ihnen einleuchten. Sie wird ein sich selbst erhaltendes komplettes Ökosystem enthalten, aber vor allem genug Platz, um das von uns gesicherte kulturelle Erbe der Menschheit aufzunehmen und uns dazu, falls wir gewillt sind, die Erde zu verlassen.«

»Ziemlich aufwendig«, meinte Nilla leichthin.

»Finden Sie?« Clodio hatte sich sehr gerade aufgerichtet, er schien äußerlich und innerlich zu wachsen. Etwas von alter Cäsarenwürde und Autorität überkam ihn, während er weitersprach, als wäre er nun voll und ganz vom Geist seines Ahnherrn durchdrungen. Sogar sein gedunsenes Gesicht nahm markantere Züge an, erstaunt entdeckte Nilla eine entfernte Ähnlichkeit mit der im Haus verwahrten Augustus-Büste. »Wir werden der Kunst den ihr gebührenden Platz zurückgeben. Nur in der Kunst entgrenzt sich der menschliche Geist, überschreitet die Fesseln der Rationalität und dringt bis zum Ursinn aller Dinge vor.«

Er spricht von Kunst, dachte Nilla, als ob er von Gott redete, er macht aus der Kunst einen Fetisch.

Als hätte er ihre Gedanken erraten, wandte sich Clodio direkt an sie.

»Ich sehe Ihre Zweifel. Aber schon Hegel hat erkannt, daß der Mensch der Kunst bedarf, denn sie befreit ihn von der Endlichkeit und versöhnt ihn mit dem Absoluten. Kunst, Dottoressa Mellon, ist aber auch Sinnbild menschlicher Grundwerte wie Freiheit, Schutz der Persönlichkeit und der individuellen Selbstbestimmung, mithin unserer Gesellschaftsordnung. Das haben die Taliban, die die Buddhafiguren zerstörten, gewußt. Um es klar zu sagen, es kommt nicht einmal so sehr auf das einzelne Werk an, sondern vielmehr auf die Summe des Ganzen, auf die Idee. Um diese zu retten, bemächtigen wir uns der Werke und bringen sie an einen sicheren Ort. Humboldt sagte, daß einer Nation der Kunstgenuß unentbehrlich ist, solange sie für etwas Höheres empfänglich ist. Aber wo sind die wahren Liebhaber? Wohin ist es mit *Amor artis*, der Liebe zur Kunst, gekommen? Nicht mehr als zehn Prozent der Bevölkerung nehmen überhaupt am Kunstleben teil. Die Gesellschaft bleibt die Erfüllung ihres Erziehungsauftrags schuldig, schauen Sie sich den dürftig ausgestatteten Kunstunterricht in den Schulen an. An Kunst interessiert nur noch das Event und der Marktwert, die größte Seuche von allen. Wir werden die Unnahbarkeit der Kunst, auf der ihre Wirkung letztlich beruht, sinnfällig wiederherstellen. Außerdem beenden wir ein für allemal das Gezänk über Beutekunst und den Anspruch einzelner Nationen.«

»Und wo wollt ihr euer Weltraumdomizil verstecken?« fragte Carlo amüsiert.

»Du bist nichts weiter als ein Spötter«, polterte Clodio, »es geht dir mit der Kunst wie manchen mit Gott. Sie wissen alles über ihn, sind aber unfähig zu glauben.«

»Laß die Theologie aus dem Spiel«, gab Carlo zurück, »bleib bei deinem kosmischen Kunsttempel. Wo soll das Ding plaziert werden?«

»Die erste Frage ist doch wohl die, wo wir es bauen«, entgegnete Clodio gereizt. »Für den Anfang werden wir eine pazifische Insel nutzen, das weitere wird auf der Rückseite des Mondes stattfinden, denn es kostet weniger Energie, die Anlage im Weltraum fertigzustellen. Das Material entnehmen wir dem Mond. Seinen vorläufigen Standort wird das Rad an einem der Lagrange-Punkte finden, in L 4 oder L 5. Kennen Sie sich mit den Lagrange-Punkten aus, Dottoressa Mellon?«

Carlo antwortete für sie.

»Sowohl L 4 als auch L 5 bilden ein gleichschenkliges Dreieck mit Mond und Erde, deren Schwerkräfte sich an diesen Punkten im Gleichgewicht befinden.«

»Woher weißt du das?« fragte Clodio mißtrauisch.

»Ich habe in der Schule ein bißchen Astrophysik gelernt. Wie soll der Antrieb aussehen?«

»Wir werden einen gepulsten Fusionsantrieb nehmen, also Helium-3 und Deuterium verwenden, später gehen wir zum Ionen-Antrieb über, der Licht in Energie umwandelt. Laßt euch diese Dinge von den Physikern erklären, die für uns arbeiten. Auf alle Fälle ist das erst der Anfang. Dem Noordungschen Wohnrad wird ein O'Neillsches Insel-Habitat mit doppeltem Torus folgen, das in Marsnähe stationiert wird. Ich glaube, das genügt erst einmal. Genießt einfach die Bilder.«

»Eine Frage noch: Was kostet so etwas?« erkundigte sich Nilla.

Mittlerweile wurde das Innere des Wohnrads gezeigt: luftige Räume mit spiegelnden Böden, Säulengalerien, Wasserbecken, Gärten, eine paradiesische, friedliche Landschaft und überall, frei zugänglich, die schönsten Kunstwerke.

»Um die Kosten brauchen Sie sich keine Sorgen zu machen.«

Nilla blinzelte, während der Bildschirm erlosch und das Licht wieder anging.

Ettore dei Lampedusi stand auf und sah sie eindringlich und ernst an.

»Ein Leben für die Kunst. Ohne finanzielle Sorgen, ohne überflüssige Vorschriften und bürokratische Hemmnisse. Das größte und bedeutendste Museum aller Zeiten steht Ihnen voll zur Verfügung, wir legen es Ihnen zu Füßen. Haben Sie unser Angebot verstanden? Für dich gilt es ohnehin, schon seit deiner Geburt, Giulio.«

Einerseits, rief sich Nilla ins Gedächtnis, hatte sie es mit Menschen zu tun, die für den gewaltsamen Tod anderer verantwortlich waren und nicht einmal großes Bedauern darüber empfanden, weil ihre moralischen Prinzipien sich von einem anderen Bezugspunkt herleiteten als ihre eigenen. Andererseits hielten die Giovese sie für fähig, sich an dem Vorhaben, dem sie sich verschrieben hatten, zu beteiligen. Bloß womit qualifizierte sie sich in ihren Augen? Nüchtern betrachtet, war sie trotz Doktortitel und Mellongenen ein Niemand.

Allein schon die Macht des Geldes – hier wurde nicht in Millionen, sondern in Milliarden gerechnet – und diese ungeheure, jahrtausendealte Tradition des Herrschens waren geeignet, sie zu überwältigen. Nur mit ihrem gesunden Mißtrauen konnte sie ihre Abwehr aufrecht erhalten. An diesem phantastischen Angebot mußte es einen Haken geben. Als sie sah, wie Valeria ihren Enkel mit brennenden Augen fixierte, wurde ihr bewußt, daß es in Wahrheit nur um ihn ging.

»Du bist der Erbe, Giulio«, sagte Valeria feierlich.

Also sollte sie wieder nur benutzt werden, erkannte Nilla zornig.

Die Gesichter aller drückten Feierlichkeit aus, nur Agostino war eingeschlafen.

Plötzlich sprang Atia wütend auf.

»Ich bin die Erbin, Nonna«, schrie sie und deutete auf Carlo, »er ist nur ein Bastard.«

Carlo lachte laut. »Versohlt der Göre den Hintern.«

Atia kreischte, bis Valeria aufstand und ihr eine Ohrfeige versetzte.

»Vielleicht sollten wir sie doch in ein Internat stecken, damit sie Benehmen lernt«, sagte sie scharf.

Sich die Wange reibend, lief Atia zu Agostino. Der Alte war aufgeschreckt und zog die Kleine auf seinen Schoß, sie vergrub das Gesicht an seiner Schulter.

Einen Moment beobachtete Valeria sie noch, dann wandte sie sich Nilla und Carlo zu.

»Es liegt jetzt an Ihnen, Dottoressa, und an dir, Giulio, ihr repräsentiert die nächste Generation, die das ›Opus divus‹ in die Zukunft führen wird. – Bei uns können Sie alle Träume verwirklichen, die Sie, Dottoressa Mellon, jemals als Expertin für Kunst geträumt haben.«

Umständlich rückte Nilla ihren Stuhl zurecht. »Ich bin, wie Sie merken, sprachlos.«

Abwartend musterten sie die Mitglieder der Versammlung. Clodio zwirbelte eine Locke hinter dem Ohr, Pisani gab ihren Blick kühl und Lampedusi aufmunternd zurück.

»Sie brauchen Bedenkzeit«, stellte Pisani fest, »offen gestanden hätte uns eine sofortige Zustimmung mißtrauisch gemacht. Wir werden für die Zeit, die Sie zum Überlegen benötigen, eine kleine Vorkehrung treffen, sie wird Sie nicht sonderlich behindern, aber uns die Sicherheit geben, daß Sie nichts gegen uns unternehmen.«

»Livio«, fiel ihm Clodio ins Wort, »laß mich das machen.«

Eine Viertelstunde später trugen Nilla und Carlo oberhalb des Knöchels Fußfesseln aus glatten Metallgliedern. Moretti hatte die Fesseln auf einem Tablett hereingetragen und vor dem Anlegen Nilla und Carlo die Augen verbunden. Als die Fesseln erst einmal angelegt waren, konnte man keine Schließe oder etwas Ähnliches erkennen. Kaum spürte Nilla das Metall auf der Haut, merkte sie, wie sich eine leichte Reizung entwickelte.

»Die Fessel erlaubt euch«, erläuterte Clodio, »freie Bewegung innerhalb des Palazzos, aber sobald ihr die Außengrenzen überschreitet, wird eine Explosion ausgelöst, die euch das Bein zerfetzt.«

»Ich kann das nicht tragen«, wandte Nilla ein, »meine Haut reagiert allergisch auf bestimmte Metalle. Könnten Sie die Fessel so weit lockern, daß sich etwas dazwischen schieben läßt, um den direkten Hautkontakt zu vermeiden?«

»Nein«, sagte Valeria und lächelte sie entschuldigend an, »der Schmerz wird Ihnen zu einer schnelleren Entscheidung verhelfen. Sie begreifen so besser, wie die Zeit gegen uns arbeitet: Die Zukunft beschert uns zwar ständig Fortschritte der Technik, aber die nahe Zukunft versetzt uns in Schrecken, wenn wir an die Gefahren denken, die unserem Magazin gegenwärtig drohen.«

16

Die Fußfesseln waren Clodios Idee gewesen. Bis Giulio den Anschlag auf sein Auto erwähnt hatte, hatte Valeria geglaubt, daß die angeblichen Sprengsätze in den Bändern lediglich eine leere Drohung darstellten. Melanie Mellons Empfindlichkeit gegen die Dinger war sicher übertrieben, aber jetzt ärgerte es sie, sie nicht zum Anlaß genommen zu haben, die Fesseln entfernen zu lassen. Nur, damit hätte sie Clodios Zorn heraufbeschworen, und den hatte sie in letzter Zeit genug zu spüren bekommen. Clodios Brutalität nahm zusehends irrationale Züge an. Nur ungern gestand sie sich ein, daß sie begonnen hatte, sich vor ihm zu fürchten.

Mit schweren, müden Bewegungen zog sie den Reißverschluß ihres Kleides auf und schlüpfte aus den Schuhen. Halb ausgekleidet, ließ sie sich aufs Bett sinken, löschte die Lampe auf dem Nachttisch und dachte im Dunklen an die letzte Stunde zurück.

Nachdem sie Giulio und Melanie Mellon schlafen geschickt und die Gäste verabschiedet hatten, war Clodio zu ihr ins Schlafzimmer gekommen, wohl wissend, daß sie das nicht mochte. Dieser Raum diente ihr als Rückzugsort, den er zu respektieren hatte, ganz besonders spätabends.

Ihr stiernackiger Sohn hatte jede Höflichkeit und Verbindlichkeit fallenlassen. »Bist du jetzt zufrieden?« hatte er sie angeblafft.

Natürlich ging der Anschlag auf das Auto auf sein Konto. Sie setzte sich erst einmal, den Krückstock dicht an ihrer Seite.

»Womit?« fragte sie ruhig.

»Du hast ihnen den Zugang zum Palatin ermöglicht, und heute haben wir gesehen, was dabei herausgekommen ist.«

Nachdrücklich schüttelte Valeria den Kopf. »Ihn und Nilla Mellon ins Depot zu lassen, war ein hervorragender Einfall von mir«, erklärte sie fest und fügte, als er den Mund öffnete, um zu widersprechen, hinzu: »Sei so gut und unterbrich mich nicht. Die beiden haben nicht umgehend die Polizei verständigt, sondern sind statt dessen hierher zurückgekommen.«

»Sie konnten doch nicht wissen, daß wir ...«, warf Clodio ein.

»Melanie Mellon ist eine schlaue Katze. Sie hat in diesem Haus zwei Tage lang herumspioniert, und sie hat mit Agostino geredet. Atia hat sie dabei beobachtet, wie sie die Kette der Livia abgetastet und das Zeichen des ›Opus divus‹ entdeckt hat.«

»Unfug! Aber jetzt, wo Giulio dank deiner Hilfe Bescheid weiß, wird er versuchen, uns zu erpressen. Das befriedigt ihn mehr, als uns der Polizei auszuliefern.« Giftig musterte er sie.

»Ich habe mir die Filme angeschaut, die das Eindringen der beiden in den Palatin zeigen. Vergiß nicht, Menschen wie sie leben für die Kunst. Was sie dort vorgefunden haben, hat sie überwältigt. Melanie Mellon hat sicher sofort erkannt, was es bedeuten würde, diese einmalige Sammlung in tausend Länder und Museen zu zerstreuen. Und Giulio? Du kennst doch das

Schlafzimmer der Livia mit dem Amorfresko und Parmigianinos Pendant. Giulio saß dort eine ganze Weile vollkommen in sich gekehrt, so erschüttert, wie ich ihn nie erlebt habe. Ich glaube, in diesem Raum hat er endlich zu uns gefunden, auch wenn er das noch leugnet.«

Clodio sah aus, als hätte er Galle geschluckt, erholte sich aber schnell von seinem Schock und schaute sie nun so finster an, daß sie nach ihrem Stock tastete. Auf keinen Fall durfte sie sich einschüchtern lassen.

»Du solltest ihm ohne überflüssige Drohungen Zeit zum Überlegen geben. Wenn er sich gegen uns entscheidet, liegt es daran, daß du die falsche Taktik eingeschlagen hast.«

»Die anderen waren einverstanden, wir haben abgestimmt«, sagte Clodio mürrisch.

Sie hatten über mehrere Vorschläge mit Livio und Ettore abgestimmt, und Clodio ahnte nicht, daß sie die beiden vorher bearbeitet hatte. Ettore und Livio warteten wie Clodio nur darauf, daß Agostino starb und sie seine Macht beziehungsweise seine Befugnisse unter sich aufteilen konnten. Zeit, die Nachfolge zu regeln, bevor der Entmündigungsantrag gestellt worden war. Daß Giulio von der Weltraumstation für den Schatz der Giovese nicht angetan war, kam ihr sehr entgegen. Für Kunst gab es nur einen natürlichen und angemessenen Ort: die Erde.

Wenn sich allerdings ihre Strategie als falsch herausstellte, hatte sie für alle anderen ihre Unfähigkeit bewiesen, wichtige Entscheidungen zu treffen, und sie und Agostino würden im »Opus divus« nichts mehr zu melden haben.

»Moretti hatte mir einen Film gezeigt, auf dem die beiden oberhalb des Palatin-Eingangs an der Via Sacra zu sehen sind. Unten stand einer unserer Lastwagen. Später sind die beiden auch unten am Zaun gewesen und haben auf die Mauer gestarrt, die den Eingang tarnt. Ich habe damit gerechnet, daß sie dort wieder auftauchen. Verstehst du nicht? Sie waren uns so oder so auf der Spur. Wir wissen, womit sie sich in Wien befaßt haben, du hast Lollis' Bericht gelesen.« Sie erzählte ihm nicht, daß sie die Filme sofort an sich genommen hatte.

»Du wirst das alles noch bereuen«, sagte Clodio und stand auf.

Endlich ließ er sie allein.

17

Alle paar Minuten wechselte Nilla ihre Stellung im Bett. Anscheinend hatte sie Carlo durch ihre Unruhe geweckt, er streckte den Arm zu ihr herüber, und seine Hand glitt ihren Rücken hinunter.

»Kannst du nicht schlafen?« murmelte er.

»Wie denn? Ich komme mir wie der heilige Laurentius vor. Könntest du auf einem glühenden Rost schlafen?« Wider Willen klang sie anklagend, obwohl er für ihre Allergie nichts konnte.

»Denk einfach, diese Fessel ist aus Eis, aus schimmerndem, kaltem Eis. Entspann dich, ich helfe dir dabei.«

Bei der Frage, wo sie schlafen sollten, hatte Carlo auf einem gemeinsamen Zimmer bestanden. Getrennte wären ihr lieber gewesen, sie sah aber ein, wie unsinnig das in ihrer Lage sein mußte. Sie waren aufeinander angewiesen. Vor allem brauchte sie seine Hilfe, um an die Beweise, für die sie den Palazzo aufgesucht hatten, heranzukommen. Das Problem, darüber waren sie sich einig, bildeten die Fußfesseln. Wahrscheinlich waren sie mit Sendern ausgestattet, die ihre Position im Haus verrieten.

Clodio hatte ihr das Handy abgenommen und erklärt, daß sie erst gar nicht versuchen sollten, über eins der im Haus installierten Telefone nach draußen zu telefonieren. Bis auf weiteres waren sie von der Außenwelt abgeschnitten.

Beim Schlafengehen hatte Carlo seine Decke um sich gezogen, als stünde außer Frage, daß sie keine Annäherung wünschte. Um so mehr überraschte sie jetzt sein behutsames Streicheln. Schon bald legte sich ihre innere Abwehr, denn tatsächlich ließ die Fixierung auf den Juckreiz nach. Dafür reagierte sie recht eindeutig auf seine Hände.

Zwei Stunden später weckte sie der Schmerz. Inzwischen war das Jucken in ein Brennen übergegangen, so daß sie die Bettdecke nicht mehr ertrug. Sie flüchtete unter die Dusche und ließ minutenlang kaltes Wasser über Unterschenkel und Knöchel laufen, bis sie sich durch die Kälte taub anfühlten.

»Das ist gut«, sagte Carlo und schob sich zu ihr in die Duschkabine. Der kalte Strahl machte ihm nichts aus. Im Gegenteil: Er drehte den Hahn sogar weiter auf und ließ das Wasser auf Kopf und Körper prasseln, während sie aufschreiend zurückwich. Wie poliert glänzte seine Haut auf. Nilla konnte gar nicht anders und streckte die Hand nach ihm aus, die Kälte des Wassers vergessend, drängte sie sich an ihn.

Noch einmal funktionierte die Ablenkung wunderbar.

Danach trug Carlo sie so naß, wie sie war, zum Bett zurück. Im Einschlafen merkte sie aber noch, daß er sich nicht wieder neben sie legte.

Als sie das nächste Mal aufwachte, brach die Dämmerung an.

Carlo saß mit übereinandergeschlagenen Beinen voll bekleidet auf einem Sessel am Fenster und schaute auf ein Blatt in seiner Hand. Nilla stand auf und gesellte sich zu ihm.

»Was hast du da?«

»Eine Mitgliederliste des ›Opus divus‹. Clodios Arbeitszimmer befindet sich nur ein paar Räume weiter. Ich bin immer wieder nur für zwei Minuten hineingegangen, in der Hoffnung, auf diese Weise nicht so rasch bemerkt zu werden. Das Paßwort für Geheimdateien zu finden, ist nicht schwierig, wenn man sich ein bißchen in der Psyche der betreffenden Person auskennt. Clodio hat Tiberius gewählt. Deins hab ich auch erraten: Jan Pieters, der Fälscher aus deiner Dissertation.«

»Wann hast du dich mit meinem Paßwort befaßt?« fragte sie überrascht.

»In Wien, als du deinen ersten Rausch ausgeschlafen hast.«

»Das ist jetzt auch egal.« Sie ging ins Badezimmer und kehrte, in ein großes Handtuch gewickelt, zurück. »Wie wirst du auf das Angebot deiner Familie reagieren?«

Sein Blick streifte sie, glitt über die Stuckdecke über ihnen und kehrte zu dem Blatt in seiner Hand zurück.

»Ich überlasse dir die Entscheidung. Ich habe dir gesagt, es kommt auf dich an.«

Plötzlich fröstelte Nilla, sie hockte sich vor ihn hin und wartete, bis er sie ansah.

»Die ganze Zeit schon hab ich dich etwas fragen wollen: Bist du als Kind von Clodio mißbraucht worden? Im Palatin oder hier im Palazzo?«

»Nein! Bilde dir bloß keine Dummheiten ein«, antwortete er schroff, wich aber ihrem Blick aus.

Er lügt, dachte sie, er will mit der Wahrheit nicht konfrontiert werden oder sie nicht mit mir teilen. Zwischen ihm und Clodio schwelt ein alter Kampf, das merkt man doch, sobald sich die beiden begegnen.

»Konzentriere dich lieber auf die Fakten«, fuhr er mit Nachdruck fort und hielt ihr das Blatt hin. Sie schob es beiseite, um ihm wieder in die Augen zu sehen, aber er wich ihr weiter aus. Sie spürte, daß er dabei war, sich in seiner Abwehr zu verschanzen. Es hatte keinen Sinn zu insistieren, daher nahm sie endlich die Liste und überflog sie. Bei einem Namen zuckte sie zusammen.

»Perino?«

»Er gehörte dazu.«

»Das ist mir unbegreiflich. Er hat dich darauf angesetzt, gegen das ›Opus divus‹ vorzugehen, obwohl er selbst Mitglied war? Konnte er gewußt haben, wer du bist?«

Carlo griff nach dem Blatt, rollte es zusammen und strich damit über sein Kinn.

»Kommt darauf an, wie nah er der Leitung des ›Opus‹ stand. Ich bin ihm vorher in Rom nie über den Weg gelaufen, daher dürfte er keinen Grund gehabt haben, eine Verbindung zwischen mir und den Giovese zu ziehen. Für sein Verhalten gibt es nur eine Erklärung: Es paßte ihm nicht, daß die Gemälde seines Museums ebenfalls durch Kopien ersetzt wurden. Sam war sehr stolz auf das MoMA, es war für ihn das schönste Museum der Welt. Du hast den Monet auf dem Klo gesehen. Daß er dort hängt, hat bisher die Haltung der Giovese zu moderner Kunst sehr eindrucksvoll widergespiegelt. Aber anscheinend hat ein Umdenken eingesetzt, und Sam konnte sich nicht mehr darauf verlassen, daß für das ›Opus divus‹ nur Kunst gesammelt wurde, die wenigstens zweihundert Jahre alt ist.«

»Er und Lollis mochten sich nicht.«

»Nein, denn für Lollis stand Sam für den Export europäischer Kunst nach Amerika.«

»Wobei wir fast bei der Frage sind, wer Perino auf dem Gewissen hat.«

Im Lauf des Tages nahmen die Schmerzen stetig zu. Zuweilen fiel Nilla das Atmen schwer, gelegentlich befiel sie Schüttelfrost. Die Mitglieder des »Opus divus« begegneten ihr freundlich, ignorierten aber ihr Hinken und alle Anzeichen von Unwohlsein.

Clodio zeigte ihr detaillierte Pläne für die Weltraumstation und erging sich begeistert in Erläuterungen, als hätte sie längst bekanntgegeben, dem »Opus divus« beizutreten. Auf ihre Bitte präsentierte er ihr sogar einen kompletten Grundriß des Palatin-Magazins. Es erstreckte sich nicht nur unterhalb der drei Hügel, sondern auch unter dem gesamten Bereich der Caracalla-Thermen. Auf einer Seite grenzte es an den Tiber. Nilla hatte in der Bibliothek herausgefunden, daß zu antiken Zeiten nicht weit vom Vesta-Tempel und dem Ponte Rotto, dem Rest einer antiken Tiberbrücke, ein großer Hafen lag, von dem aus Korn und andere Versorgungsgüter aus den römischen Provinzen in unterirdische Lager verfrachtet wurden. Diese Lager waren jetzt ebenfalls Teil des Magazins. Vom Palazzo Giovese mußte es einen direkten Zugang geben, denn es waren kaum hundertfünfzig Meter bis zum Campidoglio, das an den Palatin anschließende Kapitol. Überall waren Zahlen in den Plan eingetragen, vermutlich handelte es sich um einen Code, der auf die einzelnen Abteilungen verwies, in denen die Kunstwerke untergebracht waren. Hier und da gab es auch eine Bezeichnung in einer sehr kleinen Schrift. Sobald sie sich tiefer über den Plan beugte, um etwas zu entziffern, zog ihn Clodio ein Stück beiseite, als wollte er verhindern, daß sie sich allzu intensiv damit befaßte. Es ging ihm wohl nur darum, sie mit der Ausdehnung des Ganzen zu beeindrucken. Trotzdem bemühte sie sich, die wichtigsten Verbindungen und vor allem Ein- und Ausgänge zu erkennen und sich einzuprägen, während sie sich mit Clodio unterhielt.

Da er sie darum gebeten hatte, nannte sie ihn beim Vornamen.

»Die unterschiedlichen Materialien erfordern doch verschiedene klimatische Bedingungen, Clodio.«

»Das haben wir berücksichtigt. Ohne daß Sie es merken, wechseln Sie von einer Klimazone in die nächste. Die empfindlichsten Werke befinden sich in der Mitte, die weniger empfindlichen in den Randbereichen, in denen ein Mischklima herrscht. Für alte Handschriften haben wir ein paar Tresore aufgestellt, in denen die Papiere luftdicht lagern. Dann gibt es noch die Sonderräume. In einem davon haben wir das Bernsteinzimmer des russischen Zaren aufgebaut, Sie finden es in der russischen Abteilung unter den Caracalla-Thermen, gleich neben dem erotischen Zimmer von Katharina der Großen.«

Erwartungsvoll legte Clodio eine Pause ein. Nilla mußte

nicht lange nachdenken, bevor sie verstand, worauf er anspielte.

»Ich habe einmal Fotos gesehen, die Soldaten im Zweiten Weltkrieg gemacht haben. Gespreizte Schenkel, die den Abschluß einer Sofalehne bilden, die Vagina, an der die lange Zunge einer Faunsmaske leckt, als Mittelstück. Und dann gibt es noch einen Tisch, dessen Platte von aufgereckten Penissen hochgestemmt wird, die sich unten in einer Basis aus Brüsten zusammenschließen. Die Möbel sind Geschmackssache.«

»Aber nein. Sie lassen uns einen bestimmten Charakterzug Katharinas viel besser begreifen als sämtliche Berichte über ihre Vorliebe für stramme Gardisten, und sie sind außerdem ein fulminantes Stück Handwerkskunst. Über die Ausdeutung der Formensprache wollen wir hier nicht reden.«

Plötzlich schien Clodio die Erwähnung des Zimmers peinlich zu sein wie jemand, der pornographische Fotos herumzeigt und nicht, wie erhofft, auf Zustimmung stößt.

»Warum eigentlich nicht«, widersprach Nilla. »Das Außergewöhnliche sind die Brüste an der Basis, nicht wahr? Die Penisse steigen nicht aus Hoden auf, wie es simplen erotischen Phantasien entspräche. Die Brüste versinnbildlichen das weibliche Prinzip, das letztendlich die Welt beherrscht und als dessen Protagonistin sich Katharina sah. Ich merke, Ihnen gefällt meine Auslegung nicht.«

Clodio hatte ihr tatsächlich mit allen Anzeichen von Verblüffung und schließlich Ärger zugehört, verzichtete aber feige auf eine direkte Entgegnung.

»Über das Bernsteinzimmer wundern Sie sich gar nicht?«

Nilla bemühte sich, ihre Geringschätzung für diesen Möchtegernimperator nicht durchblicken zu lassen.

»Soweit ich weiß, war es ein Verlegenheitsgeschenk König Friedrichs II. von Preußen an den Zaren. Friedrich wußte nicht, wohin damit, denn er fand es für sich selbst viel zu aufdringlich. Wie sind Sie daran gekommen?«

»Indem wir in den Kriegen die allgemeinen Wirren ausgenutzt haben. Und es war so viel zu retten, was sonst verlorengegangen wäre.«

»Mir ist aufgefallen, daß Sie viel Wert darauf legen, die Kunstwerke durch Fälschungen zu ersetzen. Es ist natürlich klar, daß Sie Aufsehen vermeiden wollen, das bei einem einfachen Diebstahl unweigerlich einsetzen würde. So bleibt scheinbar alles beim alten.«

»Ihren Dienst versehen die Fälschungen in den Museen und privaten Sammlungen ebensogut wie die Originale«, fiel Clodio lebhaft ein. »Kaum jemand nimmt doch noch wahr, was er sieht. Von den besten Kunstwerken aller Zeiten sind im Laufe der letzten hundert Jahre so massenhaft Abbildungen in Umlauf gebracht worden, daß selbst bei direkter Konfrontation das Abbild im Kopf des Betrachters über das tatsächliche Bild triumphiert. Trotzdem geben wir uns eine immense Mühe mit den Repliken.«

»Sie müssen sehr gute Leute an der Hand haben, die sie Ihnen liefern. Wo finden Sie die?« Die Frage nach den Fälschern war verfrüht, wie Nilla an Clodios plötzlich reserviertem Blick erkannte. Elegant ging sie über ihre Frage hinweg. »Wenn die Fälschungen so ausgezeichnet ausfallen, daß selbst die Experten getäuscht werden, warum begnügen Sie sich dann nicht damit? Das würde Ihnen große Risiken ersparen.«

Clodio starrte sie an, als wenn sie den Verstand verloren hätte. Er stöhnte auf und schüttelte fassungslos den Kopf.

»Ich kann mir nur denken, daß Sie mich mit dieser Bemerkung auf die Probe stellen wollen. Gegenüber der Kunst sind wir *demütig* geblieben, schließlich sind wir uns darüber im klaren, daß kein Mensch in der Lage ist, ein Kunstwerk vollständig zu entschlüsseln. Es gehört zum Wesen eines Werks, niemals alles, was es enthält, zu offenbaren. Wie könnten wir daher bei einer Kopie sicher sein, daß sie vollständig ist? Es darf nicht ein Jota vom Ganzen verlorengehen. Ich wünschte, es wäre anders, das würde uns, wie Sie richtig sagen, eine Menge ersparen.«

Er zog ein Taschentuch aus der Sakkotasche und wischte sich schweratmend die Stirn. Nilla rückte den Grundriß so, daß sie die nicht sonderlich hervorgehobenen Ein- und Ausgänge besser erkennen konnte.

»Ich habe Jerzy Parkows Fälschung von Rembrandts ›Nachtwache‹ gesehen. Sehr beeindruckend. Dabei fällt mir ein, daß er sich erst kürzlich alte Maltraktate besorgt hatte. Wie hat er Rembrandt ohne ihre Kenntnis überzeugend kopieren können?«

Clodio starrte sie nur stirnrunzelnd an.

»Entschuldigen Sie, daß ich mich für solche Details interessiere, aber sie gehören nun mal in mein Fachgebiet.«

»Ja, richtig.« Clodio entspannte sich. »Wir haben Parkow Restaurierungsberichte über Rembrandt-Gemälde verschafft und Abschriften von alten Maltraktaten. Er hat sie noch einmal haben wollen?«

Er brauchte die Originale, erkannte Nilla, weil Abschriften oft genug Fehler enthielten. Jerzy mußte so einen Fehler befürchtet haben.

»Ich habe mir eine Übersicht der Ingredienzien besorgt, die Jerzy Parkow für seine Fälschungen benutzt hat. Ich komme mit allen Substanzen klar bis auf eine: Wozu brauchte er Garum?«

»Garum ist eine aus der Antike bekannte Fischsauce, wir benutzen sie bis heute bei verschiedenen Speisen, denn unsere Familie bewahrt das Rezept seit damals auf.«

Da Clodio begann, den Plan zusammenzufalten, setzte sich Nilla rasch auf eine Ecke, um ihn daran zu hindern.

»Ich weiß, was Garum ist. Ich möchte nur wissen, was eine Fischsauce in einer Fälscherwerkstatt zu suchen hat.«

Die Frage war Clodio sichtlich unangenehm. Plötzlich fiel Nilla eine mögliche Antwort ein.

»Er hat mit Garum die Pigmente für seine Kopie von Rembrandts ›Nachtwache‹ versetzt. Stand das Rezept in einer der Abschriften, die er von Ihnen hatte? In den Originalen gibt es bestimmt keinen Hinweis auf Garum oder etwas Ähnliches. Wußten Sie, daß es die Farben allmählich verdunkelt und quasi auslöscht?«

Clodio wagte nicht, Nillas Blick standzuhalten.

»Ich habe mich früher selbst ein bißchen im Kopieren versucht und Garum verwendet, als ich ein Bindemittel brauchte und in der Küche gerade keine Eier vorrätig waren. Als ich dann nach Jahren eine dieser Kopien auf dem Dachboden wiederentdeckte, war sie ziemlich schwarz geworden. Haben Sie sich noch nie über die Massen von Ignoranten geärgert, die sich an den schönsten Kunstwerken vorbeischieben und nicht das geringste davon verstehen?«

Bestimmt versuchte Clodio, sie auf den Arm zu nehmen.

Nilla legte den Kopf in den Nacken und lachte. Nach kurzem Zögern stimmte Clodio in das Lachen ein. Nachdem sie sich wieder beruhigt hatte, sprang Nilla kopfschüttelnd vom Tisch.

»Das ist der beste Witz, den ich seit langem gehört habe. Die Inkunabeln der Malerei in undurchdringliche Dunkelheit entschwunden.«

Clodio wurde wieder ernst.

»Es ist gar kein Witz. Um die Kunst zu retten, können wir nicht länger Abbilder dulden, die perfekt Echtheit vorgaukeln. Sie unterminieren den Anspruch des Echten auf Einmaligkeit.«

»Aber werden die Kopien durch die Behandlung mit Garum nicht auffliegen?«

»Der Gedanke, daß die ›Nachtwache‹ im Rijksmuseum eine Kopie sein könnte, wird sicher als Sakrileg betrachtet. Die langsame Zerstörung des Bildes wird man unfehlbar der letzten Restaurierung oder Reinigung, der Umweltverschmutzung, falscher Beleuchtung, unentdeckten Attentaten und so weiter anlasten, und irgendwann wird das Werk unter größtem Bedauern im Museumsdepot verschwinden. Der Prozeß scheint aber wesentlich früher einzusetzen, als ich erwartet habe. Wahrscheinlich ein Fehler der Dosierung.«

Erst als Clodio den Plan endlich zusammengelegt hatte, ging Nilla auf, daß sie das Gespräch genug gefesselt hatte, um sie ihre prekäre Situation vorübergehend vergessen zu lassen.

Carlo ging seine eigenen Wege. Einmal traf sie auf ihn in der Teeküche, wo er mit Moretti plauderte. Am Nachmittag ließ er Atia bei einer Schachpartie gewinnen, anscheinend hatten sie sich miteinander versöhnt. Immer heftiger von Schmerzen gepeinigt, ließ Nilla die beiden allein. Sie konnte nicht still sitzen bleiben, der Schmerz strahlte bis zur Hüfte aus, es wurde immer schwerer, an etwas anderes als den Schmerz zu denken.

Agostino saß schlafend in seinem Lieblingssessel, eine der Drusillas auf dem Schoß. Aus seinem offenen Mund drangen Schnarchtöne, er zuckte hin und wieder leicht zusammen, als würden ihn die eigenen Geräusche aufschrecken lassen. Von der Katze beobachtet, die sich aber nicht rührte, durchsuchte Nilla das Zimmer. Die Familienchronik lag weder auf dem Schreibtisch, noch befand sie sich in einer der Schubladen. Die Bücher in dem voluminösen barocken Bücherschrank waren nahezu ausnahmslos in lateinischer Sprache geschrieben, lauter Geschichtswerke, die Agostino wohl für seine Arbeit benötigte. Nilla erinnerte sich, daß er erwähnt hatte, sein Chronikband sei der dreihundertsoundsovielte, nur ließ sich nicht ein einziger finden.

Entmutigt setzte sie sich auf den Boden und krempelte das Hosenbein bis zum Knie auf. Oberhalb der Fußfessel zeigte sich wie ein Ring aus Feuer ein Streifen entzündeter Haut. Unwillkürlich begann sie zu stöhnen. Als sie aufschaute, hatte Agostino die Augen geöffnet.

»Ottavia?« fragte er erstaunt.

»Ich bin nicht Ottavia, und der Schmerz bringt mich um.«

»Das hat sie auch gesagt.« Neugierig richtete er sich auf, die Katze an sich gepreßt.

»Wer?«

»Ottavia. Sie hat dagesessen und geweint.«

»Haben Sie ihr auch so ein Band anlegen lassen?« fragte Nilla bitter.

»Wir haben sie auf andere Weise gefesselt.« Seine Finger kraulten Drusillas Nacken. Die Katze begann laut zu schnurren. Agostino betrachtete Nillas Bein, das sie mit beiden Händen oberhalb der gepeinigten Partie umfaßt hatte.

»Mit Drohungen?« erkundigte sie sich. »Ich könnte mir denken, daß es um die Sicherheit von Charly ging.«

»Und sie mußte den Jungen herbringen, das war das Wichtigste.«

Auf einmal nahm Ottavias Schmerz konkrete Gestalt an. Sie hatte nicht nur unter der erzwungenen Trennung von Charly gelitten. Um Carlo dem Einfluß der Giovese zu entziehen, sorgte sie mit ihrer scheinbaren Kälte dafür, daß er es vorzog, bei seinem Vater zu leben.

»Aber er war hier unglücklich. Giulio mußte glauben, sie liebte ihn nicht mehr. Agostino, wie konnten Sie so grausam sein, die Zerstörung einer Familie zuzulassen?«

»Es schmerzt sehr, nicht wahr? Man kommt vom Schmerz nicht mehr los, wenn er sich erst einmal festgefressen hat. So ist es mir nach dem Tod meiner Söhne und meiner Frau gegangen. Valeria bestand darauf, daß Ottavia zurückkehrte, machen Sie ihr Vorwürfe.«

»So können Sie sich nicht herausreden, das ist unanständig. Hatten Sie nie Mitleid?«

Agostino ließ Drusilla zu Boden gleiten, erhob sich und verschwand ins Nebenzimmer, wo er murmelnd herumkramte. Er kehrte mit etwas Schimmerndem zurück, das er in beiden

Händen trug. Als er sich zu ihr herabbeugte, schwankte er so sehr, daß sie fürchtete, er würde die Balance verlieren und auf sie stürzen.

»Nehmen Sie das, sie fühlen sich wunderbar kühl auf der Haut an.«

Nilla wagte nicht, die Perlen, die er ihr entgegenhielt, zu berühren. Es waren die schönsten, die sie je gesehen hatte, groß und in Silbertönen irisierend. Als Zwischenglieder dienten winzige weibliche Figürchen aus Gold, mit Lapislazuli eingelegt.

»Es sind die Perlen, die Kleopatra bei ihrem Einzug in Rom getragen hat. Nehmen Sie sie, schnell!« Er ließ die Kette fallen und stolperte ein paar Schritte rückwärts, als er sich aufrichtete.

»Das geht nicht, geben Sie die Perlen Atia, ich habe kein Anrecht darauf.«

Agostino schnaubte und ließ sich wieder in seinen Sessel fallen.

»Atia ist nicht so gutartig wie ihre Mutter, sie fragt immer nur nach Dingen. Nehmen Sie die Kette, sie gehört mir, ich kann damit machen, was ich will. Ich bin nicht senil, wie einige aus der Familie meinen, und durchaus noch in der Lage, eigene Entscheidungen zu treffen.«

Weil Nilla ihn nicht verärgern oder gegen sich aufbringen wollte, zog sie das andere Hosenbein hoch und schlang die Kette um den unverletzten Knöchel. Nachdem sie den Stoff zurechtgezogen hatte, war nichts mehr von ihr zu sehen.

Agostino schaute ihr zu.

»Alles wird versteckt.«

»Haben Sie die Chronik versteckt? Ich sehe sie nicht mehr auf Ihrem Schreibtisch.«

Auf einmal funkelte der Alte sie zornig an. »Clodio hat sie weggeschlossen, er wollte mir nicht verraten, wo. Ich bin nicht mehr Herr im eigenen Haus.«

»Haben Sie gar keine Ahnung, wo man sie suchen könnte? Ich bringe sie Ihnen zurück.«

»Sie gehen besser, das hier ist kein Ort für Sie.«

»Ich würde sehr gerne dieses Haus verlassen, aber ich bin gefesselt, das sollte Ihnen nicht entfallen sein.« Nilla wies auf ihren Knöchel.

»Wenn ich Ihnen helfen könnte, würde ich es tun, aber ich bin nur ein kranker, alter Mann. Gehen Sie!« drängte Agostino wieder.

Auf dem Flur fiel Nilla ein, Moretti um Eis zu bitten, um ihren Knöchel zu kühlen.

Lollis kam ihr die Treppe herauf entgegen.

»Haben Sie Perino selbst erledigt oder die Schmutzarbeit anderen überlassen?« fragte sie, als er beinahe das obere Ende erreicht hatte.

Eine Stufe unter ihr blieb Lollis stehen.

»Wie kommen Sie auf so etwas? Dr. Perino hatte, soweit ich weiß, einen Autounfall.«

»Daß ich nicht lache! Und was war mit Jerzy und Jelena Parkow und dem armen Zehetmaier? Sie sind nicht durch Unfälle zu Tode gekommen, oder wollen Sie das leugnen?«

Lollis legte eine Hand auf die steinerne Balustrade, als wenn er Halt brauchte. »Um Gottes willen, hören Sie auf mit Ihren Anschuldigungen. Ich bin für diese Tode nicht verantwortlich, ich finde das alles entsetzlich.«

Nilla rückte dichter an ihn heran und senkte verschwörerisch die Stimme.

»Sie haben Perino nicht das Lebenslicht ausgeblasen? Sie haben ihn doch verabscheut.«

»Ich könnte niemanden umbringen, nur weil ich ihn verabscheue. Perino war in mancher Hinsicht ein selbstgefälliger Narr, aber das dürfte kaum reichen, um ihn zu töten.« Er musterte sie intensiver. »Es scheint Ihnen nicht gutzugehen.« Lollis wich die Stufen hinab vor ihr zurück.

Aber als Nilla schwankte, streckte er die Hand nach ihr aus, als wenn er sie stützen wollte.

»Ich kümmere mich um sie.« Carlo war hinter ihr aufgetaucht, erleichtert schlug Lollis einen Bogen und entschwand das letzte Stück die Treppe hinauf.

»Er behauptet, mit dem Tod Perinos und der Parkows nichts zu tun zu haben.« Nilla hielt sich an Carlo fest und atmete schwer. »Aber Valeria hat eine Bemerkung gemacht, aus der wir schließen können, daß Lollis doch beteiligt war, zumindest was die Parkows und Zehetmaier betrifft.«

Carlo schüttelte bedächtig den Kopf.

»Keiner aus der Spitze des ›Opus divus‹ kommt direkt als Täter in Frage. Es ist ein altes Prinzip, die eigene Täterschaft zu verdrängen, indem man andere beauftragt. Es wird eine mühsame Kleinarbeit sein, alles aufzuklären.«

18

Nillas Augen tränten, sie aß nur sehr wenig und trank dafür um so mehr Wein. Erst nach zwei, drei hastig hinuntergestürzten Gläsern war sie so weit, an der Unterhaltung teilzunehmen.

»Sagen Sie«, wandte sie sich an Clodio, »ist dem ›Opus divus‹ bei der Auswahl von Kunstwerken nie ein Fehler unterlaufen?«

»Fehlbewertungen sind fast unvermeidlich«, antwortete Lollis für ihn, »das wissen Sie doch selbst.« Er sah sie nicht direkt an, sondern blickte auf das Glas in ihrer Hand und gab Moretti einen Wink, ihr nachzuschenken.

»Das heißt, Sie haben immer mal wieder das Falsche gestohlen. Was haben Sie damit gemacht?«

»Es wurde in den Kunsthandel geschleust oder sogar zurückgegeben. Wir sind nicht auf materiellen Gewinn aus,

Melanie«, erklärte Clodio selbstgerecht. »Im Falle des Bernsteinzimmers haben wir uns zu spät entschlossen, es zurückzugeben, es hat tatsächlich keinen hohen künstlerischen Wert. Aber leider gibt es inzwischen eine leidliche Kopie. Sie sprechen da ein Grundproblem an, mit dem wir seit wenigstens hundert Jahren intensiv zu kämpfen haben. Der materielle Wert der Objekte kümmert uns nicht, aber der kunst- und kulturhistorische muß immer wieder neu bestimmt werden. Jede Zeit kommt zu anderen Ergebnissen, daher gehen wir bei der Beschaffung neuerer Kunst auch nur zögerlich und mit einer gewissen Verspätung vor. In Frage kommt für uns nur das, was seinen Rang über eine gewisse Zeit und verschiedene Trends hat halten können.«

»Das freut mich, es würde mich schmerzen, wenn Sie aus niederen Motiven Ihre Saliera weggegeben hätten«, wandte sie sich scheinbar ernst an Lollis. »Besuchen Sie Ihre alten Schätze, wenn Sie in Rom sind? Und warum haben Sie das Original nicht gegen eine Fälschung ausgetauscht?«

»Die Fälschung«, schaltete sich Clodio ein, »ist für den Austausch nicht rechtzeitig fertig geworden. Es gibt ja kaum noch Kunsthandwerker, die so ein Stück in der Qualität herstellen können, auf die wir Wert legen.«

Plötzlich sackte Nilla in sich zusammen.

»Mir reicht's jetzt«, krächzte sie mit schwerer Zunge, »ich kann Sie nicht mehr sehen, Sie scheinheilige Schlange.«

»Wen meinen Sie?« fragte Clodio konsterniert.

Nilla deutete auf Lollis. »Den da.«

»Sie ist betrunken«, stellte Carlo entschuldigend fest, »sie verträgt nichts.«

Clodio drang darauf, daß sie etwas aß, aber als sie immer heftiger ablehnte, brachte Carlo sie auf ihr gemeinsames Zimmer. Er setzte sie aufs Bett und holte ihr aus dem Badezimmer rasch ein nasses Handtuch, mit dem sie sich das Gesicht abwischte.

»Danke. Diese Gesellschaft hätte ich wirklich nicht mehr länger ertragen«, sagte sie mit normaler Stimme und schlang sich das Handtuch um das malträtierte Bein. Mit einem tapferen Grinsen sah sie zu ihm auf. Carlo war versucht, sie zu küssen oder wenigstens kurz in den Arm zu nehmen. Er hatte sich schon gedacht, daß ihr Verhalten bei Tisch zumindest teilweise Theater war.

»Und ich hatte den Eindruck, daß du dich mit Clodio angefreundet hast.«

»Ich habe mich mit ihm arrangiert, um Informationen aus ihm herauszulocken«, entgegnete sie mit einem Anflug von Lebhaftigkeit und fügte hinzu: »Was sagst du zu Lollis? War es eine Überraschung für dich, ihn hier zu treffen?«

»Es hat mich auf eine Idee gebracht. Vielleicht hat Lollis ebenfalls dein Paßwort herausgefunden und deine Dateien gelesen und Informationen weitergegeben.«

»Alles nur Mutmaßungen.«

Carlo war im Begriff, das Zimmer wieder zu verlassen.

»Wo willst du hin? Bleib hier und laß uns gemeinsam nachdenken. Wenn wir nur Agostinos Chronik finden würden. Ich nehme an, er hat sich darin ausführlich über das ›Opus divus‹ verbreitet. Aber wo sollen wir sie in diesem monströsen Kasten suchen? Hast du eine Idee? Solange alle bei Tisch sitzen und Moretti bedient, hätten wir vielleicht eine Chance, uns unbemerkt umzuschauen.«

»Laß mich das allein machen. Geh du ins Bett, du siehst wirklich ziemlich hinüber aus.«

Verstohlen schob sich Carlo an geschlossenen Türen vorbei und horchte auf das Knarren von Dielen oder tappende Schritte. So war er als Kind hier nachts herumgeschlichen, nachdem er aus Alpträumen aufgeschreckt war, die der Wirklichkeit verheerend glichen. Er mußte sich direkt zusammenreißen, um nicht alten Ängsten zu verfallen.

Als ihn dann tatsächlich jemand berührte, stieß er einen Schrei aus und lehnte sich heftig atmend an die Wand.

»Bist du verrückt geworden, Antonio? Was geisterst du hier herum?«

»Verzeihung«, entgegnete Moretti mit steifer Würde, »aber Sie sollten hier so spät nicht herumlaufen, Conte Strattesi. Es ist mir gesagt worden, daß Sie und die Signorina Mellon zu Bett gegangen sind und ...«

Das Licht flammte auf.

»Was ist das für ein seltsames Treffen?« tadelte Valeria. Sie kam näher. »Gehen Sie, Moretti. Giulio, ich möchte, daß du mich auf mein Zimmer begleitest.«

Er wartete, bis Moretti verschwunden war. »Wozu, Nonna?« fragte er bitter. »Ihr habt doch alles klargestellt. Ich bin«, er streckte das Bein mit der Fessel vor, »dein Gefangener, so, wie du es immer gewünscht hast.«

Ihre Augen füllten sich mit Tränen. »Diese idiotischen Fesseln habe ich bestimmt nicht gewollt und vieles andere auch nicht. Komm mit, ich zeige dir etwas, das dir beweisen wird, daß ich dir vertraue. Giulio, du mußt Clodio aufhalten, er ist im Begriff, das jahrtausendealte Werk der Giovese zu besudeln, ach was: zu zerstören. Das, wofür alle gelebt haben.«

Er umarmte ihren großen, etwas knochigen Körper, bis er die Wärme spürte. Dann löste er sich von ihr.

»Was denn nun? Meinst du, er macht alles kaputt, oder stören dich auf einmal die Toten?« Er lächelte überlegen. »Nonna, die Geschichte der Kultur ist sowieso mit Blut geschrieben, und hör auf, dich von jeder Mitschuld freizusprechen, das ist unwürdig.«

Valeria hakte sich bei ihm ein. »Wahrscheinlich habe ich diese Ohrfeige verdient. Laß uns gehen.«

Daß sie ihn nicht zurechtgewiesen hatte, zeigte, wie verzweifelt sie sein mußte.

Als er zu Nilla zurückkehrte, schlief sie. Sie hatte sich nicht einmal ausgezogen, sondern unter der Decke zusammengerollt. Er legte sich zu ihr und versuchte, an ihren Rücken geschmiegt, einzuschlafen. Fast war es ihm gelungen, da bewegte sie sich unruhig, rückte von ihm ab und schaltete das Lämpchen auf ihrer Bettseite ein. Sie kroch aus dem Bett, setzte sich mitten auf den kalten Marmorboden, rollte das Hosenbein hoch und schaukelte leise jammernd hin und her.

Carlo setzte sich im Bett auf und gähnte.

»Hast du die Chronik gefunden?« fragte sie ihn.

»Nein, ich hab nicht lange genug suchen können, Moretti schlich herum.«

»Was passiert, wenn wir uns weigern mitzumachen?«

Er schlug die Bettdecke zurück, statt aber aufzustehen, ließ er sich aufstöhnend zurücksinken und blieb im Halbdunkel liegen.

»Hast du dir darüber noch keine Gedanken gemacht?« fügte sie hinzu.

»Ich habe keine Ahnung, wer die Autounfälle arrangiert, aber er muß recht geschickt und begabt sein.«

»Gibt es keine Möglichkeit für uns, die Fesseln zu lösen?«

»Ich hab's probiert, aber dem verdammten Ding ist nicht beizukommen, ganz abgesehen von dem Risiko, bei unsachgemäßer Behandlung die Sprengladung zu aktivieren. Es ist aussichtslos.«

»Wo ist die Mitgliederliste des ›Opus divus‹?«

»Ich trage sie bei mir.«

Nilla verfiel wieder in das Schaukeln, es war eine Form von Selbsthypnose, die er nur zu gut kannte. So hatte er früher als Kind reagiert, wenn er mit Schmerz und Grauen nicht fertig wurde.

»Wie fern stehst du dem Gedanken, dich dem ›Opus divus‹ anzuschließen?« fragte er.

Nilla hielt in der Bewegung inne.

»Fragst du mich das ernsthaft?«

19

Wittich studierte die Anzeigen auf einer Tafel in der Abfertigungshalle. Noch eine halbe Stunde bis zum Abflug. Unruhig schlenderte er durch die Ausweiskontrolle, suchte sich einen Platz nahe dem Gate und ließ sich in den Kunststoffsitz fallen.

Das Ticket hatte er vom Krankenbett aus gebucht und sich danach vom Arzt die Erlaubnis geholt, für einige Stunden das Krankenhaus zu verlassen. Es hatte keiner übermäßigen Überredung bedurft, denn sein Zustand galt als relativ stabil, eigentlich hätte er ja längst seine Rehakur antreten sollen. Die Zeit hatte gereicht, nach Hause zu fahren und eine Reisetasche zu packen. Mittlerweile dürften sie ihn allerdings im Krankenhaus vermissen. Er nahm sich vor, sich aus Rom zu melden. Sein Puls ging regelmäßig, die paar Vorbereitungen für die Reise hatten ihm nicht sonderlich zugesetzt. Es war eine Erholung, wieder draußen zu sein. Dennoch bewegte er sich langsam und vorsichtig.

Er wußte, in welchem Hotel Nilla logierte, hatte sich aber für ein preiswerteres entschieden. In Rom würde er mitten in der Nacht ankommen. Warm war es in der Halle, er knöpfte seinen Mantel auf, begann ihn auszuziehen und versuchte gleichzeitig, die Krawatte zu lockern. Als er aus dem linken Ärmel glitt, hakte die Hand irgendwie fest. Wittich kämpfte mit dem Stoff, wurde ärgerlich, riß sich den Mantel schließlich herunter. Außer Atem ließ er sich wieder auf seinem Platz nieder, sein Puls ging schneller. Durst meldete sich, ein trockenes Gefühl im Mund. Leider hatte er nichts zu trinken dabei, und es war zu spät, an einer der Flughafenbars noch etwas zu besorgen. Er mahnte sich zur Ruhe.

Gegen Mittag war Leonhard noch einmal aufgekreuzt und hatte ihm noch aggressiver als das letztemal mit Fragen zugesetzt. Mit jeder Frage brachte er ihn mehr auf, bis er ihn kurz und bündig mit seinem Verdacht konfrontiert hatte. Leonhard hatte sofort seine Unschuld beteuert: Daß er einzig um Nillas willen Nachforschungen betrieben und nichts von seinem Wissen irgend jemandem preisgegeben hatte. Er schien tatsächlich nicht zu wissen, wo sich Nilla gegenwärtig aufhielt.

Durch den Lautsprecher kam eine wie durch Watte gedämpfte Ansage. Unsicher sah er sich um, und Schwindel erfaßte ihn. Taumelnd stand er auf, preßte die Hand aufs Herz und merkte, wie ihm die Beine wegsackten.

Nun würde er doch nicht nach Rom fliegen, wahrscheinlich nie mehr. Kein Kampf mehr, nichts mehr zu bedauern, alles wurde gleichgültig, der furchtbare Schmerz und die Angst hörten auf.

20

Nilla gab sich ein paar Anweisungen: tiefer atmen, nicht denken, sich vom Schmerz lösen.

Nach einer Weile brachen die Laute einfach wieder aus ihr heraus. Ein weiterer Tag, und sie würde nicht einmal mehr in der Lage sein, einigermaßen bei Verstand eine Entscheidung zu treffen. Auch Carlo schien in tiefe Lethargie gesunken zu sein.

Auf einmal ging die Tür auf. Agostino trat herein, eine der Katzen auf dem Arm, die er sofort absetzte. In gebückter Haltung kam er nahe an Nilla heran.

»Heben Sie das Bein hoch«, sagte er.

Verunsichert schaute Nilla zu Carlo.

»Tu es einfach und frag nicht viel«, befahl er und schwang sich aus dem Bett. Genau wie sie hatte er in Kleidern geschlafen, fiel ihr jetzt auf.

Sie mußte ihr Bein mit beiden Händen fassen, um es vom Boden zu heben und Agostino entgegenzustrecken, es wog so schwer, daß sie es kaum halten konnte. Wie wenig Kraft ihr doch geblieben war.

Agostino zog etwas aus einer Tasche seines bis zu den

Knöcheln reichenden Morgenrocks, den er eng um sich gewickelt hatte. Unter dem Saum blitzte ein Streifen eines langen, weißen Nachthemds hervor. Nilla schrie auf, als er ihren Fuß in die Hand nahm. Vor lauter Tränen sah sie nicht, was er machte, aber auf einmal fiel die Fessel ab.

In einem breiten roten Ring aus entzündetem Fleisch erschien die Haut wie weggeätzt.

Agostino ließ ihren Fuß los und wandte sich Carlo zu.

»Jetzt du«, sagte er dumpf.

Auch Carlo stöhnte auf, als seine Fessel zu Boden fiel. Für einen Augenblick vergaß Nilla ihren eigenen Schmerz, denn Carlos Bein sah nicht besser aus als ihres. Sie konnte kaum hinschauen, so sehr traf sie der Anblick.

»Tja«, sagte Carlo gefaßt, »es war halt doch nicht nur eine Allergie, was dir zu schaffen machte. Womit sind die Bänder behandelt, Agostino, mit Säure?«

»Aber wie hast du das ausgehalten, ohne auch nur ein Wort zu sagen?« stieß Nilla hervor.

Carlo grinste schwach.

»Training.«

»So etwas kann man nicht trainieren?«

»Frag mal tibetische Mönche, Zen-Meister und andere Experten.«

»Ich hätte nur gern gewußt, was mit dir los ist.« Insgeheim schämte sie sich nun wegen ihres Gejammers.

»Warum hätte ich etwas sagen sollen? Es hätte nichts geändert, und du hättest dich kaum besser, sondern eher schlechter gefühlt. Ich gebe zu, es war ziemlich ekelhaft – das ist es noch.«

»Du warst vor Schmerz außer dir, als du dich an einem Rosendorn gestochen hast, und jetzt hast du dir nicht das geringste anmerken lassen.«

»Der Stich kam überraschend. Hier konnte ich mich vorher gegen Torturen aller Art wappnen, schließlich kenne ich meine

Familie. Aber du hast dich gut gehalten, obwohl du nicht gewarnt warst.«

»Ich habe nur gejammert.«

Sie saß immer noch auf dem Boden, Agostino beugte sich wieder zu ihr herab und strich ihr unbeholfen über den Kopf.

»Geht durch den Keller, Kinder«, flüsterte er, »der Weg durch den Keller ist der sicherste, niemand rechnet damit, daß ihr ihn findet. Ich schalte die elektronische Verriegelung der Tür aus. Sie wird sich öffnen lassen wie jede gewöhnliche Tür.«

»Woher hast du den Schlüssel zu den Fesseln?« fragte Carlo.

Es sah so aus, als bedurfte es einer gewaltigen Anstrengung für Agostino, sich auf die Frage zu konzentrieren, ein Anflug von Verwirrtheit erschien in seiner Miene.

»Kein Schlüssel«, antwortete er schließlich, »es ist etwas Elektromagnetisches, Moretti hat es mir heute nachmittag gezeigt, als ich ihn auf dem Flur traf. Und ich weiß, wo Clodio seine Safeschlüssel aufbewahrt, das Ding lag in seinem Safe.« Das letzte brachte er immer undeutlicher hervor, er schlurfte hinaus.

Carlo bückte sich und nahm vorsichtig eine der Metallfesseln auf, indem er sie nur zwischen Daumen und Zeigefinger an den Kanten faßte. Drusilla mauzte ihn an und lief, weil er sie nicht beachtete, zu Nilla. Sie hielt der Katze die Hand entgegen, damit sie ihrem Bein nicht nahekam. Drusilla rieb nur ihren Kopf an der Hand und traf keine Anstalten, sie zu kratzen. Agostino hatte die Tür angelehnt, von draußen war ein Miauen zu hören, auf das Drusilla antwortete. Und dann waren zwei Katzen da, die sich gegenseitig beschnupperten, sich umkreisten und sich offensichtlich über das Zusammentreffen freuten.

Dabei werden sie dauernd getrennt gehalten, dachte Nilla, wie grausam.

»Was machst du da?« Sie schaute zu Carlo, der immer noch mit der Fessel beschäftigt war.

»Ich arbeite an unserer Flucht, oder ziehst du es vor hierzubleiben?«

»Lieber würde ich mich aus dem Fenster stürzen, ich habe schon daran gedacht. Gibt es eine Salbe in diesem Horrorhaus? Ich habe das Gefühl, die Säure ist bis auf den Knochen durchgeschlagen. Ich würde schon gern etwas gegen die Schmerzen tun, bevor wir verschwinden.«

»Dafür haben wir keine Zeit.«

Mühsam kam Nilla hoch. Sie mußte sich sofort an der Wand abstützen, um auf den Füßen zu bleiben.

Carlo setzte sich zu den Katzen auf den Boden, die zutraulich zu ihm kamen und sich kaum wehrten, als er ihnen die Fesseln anlegte. Die offenen Enden klickten ineinander. Die glatten, silbernen Bänder sahen in dem strahlend weißen Fell wie ein besonders exquisiter Schmuck aus.

»Nein«, protestierte Nilla.

Nur eine der Drusillas versuchte, mit einer Pfote in das Band zu haken, um es sich über den Kopf zu ziehen, was ihr aber nicht gelang.

»Ihr Fell schützt sie vor der Säure, ihnen passiert nichts. Sie werden sich mit den Fesseln verstecken und erst am Morgen herauskommen und durch die Räume streifen. Beeilen wir uns.«

»Kennst du den Weg durch den Keller?«

»Wir werden ihn finden.«

»Aber vorher haben wir noch etwas anderes zu erledigen. Wo hat Clodio sein Arbeitszimmer? Ohne Informationen aus seinem Rechner werde ich dieses Haus nicht verlassen. Und da die Katzen jetzt die Bänder tragen, können wir uns endlich unbeobachtet bewegen. Also, wo steht der Rechner?«

Zweifelnd betrachtete Carlo sie.

»Worauf wartest du?« fragte sie entschlossen. »Zeig mir den Weg.«

In Clodios Arbeitszimmer nahmen sich die Stahlrohrmöbel – die ersten, die sie in diesem Haus zu Gesicht bekam – vor dem Hintergrund der großartigen Decken- und Wanddekoration seltsam unpassend aus. Gleich mehrere Rechner standen auf einem langen Tisch aufgereiht. Dicke Bündel von Kabeln verschwanden hinter den Fußleisten in den Wänden.

»Fang an«, forderte Nilla Carlo auf, der mitten im Raum stehengeblieben war.

»Womit?«

»Ich denke, du kennst das Paßwort zu Clodios Dateien. Ich möchte alles wissen, aber vor allem hätte ich gern Listen gestohlener Kunstwerke, Angaben über Fälscher, mit den Diebstählen beauftragte Einbrecher und Geldtransfers. Und nach Möglichkeit möchte ich einen Grundriß des Palatin-Magazins und eine Übersicht über die Standorte weiterer Magazine. Worauf wartest du?«

Carlo schaltete einen der Rechner ein und tippte auf die Tastatur. Der Zugang zu den Dateien wurde verweigert.

»Das begreife ich nicht. Über diesen Rechner bin ich an die Mitgliederliste des ›Opus divus‹ gekommen.«

»Vielleicht hast du das Paßwort falsch eingetippt. Mach's noch mal.«

»Es wäre nicht gut, wenn ich mich wieder irrte, es könnte sein, daß wir damit ein Warnsignal auslösen. Hier ist alles etwas besser gesichert, als es den Anschein hat.«

»Wir sind schon so viele Risiken eingegangen, auf das eine kommt es nicht mehr an.«

Carlos Finger eilten über die Tastatur, plötzlich faßte Nilla zu und hielt seine Hand fest.

»Es heißt Tiberius und nicht Timberius.« Energisch schob sie ihn beiseite.

Eine gute halbe Stunde später waren genügend Beweise gegen die Giovese auf einer CD gespeichert. Carlo steckte sie in seine Sakkotasche, bevor Nilla sie an sich nehmen konnte, und schaltete den Rechner ab.

Als sie den Flur entlanghasteten, hörten sie aus einem Zimmer, das sie gerade passierten, einen durchdringenden Schrei. Nilla blieb stehen. Carlo stieß die Tür auf.

Sie führte in Valerias Schlafzimmer. Ein Blick ins Innere, und Nilla hielt sich beide Hände vor den Mund, um nicht selbst zu schreien.

Aus Valerias Hals, gleich unter dem Ohr, ragte eine Degenklinge, an deren Ende ein silberner Knauf saß. Neben dem Bett lehnte die jetzt leere Scheide, die zusammen mit dem Mordinstrument einen Gehstock gebildet hatte. Die alte Frau lag auf dem Rücken, sie lebte noch. Aus hervorquellenden Augen starrte sie Nilla und Carlo an und streckte ihnen in einer flehenden Geste die Hand entgegen. Blut quoll sacht aus der von der Klinge weitgehend versiegelten Wunde und lief den Hals hinab.

»Was …?« stammelte Nilla.

»Rührt sie nicht an.«

Nilla wirbelte herum. Clodio streckte seinen Bullenschädel vor, im gedämpften Licht einer Nachttischlampe sahen seine Züge verzerrt aus. Wie ein Unterweltdämon kam er auf sie zu. Unwillkürlich wich Nilla zurück, aber er langte an ihr vorbei und riß den Degen an sich. Valerias Schrei erstickte in einem Gurgeln, als das Blut nun in einer Fontäne hervorsprudelte. Jetzt kam jede Hilfe zu spät.

Carlo ergriff Nilla am Jackenärmel, um sie dicht zu sich heranzuziehen.

»Gut, daß du da bist«, sagte Clodio dumpf, »das vereinfacht die Sache.«

Die wippende, vom Blut glänzend rote Degenspitze deutete unmißverständlich auf Carlo.

»Warum haben Sie Ihre Mutter erstochen?« sagte Nilla rasch, um ihn aufzuhalten. Tatsächlich senkte sich die Spitze ein wenig, als ginge Clodio ernsthaft der Frage nach. Beinahe gleichgültig schweifte sein Blick über die Tote.

»Generationskonflikte sind eine schöne alte Tradition in

diesem Haus und die Lösung, deren Zeuge Sie gerade geworden sind, ebenfalls. Diese alte Hure hier hat den Bastard ihrer Tochter in meine Rechte einsetzen wollen und geglaubt, daß ich meine Position kampflos räume. Gehen Sie zur Seite! Ich schätze Ihren klaren Verstand und Ihr Wissen, Melanie. Also lassen Sie mich die Sache zu Ende führen. Dann können wir neu beginnen.«

Auf Bett und Fußboden verstreut, lagen zerrissene Papiere. Clodio spießte einen der Schnipsel auf.

»Das ist von Agostinos neuem Testament und der Übertragung von Vollmachten auf dich übriggeblieben. Dein Spielchen ist aus, Giulio.« Er richtete den Degen wieder auf Carlo.

»Könnten wir vielleicht einiges klären?« mischte sich Nilla wieder ein. »Bevor ich mir Ihr Angebot überlege? Was lag gegen Parkow, Zehetmaier und Perino vor?«

Der Degen in Clodios Hand zitterte und hob sich wieder ein wenig. Clodio runzelte die Stirn.

»Sie sollen sehen, daß ich offen mit Ihnen umgehe, Melanie. Perino war ein Querulant, und Parkow? Ich habe Ihnen gesagt, was ich von zu perfekten Kopien halte. Parkows Arbeiten habe ich durchaus geschätzt, aber er hat nur widerwillig Garum verwendet. Auf einmal hat er Schwierigkeiten gemacht.« Die Degenspitze wies erneut auf Carlo. »Du hast dazwischengefunkt, das hat Lollis herausgefunden, du hast uns unter Zugzwang gesetzt.«

»Hat Lollis denn von unserer Polenreise gewußt?« warf Nilla ein, um seine Aufmerksamkeit erneut auf sich zu ziehen.

Clodio nickte. »Wir hatten ihn beauftragt, dafür zu sorgen, daß Parkow überwacht wurde, und dann seid ihr wohl aufgetaucht. Das habe sogar ich erst später erfahren. Die Leute, die sich mit Parkow befaßten, kamen zu der Überzeugung, daß er ein Sicherheitsrisiko darstellte.«

»Und Zehetmaier? Wenn schon, will ich auch über ihn Bescheid wissen.«

Clodio zögerte. »Vermutlich war er ein kleiner Mitwisser, der lästig wurde, Lollis weiß mehr darüber. Wir haben Probleme mit kürzlich angeheuerten Mitarbeitern, die dank ihrer militärischen Schulung zu unsensibel vorgehen. Das Ergebnis sind aufdringliche Inszenierungen, die wir nicht brauchen können.«

»Und was war mit Mathis Kress?« Nilla sprach immer schneller und eindringlicher, denn die Degenspitze bewegte sich wieder. »Dem Wächter im Ägyptischen Museum von Berlin? Hat er sich an das ›Opus‹ verkauft?« Sobald sie die Frage gestellt hatte, wollte sie auch die Antwort wissen.

Langsam schien Clodio die Geduld zu verlieren. »Müssen wir hier alle Einzelheiten erörtern? Dafür ist immer noch Zeit.«

»Bitte, Clodio, ich muß es wissen! Es ist so wichtig für mich, ich habe Kress gekannt, ich muß wissen, auf welcher Seite er stand.«

Mißbilligend schüttelte Clodio den Kopf. »Auf welcher Seite? Wir haben ihn gekauft, das war alles, aber dann hat er sich nicht an die Anweisungen gehalten. Allerdings ist der Raub einen Tag früher durchgeführt worden als eigentlich geplant. Aber was mußte sich der Dummkopf einmischen. Die Neugier ist ihm zum Verhängnis geworden.«

»Nicht die Neugier«, flüsterte Nilla, »sondern die Liebe zur Kunst. Er hat Nofretete verehrt, er wollte sie nicht verlieren.« Es mußte stimmen. Zuerst hatte er sich kaufen lassen, um die Operation seiner Tochter zu ermöglichen, und dann war ihm auf einmal die bemalte Büste einer längst verstorbenen Königin wichtiger. Ein Narr, ein Besessener, genau wie Clodio.

»Marchese?« meldete sich eine unterwürfige Stimme.

Hinter Carlo war Moretti erschienen, er hielt eine Pistole in der Hand und drängte sie damit tiefer in das Zimmer hinein. Carlo hatte den Arm um Nilla gelegt und schob sich mit ihr möglichst aus der unmittelbaren Nähe beider Waffen.

»Was gibt's, Antonio?« fragte Clodio. »Du kommst gerade etwas ungelegen.«

»Ich habe beinahe die ganze Nacht an den Monitoren im unteren Kontrollraum verbracht.« Moretti vermied es, zum Bett zu schauen. »Das letzte Signal kam aus Ihrem Arbeitszimmer. Sie sagten zwar, es macht alles nichts, solange die Herrschaften nicht versuchen, das Haus zu verlassen, aber es ist ...«

Die Katzen sind uns gefolgt, dachte Nilla, es war eine blöde Idee, ihnen die Fesseln umzulegen.

Carlo drückte ihren Kopf an seine Schulter und begann fast lautlos zu flüstern. »Wir müssen hinter dem Bett auf der anderen Seite ins Ankleidezimmer gelangen. Ich zähle bis drei, dann laufen wir los. Eins, zwei ...«

Sobald sie sich in Bewegung setzten, schoß Moretti, traf sie aber nicht.

Die schmale Tür zum Ankleidezimmer schwang auf, Carlo schlug sie hinter ihnen zu und zerrte Nilla sofort weiter. Der nächste Raum war ein riesiges, marmorgekacheltes Prunkbad, aus dem eine zweite Tür in einen kurzen Zwischenflur führte. Hinter sich hörten sie Schritte, Carlo riß wieder eine Tür auf und immer weitere, an Orientierung war für Nilla überhaupt nicht mehr zu denken, aber irgendwann gelangten sie zurück in Valerias Schlafzimmer. Inzwischen war das ganze Bett von Blut durchtränkt. Nilla ergriff einen Zipfel der Bettdecke und zog sie über die Tote, damit der Leichnam nicht weiter den Blicken preisgegeben war.

»Wir sind im Kreis gelaufen«, sagte sie erschöpft.

Carlo trat ans Bett und schaute auf die verhüllte Gestalt hinab, den Kopf wie in tiefer Trauer gesenkt, bevor aber Nilla etwas sagen konnte, wandte er sich ab und kam auf sie zu.

»Wir haben Clodio und Antonio abgehängt, jetzt geht's durch den Keller nach draußen.«

Im Keller stießen sie auf ramponierte Möbel, alte Truhen, Kisten und Kästen, in denen Nilla unter normalen Umständen gern gestöbert hätte. Der Keller, den Agostino gemeint hatte, lag noch ein Stockwerk tiefer und bestand aus uraltem Mauerwerk. Eisenringe waren in die Wände von engen Zellen eingelassen, die von rostigen Eisengittern verschlossen wurden, einige seltsam anmutende Gerätschaften riefen Folterphantasien hervor. Nilla spürte, wie ihr unter dem T-Shirt kalter Schweiß den Rücken herunterrann. Eine Tür hinter einem Mauervorsprung führte zu einer engen Wendeltreppe, es ging also noch tiefer hinunter. Hinter der Tür hing ein großes Spinnennetz. Nilla blickte die drei Stufen hinab, die im Licht von Carlos kleiner Stablampe zu sehen waren. Elektrisches Licht gab es auf dieser Ebene scheinbar nicht mehr.

»Gibt es keine Bewegungsmelder und Kameras hier unten, über die wir beobachtet werden könnten?« fragte Nilla, bevor sie den Fuß auf die erste Stufe setzte.

»Geh weiter.« Carlo schob sie vorwärts, das Spinnennetz verfing sich in ihrem Haar, Spinnwebfäden klebten auf ihrer Haut. Mit flatternden Händen wischte sie sich das Gesicht frei.

»Die Außenmauern mit den Eingängen und Fenstern werden überwacht, innerhalb des Palazzos duldete Valeria keine Kameras, weil sie nicht selbst unter Beobachtung stehen wollte. Wie es mit Bewegungsmeldern hier unten aussieht, weiß ich nicht.«

Auch die Wände der Wendeltreppe bestanden aus grob behauenem Stein, ihre Oberfläche fühlte sich sandig oder staubig an. Die Schmerzen, die kaum nachgelassen hatten, behinderten Nilla, so ungelenk war sie sich selten vorgekommen, sie mußte sich anstrengen, das lädierte Bein aus der Hüfte heraus von Stufe zu Stufe nach unten zu bewegen. Die Treppe wand sich wie eine endlose Schlange in die Tiefe.

»Was hatte Clodios Bemerkung über Agostinos Testament zu bedeuten?«

»Vergiß es, ohne Bestätigung durch einen Rechtsanwalt war es nichts wert. Valeria wollte verhindern, daß Clodio alle

Macht an sich reißt. Und sein Weltraumprojekt gefiel ihr nicht sonderlich, aber sie hatte sich mit ihrem Widerstand nicht durchsetzen können.«

»Clodio darf uns nicht entkommen lassen.« Nilla blieb stehen und atmete in kurzen heftigen Stößen. »Carlo, selbst wenn wir erklärt hätten, daß wir uns ihnen anschließen, wie hätten sie jemals sicher sein können, daß wir die Wahrheit sagen? Es wäre von ihnen doch naiv gewesen, uns zu glauben.«

»Sie haben ihre eigenen Methoden der Wahrheitsfindung. Die Giovese haben in den vergangenen Jahrhunderten stets freundschaftliche Beziehungen zur Spitze der katholischen Kirche unterhalten, aus reinem Machtkalkül übrigens, und alle Kniffe der Inquisition, der großen katholischen Wahrheitsmaschine, gelernt. Es steckt ihnen sozusagen im Blut. Ich muß es wissen, mir macht auch so leicht keiner etwas vor.«

Am unteren Ende der Treppe entdeckte Nilla überraschenderweise einen Lichtschalter, sie streckte erleichtert die Hand danach aus.

»Nicht!« Carlos scharfes Kommando ließ sie in der Bewegung erstarren.

»Warum nicht?«

Er stand keuchend hinter ihr, eine Hand auf ihrer Schulter, mit der anderen leuchtete er auf ihre Füße.

»Wenn du den Lichtschalter betätigst, löst du ein Warnsignal aus, ich erinnere mich jetzt wieder. Ich bin damals über diese Treppe nach unten gelaufen und hab auf den Schalter gedrückt. Von hier geht ein Signal oben in der Schaltzentrale ein und eins im Magazin selbst und verändert das Licht. Wer dort ist, weiß dann, daß jemand Unbefugtes eindringt. Clodio hat es mir erklärt, als er mich erwischte.« Unterdrückter Zorn klang in seiner Stimme auf.

»Dann geh du vor und leuchte uns.« Nilla drückte sich enger an die Wand, um ihn vorbeizulassen, aber Carlo rührte sich nicht.

»Ich muß jetzt die Taschenlampe abschalten, es darf kein Licht in den Gang fallen, der gleich um die Ecke beginnt. Drei Schritte im Dunkeln weisen den, der sie wagt, als zugangsberechtigt aus. Es ist eine genial einfache Lösung.«

Sie verharrten in völliger Finsternis, eingeschlossen von uralten Steinen.

Ich kann das nicht, dachte Nilla, ich kann nicht weitergehen. Sie spürte, wie sich ihre Muskeln verkrampften.

Carlo schlang von hinten die Arme um sie und zwang sie vorwärts. Wenn er sie nicht gehalten hätte, wäre sie beim nächsten Schritt gestolpert, denn ihr Fuß trat scheinbar ins Leere. Eine Sekunde blitzte die Schreckensvision auf, ins Bodenlose zu stürzen, in eine nicht enden wollende Dunkelheit. Dann spürte sie den Steinboden unter sich. Mit den Händen ertastete sie den Knick des Ganges, aber auf einmal wichen die Wände zurück.

Nilla mußte sich mit aller Kraft zusammenreißen, um nicht aufzuschreien.

Ein letzter Schritt.

Licht flimmerte auf, durchlief wie eine Lichtorgel bunt flackernd eine ganze Serie von winzigen Strahlern an der Deckenleiste und leuchtete dann stetig, aber nicht sehr hell weiter.

Der Gang war mit wunderbaren Fresken geschmückt, die Farben brillierten wie frisch gemalt. Der Blick schweifte zwischen von Weinlaub und Rosen umrankten Säulen hindurch in eine zauberhafte Landschaft mit weidendem Vieh und spielenden bocksfüßigen Satyrn, Nymphen und geflügelten Kindern.

»Nach der Hölle das Paradies«, sagte Nilla mit zittriger Stimme. Dann schaute sie zurück. »Warum gibt es weder eine Tür noch so etwas Ähnliches wie eine Sicherheitsschranke?«

»Die haben wir schon passiert. Du hast doch Agostino gehört, er hat die elektronische Verriegelung der Tür zur Treppe deaktiviert. Die Sache mit dem Licht hier unten stellt nur einen letzten Test dar. Fragt sich nur, wie wir jetzt auf schnellstem Weg den Ausgang an der Via Sacra finden.«

»Ich weiß zumindest die grobe Richtung. Aber ich glaube, es gibt am Tiber einen näher gelegenen Ausgang, ich hab's auf dem Plan gesehen, den Clodio mir gezeigt hat.«

»Clodio hat dir den Plan gezeigt?« fragte Carlo überrascht. »Dann muß er seiner Sache in bezug auf dich sehr sicher sein. Wir sollten ihm trotzdem mißtrauen, er könnte dir einen Plan gezeigt haben, auf dem ein paar Details absichtlich falsch wiedergegeben sind.«

»Also gut, dann zur Via Sacra, den Eingang kennen wir wenigstens.«

Schweigend liefen sie weiter. In dem Bereich, in dem sie sich gerade befanden, wurde das Licht heller und verdunkelte sich, sobald sie sich entfernten, als sollte ihnen klargemacht werden, daß sie unablässig unter Beobachtung standen. Bei jedem Blick zurück erwartete Nilla, Clodio oder Moretti hinter sich auftauchen zu sehen. Viel zu langsam für ihre Ängste kamen sie vorwärts.

Trotzdem vergewisserte sie sich bei jedem Saal, jedem Flur und jedem mit Säulenumgängen geschmückten Binnenhof der Richtung, die sie einschlugen, den Plan vor ihrem inneren Auge. Wie in einem halluzinatorischen Rausch glitten sie an Gemälden, Skulpturen und kostbaren Möbeln vorbei. Einige Male fiel es ihr schwer, sich nicht von ihrem Ziel ablenken zu lassen. Immer wieder trafen sie auf Räume, die wie bewohnt wirkten. Räume für Kenner und Liebhaber schöner Dinge, mit einzigartigem Luxus ausgestattet.

Zwischen zwei Säulen hing ein Vorhang aus hauchfeinem, von Goldfäden durchwirktem Stoff.

»Nicht berühren«, warnte Carlo, als Nilla sich dem Vorhang näherte, »er hängt seit zweitausend Jahren hier und zerbröselt bei der leisesten Berührung.«

»Er kann nicht so alt sein«, wandte Nilla ein, ging aber vorsichtig um die Säulen herum.

»Verdammt«, Carlo schaute sich um, »bist du dir sicher, daß wir noch in die richtige Richtung laufen?«

»Ich denke schon.« Zweifelnd blickte Nilla zurück. Sie standen mitten in einem kleinen quadratischen Säulenhof, auf den vier Gänge mündeten. »Da hinten bewegt sich was, ich kann es gerade noch durch den Stoff erkennen.« Erschrocken wies sie in den Gang, durch den sie gekommen waren. Gleichzeitig wich sie zur Seite, um nicht mehr den Vorhang als Sichthindernis vor sich zu haben. »Es kriecht auf dem Boden.«

Langsam wurde deutlich, was auf sie zukam.

»Die Drusillas.« Carlo stöhnte auf.

Das Überwinden der vielen Stufen war nicht ohne Folgen geblieben. Beide Katzen hinkten erbarmungswürdig, schleppten sich aber mit ungebrochenem Eifer vorwärts.

»Sieh dir bloß die armen Tiere an.« Unwillkürlich lief Nilla ein paar Schritte auf sie zu, aber Carlo kam ihr nach und hielt sie fest.

»Denk an die Halsbänder. Clodio macht mit diesen Dingen keine Scherze. Ich wundere mich, daß die Fesseln nicht längst explodiert sind, sie sind über den Bereich des Palazzo Giovese hinaus.«

»Vielleicht können wir die Drusillas zurückscheuchen. Auf alle Fälle müssen wir verhindern, daß sie sich noch weiter vom Palazzo entfernen. Ich möchte nicht wissen, was passiert, wenn die Sprengladungen hier unten losgehen.«

»Es ist aber zu gefährlich, ihnen nahe zu kommen, wir müssen sie auf Umwegen zurücklocken.«

Knapp vor den Tieren bogen sie in einen Quergang ein. Carlo ging voraus, um den nächsten Durchgang zu suchen, der sie zurückführte. Nilla vergewisserte sich, daß ihnen die Katzen folgten, und überlegte, ob es nicht eine Möglichkeit gäbe, den Ausgang in Tibernähe zu finden, und ob es nicht doch besser wäre, die Drusillas einzufangen und irgendwie festzubinden. Der Gang stand voller gotischer Holzfiguren und bemalter Flügelaltäre.

Nilla blickte sich wieder nach den Katzen um, im gleichen Augenblick sah sie einen Lichtblitz und hörte eine Detonation, die die Wände erschütterte und bis in das Marmormosaik unter ihren Füßen zu spüren war. Sie meinte, eine kleine weiße Kugel zu sehen, die bis zu den Füßen eines Engels rollte, da erfolgte die zweite Explosion, noch heftiger als die erste.

Den Engel überragten bunt gefaßte gewaltige Flügel, an deren elegant aufgefächerten Spitzen eigenartige Lichtpunkte aufflammten, dann umspielte eine Feueraureole die gesamte Figur – ein grandioses Schauspiel, ein Anblick unglaublicher Pracht.

»Gibt's hier Feuerlöscher?« fragte Nilla tonlos.

»Denk nicht daran, diese Gänge wirken wie Kaminzüge, unsere einzige Rettung ist jetzt tatsächlich das Tibertor.«

»Sie haben keine Sprinkleranlage eingebaut?« fragte Nilla ungläubig.

»Vermutlich fürchten sie die Wasserschäden«, knurrte Carlo, während er sie hinter sich herzog.

Das Feuer sprang von Figur zu Figur und blieb ihnen auf den Fersen, es hüpfte wie lauter goldene Finger über die Wand. So wirkte also der von Clodio gepriesene Brandschutz. Wahrscheinlich erreichte das Feuer tatsächlich nicht die Malereien unter der glasartigen Schicht, aber es würde alles vernichten, was in dem unterirdischen Magazin aufbewahrt wurde. Einige Räume weiter glaubten sie, das Feuer hinter sich gelassen zu haben, bis es ihnen unverhofft entgegenkam, sie mußten die Richtung verloren haben. Nach zwei weiteren Hakenschlägen durch neue, unbekannte Durchlässe gelangten sie in einen breiten Gang, der einer der wichtigsten unterirdischen Verbindungswege in diesem Labyrinth sein mußte. Nillas Erinnerung nach sollte er zum Tiber führen. Durch diesen Gang waren zu antiken Zeiten vermutlich Ochsenkarren gezogen. Beide Enden verloren sich im Schummerlicht.

Mittlerweile flüsterten die Wände und zischten. Und jemand sang. Die Töne einer unglaublich schwerelosen Stimme von großer Klarheit wurden von den Räumen aufgenommen, weitergetragen und verstärkt.

Carlo schrie auf und schaute zurück.

Aus einem der Seitenräume bogen zwei Gestalten in den Hauptgang ein, um sie herum verstärkte sich das Licht aus den Strahlerleisten.

Atia führte Agostino an der Hand, der Alte stützte sich schwer auf seinen Stock und schlurfte mühsam vorwärts. Sobald Carlo die beiden erkannt hatte, rannte er los. Nilla setzte ihm nach, wobei sie ihn in ihrer Hast von hinten anrempelte. Schwankend blieben sie stehen.

Knapp vor ihnen schoß das Feuer von beiden Seiten aus Nebenräumen hervor und vereinte sich in einer Flammenexplosion. Die Hitze war bis zu ihnen zu spüren, am Boden kroch der Rauch auf sie zu. An der Wand erfaßten die Flammen ein Gemälde von Rubens, auf dem sich Nixen und Tritonen tummelten. Das Wasser schäumte bräunlich auf, während Flammenzungen wie unterseeische Vulkane aus dem gemalten Meer hervorbrachen.

Atia und Agostino waren im Qualm verschwunden, aber verhalten drang die Stimme des Mädchens weiter bis zu ihnen. Die wunderbare Todesarie hatte Nilla zuerst in Wien gehört, und sie war jetzt ganz sicher, daß Carlo dort in Wirklichkeit der Stimme seiner Mutter gelauscht hatte. Sein Gesicht verzerrte sich vor Schmerz.

Plötzlich ging der Gesang im Fauchen der Flammen unter. Sie mußten zurückweichen und weiterrennen, und doch hatte Nilla die ganze Zeit, bis sie einen Ausgang fanden, die beiden verlorenen Gestalten auf der anderen Seite des Feuers vor Augen: Agostino war als Kaiser Augustus gekleidet, den Lorbeerkranz auf dem Haar, und Atia trug ein langes weißes Gewand, das wie ein Chiton anmutete.

Das Tor ließ sich ohne weiteres auf die gleiche Weise öffnen wie das an der Via Sacra, schloß sich sofort hinter ihnen und sah dann nur noch wie ein Stück Mauer in einer alten Stützmauer aus. Sie waren nicht am Tiber, sondern in einem urwüchsigen Garten an einem Abhang hinter dem Kapitol herausgekommen.

Nilla hustete qualvoll, die Kehle von all dem eingeatmeten Rauch gereizt.

»Was ist mit Atia und Agostino? Meinst du, sie schaffen es, der Mausefalle dort unten zu entkommen? Ich nehme an, daß sich Agostino sehr gut auskennt.«

»Das Feuer hat sie eingeschlossen«, sagte Carlo bedrückt und beugte keuchend den Oberkörper.

»Ich hoffe, sie schaffen es. Glaubst du, alles verbrennt zu Asche?« fragte Nilla mit schwacher Stimme.

Carlo richtete sich auf und schaute den Hügel hinunter auf die friedlich schlafende Stadt.

»Die Brandschutztüren in den einzelnen Sektionen müßten sich automatisch geschlossen haben. Wir waren ja nur in einem verhältnismäßig kleinen Areal unterwegs. Ich möchte mir nicht vorstellen, wie alles verbrennt.«

Er hat Atia und Agostino vor Augen, dachte Nilla, so wie ich, wir müssen ihnen zu Hilfe kommen.

»Können wir nicht versuchen, von einer anderen Seite wieder einzudringen? Vielleicht finden wir sie.«

Nilla kämpfte gegen die Trägheit an, die ihr in den Knochen saß, während sich die Wunde am Bein wieder ins Bewußtsein drängte, ein unerträgliches Brennen, das ihr einen Vorgeschmack auf das gab, was sie dort unten erwarten würde.

»Wahrscheinlich kämen wir wegen der Brandschutztüren nicht weit.«

Nicht, wenn sie nicht wußten, wie diese zu öffnen waren, vermutlich gab es auch dafür einen Code.

»Was ist mit Clodio und Moretti?«

»Falls sie die Signale in den Fesseln verfolgt haben, mußten sie glauben, daß wir ins Magazin eingedrungen sind. Das weitere konnten sie über die Kameras beobachten.«

»Dann hoffe ich, daß sie Atia und Agostino rechtzeitig herausholen«, sagte Nilla, »das heißt, wir können nichts für die beiden tun?« setzte sie hinzu.

Niemand außer ihnen befand sich in dem kleinen Hügelpark. Sie hatten leise gesprochen, und doch störten sie die Stille, ihre Stimmen klangen rauh nach Rauch und Atemnot. Die ersten Vögel erwachten und begannen, sehr verschlafen zu zwitschern.

Carlo lief vor Nilla her den Hügel hinab.

Ohne sich mit ihr abzusprechen, schlug er die Richtung zur Piazza Navona ein. Als sie den Platz erreichten, humpelte sie am ersten Brunnen vorbei bis zu Berninis Vier-Ströme-Brunnen und hielt das Bein mit der ringförmigen Wunde in das kalte Wasser. Nach kurzem Zögern stieg sie mit beiden Beinen hinein.

Carlo war hinter der niedrigen Absperrung geblieben.

»Warum kommst du nicht auch?« fragte sie. »Es kühlt.«

Er schüttelte den Kopf. »Ich laß dich jetzt allein.«

»Was soll das heißen?« Sie schob sich bis zum Rand des Beckens, verließ es aber nicht, schon der bloße Gedanke, auf die kühlende Wirkung des Wassers zu verzichten, löste Beklemmung aus.

»Das heißt, daß du von nun an allein weitermachst. Das Wichtigste weißt du, für das weitere brauchst du mich nicht. Du kennst deine Aufgabe.«

Langsam wandte er sich von ihr ab und ging davon, aufrecht, ruhig, seinem Gang war kein Hinken anzumerken.

Wie gelähmt blieb Nilla im Wasser stehen. Hinter ihr rauschten die vier Ströme in das weite Becken, die Spitze des Obelisken, der den Brunnen krönte, wies über ihr in den Himmel. Bis zum Tagesanbruch konnte es nicht mehr lange dauern, denn die ersten Sterne verblaßten.

Nilla wollte ihm nachschreien. Quer über den stillen Platz hätte sie ihm nachschreien können, was sie ihm längst hatte sagen wollen: Daß Ottavia ihn sehr wohl geliebt hatte, auch die Rückkehr nach Rom hatte nichts an der Liebe zu ihrem Kind geändert, sie hatte seinetwegen ein Leben in Trauer und Entsagung auf sich genommen, so luxuriös es auch nach außen hin erschien.

Er ließ sie also allein mit der Verantwortung für alles Weitere und der Erinnerung an die zurückliegenden Schrecken, die sie nicht weniger peinigten als die Wunde am Bein. Um das unverletzte war noch immer Kleopatras Perlenkette gewickelt. War Agostino ihnen ins Magazin gefolgt, weil es ihm leid tat, ihr die Perlen gegeben zu haben, oder hatte er Atia davon erzählt, und die Kleine hatte ihn überredet, das Geschenk zurückzufordern? Vielleicht waren sie auch nur wie sie selbst vor dem Wahnsinn Clodios geflohen.

Sie zupfte die Kette ab und ließ sie zu Boden sinken. Die Perlen fingen das Licht der Seitenscheinwerfer im Brunnenbecken ein und glänzten im Wasser womöglich noch feenhafter als auf dem Trockenen. Im Augenblick schien es ihr, als hätte sie nie etwas Selteneres und Kostbareres gesehen.

Carlo hatte die Vernichtung all der Kunstwerke im Magazin merkwürdig unberührt gelassen. Was war überhaupt die ganze Zeit in ihm vorgegangen?

Über den Autounfall, dem sein Vater zum Opfer gefallen war, hatte er nie genauere Auskunft gegeben, wohl aber erwähnt, daß es vermutlich Experten für Autounfälle gab, die für die Giovese arbeiteten. Vielleicht war Charly den Familiengeheimnissen zu nahe gekommen, das würde sie noch herausfinden müssen. Dieser Unfall konnte sehr wohl der Anfang einer Kette von Ereignissen sein, an deren vorläufigem Ende sie sich befand. Vielleicht hatte Carlo sie zum Werkzeug seiner Rache an den Giovese erkoren, alles deutete jetzt, in der Rückschau, auf Rache hin. Wie sehr mußte er die hassen, die das Leben seiner Eltern und sein eigenes zerstört hatten. Es war unglaublich, daß sie diesen Haß nicht bereits früher erkannt hatte.

Nun war es ihre Aufgabe, Clodio der Justiz zu überantworten und dafür zu sorgen, daß er als gewöhnlicher Verbrecher abgeurteilt wurde. Mit seiner Ausschaltung würde das Netzwerk des »Opus divus« zusammenbrechen. Sie dachte an die CD mit den Informationen über die Machenschaften des »Opus« und die Liste der Mitglieder. Es sah so aus, als hätte Carlo vergessen, sie ihr zu geben. Andererseits war er kein Mann, der wichtige Dinge vergaß.

Sie spähte über den Platz. Carlo hatte das Ende erreicht und bog in eine der kleinen Gassen ein, die von der Piazza wegführten. Wenn sie mit ihren Überlegungen richtiglag, würde sie ihn in der Kirche, seinem Unterschlupf, abpassen können, bevor er Rom verließ.

Wozu brauchte er die CD und die Liste? Vielleicht genügte ihm die Auslöschung der Familie nicht. Mit den gespeicherten Informationen eröffnete sich ihm die Möglichkeit, das »Opus divus«, beziehungsweise den Rest davon an sich zu reißen und die freie Verfügung über das ungeheure Vermögen zu erlangen. Anscheinend konnte das »Opus divus« ja Milliarden Euro in eine Weltraumstation investieren. Nilla schaute nach oben. Nur die hellsten Sterne leuchteten noch. Inbrünstig hoffte sie, daß das Feuer von selbst erlosch und genügend Kunstwerke übrigließ. Sie stellte sie sich im Noordungschen Wohnrad vor, und die Vorstellung fiel ihr überraschend leicht. Möglicherweise war dort oben, so weit entrückt von der Erde, tatsächlich der richtige Platz für all die unersetzlichen Meisterwerke. Es war ein beängstigender Gedanke, wie viele sonst noch menschlicher Dummheit, Ignoranz und Habgier zum Opfer fallen mochten.

Das Angebot des »Opus divus« stand ja noch offen. Sobald Clodio und damit die Macht der Giovese ausgeschaltet wäre, könnte das »Opus« reorganisiert werden mit Kräften, die sich unsentimental einer lohnenden Aufgabe verschrieben. Die vorhandenen Pläne mußten nach dem Fiasko im Palatin beschleunigt verwirklicht werden. Noch einmal stellte sie sich die Zukunft vor: Während in den größten Museen immer mehr wunderbare Werke wie Leonardos »Mona Lisa«, Gainsboroughs »Knabe in Blau« und Rembrandts »Nachtwache« beziehungsweise ihre Kopien in ewiger Schwärze untergingen, strahlten die echten Werke weit entfernt am Himmel.

Mit Carlo hatte sie noch eine Rechnung offen. Auch er war ein Giovese, das durfte sie nie vergessen.

Sobald die Sonne aufging, wollte sie ihre Entscheidung treffen.

»Man muß sich die Kunden des Aufbau-Verlages als glückliche Menschen vorstellen.«

SÜDDEUTSCHE ZEITUNG

Streifzüge mit Büchern und Autoren:
Das Kundenmagazin der Aufbau Verlagsgruppe erhalten Sie kostenlos in Ihrer Buchhandlung und als Download unter www.aufbau-verlag.de. Abonnieren Sie auch online unseren kostenlosen Newsletter.

aufbau
VERLAGSGRUPPE

Fred Vargas
Der vierzehnte Stein
Kriminalroman
Aus dem Französischen
von Julia Schoch
479 Seiten
ISBN 3-7466-2275-1

Vargas macht süchtig

Nach sieben erfolgreichen Kriminalromanen, unter anderem ausgezeichnet mit dem Deutschen Krimipreis, nun der nächste große Wurf der Bestsellerautorin: Durch Zufall stößt Adamsberg auf einen gräßlichen Mord. In einem Dorf wird ein Mädchen mit drei blutigen roten Malen gefunden, erstochen mit einem Dreizack. Eines ähnlichen Verbrechens wurde einst sein jüngerer Bruder Raphaël verdächtigt. Doch seitdem sind 30 Jahre vergangen, der mutmaßliche Mörder ist längst begraben. Wer also mordet weiter mit gleicher Waffe? Für Adamsberg beginnt ein atemloser, einsamer Lauf gegen die Zeit und er wird selbst zum Gejagten.

»Ein Krimi, so atemlos wie fesselnd.« ELLE

Mehr von Fred Vargas (Auswahl):
Der vierzehnte Stein. Lesung. DAV 3-89813-515-2
Fliehe weit und schnell. AtV 2115-1
Die schöne Diva von Saint-Jacques. AtV 1510-0
Als Kriminalhörspiel. DAV 3-89813-180-7
Es geht noch ein Zug von der Gare du Nord. AtV 1512-7
Als Kriminalhörspiel DAV 3-89813-312-5

Mehr Informationen erhalten Sie unter
www.aufbau-verlag.de oder in Ihrer Buchhandlung

aufbau taschenbuch
AUFBAU VERLAGSGRUPPE

Eva Maaser: Kommissar Rohleff auf einer ganz heißen Spur

Das Puppenkind
In der Fußgängerzone von Steinfurt wird in einem abgestellten Kinderwagen eine Babyleiche gefunden, die einer Puppe täuschend ähnelt. Wie sich herausstellt, ist das Kind fachgerecht präpariert worden. Zusätzliche Brisanz erhält der Fall, als ein Baby entführt wird. Kommissar Rohleff und sein Team ermitteln fieberhaft, um das Leben dieses Kindes zu retten. »Mit einem Paukenschlag nach dem andern hält uns die schrilldüstere Geschichte im Griff ... Hitchcock im Münsterland.« MÜNSTERSCHE ZEITUNG
Kriminalroman. 304 Seiten.
AtV 1636

Tango Finale
Zu einer kunstvollen Statue gefroren, lehnt eine mit Eis überzogene Unbekannte am Ufer des Steinfurter Bagnosees. Kommissar Rohleffs Team hat wieder einen mysteriösen Fall mit einer schönen Leiche – und das im Karneval. Die Tote scheint Türkin zu sein. Doch Rohleffs Spürsinn führt ihn zu einer Tangotruppe. »Ihre Leichen sind die schönsten im ganzen Land. Eva Maaser spielt virtuos mit abstrusen Phantasien und verborgenen Leidenschaften.« MÜNSTERSCHE ZEITUNG
Kriminalroman. 228 Seiten.
AtV 1816

Kleine Schwäne
Es sieht fast romantisch aus, wie das Mädchen da in einem schwanenweißen Kleid am Ufer eines abgelegenen Sees ruht. Aber das Kind ist tot. Ehe Kommissar Rohleff und die Ermittlerin Lilli Gärtner eine Spur haben, wird ein weiteres totes Mädchen gefunden. Ein Serienmörder muß am Werk sein. Plötzlich nimmt Lilli ihre Umgebung mit anderen Augen wahr, sogar Mann und Töchter scheinen sich verändert zu haben.
Kriminalroman. 272 Seiten.
AtV 1353

Die Nacht des Zorns
Mord ist nie schön. Aber dieser übertrifft an Brutalität alles, was Kommissar Rohleff je untergekommen ist: Der Tote ist regelrecht zerfleischt worden. Kurz darauf verschwindet einer der Ermittler samt seinem Motorrad. Hat der Kollege mit dem Mord zu tun, oder hat er sich auf die Spur einer Motorradgang gesetzt? Aus Südfrankreich trifft eine gräßliche Botschaft von ihm ein.
Kriminalroman. 272 Seiten.
AtV 2096

Mehr unter
www.aufbau-verlagsgruppe.de
oder bei Ihrem Buchhändler

aufbau taschenbuch
AUFBAU VERLAGSGRUPPE

Tessa Korber: Brandheiße Fälle für Kommissarin Dürer

Tessa Korber, geboren 1966 in Grünstadt/Pfalz, hat Geschichte und Germanistik studiert. Sie arbeitete in Verlagen, im Buchhandel sowie als Werbetexterin, bevor ihr mit dem ersten Roman »Die Karawanenkönigin« gleich ein Bestseller gelang.
NÜRNBERGER NACHRICHTEN

Toter Winkel
Jeannette Dürer ist eine erfolgreiche Polizistin, doch ihr Privatleben ist ein Chaos. Als im Nürnberger Fußballstadion die Leiche eines Geschäftsmannes gefunden wird, glaubt Jeannette, endlich alle privaten Sorgen abschütteln zu können. Die Spur führt zu einer Freimaurerloge, und sie beginnt, das Geflecht um den Geheimbund zu entwirren.
Kriminalroman. 216 Seiten.
AtV 1633-6

Tiefe Schatten
Für ihren zweiten Fall muß Jeannette Dürer zurück nach Erlangen. Die Stadt ist in Aufregung: Ein renommierter Fledermausforscher wurde in seinem Büro brutal umgebracht – und dies buchstäblich zweimal. Jemand hat ihn mit einem Brieföffner erstochen. Zudem befand sich in seinem Körper Gift, so daß er auch ganz unauffällig an Herzversagen gestorben wäre.
Kriminalroman. 229 Seiten.
AtV 1811-8

Falsche Engel
Kommissarin Dürer muß den Mord an einer 18jährigen aufklären. Aber erst ihr dauerfernsehender Neffe gibt den richtigen Hinweis: In einer populären Doku-Soap wird das »Christkindl 2003« für den Weihnachtsmarkt gecastet – die Tote war eine Kandidatin. Unverhofft findet sich die attraktive Polizistin unter den publicityhungrigen Bewerberinnen.
Kriminalroman. 199 Seiten.
AtV 1977-7

Triste Töne
In Bayreuth wird die »Walküre« gegeben, als die Brünhilde-Darstellerin tot hinter den Kulissen gefunden wird. Hauptkommissarin Dürer entdeckt den richtigen Hinweis – einen falschen Leberfleck. Und plötzlich spielen ein Mädchenhändlerring und eine tote Ex-Ehefrau die Hauptrolle. Wie bei Wagner bedient sich der Täter einer Quasi-Tarnkappe.
Kriminalroman. 224 Seiten.
AtV 2027-9

Mehr unter
www.aufbau-verlagsgruppe.de
oder bei Ihrem Buchhändler

aufbau taschenbuch
AUFBAU VERLAGSGRUPPE

Jörn Ingwersen: Packende Sylt-Romane

Jörn Ingwersen, 1957 geboren, ist ein Multi-Talent. Er ist Autor, Musiker und Übersetzer. Unlängst übertrug er das von Ben Elton geschriebene Queen-Musical ins Deutsche. Er lebt in Hamburg und auf Sylt.

Schafsköpfen
Ein Krimi auf Sylt
Als Jakob eines Nachts am Strand entlang wandert, findet er eine Leiche – und einen Koffer voller Geld. Endlich, glaubt er, ist seine Pechsträhne zu Ende. Doch der plötzliche Reichtum bringt ihm nichts als Schwierigkeiten. Nicht nur, daß die Polizei ihn verhört – Jakob scheint auch in einen gefährlichen Bandenkrieg um die Insel geraten zu sein. Jörn Ingwersen ist auf Sylt aufgewachsen. Kein Wunder, daß er die Insel wie kein zweiter kennt und ihre Schattenseiten auszuleuchten versteht.
278 Seiten. AtV 1160-1

Falscher Hase
Ein Sylt-Roman
Was tun, wenn einem die Freundin wegläuft, wenn man einen teuren Sportwagen zu Schrott fährt und man ein Tagebuch besitzt, für das gewisse Leute einen Mord begehen würden? Asche würde am liebsten den Kopf in den Sand stecken. Doch dafür bleibt keine Zeit. Er muß herausfinden, was es mit dem Tagebuch auf sich hat – und warum die schöne Ose, die wie ein Engel vom Himmel gefallen ist, ihm nicht mehr von der Seite weicht. Ein packender Kriminalroman, der Sylt in einem ganz eigenen und besonderen Licht zeigt.
235 Seiten. AtV 1460-0

Nah am Wasser
Ein Krimi auf Sylt
Hannes steckt in der Krise. Noch wohnt er bei seiner Tante, doch bald soll er zu seiner Mutter nach Süddeutschland ziehen. Da verschwindet der Vater seiner Freundin Pepsi, ein Politiker, auf rätselhafte Weise. In einem Paket an Pepsis Mutter, findet sich ein abgeschnittenes Ohr – und eine Drohung: Sollte das Bauprojekt ATLANTIS nicht eingestellt werden, muß Doktor Winter sterben. Hannes greift ein. Er will die Entführer finden und beweisen, daß er nach Sylt gehört. Eine spannende Kriminalgeschichte, die auf einer wahren Begebenheit beruht.
313 Seiten. AtV 2165-8

Mehr unter
www.aufbau-verlagsgruppe.de
oder bei Ihrem Buchhändler

aufbau taschenbuch
AUFBAU VERLAGSGRUPPE

Bernhard Jaumann:

Der Krimistar »bezaubert immer wieder«

Die Zeit

Bernhard Jaumann ist Gewinner des renommierten Friedrich-Glauser-Preises.
»Poetische Präzision, die man im deutschsprachigen Krimi selten antrifft. Eine Entdeckung!« ABENDZEITUNG
»Jaumann bezaubert durch kluge, feinsinnige Erzählweise und beobachtungsgenaue Sprache.« ZEIT

Duftfallen
Trotz Wirtschaftskrise boomt die Metropole Tokio. Der Aromaexperte Takeo Takamura hat jedoch von Konsumrausch und künstlichen Düften die Nase voll, als er als Hauptverdächtiger eines Massenmordes untertauchen muß. Gehen die mysteriösen Giftgasanschläge tatsächlich auf die Endzeitvisionen einer Sekte zurück? Handelt es sich um uralte Räucherzeremonien oder hypermoderne Manipulationstechniken?
Roman. 271 Seiten. AtV 1508-9

Handstreich
In Mexiko-City übt ein unbekannter Mörder blutige Vergeltung. In der unbarmherzigen Manier der alten Azteken sühnt der mysteriöse »Vengador« jene Verbrechen, bei denen die Polizei versagt hat. In einer der größten Städte der Welt ist Kommissar García auf der Spur des mitleidlosen Rächers.
Roman. 268 Seiten. AtV 1507-0

Hörsturz
Ausgerechnet in Wien, der Stadt Schuberts und Mozarts, geschehen mysteriöse Anschläge auf Musikveranstaltungen. Am spektakulärsten ist der Brand der Kammeroper während einer Aufführung der »Zauberflöte«. Der Polizei immer eine Spur voraus ist eine junge Radiomoderatorin, die ihre seit dem Brand verschwundene Schwester sucht. Eine geheimnisvolle Stimme bringt sie auf die Fährte der Terroristen.
Roman. 316 Seiten. AtV 1506-2

Sehschlachten
In Sydney fliegt ein ganzes Haus in die Luft, ein Mann kommt zu Tode, ein anderer verliert sein Augenlicht. Auf den Spuren von Gewalt und Voyeurismus begegnet Detective Sam Cicchetta Blicken, die töten können. Jaumann schreibt einmalige Kriminalromane, die nicht nur packend erzählt sind – sie zeigen die Abgründe der menschlichen Seele.
Roman. 313 Seiten. AtV 1505-4

Mehr unter
www.aufbau-verlagsgruppe.de
oder bei Ihrem Buchhändler

aufbau taschenbuch
AUFBAU VERLAGSGRUPPE

Mordsfrauen

POLINA DASCHKOWA
Die leichten Schritte des Wahnsinns
Keine beschreibt das moderne Rußland so packend wie sie: Autorin Polina Daschkowa ist mit mehr als 16 Millionen verkauften Büchern in Rußland ein Star. Mit den »Leichten Schritten des Wahnsinns« gab sie ihr Deutschlanddebüt.
»Unglaublich dicht und spannend.«
BRIGITTE
Roman. Aus dem Russischen von Margret Fieseler. 454 Seiten. AtV 1884

VIKTORIA PLATOWA
Die Frau mit dem Engelsgesicht
Sie wollten die Welt umkrempeln: der begabte Iwan, der angehende Regisseur Nimotsi und ihre Freundin »Maus«. Aber dann stürzt sich Iwan im Suff zu Tode, die beiden anderen lassen sich auf ein gefährliches Filmprojekt ein. Nimotsi wird ermordet. Maus unterzieht sich einer Gesichtsoperation, um besser abtauchen zu können. Als rothaarige Schönheit will sie den Tod ihrer Freunde rächen. Ein schonungsloser, rasanter Krimi über das neue Rußland.
Roman. Aus dem Russischen von Olga Kouvchinnikova und Ingolf Hoppmann. 404 Seiten. AtV 1875

DANIELLE THIÉRY
Der tödliche Charme des Doktor Martin
Ein neuer Star unter den Krimiautorinnen. Thiérys Kommissarin Edwige Marion ist energisch und zerbrechlich, scharfsinnig und emotional, in der Liebe vom Pech verfolgt, außerdem schwanger, von Léo oder Sam, und steckt in einer existentiellen Krise. Da hinterläßt ein Unbekannter ein Paar Kinderschuhe auf ihrem Briefkasten: Indiz ihres ersten, einige Jahre zurückliegenden Falls, der nie aufgeklärt wurde.
Roman. Aus dem Französischen von Sabine Schwenk. 422 Seiten. AtV 1878

FRED VARGAS
Bei Einbruch der Nacht
Ein Wolfsmensch, so sagen die Leute, zieht nach Einbruch der Dunkelheit mordend durch die Dörfer der provenzalischen Alpen. Der halbwüchsige Sohn eines Opfers und ein wortkarger Schäfer nehmen die aussichtslose Verfolgung auf. Ein urkomisches Roadmovie und eine zarte Liebesgeschichte um die schöne Camille und Kommissar Adamsberg.
»Prädikat: hin und weg.« WDR
Roman. Aus dem Französischen von Tobias Scheffel. 336 Seiten. AtV 1513

Mehr unter www.aufbau-verlagsgruppe.de oder bei Ihrem Buchhändler

aufbau taschenbuch
AUFBAU VERLAGSGRUPPE

Weibliche Spürnasen

REGGIE NADELSON
Das andere Gesicht
Als Betsy am Flughafen in New York auf ein Taxi wartet, nimmt sie ein Fotograf mit und überredet sie, ihr seine Arbeiten zeigen zu dürfen. Widerstrebend läßt Betsy sich auf einen kurzen Besuch ein. Am nächsten Tag steht ein Polizist vor ihrer Tür. Der Fotograf ist ermordet worden. »Ein Thriller um Liebe, Sex und den Schein der ewigen Jugend. « BUCH AKTUELL
Roman. Aus dem Englischen von Wolfgang Thon. 327 Seiten. AtV 2020

LISA APPIGNANESI
Kalt ist die See
Die Journalistin Isabel Morgan ist als sprunghafte, unberechenbare Frau bekannt. Doch als sie nicht wie angekündigt in New York auftaucht, beginnt ihre Freundin Leonora sich Sorgen zu machen. Kurz entschlossen reist sie nach London, um Nachforschungen anzustellen.
»Lisa Appignanesis Roman ist genau so, wie ein guter Krimi sein muß: glänzend konstruiert, mit glaubwürdigen Figuren und einem romantischen Touch. Bei der Lektüre wird bestimmt jeder Liebhaberin spannender Unterhaltung warm ums Herz.« ANNABELLE
Roman. Aus dem Englischen von Thomas Haufschild. 443 Seiten. AtV 2016

FRED VARGAS
Im Schatten des Palazzo Farnese
Drei exzentrische Pariser Studenten in Rom werden in einen Mordfall hineingezogen, bei dem es um ein sehr seltenes Mordinstrument geht: den Schierlingstrank. Wer war in der Lage, das antike Gift zu bereiten?
»Es ist unmöglich, von Vargas nicht gefesselt zu sein.« DIE ZEIT
Roman. Aus dem Französischen von Tobias Scheffel. 207 Seiten. AtV 1515

GILL PAUL
Insel der Lügen
Nicola Drew soll als Ärztin mit ihrem Verlobten nach Indonesien gehen, luxuriös untergebracht und gut bezahlt. Doch der Traum vom gemeinsamen Abenteuer platzt jäh, als Nicolas Verlobter ihr den Laufpaß gibt. Schockiert beschließt sie, ihr Glück allein im fernen Osten zu suchen. Doch in Jakarta folgt ein böses Erwachen und Nicola sieht sich als Opfer eines raffinierten Betrugs ... »Ein erotischer Thriller mit enorm viel Tempo!« EVENING EXPRESS
Roman. Aus dem Englischen von Elfi Schneidenbach. 444 Seiten. AtV 2049

Mehr unter www.aufbau-verlagsgruppe.de oder bei Ihrem Buchhändler

aufbau taschenbuch
AUFBAU VERLAGSGRUPPE